ROGER GRAF

FALSCHE FREUNDE

ROMAN

KAMPA

Für den Blick hinter die Verlagskulissen:
www.kampaverlag.ch/newsletter

Geschichte, Orte und Personen sind frei erfunden.

Lektorat: Benedikt Koller
Satz: Tristan Walkhoefer, Leipzig
Gesetzt aus der Stempel Garamond LT / 240125
Druck und Bindung: Friedrich Pustet, Regensburg
Auch als E-Book erhältlich
ISBN 978 3 311 12078 0

www.kampaverlag.ch

Für Ruth

Und für alle, die eine Sprache lernen
oder wiedererlernen

1

Polizistin brutal zusammengeschlagen. Niemand möchte eine solche Schlagzeile sein. Aber du kannst dir das nicht aussuchen. Es geschieht einfach. Manche Menschen glauben an Karma. Aber was muss jemand tun, damit er sich diese Schlagzeile verdient? Ich glaube eher an Schicksal. Zehntausende klettern auf einen Berg und nur einer stürzt ab und stirbt. Damit kann ich leben. Du hast einfach Pech. Und wenn du richtig viel Pech hast, dann stirbst du oder du wirst zu einer Schlagzeile.

»Du grübelst schon wieder«, sagt John. »Das ist nicht gut. Don't do it.«

»Nachdenken hilft manchmal.«

»Aber heute ist nicht manchmal.«

»Ich weiß, was heute ist.«

»Du musst dich konzentrieren«, sagt John.

»Genau das fällt mir schwer. Oder soll ich sagen ›nicht nur das‹? Eigentlich fällt mir fast alles schwer, was früher selbstverständlich war.«

»Du übertreibst.«

»Nein, es ist das, was ich erlebe, was ich spüre, was mich begleitet.«

»Du beobachtest dich. Ständig. You are like your own mirror.«

»Nein, ich bin mein eigener Schatten. Oder besser, ich bin nur noch ein Schatten meiner selbst. Die Leute sehen und spüren das.«

»Stop it now. Life is a bitch. Denk nicht ständig darüber nach.«

Natürlich weiß ich, was er meint. Ich habe früher nicht viel nachgedacht. Über mich. Wenn, dann über meine Arbeit, aber nicht über mich. Es gibt Menschen, die tun nichts anderes. Ständig nachdenken, sich hinterfragen, grübeln, sich den Kopf zerbrechen. Nicht nötig. Ich habe mir bereits den Kopf zerbrochen. Ziemlich heftig. Ich denke, dass ich pragmatisch bin. Man wird geboren, man wächst auf, man arbeitet, man wird alt und man stirbt. Wozu groß darüber nachdenken? Für die meisten Leute läuft es genau so. Grübeln kann man, wenn man krank wird. Oder wenn man sich den Kopf zerbricht. Polizistin brutal zusammengeschlagen.

»You have an appointment«, sagt John.

»Ich weiß.«

»Es ist wichtig.«

Ich weiß nicht, ob Sie auch einen John kennen. Oder eine Maria. Gute Freunde. Sie sind immer da. Was gibt es Schöneres? Vielleicht keine Freunde? Überall liest man, zuerst kommt die Familie und dann kommen die Freunde. Ohne ist man am Arsch. Ich glaube nicht daran. Man kann auch mit Familie und Freunden am Arsch sein. Am Ende ist man alleine. Oder man fühlt sich so mies, dass man sich niemandem zumuten will. Vielleicht ist das der Zeitpunkt, an dem sich John und Maria bemerkbar machen. Sie nutzen deine Schwäche aus und befallen dich wie ein Virus. Vielleicht sind John und Maria die Rache der nicht vorhandenen Freunde? Solche Gedanken mache ich mir jetzt. Idiotische Gedanken.

»Du musst dich auf das Treffen vorbereiten«, sagt John.

»Ich will jetzt nicht mit dir sprechen.«

»Why not?«

»Sprich Deutsch mit mir.«

»Warum nicht?«

»Es geht nicht. Ich bin nicht in der Stimmung.«

»Du hast ›mood‹ gesagt.«

»Was?«

»›Mood‹ ist nicht Deutsch.«

»Halt die Klappe. Das ist Deutsch.«

Ich habe gesagt, dass ich nicht in der Stimmung bin. Auf Deutsch. Garantiert. John will mich verunsichern.

»Hai la luna storta«, sagt Maria.

»Ich habe keine schlechte Laune.«

»Certamente.«

»Sprich Deutsch mit mir.«

»Parli?«

»Parli was?«

»Du hast ›parli‹ gesagt.«

Ich schließe die Augen, massiere meine Augäpfel, weil ich dahinter einen Druck verspüre. Ich öffne die Augen und der Zeitungsartikel liegt noch immer vor mir auf dem Tisch. Polizistin brutal zusammengeschlagen. Wie viele Leute haben das gelesen? Was haben sie sich dabei gedacht? Einige haben sich garantiert gefreut. Die Idioten, die überall ACAB sprayen.

»All cops are bastards«, sagt John.

Diejenigen, die uns Bullen nennen. Freut man sich ernsthaft, wenn man liest, dass eine Polizistin beinahe zu Tode geprügelt wurde?

»Es war keine Prügelei«, sagt John.

»Nein, keine Prügelei«, sage ich.

»Es war hinterhältig und feige.«

»Ja. Aber das ist egal.«

»Ist es nicht«, sagt Maria. »Es sagt etwas über die Person aus.«

»Es ist passiert. Punkt.«

»Wie kann man so etwas verarbeiten?«, fragt Maria.

»Muss man es verarbeiten?«, frage ich. »Kann man es nicht einfach akzeptieren?«

Maria schweigt. John schweigt. Ich schweige. Und lese erneut den Artikel.

»Warum schaust du dir ständig diesen Zeitungsartikel an?«, fragt John.

»Weil ich auf etwas warte.«

»Auf was wartest du?«

»Ich weiß es nicht.«

»Not a good answer.«

»Irgendwann wird etwas klick machen in meinem Kopf, wenn ich das lese.«

»Und dann?«, fragt John.

Ja, was dann? Ich kenne die Antwort nicht. Ich spüre keinerlei Emotionen. Die Wörter berühren mich nicht. Ich könnte genauso gut die Sportresultate lesen. Oder einen langweiligen Artikel über eine Firma, von der ich noch nie gehört habe. Vielleicht warte ich darauf, dass dort mein Name steht. Anna. Ich heiße Anna. Ich mag diesen einfachen, klassischen Namen. So wie John und Maria. Manchmal, kurz nach dem Aufwachen, ist alles wie früher. Oder so, wie ich mir früher vorstelle. Keine Schmerzen, kein Grübeln, keine Verzweiflung. Kein John und keine Maria. Nur eine junge Frau, die aufsteht, frühstückt und arbeiten geht. So wie es sein sollte. Kein Zeitungsartikel, keine Schlagzeile, kein Mitleid. Polizistin brutal zusammengeschlagen. Irgendwann werde ich es begreifen. Alles.

»Trink etwas«, sagt John.

»Ich kann mich jetzt nicht betrinken.«

»Ein Schluck beruhigt.«

»Und bringt mich durcheinander. Das kann ich jetzt nicht gebrauchen.«

»Trink einen Tee«, schlägt Maria vor. »Oder schluck eine Baldriantablette.«

»Ich schlucke schon genug Tabletten. Ich muss mich konzentrieren. È importante.«

Ich weiß, dass ich es auf Italienisch gesagt habe. Doch diesmal verzichten John und Maria auf einen Kommentar.

Es ist wichtig. Ich wiederhole es in meinem Kopf. Importante, important, important, wichtig. Deutsch tanzt aus der Reihe. So wie ich. Dabei kann ich gar nicht mehr aus der Reihe tanzen. Ich muss froh sein, wenn ich problemlos geradeaus gehen kann. Ich gehe zum Fenster. Piove a dirotto. Es regnet Bindfäden. It rains cats and dogs. Il pleut des cordes. Alles noch da. Es ist wie ein Hohn, wenn man nach den einfachsten Wörtern suchen muss. Scheißwetter, denke ich, aber ich muss trotzdem raus.

2

Der Regen passt. Die Gesichter der anderen passen. Alles passt. Ich sollte umdrehen und wieder nach Hause gehen. Unter die Bettdecke. Drei Wochen lang hat es nie geregnet und heute holt Petrus alles nach. Dieser Petrus ist ein seltsamer Typ. Man sagt, dass der Apostel sein Amt als Wettergott vom griechischen Wettergott Thor geerbt hat. Dieses unnütze Wissen habe ich gespeichert, weil ich einer Italienerin erklären wollte, wer Petrus und Frau Holle sind. Weshalb vergisst man so etwas nicht mehr? Dafür anderes, das wichtiger ist?

»Der Regen ist warm«, sagt Maria.

»Hör auf mit dem Scheiß.«

»Es ist anders als kalter Regen.«

»Ja, kalter Regen ist Folter, aber das hier ist nur nass.«

Ich mag keinen Regen, auch wenn er nur nass ist. Ich mag keine Regenschirme und ich mag keine Regenmäntel. Das einzig Schöne am Regen ist der Klang, wenn er auf Metall oder Stoff fällt. Wenn man im Auto sitzt und der Regen trommelt. Aber ich sitze nicht im Auto. Ich bin zu Fuß unterwegs zur Bushaltestelle. Die Kapuze hält den Regen ab, aber sie verkleinert das Sichtfeld. Da ich nach wie vor etwas unsicher unterwegs bin, stört mich die Kapuze. Ich ziehe sie herunter, da die Bushaltestelle in Blickweite ist. Trotzdem sind meine Haare und mein Gesicht patschnass, als ich den Unterstand erreiche.

»›La pioggia‹ klingt so, wie der Regen ist, aber ›Regen‹ klingt eher wie ›Segen‹«, sagt Maria.

»Ich will jetzt nicht über Wörter diskutieren.«

»›La pioggia‹ ist schön, du musst dir den Regen als ›la pioggia‹ vorstellen, dann wird er dir gefallen.« Maria versucht mich aufzuheitern. Wie heißt das auf Italienisch? Ich habe dieses Wort gelernt. »Rasserenarsi«. »Sich aufheitern«. Dieses Wort hat mir sofort gefallen. Es ist schwierig auszusprechen. Die beiden s zischen wie Wassertropfen, die auf eine Glut fallen.

»Es gibt viele schöne italienische Wörter«, sagt Maria.

»Ja, aber ich kann sie jetzt nicht gebrauchen.«

Endlich kommt der Bus. Ich steige umständlich ein, mein Fuß bleibt irgendwie hängen. Es ist, als müsste ich nach wie vor alles wieder neu lernen. Im Bus riecht es nach Regen und überall tropft Wasser runter. Ein himmeltrauriger Tag.

»Sei triste?«, fragt Maria.

Natürlich bin ich traurig. Es gehört dazu. Früher war ich nie traurig, aber früher war ich auch noch keine Schlagzeile. Die Busfahrt ist unangenehm. Es rumpelt oft und es ist ein ständiges Stop-and-go. Die Scheiben sind beschlagen. Ich sehe mein Gesicht. Zu Hause sah ich lange in den Spiegel, ich wollte wissen, ob man mir alles ansieht. Ob es wie ein Stigma auf meiner Stirn zu lesen ist. Aber wie soll ich das beurteilen? Ich bin froh, als der Bus ankommt. Das Aussteigen geht problemlos. Ich ziehe die Kapuze wieder über den Kopf. Prompt gehe ich an der Nummer 78 vorbei und bemerke es erst, als ich das Schild der Nummer 90 sehe. Missmutig gehe ich zurück.

Als ich das Gebäude betrete, friere ich. Eine Frau kommt mir entgegen und ich bemerke, wie sie mich mitleidig anlächelt. Ein Blick auf die Namensliste neben dem Fahrstuhl liefert die Erklärung. In diesem Haus gibt es nur Spezialisten. Fürs Herz, fürs Hirn, für die Lungen und für die Haut. Wer hierherkommt, ist ein Fall für die Spezialisten.

»Im dritten Stock praktiziert eine Frau Dr. Maria«, sagt Maria.

»Meine Haut ist in Ordnung«, sage ich, »ich muss einen Stock höher. Und du musst still sein.«

Im Wartezimmer hängt ein Wandspiegel. Der Spiegel, the mirror, le miroir, lo specchio. Es geht, denke ich, alle Wörter sind da, aber mich stört die Reihenfolge. Englisch und Französisch gehören zusammen. Mirror und miroir, aber auch Deutsch und Italienisch gehören zusammen. Spiegel und specchio. Aber heute geht es nur um den Spiegel. Ich darf das Wort »Spiegel« nicht vergessen. Und all die anderen Wörter. Ich fühle mich wie vor einer verdammten Prüfung. Leider müssen wir Ihnen mitteilen, dass sie fortan nicht mehr selbstständig leben können. Wir empfehlen Ihnen eine öffentliche Einrichtung, in der sie betreut und umsorgt werden. Natürlich ist das Unsinn, niemand will mich in ein Heim stecken. Es geht nur um eine Standortbestimmung. Trotzdem bin ich voller Versagensängste. Auch das ist neu. Und es gefällt mir ganz und gar nicht.

Die Spezialistin ist eine Frau um die vierzig, schlank, attraktiv, mit einer modischen Brille. Ich sage »Frau Doktor« bei der Begrüßung, eine einfache Art zu vermeiden, den falschen Namen zu sagen. Als ich der Spezialistin gegenübersitze, falte ich den Text auseinander. Sie schaut mich skeptisch an. Damit kann ich leben.

»Wie geht es Ihnen?«

Es ist die Frage, die alle stellen und auf die es keine Antwort gibt. Keine, die kürzer als zwanzig Seiten ist. Ich nicke bloß. Sie fragt routiniert all den Unsinn, den ich schon hundertmal beantwortet habe. Und immer kommt auch die Frage nach dem Stuhlgang. Ich versuche, möglichst nicht genervt zu klingen, aber es gelingt mir nicht immer. Meist genügt ein Ja oder Nein. Es ist wie ein Fragenkatalog. Eine Liste, die man abhakt. So wie man sie auch in der Zeitung liest. Zwanzig Fragen, immer die gleichen, und alle versuchen, sie möglichst originell zu beantworten. Doch hier geht es nicht um Originalität. Es geht um meine Gesundheit.

»Es geht mir nicht gut«, sage ich endlich.

Die Spezialistin zieht die Stirn in Falten. Auch damit kann ich leben.

»Manchmal, wenn ich sitze, weiß ich nicht, wie ich aufstehen soll. Die Beine reagieren nicht, es ist nicht mein Körper.«

Die Spezialistin nickt.

»Sie erlitten äußerst komplexe Hirnverletzungen.«

»Das weiß ich«, sage ich. Die Schlagzeile ist wieder da. Polizistin brutal zusammengeschlagen.

»Ein derart komplexes Schädel-Hirn-Trauma kann zu sehr unterschiedlichen Folgeschäden führen.«

»Ja«, sage ich. »Das hat man mir schon mehrmals erklärt.«

»Sind neue Probleme aufgetaucht?«

Sie scheint jetzt echt besorgt zu sein.

»Die Sprache«, sage ich.

»Lesen Sie deshalb vom Zettel ab?«

Nein, ich mache das nur zum Spaß, denke ich. Einen Moment lang befürchte ich, dass sich Maria einmischt, aber sie schweigt.

»Ich spreche Deutsch, Englisch und etwas Französisch, sage ich. Und ich habe Italienisch gelernt.«

»Sind alle Sprachen noch da?« fragt die Spezialistin.

»Ja und nein«, sage ich.

Das gefällt ihr nicht. Spezialisten benötigen präzise Auskünfte für eine Diagnose.

»Aphasie ist eine häufige Folge eines Schädel-Hirn-Traumas«, sagt die Spezialistin.

»Ich kann sprechen«, sage ich.

»Ja«, sagt die Spezialistin. »Auch ohne diese Hilfe?« Sie zeigt auf den Zettel in meinen Händen. Es muss albern aussehen.

»Meistens«, sage ich und suche auf dem Zettel nach einem Stichwort. Es macht mich nervös.

»Ja«, sagt die Spezialistin.

»Was?«, frage ich.

»Sie sagten ›sometimes‹.«

Ich sagte gar nichts. War das John?

»Sometimes«, sage ich und stocke. Es ist passiert. Da nützt kein Spiegel, specchio, mirror und miroir. Ich weiß nicht, was »sometimes« auf Deutsch heißt.

»Qualche volta«, sage ich.

Ich atme tief ein. Und aus. Die Spezialistin sieht mich interessiert und gleichzeitig besorgt an.

»Wenn ich angespannt oder nervös bin«, sage ich. So wie jetzt, denke ich. Eigentlich fast immer. »Wenn ich nervös bin, dann finde ich viele deutsche Wörter nicht«, sage ich.

Die Spezialistin nickt. »Sie sagten ›beaucoup‹.«

»Wenn ich merke, dass ich ein Wort nicht weiß, dann sage ich den Satz auf Englisch. Englisch verstehen viele. Aber mir fehlen auch englische Wörter. Wenn ich es auf Italienisch oder Französisch sage, verstehen mich viele nicht. Und oft ersetzt mein Gehirn ein deutsches Wort. Das ist das Mühsamste.«

»Ihr Gehirn ersetzt unbewusst deutsche Wörter?«

»So wie vorhin. Ich weiß, dass es ›viel‹ heißt, aber ich sage ›beaucoup‹ oder ›molto‹. Die Leute verstehen mich nicht. Wird das weggehen? Werde ich je wieder als Polizistin arbeiten können?«

Es ist raus. Die Frage, die mich umtreibt. Die mich wahnsinnig macht. Verzweifelt, traurig, die Frage, die schmerzt. Jetzt ist es die Spezialistin, die tief Luft holt.

»Das Gehirn ist äußerst komplex. Wir kennen nicht alle Vorgänge«, sagt sie.

»Das weiß ich«, sage ich.

»Das Gehirn stellt neue Verbindungen her. Es braucht Zeit.«

Ci vuole pazienza, denke ich.

»Aber warum so viele deutsche Wörter? Ich finde sie nicht und sage stattdessen etwas auf Englisch, Italienisch oder Französisch. Und ich bemerke es nicht. Ich sage ›sometimes‹ und denke, dass ich es auf Deutsch gesagt habe.«

»Manchmal«, sagt die Spezialistin wie eine alberne Lehrerin. Klar, wie kann man ein Wort wie »manchmal« vergessen?

»Manchmal«, sagt sie, »gibt es keine Erklärung. Wir wissen viel zu wenig über diese sehr komplexen Zusammenhänge.«

Eine Spezialistin, die ratlos ist. Großartig.

»Wie ist es mit neuen Wörtern? Ihre Merkfähigkeit? Ist diese auch beeinträchtigt?«

Ich zögere, weil ich darüber nicht sprechen will. Es beunruhigt mich zu sehr.

»Sie müssen sich dafür nicht schämen. Ihr Allgemeinzustand ist beeindruckend.«

»Es fällt mir schwer, mir Dinge zu merken. Lernen ist kein Problem. Im Sinne von wiederholen und einprägen. Aber alltägliche Dinge muss ich mir aufschreiben. Eine Busnummer oder Haltestelle, was ich einkaufen muss, was mir jemand am Telefon sagt. Ich tippe alles ins Handy. Ich denke, es ist ein wenig besser geworden. Aber vielleicht bilde ich mir das nur ein.«

»Eine Verminderung der Gedächtnisleistung tritt vor allem in der Frühphase auf. Schwierigkeiten, sich Neues einzuprägen, wie Namen oder Termine, sind nichts Ungewöhnliches. Wie ist es mit der Erinnerung?«

»Vieles kommt zurück, aber nicht alles.«

»Es ist ein Prozess. Leider sehr langwierig. Es sollte Sie optimistisch stimmen, dass Sie weiterhin Fortschritte erkennen.«

»Gibt es nichts, mit dem ich das mit den Wörtern verbessern kann?«

»Sie können Ihr Gehirn unterstützen«, sagt die Spezialistin.

»Wie«, frage ich?

»Lernen Sie Deutsch. Wiederholen sie alle Wörter. Zwingen Sie das Gehirn, alles wieder an einem Ort zu speichern.«

»Ich soll noch einmal Deutsch lernen? Ich spreche Deutsch.«

»Es geht darum, die Informationen neu abzulegen, neu zu ordnen. Es kann Ihnen helfen, den Wortschatz wieder zu aktivieren. Ich kann Ihnen nicht versprechen, dass es funktioniert.«

»Und wenn ich keine neuen Wörter mehr speichern kann? Wenn sich alles verflüchtigt? Wenn mein Gehirn nur noch ein Sieb ist?«

»Colander?«

Ich verwerfe die Hände und lache gequält. Die Spezialistin lächelt ebenfalls, aber eher mitfühlend.

»Sie dürfen den Humor nicht verlieren. Und versuchen Sie, sich an kleinen Fortschritten zu erfreuen.«

Gut, denke ich. Lerne ich halt noch einmal Deutsch. Mit dem Gehen klappte es ja auch einigermaßen. Aber es ist nicht nur Deutsch, mir fehlen auch Wörter in den anderen Sprachen. Doch ich will die Spezialistin nicht überfordern.

»Wenn ich entspannt bin, mache ich weniger Fehler.«

»Sie können es mit Entspannungsübungen versuchen.«

Wenn sie jetzt noch Yoga sagt, drehe ich durch.

»Es sind winzige Nervenbahnen, die zerstört sind«, sagt die Spezialistin. »Die Gewalteinwirkung auf Ihr Gehirn war extrem. Es war kein Aufprall nach einem Sturz. Es war eine Schlagkraft, die oft tödliche Auswirkungen hat. Es dauert lange, bis sich das Gehirn davon erholt. Sie haben bereits enorme Fortschritte gemacht.«

»Ich sehe und spüre täglich, was noch nicht funktioniert.«

»Ja, das ist normal. Aber Sie dürfen sich nicht unter Druck setzen. Es ist ein langwieriger Prozess, der mit dem Austritt aus dem Krankenhaus und der nachfolgenden Reha erst richtig begonnen hat.«

»Wie lange?«, frage ich.

»Diese Frage kann Ihnen niemand beantworten.«

»Sie denken ernsthaft, dass Deutsch lernen hilft?«

»Die Kapazität des Gehirns ist unglaublich. Aber man muss es stimulieren. Das ständige Wiederholen eines Wortes ist langweilig, aber so prägt es sich dauerhaft ein. Wenn Sie eine Sprache jahrelang nicht mehr benutzen, weder aktiv noch passiv, werden Sie vieles wieder vergessen. Bei Ihnen wurde dieser Prozess gewaltsam ausgelöst.«

»Viele Erinnerungen kommen wieder zurück. Bei den Wörtern ist es anders. Sie sind wie gelöscht oder durch ein Wort aus einer anderen Sprache ersetzt.«

»Sostituito«, sagt die Spezialistin.

»Ja«, sage ich.

»Es gibt kein Patentrezept. Sie müssen für sich herausfinden, was am besten hilft. Lesen Sie gerne?«

»Es ermüdet mich sehr.«

»Lesen Sie regelmäßig, egal wie lange. Ein paar Sätze genügen. Und gehen Sie unter die Leute, hören Sie Gesprächen zu.«

Ja, denke ich. Das ist besser als selbst zu reden.

»Gibt es etwas gegen die Müdigkeit?«, frage ich.

»Erschöpfungszustände sind normal. Gönnen Sie sich Pausen.«

»Ich bin fast jeden Tag erschöpft.«

»Sie wollen zu viel, Sie müssen sich mehr Zeit geben.«

Soll ich zehn Jahre warten? Danach will mich niemand mehr.

»Andere Probleme?«, fragt die Spezialistin.

Ja, denke ich, Maria und John. Aber ich erwähne sie nicht. Stattdessen spreche ich ganz allgemein von einem Durcheinander in meinem Kopf.

»Wie äußert sich das?«, fragt die Spezialistin.

»Sätze, Wörter, sie fliegen durch meinen Kopf. Manchmal ganze Gespräche. Es ist, als wäre mein Gehirn ständig am Reden.«

Die Spezialistin nickt. Ist es ein bekanntes Phänomen?

»Gibt es Tabletten dagegen?«, frage ich.

»Sie müssen sich entspannen, Sie dürfen nicht zu viel erwarten. Was Sie erreicht haben, ist bereits ein Wunder.«

Ein Wunder, denke ich. Polizistin kann wieder gehen. Polizistin kann wieder sprechen. Polizistin ist wieder gesund. Aber Anna bringt alles durcheinander. Anna findet die Wörter nicht. Sometimes. Anna hat Stimmen im Kopf. Polizistin brutal zusammengeschlagen.

3

Ich lag zwei Wochen im Koma. Keine Erinnerung. Der Tag der Attacke und die Tage davor wie weggeblasen. Als ich aufwachte, hatte ich zwei Gedanken. Spital und Schmerzen. Keine gute Kombination. Meine Eltern mit Tränen in den Augen. Wochenlang die Frage, wird sie je wieder aufwachen? Danach ging es weiter mit Fragen. Wird sie uns je wieder erkennen? Wird sie je wieder aufstehen? Wird sie je wieder gehen können? Es folgten die vier Wunder der Anna. Aufwachen, erkennen, sprechen, gehen. Therapie, Therapie, Therapie. Die Schmerzen wurden weniger, die Medikamente ebenfalls. Wochen wie unter Glas folgte die bittere Erkenntnis, dass ein entscheidendes Wunder ausbleiben würde. Niemand gibt mir mein altes Leben zurück. Hundert Mal am Tag zeigt mir mein Körper, dass ich nicht mehr die Anna von vorher bin. Die Fortschritte im Krankenhaus dienten nur dazu, aus mir wieder eine einigermaßen funktionstüchtige Frau zu machen. Sie kann wieder sprechen. Hurra. Sie kann wieder selbstständig essen. Hurra. Sie kann wieder selbstständig aufs Klo gehen. Hurra. Ich sah dieses Hurra manchmal in den Augen der Ärztinnen und der Pfleger. Sie freuten sich. Aber war es nicht in erster Linie die Freude darüber, dass sie ihren Beitrag zu diesem Hurra beigesteuert hatten? Für mich ging alles furchtbar langsam. Tag für Tag der Kampf für einen Millimeter zusätzliche Normalität. Kein Herr Doktor, der mir eine Spritze setzte und danach war alles wieder gut. Dazu die Rückschläge. Unregelmäßiger Puls, Atemnot, Bewusstlosigkeit, Schwächeanfälle, zu hoher Gehirndruck. Deshalb war eine Verlegung in die Reha lange nicht möglich. Der Winter fand mehrheitlich hinter dem Fensterglas statt, den Frühling durfte ich einatmen. Im Sommer durfte ich nach Hause gehen. Für die Ärzte ist das Wunder vollbracht. Für mich nicht. Ich bin so weit instand gestellt, um ein selbstständiges Leben zu führen. Anfänglich kam zweimal in der Woche eine Pflegerin vorbei, und ich ging dreimal in der Woche in die Physiotherapie. Das waren meine Kontakte mit anderen Menschen. Und natürlich mit meinen Eltern. Die Eintönigkeit meines Alltags störte mich nicht groß, da ich gut sechzehn Stunden schlief oder auf dem Bett und dem Sofa lag, oft sogar zu müde, als dass ich an etwas hätte denken können.

Die Liste meiner Einschränkungen ist lang. Regelmäßige heftige Kopfschmerzen. Bewusstseinstrübungen verbunden mit verschwommenem Blick. Unsteter und hüftsteifer Gang. Momente, in denen der Körper und das Gehirn nicht miteinander verbunden sind. Ich will aufstehen, aber es geht nicht. Die Arme hängen wie tote Hühner am Körper. Das Gefühl, den eigenen Körper als fremd zu empfinden. Reizbarkeit. Ständige Müdigkeit. Probleme damit, längere Texte zu lesen. Oder zwei Dinge zur selben Zeit zu tun. Das Schlimmste aber ist, dass ich kaum noch Fortschritte bemerke. Ich bin ein Wunder mit Einschränkungen. Nicht gut.

Immerhin wurde ich von einigen typischen Folgeerscheinungen verschont. Zum Beispiel Schluckbeschwerden. Die können der pure Horror sein. Anfangs hatte ich zwar ab und zu Probleme beim Schlucken, aber das ging von alleine weg. Für mich persönlich sind die Sprachprobleme zentral. Sie haben mich zeitweise verstummen lassen. Wörter, die weg sind oder keinen Sinn mehr ergeben. In Stresssituationen verschärft. Mein Gehirn kennt ihre Bedeutung und ersetzt die verlorenen deutschen Wörter. Eigentlich praktisch, aber die Leute starren mich entgeistert an. Ich spreche fast nicht mehr. Auch nicht mit meinen Eltern. Anfänglich sprach ich mit meinem Vater Englisch, aber dann ging das nicht mehr. Viel zu oft waren auch da Wörter weg. Seither nur noch Textmitteilungen und Chats. Beim Schreiben habe ich Zeit, die Wörter zu suchen. Ein Beispiel. Ich sage, mein brain kennt ihre Bedeutung. Ich weiß, was »brain« bedeutet, aber ich komme nicht auf das deutsche Wort. Ich muss einen Übersetzer benutzen. Wenn ich das Wort »Gehirn« lese, verstehe ich, was gemeint ist, aber es gibt keine Verbindung. Es ist, wie wenn man ein Wort in Gedanken hundertmal wiederholt, bis es seine Bedeutung verliert. Schwierig zu erklären. Der Wortverlust im Deutschen war sehr stark, im Englischen mittel, Französisch und Italienisch beherrschte ich nie perfekt. Zusammen mit den Verlusten wird es schwierig. Ich bin ein gestörter Polyglott, ich habe Wörter für alles, aber kreuz und quer durch die Sprachen. Es ist ein Wunder, dass du noch sprechen kannst. Ja, danke, thank you, grazie, merci.

Doch ich muss zugeben, dass sich die Situation deutlich verbessert hat. Tauchte anfänglich fast in jedem dritten Satz ein Wort in einer anderen Sprache auf, geschieht es jetzt nur noch selten. Aber es geschieht. Und es nervt. Es hemmt mich, unter Menschen zu gehen, zu telefonieren – all das, was für meine psychische Genesung wichtig wäre. Das meinte jedenfalls ein Psychologe. Scheuen Sie sich nicht davor, Fehler zu machen. Wenn man eine neue Sprache lernt, gibt es diese Hemmschwelle beim Sprechen. Weil man tausend Fehler macht. Man muss sie überwinden. Doch was macht man mit einer Hemmschwelle, die einen daran hindert, die eigene Muttersprache zu sprechen? Ich ärgere mich, wenn ich auf Italienisch, Französisch oder Englisch Fehler mache, aber ich schäme mich, wenn es mir auf Deutsch passiert. Es ist peinlich. Vor allem aber ist es peinlich, weil niemand außer mir so spricht. Deutsch und Kauderwelsch zugleich. Ich bin Babylon.

Und da sind noch Maria und John. Es ist bekannt, dass sich das Ich bei wiederkehrenden traumatischen Ereignissen spalten kann. Es gibt ein Ich, das die körperlichen Missbräuche ertragen muss, und eines, das von alldem nichts weiß. Manchmal spaltet sich das Ich in viele Ichs auf. Doch das hat nichts mit Maria und John zu tun. Ich wechsle nicht zwischen Anna, Maria und John. Ich bin immer Anna. Maria und John sprechen mit mir. Wahrscheinlich sind sie ein Teil von mir. Jetzt höre ich über Kopfhörer laute Musik. Das hilft. Maria und John schweigen. Ich habe vieles versucht. Alkohol, Joints, Autosuggestion. Einzig laute Musik hilft. Aber ich kriege davon Kopfschmerzen. Ich denke, dass mir Maria und John etwas mitteilen möchten. Wahrscheinlich wissen sie, was geschehen ist. Sie sind mein Back-up. Aber auch das hat gelitten. Oder sie sind in meinen Kopf eingedrungen, als ich blutend am Boden lag, die Schädeldecke zertrümmert. Schau da, lass uns reingehen. Wir besetzen ihr Gehirn. Zwei Fremde, die es sich in meinem Gehirn bequem gemacht haben.

Doch John und Maria sind nicht allein. Ich höre ständig Gespräche, nein, es sind Dialoge, und nicht immer ergeben sie einen Sinn. Vielleicht sind es Gesprächsfetzen aus meiner Vergangenheit oder irgendwelcher Gesprächsmüll, den mein Gehirn abgespeichert hat. Ich versuche diese Stimmen zu ignorieren, aber es gelingt mir nicht immer. Anfangs habe ich die Gespräche aufgeschrieben, weil ich dachte, dass sie wichtig sind und dass sie ihren Teil zu meiner Genesung beitragen können.

»Sie mag Quitten.«

»Kenn ich nicht.«

»Das ist eine Frucht. Ich schenke ihr Quittenkonfitüre. Die mag sie sehr.«

»Ich mag keine Konfitüre.«

»Sie macht sich nichts aus Schmuck.«

»Ich liebe Schmuck. Gibt es keinen Schmuck, der wie eine Kitte aussieht?«

»Quitte.«

»Was?«

»Es heißt ›Quitte‹.«

Was will mir dieser Dialog sagen? Ich mag weder Quitten noch Schmuck. Ich erkenne die Stimmen nicht. Es ist völlig unsinnig, dass mich mein Gehirn an diesen Dialog erinnert. Er könnte aus irgendeinem Film sein. Oder einem Buch. Ich habe sogar danach gesucht, aber nichts gefunden. Hätte ich es der Spezialistin sagen sollen? Alles über John und Maria und die seltsamen Dialoge?

Von außen betrachtet, bin ich ein medizinisches Wunder. Doch leider sieht man es mir auch an. Ich lebe selbstständig und einsam. Ich ertrage die Menschen nicht mehr so wie früher. Ich bin ungeduldig. Ich bin direkt. Ich bin schwierig auszuhalten. Ich rede nur noch, wenn ich muss. Ich schalte die Musik aus.

»Dublin hatte einen speziellen Geruch«, sagt Maria.

»Wie meinst du das?«, frage ich.

»Es roch irgendwie alt.«

»Alt?«

»Ja, wie alte Kleider.«

»Daran kann ich mich nicht erinnern«, sage ich, und es stimmt. Ich erinnere mich an Dublin, aber nicht an diesen Geruch. Viele Erinnerungen kamen zurück, als ich mir die Fotos auf meinem Handy ansah. Einiges bleibt rätselhaft. Leider bin ich keine geübte Fotografin, aus Selfies habe ich mir nie viel gemacht, weil ich mir auch nie richtig gefallen habe auf Fotos. Ich bin nicht fotogen. Es gibt Menschen, die sehen auf Fotos immer gut und attraktiv aus. Ich nicht. Deshalb ist meine Fotosammlung bescheiden. Ich habe mir auch selten Fotos von früher angeschaut. Ich bin jemand, der lieber nach vorne schaut.

»Non ti ricordi?«, fragt Maria.
»Habe ich Italienisch gesprochen?«
»Du sprichst oft Italienisch.«
»Ich bemerke es nicht.«
»Possiamo parlare in italiano.«
»Nein, ich muss wieder richtig Deutsch lernen.«
»Du liebst die italienische Sprache.«
»Sì.«
»Na also. Andiamo in Italia.«
»Nein.«
»Du sagst ›No‹, das zählt nicht.«
»Ich habe ›No‹ gesagt? Aber warum, ich weiß, dass es auf Deutsch ›Nein‹ heißt.« Ich bin müde, die Fehler häufen sich.
»Je ne veux pas«, sage ich.
»Das ist Französisch«, sagt Maria.
»Du verstehst Französisch?«
Maria antwortet nicht.
»Warum sprichst du mit mir?«, frage ich sie.
»Menschen sprechen, um zu verstehen oder um abzulenken«, sagt Maria.
»Das hilft mir nicht weiter.«
Verstehen, to understand, capire, comprendre. Alle Wörter sind da.
»Warum kommt das Wort ›stehen‹ darin vor?«, fragt Maria.
»Wie meinst du das?«
»›Verstehen‹ und ›to understand‹. Darin kommt das Wort ›stehen‹ vor. Im Französischen ist es ›prendre‹, ›nehmen‹, ›comprendre‹. Das macht alles keinen Sinn.«
»Ich weiß es nicht. Es ist, wie es ist«, sage ich.
Doch das stimmt nicht. Wenn man eine Sprache lernt, stößt man oft auf Dinge, die für Muttersprachler völlig normal sind, dem Lernenden aber seltsam vorkommen.
»Es ist wie ›vergeben‹«, sagt Maria. »›Geben‹ und ›verge-

ben‹, ›stehen‹ und ›verstehen‹. Die beiden zusammengesetzten neuen Wörter ergeben eigentlich keinen Sinn.«

»Die Bedeutung der Wörter ist wichtig, nicht ob sie einen Sinn ergeben«, sage ich.

»Ja, wir suchen immer nach dem Sinn, der Logik«, sagt Maria.

Und oft gibt es keine Logik und keinen Sinn. Die Polizistin Anna hat das gelernt, Menschen verhalten sich irrational, sie folgen ihren Instinkten. Im Nachhinein konstruieren sie einen Sinn in ihr Verhalten. Ich habe das und das gemacht, weil … Niemand sagt, ich ging in die Küche und ich weiß nicht, warum. Dabei gehen wir ständig in die Küche ohne zu wissen, warum. Der Psychologe sagt, weil wir unbewusst Hunger oder Durst haben. Psychologen suchen auch ständig nach dem Sinn im Unsinn.

»Er ist einfach zu finden«, sagt Maria.

»Was?«

»Der Sinn im Unsinn.«

»Tatsächlich?«

»Ja, man muss das Wort nur auf Italienisch schreiben.«

»Was für ein Wort?«

»Un sinn. Ein Sinn.« Maria kichert.

Sie mag Wortspiele. Manchmal sind sie lustig. Nicht immer. Ist sie ein Teil von mir, weggesplittert wie ein Stück Hirnmasse, das am Tatwerkzeug klebt? Ich weiß nicht, wie viel von meinem Hirn zerstört wurde, und ich will es auch gar nicht wissen. Es ist genug da für ein neues Leben. Aber ich weiß ehrlich gesagt nicht, ob ich es will, dieses neue Leben. Nicht, dass ich an Selbstmord denke, aber es fällt mir unendlich schwer, mich so zu akzeptieren, wie ich jetzt bin. Eine ständig müde junge Frau mit einem großen Durcheinander im Kopf.

»Denkst du oft an Kreta?« fragt Maria.

»Weshalb sollte ich?«

»Du warst glücklich auf Kreta.«

»Ich kann mich nicht daran erinnern.«

Doch, Griechenland, die Sonne, die schon frühmorgens brannte, den griechischen Salat, die Fische, aber ich sehe mich nicht in Griechenland oder auf Kreta. Meine Erinnerung ist da, aber ich bin es nicht. Als wäre es die Erinnerung einer anderen Person.

»Du konntest deine Seele baumeln lassen.«

To let it all hang out, denke ich und bin verblüfft. Manchmal überrascht mich mein Gedächtnis oder das, was von ihm übrig ist.

Ich verstehe nicht, was in meinem Kopf vorgeht. Aber ich denke, dass Maria und John ein Teil meiner Erinnerungen sind. Als ich aus dem Koma aufwachte, war fast alles weg. Ich erkannte meine Eltern, aber ich wusste ihre Namen nicht. Maria und John sind wie Figuren aus einem Traum. Vielleicht wurden bei mir Bewusstsein und Unterbewusstsein durcheinandergebracht. Maria und John bringen meine Erinnerungen zurück. Aber sie tun das auf eine sehr chaotische Art und Weise. Wie in Träumen.

»Chi se ne frega«, sagt Maria.

»That's rude«, sage ich. Und bemerke, dass ich Englisch sprach.

»In der Bretagne warst du glücklich.«

»Ich erinnere mich nur an den Wind.«

»Du hast alles vergessen, was schön war.«

Nein, denke ich, auch das Hässliche, es ist weg. Wenigstens ein Teil davon. Doch wenn ich ein Foto sehe oder mir etwas einfällt, ergibt oft das eine das andere. Einige Erinnerungen sind dann sofort wieder da, während andere verschüttet bleiben. Vielleicht wäre es einfacher, wenn ich alles in einer bestimmten Periode vergessen hätte. Ein Blackout von einem Monat oder einem Jahr. Okay, die Tage unmittelbar vor dem Ereignis sind vollständig weg, gelöscht. Konkret fehlen mir mindestens drei Tage komplett, nein, eigentlich mehr, auch die Zeit im Koma, aber da habe ich nichts erlebt. Aber sonst ist alles diffus. Klare Erinnerungen und unerklärliche Lücken. Es kann sein, dass ich mich an etwas Bestimmtes erinnere und etwas anderes, das fast zeitgleich war, ein großes Loch ist. Schwierig, schwierig, nicht nur für mich.

Da ist zum Beispiel Daniela, meine Partnerin bei der Polizei. Ich habe sie im Krankenhaus nicht erkannt. Die Erinnerungen kamen nur langsam zurück und sie stammen alle aus einer Zeit lange vor dem besagten Tag. Jetzt denke ich an Daniela. Wie geht es ihr? Ich spüre sofort den Herzschlag. Daniela, meine Freundin, meine Partnerin auf Streife. Sie meldet sich kaum noch. Wahrscheinlich hat es sie irritiert oder schockiert, dass ich sie nicht sofort erkannte. Oder sie hat ein schlechtes Gewissen, weil sie mir nicht helfen konnte. Auch das ist möglich. Sie muss sich auf die Arbeit konzentrieren, denke ich. Wie würde ich mich verhalten? Es gibt den Alltag und die Arbeit, und es gibt die Kollegin, die sich kaum an dich erinnert. Schwierig.

»Sie fehlt dir«, sagt Maria.

»Du kennst Daniela?«, frage ich.

»Sie fehlt dir.«

Maria hat recht. Mir fehlen die Gespräche mit Daniela. Man verbringt sehr viel Zeit zusammen, manchmal Stunden, in denen nichts geschieht. Wir konnten albern sein, das kann man nicht mit allen. Aber jetzt geht das nicht mehr. Die Schläge haben auch unsere Freundschaft zertrümmert.

»Smashed?«, fragt Maria.

Ich ärgere mich, aber es bringt nichts.

»Devi essere ottimista«, sagt Maria.

»Ja, ich weiß.«

Wie können Stimmen im Kopf so real sein, frage ich mich. Es gibt Verrückte, die Wahnsinnstaten begehen, weil sie eine

Stimme hören. Sind das auch Maria und John? Sind diese Stimmen Teil einer anderen Realität? Warten sie auf empfängliche Opfer? Es sind absurde Gedanken, aber ich kann mich nicht von ihnen befreien. Ich greife zu den Kopfhörern. Laute Musik hören, um seine Ruhe zu haben. Meine Welt ist eine andere geworden. Ich muss mein brain trainieren, denke ich. Schon wieder »brain«. Und wieder ist das richtige Wort weg. Ich finde es online. »Gehirn«. Wahrscheinlich ist das eine Form von schwarzem Humor, wenn man sich nach einem Gehirnschaden nicht mehr an das Wort »Gehirn« erinnert.

Maria und John heißen nicht so, und vielleicht sind es auch nicht zwei Personen, Figuren oder was auch immer. Ich habe aus den Stimmen zwei Menschen gemacht.

Maria und John sind Phantasienamen. Ich kenne niemanden, der so heißt. Maria benutzt oft italienische Wörter, John englische. Aber beide sprechen auch die jeweils andere Sprache und Französisch. Es ist ein großes Durcheinander. Unser Gehirn speichert die Informationen dezentral und verbindet sie. Entweder sind bei mir diese Verbindungen durcheinandergeraten, oder alles ist derart durchgerüttelt worden, dass die Wörter und Erinnerungen von einem Speicherort zum anderen flogen. Ich suche nach einer Erklärung. So wie das Menschen immer tun. Das Schlimmste, was einem Menschen geschehen kann, ist ein Leben mit der ständigen Frage, warum ich? Niemand kann es akzeptieren als das, was wir Schicksal nennen. Es muss eine Erklärung geben, für alles. Warum ich? Weder Maria noch John können diese Frage beantworten. Aber ich denke, sie liefern mir Hinweise. Das ist ein schöner Gedanke für eine Polizistin. Ich gehe meinen eigenen Hinweisen nach.

4

Ich denke an das, was die Spezialistin sagte. Noch einmal Deutsch lernen. Von Grund auf. Als ich Italienisch lernte, stand ich vor der Entscheidung, ganz klassisch einen Kurs zu besuchen oder alleine zu lernen. Gegen den Kurs sprach, dass Menschen neugierig sind. Es dauert meist nicht lange, bis man gefragt wird, was man beruflich macht. Und ich weiß, was danach geschieht. Entweder wenden sich die Leute ab oder sie hören nicht auf, Fragen zu stellen. Ich mag beides nicht. Also entschied ich mich für Apps. Und es war eine gute Entscheidung. Ich konnte lernen, wo und wann ich wollte. Auch wenn ich mit Daniela Dienst hatte. Sie fand es lustig, zuzuhören, wenn ich italienische Vokabeln lernte. Ich greife zum Handy. Die Apps sind noch installiert, einige Abos laufen weiter. Gut, das ist besser als immer nur mit Maria und John zu reden. Wo sind sie überhaupt? Schlafen die Stimmen wie wir, benötigen sie Schlaf, um am Morgen wieder Unsinn zu erzählen? Mit drei der Apps, mit denen ich Italienisch lernte, kann man auch Deutsch lernen. Ich wähle Englisch als Ausgangssprache. So kann ich auch die Englischlücken wieder auffüllen. Los gehts.

Guten Tag.

Es ist lächerlich. Aber es geht nicht anders. Ich muss alle Wörter wiederholen. Denke ich zumindest. Zuerst auf Deutsch und später dann in den anderen Sprachen. Was machst du so? Ich lerne Deutsch. Selten so gelacht. Natürlich werde ich mit niemandem darüber sprechen, schon gar nicht mit meinen Eltern.

Auf Wiedersehen. Au revoir. Goodbye. Arrivederci.

Das wäre eine Variante, alle Wörter in den vier Sprachen zu wiederholen. Wie lange benötige ich dafür? 2000, 3000 oder 5000 Wörter pro Sprache? Auf Deutsch sind es viel mehr. Aber ich hätte eine Aufgabe, wenn ich müde herumliege, ohne schlafen zu können. Und überhaupt. Good idea, Anna. Bonne idee, buona idea, gute Idee. Verblüffend, wie ähnlich sie sich sind. Es gibt aber auch ganz andere Beispiele. Hund, chien, dog, cane. Chat, gatto, Katze, cat. Es beginnt mir Spaß zu machen.

Die Erinnerung, memory, la memoria, la memoire. Aber im Italienischen gibt es für »sich erinnern« auch noch das Wort »il ricordo«. »Se rappeler«, »se souvenir« auf Französisch. Ist »la memoire« »der Speicher«? Mir fällt »appeler par cœur« ein. »Auswendig lernen«. »Learning by heart«. »Imparare a memoria«. Kann ich mein Leben zurückholen, indem ich Wörter auswendig lerne? Es gibt Menschen, die an Aphasie leiden, denen nicht nur die Wörter abhanden gekommen sind, sondern auch die Aussprache. Alles weg. Was sind wir ohne Sprache? Ich erinnere mich an die mitleidigen Blicke. Wenn ich nach einem Wort suchte. Die Leute halten das Warten nicht aus. Zuzusehen, wie jemand mit Wörtern ringt. Sie versuchen zu helfen und machen alles nur schlimmer. Wie oft habe ich mich in Italien geärgert, wenn der cameriere auf Englisch antwortete, obwohl ich versuchte Italienisch zu sprechen. Die Kellner sind stolz auf ihr schlechtes Englisch, aber es ist tödlich, wenn man Italienisch praktizieren möchte. Englisch hat sich zu einer Plage entwickelt, es ist überall das Gleiche. Selbst in Frankreich, wo man fast übertrieben stolz auf die eigene Sprache ist, wird mit den Touristen heute Englisch gesprochen. Und damit auch mit jenen, die Französisch lernen. Es wird so weit kommen, dass man in abgelegene Täler wandern muss, wenn man sich auf Italienisch oder Französisch unterhalten will. Aber das ist jetzt nicht wirklich mein Problem. Ich muss mich überwinden, überhaupt zu sprechen. Wenn man eine Sprache lernt, ist der schwierigste Teil, sie zu sprechen. Lesen und schreiben gehen schneller. Okay, es gibt diese Naturtalente, die nach einem Monat schon losplappern, als wäre es das Einfachste der Welt. Alle anderen benötigen länger.

Kann ich tatsächlich alles zurückholen? Oder mache ich mir etwas vor? Schreiben geht. Ich sehe die Fehler sofort. Wenn ich schreibe, tutto weg, dann bemerke ich, dass »tutto« falsch ist. Ich schreibe und denke auf Deutsch, aber Wörter aus einer anderen Sprache mischen sich ein. Doch ich muss auch sprechen. Ich muss jemanden finden, mit dem ich Deutsch sprechen kann und der mich sofort korrigiert, wenn ich eine Fremdsprache benutze. Ein Sprachtalent, geduldig, hilfsbereit, ausdauernd. Ich bin nicht besonders geduldig. Wozu Zeit verschwenden für etwas, wenn es nicht wirklich wichtig ist? Im Krankenhaus lernt man, geduldig zu sein. Drei Tage Fortschritte und dann wieder von vorne. Okay, so richtig gelernt habe ich es nicht, aber zumindest akzeptiert. Ich habe gelernt zu essen, ohne dabei eine Sauerei zu machen. Ich habe gelernt zu gehen, ohne ein Sicherheitsrisiko für mich und die anderen zu sein. Das alles hat unendlich lange gedauert. Das Sprechen ging einfacher. Dachte ich. Bis ich bemerkte, dass man mich oft nicht verstand. Aussetzer. Sie hat Aussetzer. Ist das meine Zukunft? Eine Frau, die Aussetzer hat? Può essere. Kann sein. Ich starte wieder eine App.

Hallo, ich heiße Anna.

Ich lache laut. Mi chiamo Anna, my name is Anna oder I'm Anna. Je suis Anna oder je m'appelle Anna.

Wie heißt du?

Come ti chiami? What's your name? Comment tu t'appelles?

Wenn ich das konsequent mache, sollte ich in einem halben Jahr alles wieder intus haben. Sofern mein Gehirn alles schön abspeichert und auch wiederfindet. Doch mit wem soll ich sprechen? Mein Vater und meine Mutter würden sicher gerne helfen, aber ich ertrage ihre Art nicht über eine längere Zeit. Es müsste jemand Neutrales sein. Am besten jemand, den ich dafür bezahle. Aber das wird teuer. In solchen Momenten denke ich, ein paar Freunde wären schon nicht schlecht. Aber hätten die Zeit und Geduld? Und würde ich es lange genug aushalten, mich immer wieder scheitern zu sehen? Ich finde ein Wort nicht oder sage es auf Französisch. Wie sollen sie das verstehen? Krebs kann man verstehen, einen Herzinfarkt oder eine Lähmung. Aber wie soll man verstehen, dass ich Kauderwelsch rede, wenn ich nervös bin?

Lars vielleicht. Er wohnt im zweiten Stock. Wir grüßten uns lange wortlos. Dann gab es erste belanglose Gespräche. Keine Ahnung, worüber. Wetter und so Zeug. Lars ist ein Chamäleon. An einem Tag top angezogen und gut gelaunt, am anderen schmuddelig und miesepetrig. Manchmal sogar geschminkt. Ich hielt ihn zuerst für schwul. Aber dann sah ich ihn mit einer Frau. Deutlich älter als er. Sehr vertraut. Ein Liebespaar. Oder eine Affäre. Warum nicht Lars? Aber ich erinnere mich an keine einzige Unterhaltung mit ihm. Inhaltlich. Ich weiß, dass wir öfter miteinander sprachen, aber nicht mehr, worüber. Hat er mir nicht gesagt, dass er Schauspieler ist? Oder habe ich das gegoogelt? Nein, nicht Schauspieler. Sprecher. Ein seltsamer Beruf. Man ist nur eine Stimme. In einem Werbespot. In einer Reportage. Im Lautsprecher des Supermarktes. Mir fällt ein, dass ich Lars nicht gesehen habe, seit ich wieder zu Hause bin. Vielleicht sollte ich einfach mal bei Lars klingeln?

Der Gedanke erfreut mich und macht mir gleichzeitig Angst, paura, peur, fear. Oder anxiety? Perro. Das Wort ist plötzlich da und auch seine Bedeutung. »Perro« heißt »Hund« auf Spanisch. Habe ich etwa auch noch Spanisch gelernt? Ich suche in meinem Kopf nach spanischen Vokabeln, aber es kommt nichts. Maria und John schweigen. Hat es damit zu tun, dass ich mich ablenke? Kann ich die beiden durch Lernen zum Schweigen bringen?

»Tengo hambre.«

Das ist John.

»Was bedeutet das?«

»Ich habe Hunger.«

»Habe ich das gelernt?«

»Hunger lernt man nicht, man hat ihn einfach.«

»Sehr klug. Ich meine Spanisch. Habe ich Spanisch gelernt?«

John schweigt.

»Sag mir die Wahrheit. Wer bist du?«

Tell me the truth, la verità, la vérité, die Wahrheit.

»Sie ist in jeder Sprache anders«, sagt John.

»Die Wahrheit«, frage ich?

»La verità and the truth, glaubst du, sie sind das Gleiche?«

»Ja«, sage ich. »Es ist egal, ob die Wörter ähnlich klingen oder nicht. ›La verità‹ und ›la vérité‹ klingen fast gleich, ›truth‹ und ›Wahrheit‹ ganz anders.«

»Es gibt sie nicht«, sagt John.

»Ja, ich weiß, es gibt Philosophen, die das behaupten.«

»Man kann alles behaupten«, sagt John.

»Ja, aber danach muss man es beweisen.«

»Zuerst behaupten und danach enthaupten. Wenn man etwas behauptet, gibt man einen Kopf drauf, und wenn man enthauptet, nimmt man den Kopf weg.«

»Das ist Unsinn«, sage ich.

Wenn ich mich nicht mehr richtig daran erinnern kann, dass ich Spanisch lernte, muss das kurz vor dem Blackout gewesen sein. So habe ich mir die Tat eine Weile schöngeredet. Als einen Blackout, den ich hatte. Nicht etwas, das mir zugefügt wurde. Spanisch soll einfach zu lernen sein, wenn man schon Italienisch spricht. Aber mein Italienisch ist jetzt ein löchriger Käse. Genauso wie mein Deutsch.

Ich heiße Anna und du heißt Matthias.

Ich zweifle schon, ob das wirklich was bringt. Wäre es nicht besser, gezielt die Wörter zu lernen, die mir fehlen? Aber wie erkenne ich diese Wörter?

Wie geht es dir? How are you, come stai, comment vas-tu?

»Es ist die Liebe«, sagt Maria.

»Hör auf«, sage ich.

»Die Liebe zu deinem Beruf.«

»Ja, vielleicht. Aber vielleicht auch nur die Liebe zu mir, meine Selbstachtung.«

»Es ist die Angst«, sagt John. »Sie treibt alle an, aber niemand gibt es zu.«

Ich greife zu den Kopfhörern und jage mir den Lärm einer Metalband durch den Schädel.

Non lo so, I don't know, je ne sais pas. Ich weiß es nicht.

Polizistin brutal zusammengeschlagen. Tag für Tag, Nacht für Nacht.

5

Die ersten Tage im Krankenhaus. Bei Bewusstsein und doch weit weg. Ich wusste sofort, wer ich bin, ich dachte, okay, es hat mich erwischt, aber ich lebe und ich werde mich wieder erholen. Aber dann entdeckte ich die Lücken. Die Versuche zu sprechen. Das mühsame Wiedererkennen meines Vaters. Die Fremdheit. Sich wie in einem Film fühlen. Den Krankenhausalltag nahm ich als etwas Beruhigendes wahr. Ständig kam und ging jemand. Alle kümmerten sich um mich. Es gab Rituale. Um mich herum bewegte sich alles. Ich lag da und die Zeit verging. Anfangs gab es diese Leere in meinem Kopf. Keine Gedanken. Ich nahm alles wahr, aber es betraf mich irgendwie nicht. Vollgepumpt mit Medikamenten. Ein Strom aus Schmerz- und Beruhigungsmitteln. Ich durfte das Bett nicht verlassen. Die Ärzte befürchteten, dass die Koordination mit meinen Beinen nicht funktionierte. Tatsächlich gab es Momente, in denen ich keinen Einfluss auf die Muskeln hatte. Aber das besserte sich rasch. Ich spürte, wie sich die Pflegerinnen und Pfleger entspannten in meiner Gegenwart. Kein ständiges Abwägen mehr, ob ich vielleicht gleich wieder bewusstlos werde. Später las ich, dass das passieren kann. Wie so vieles. Ein verletztes Gehirn ist unberechenbar. Ich versuchte mich nicht ständig zu beobachten. Ging diese Bewegung gestern besser? Sprach ich deutlicher? Warum fühle ich mich heute so schlapp? Sich beobachten ist wie auf eine Katastrophe warten. Nicht gut. Die Medikamente halfen mir, die Tage zu begrüßen und zu verabschieden, ohne viel darüber nachzudenken. Ich sprach mit Besuchern und vergaß alles gleich wieder. Aber es beunruhigte mich nicht. Ich machte einfache Übungen. Memorierte einen Satz. Es funktionierte. Aber Minuten später war alles wieder weg. Meine Mutter sprach über eine Reise, die ich gemacht hatte. Ich hatte keine Ahnung davon. Mein Vater redete über einen Arbeitskollegen. Er ging offenbar davon aus, dass ich ihn kannte. Ich hatte keinerlei Erinnerung an ihn. Doch langsam kamen die Erinnerungen zurück. Plötzlich war da ein Name in meinem Kopf. Später kam ein Gesicht dazu. Wie wenn mein Gehirn einzelne Teile zusammensetzte. Und immer wieder die Stunden, in denen ich gedankenlos in meinem Bett lag oder saß. Und alles rundherum wie ein Film war. Ich mittendrin. Als hätte man mein Bett in eine Filmszene geschoben. Es war ein Gefühl, das ich zuvor nicht gekannt hatte. Passiv sein. Einfach nur da sein. Wie ein Einrichtungsgegenstand. Und ich hatte kein Bedürfnis, etwas daran zu ändern. Wie die alten Leute, die den ganzen Tag nur auf einem Stuhl sitzen und ins Leere starren. Letting the day go by. Passare il tempo.

»Erzähl etwas«, sagt Maria. »Hai fatto un sogno la notte scorsa?«

»Ich träume manchmal drei- oder viermal, aber die Träume sind wirr.«

»Dimmi.«

»Etwas lag auf der Straße. Die Autos wichen aus. Ich konnte nicht erkennen, was auf der Straße lag. Plötzlich bewegte es sich. Es war eine Katze. Ein Auto fuhr direkt auf die Katze zu. Ich winkte dem Fahrer zu, aber das Auto fuhr einfach weiter. Als ich mich zu der Katze umdrehte, war sie weg. Auch die Straße war weg. Ich hielt eine Tasse in der Hand und stand an einem Fenster.«

»Weiter«.

»Nichts weiter.«

»Das ist doch kein Traum«, sagt Maria empört.

»Meine Träume sind immer so. Sinnlos und wirr.«

»Die Katze. Was hat sie für eine Bedeutung?«

»Keine Ahnung.«

»Die Katze hat eine Bedeutung«, sagt Maria.

»Nein.«

»Wie kannst du so sicher sein?«, fragt Maria.

»Ich stehe nie mit einer Tasse in der Hand am Fenster. Das war nicht ich.«

»Du träumst von einer anderen Person?«

»Vielleicht tun wir das alle. Deshalb sind die Träume so wirr. Weil sie manchmal nicht unsere Träume sind.«

Mir fällt ein, dass in meinem Traum auch ein Mann vorkam. Er sah mich an und lächelte. Er trug einen roten Mantel. Wie der Nikolaus. Danach war er weg. Ich versuche mich an sein Gesicht zu erinnern, aber da ist nichts. Ich greife zu den Kopfhörern. Ich öffne die App und lerne Wörter, die ich schon kenne. Es ist absurd, aber ich mache weiter. Nach zehn Minuten habe ich genug. Ich stehe auf und verlasse die Wohnung.

Der Gang zum Briefkasten war anfangs eine Tortur. Ich wollte niemandem im Treppenhaus begegnen. Keine Fragen beantworten. Wie geht es Ihnen? Gut, ich lag eine Weile im Koma, aber jetzt ist alles wieder gut. Die Menschen zwingen einander das Lügen auf. Niemand will die Wahrheit erfahren, aber alle wollen höflich sein. Mittlerweile ist es mir egal. Ich grüße die Leute, mache aber keine Anstalten, mich auf ein Gespräch einzulassen. Tunnelblick. So tun, als sei man in Eile. So tun, als sei alles in Ordnung.

»Anna?«

Ich bleibe stehen. Niemand im Haus nennt mich beim Vornamen. Fast niemand. Ich drehe mich um. Lars sieht beschissen aus. Anders kann ich es nicht beschreiben. Ungepflegt, unrasiert, müde, kaputt. Wahrscheinlich denkt er das Gleiche über mich.

»Ich wollte mich bei dir melden.«

»Schon gut«, sage ich.

»Als ich es in der Zeitung las, dachte ich zuerst nicht an dich. Aber dann habe ich dich nicht mehr gesehen. Ich klingelte einmal an deiner Tür. Es war idiotisch. Ich hätte bei der Polizei anrufen sollen.«

»Die hätten dir keine Auskunft gegeben.«

»Ich hatte auch meine Probleme.«

Das sieht man, denke ich.

»Das Leben ist manchmal beschissen«, sagt Lars.

»Kann man so sagen.«

»Può was?«, fragt Lars.

»Was?«, frage ich.

»Das war Italienisch, nicht?«

»Kann sein. I have to … jetzt bemerke ich es selbst.«

»Englisch? Okay, that's easier for me.« Lars lacht. Ich kriege einen roten Kopf. Mir wird schwindlig. Ich halte mich am Treppengeländer fest.

»Bist du okay?«

»Nein.«

»Was kann ich tun?«

»Nichts.«

»Fällst du in Ohnmacht?«

»Nein«, sage ich. Doch woher soll ich das wissen? Ich will weg, weit weg. Lars kommt drei Treppenstufen näher und streckt seinen Arm aus. Es muss wie in einem Kitschfilm aussehen. Die helfende Hand des Helden rettet die Frau vor dem Treppensturz.

»Es geht schon«, sage ich.

»Ça va? Willst du mich beeindrucken?« Lars lacht jetzt unsicher.

»Nein«, sage ich. Ich atme tief ein, aber es wird nicht besser. Jetzt ist Lars nur noch eine Stufe entfernt. Er streckt die Arme aus. Wenn ich jetzt falle, dann direkt in seine Arme. Ich will das nicht. Ich setze mich auf die Treppenstufe.

»Soll ich die Ambulanz rufen?«

»Nein. Es geht schon.«

»Ich kenne das«, sagt Lars.

»Was?«

»Panikattacken.«

Ich schüttle den Kopf.

»Doch, ich kenne die Symptome.«

»Nein. Es ist etwas anderes.«

»Soll ich dich stützen?«

»Nein, es geht schon.«

Aber es geht nicht. Ich spüre meine Beine nicht. Es ist zum Kotzen. Es ist nicht neu, aber bis jetzt geschah es immer in der Wohnung und es dauerte nie lange. Ich schließe die Augen, atme tief ein und aus. Als ich die Augen öffne, steht Lars immer noch da. Er schaut mich mit einem sehr skeptischen Blick an. Wird sie sterben oder so ähnlich. Ich murmle etwas.

»Besser?«, fragt Lars.

»Ja«, sage ich.

»Oui?«, fragt Lars. Mist, denke ich. Aber ich spüre meine Beine wieder. Ich ziehe mich am Geländer nach oben, verliere beinahe das Gleichgewicht. Lars stützt mich mit einer Hand.

»Geht schon«, sage ich.

»Ja klar«, sagt Lars lachend. »Kannst das auch auf deinen Grabstein meißeln lassen. Geht schon.«

Ich muss lachen.

»Lust auf ein Bier?«

»Keine schlechte Idee«, sage ich.

Er zeigt nach oben.

»Meine Wohnung ist näher.«

»Okay«, sage ich.

Als ich hochgehe, schaut er weiterhin skeptisch. Ich fühle mich unsicher, aber mit jedem Tritt geht es besser. Ich war schon mal in seiner Wohnung. Weiße Möbel. Ich erinnere mich an keine Gespräche, aber einmal waren da auch noch ein Mann und eine Frau. Der Mann hatte einen Bart, die Frau trug ein luftiges Blumenkleid. Die Bilder sind besser abgespeichert als die Wörter und Gespräche. Gut möglich, dass die Gespräche zurückkommen in seiner Wohnung. So, als wären sie dort irgendwo gespeichert. In den Wänden oder dem Sessel, auf dem ich saß. Vielleicht benötigt das Gehirn die Umgebung, um das Gespräch wieder zu verknüpfen.

Ich atme heftig, als ich die Wohnung betrete. Lars zeigt auf einen Sessel im Wohnzimmer. Er ist grün, nicht weiß. Auch die übrigen Möbel sind bunter. Bis auf das weiße Sofa. Ich erkenne es wieder. Ich setze mich in den grünen Sessel. Lars geht in die Küche und kommt mit zwei Flaschen Bier zurück. Keine Gläser. Sehr gut.

»Allora«, sage ich.

»Du musst nichts sagen.«

»Ich will aber.«

»Okay.«

»Ich werde englische, italienische und französische Wörter benutzen.«

»Das muss nicht sein.«

»Es geht nicht anders.«

»Englisch ist kein Problem. Französisch schon eher. Und Italienisch verstehe ich nicht.«

»Mein Gehirn ersetzt deutsche Wörter, die ich vergessen habe, durch Wörter aus anderen Sprachen.«

»Aber du sprichst perfekt Deutsch.«

Ich hebe die Flasche in die Höhe und wir toasten uns zu. Ich trinke zwei, drei große Schlucke. Es tut gut.

»Ich merke es oft nicht, wenn ich Wörter aus einer anderen Sprache benutze.«

»Aha.«

»Sag mir, wenn du etwas nicht verstehst.«

»Ich verstehe eigentlich gar nichts. Was war das vorhin im Treppenhaus? Eine Art Anfall? Und was ist mit den Wörtern?«

»It's a long story«, sage ich. Ganz bewusst auf Englisch.

»Ich habe nichts vor heute«, sagt Lars.

»Allora«, sage ich.

Ich rede und rede und rede. Lars hört zu, nickt, lacht, fragt nach. Wann habe ich zuletzt so viel geredet? Lars korrigiert mich nicht. Wir haben uns darauf verständigt, dass er einen Finger hebt, wenn er etwas nicht versteht. Er hebt ihn ab und zu. Es tut gut, zu reden. Es tut gut, mich nicht zu verstecken.

»Das ist meine Geschichte«, sage ich schließlich.

»Du hättest sterben können.«

»Ja.«

»Krass.«

»Man kriegt nichts mit. Ich habe keine Lichter gesehen, keine Engel, nichts.«

»Man sagt, dass Nahtoderfahrungen chemische Prozesse sind«, sagt Lars.

»Manche sagen das auch über die Liebe«, sagt Maria.

Sie hat sich einige Male eingeschaltet. Ich habe sie ignoriert. Und ich habe sie verschwiegen. Sie und John.

»Manchmal höre ich sogar Stimmen«, sage ich.

Lars lacht laut.

»Ich bin eine Stimme. Vielleicht hast du mich gehört?«

»Nervt es dich, dass du nur eine Stimme bist?«

»Nicht wirklich. Es ist ein Job. Er macht mir Spaß. Meistens. Du bist gerne Polizistin?«

»Sehr gerne.«

Er verzieht sein Gesicht und nimmt einen großen Schluck. Er mag Polizisten nicht. Wie so viele. Sie erinnern einen an die eigenen dunklen Seiten. An all das, was man gemacht hat, ohne dabei erwischt zu werden.

»Wie stehen die Chancen, dass du wieder in den Job zurückkannst?«, versucht er möglichst neutral zu fragen.

»Schlecht bis miserabel.«

»Keine gute Aussicht.«

»Kann man so sagen.«

»Es gibt Drogen, die dir helfen könnten.«

»Du spinnst.«

»Nein. Du sagst, dass du weniger Fehler machst, wenn du entspannt bist.«

»Ein Bier ist okay. No drugs.«

»Ja, Polizistin halt«, sagt er lachend.

»Seit wann nimmst du das Zeug?«

»Schon ziemlich lange. Ich habe nie gekifft, aber die typischen Partypillen waren mein Ding. Stundenlang gut drauf sein.«

»Handelst du mit dem Zeug?«

Er lacht schallend, vielleicht etwas zu übertrieben.

»Nein. Ich bin nur Konsument.«

»Ist überhaupt nicht mein Ding.«

Lars ist auch nicht mein Ding. Aber es ist trotzdem gut, mit ihm zu reden. Da besteht keine Gefahr für mehr. Ich denke, es geht ihm auch so. Ich habe schon genug Komplikationen.

»Tocca a te«, sage ich.

»Was?«

»Das bedeutet, du bist an der Reihe.«

»Womit?«

»Vorhin auf der Treppe sagtest du, dass du es kennst. Du hast von Panikattacken geredet.«

»Dein Gedächtnis ist wieder voll da.«

»Erzähl.«

»Ich nehm noch ein Bier. Du?«

Ich schüttle den Kopf.

»Kaffee?«

»Besser.«

»Hunger?«

»Ein wenig.«

»Ich hab Chips und Kekse.«

»Chips.«

Er geht in die Küche. Ich stehe auf. Das Wohnzimmer wirkt unpersönlich. Kein Krimskrams, keine Fotos. Ich erinnere mich nur an das Sofa. Und den bärtigen Mann. Lars kommt zurück. Die Chips sind in einem Teller. Sie schmecken seltsam.

»Salt and vinegar«, sagt Lars.

»Nicht so mein Ding.«

»Vielleicht doch lieber Kekse?«

»Nein, ist okay. Der Kaffee ist sogar sehr okay. Wie oft war ich schon hier?«

Lars überlegt, ehe er die zweite Flasche halb leer trinkt.

»Zwei, drei Mal. Keine Ahnung.«

»Ich erinnere mich, dass ich einmal in deiner Küche war und einmal hier. Da waren noch andere. Ein Mann und eine Frau. Ein bärtiger Mann.«

»Alex? Gut möglich. Er hat hier zwei Monate gewohnt.«

Ich ziehe die Augenbrauen hoch. Ist Lars doch schwul?

»Er brauchte dringend eine Unterkunft. Ich war damals wenig zu Hause. Aber viel länger wäre es nicht gut gegangen«, sagt er lachend. »Du lebst alleine?«

Ich nicke. »Erzähl mir von den Panikattacken«.

Er nimmt einen Schluck Bier und wischt sich mit dem Handrücken über den Mund.

»Ich rede nicht gerne darüber.«

»Kann ich gut verstehen.«

»Comprends.«

»Aha. Welche Wörter benutze ich am meisten? Englische, französische, italienische?«

»Englisch. Zum Glück.«

»Wenn ich eine Fremde wäre. Was würdest du denken?«

»Weiß nicht.«

»Come on.«

»Dass du einen Spleen hast.«

»Das ist freundlich ausgedrückt.«

»Oder eine Art Behinderung.«

»Das trifft es eher, oder?«

»Das sagt man heute nicht mehr«, sagt Lars und sucht nach dem korrekten Wort. »Eine Beeinträchtigung. Es kommt selten vor. Ich kenne es nicht.«

»Fast niemand kennt es. Es ist so selten wie einer dieser Gendefekte, wenn Menschen superschnell altern.«

»Davon habe ich gelesen und es gibt Filme.«

»Ja. Über mich gibt es keinen Film.«

»Kann noch werden.«

Er lacht. Das zweite Bier ist schon fast leer.

»Ich könnte ein Drehbuch schreiben«, sagt Lars.

»Denk gar nicht daran.«

»Okay.«

»Panikattacken. Los, erzähl.«

Er druckst weiter herum. Er steht auf, geht zum Fenster.

»Es begann vor einigen Wochen. Keine Ahnung, warum.«

»Drogen?«

»Damals habe ich fast nichts genommen.«

»Stress?«

»Ich hatte viel zu tun. Als Sprecher hat man solche Phasen. Die Leute hören dich irgendwo und denken, der wäre top. Du kriegst einen Auftrag nach dem anderen. Bis du überall zu hören bist. Dann kippt es und niemand will dich mehr. Es ist ein Auf und Ab. Aber ich kann mich nicht beklagen. Ich habe ein paar fixe Aufträge, die gut bezahlt sind.«

»Beschreib mir eine Panikattacke.«

»Es ist die Angst vor der Angst.«

Ich schaue ihn fragend an und sage, dass ich nicht verstehe, was er damit meint.

»›Capisco‹ heißt ›verstehen‹?«

»Ja.«

»Die erste Attacke hatte ich in einem Bus. Er war weder besonders voll noch gab es eine spezielle Situation. Ich spürte plötzlich meinen Herzschlag und bekam Schweißausbrüche. Ich wollte raus, konnte aber nicht. Ich bekam keine Luft mehr und das Atmen fiel mir schwer. Es dauerte nicht lange, aber mir kam es vor wie eine Ewigkeit. Die Angst war extrem.«

»Angst wovor?«, frage ich.

»Zu sterben. Herzinfarkt, Herzstillstand, was man so liest.«

»Hast du Herzprobleme?«

»Nein. Weder vorher noch nachher. Ich hatte keine Ahnung, weshalb es geschah. Ich hatte so viel zu tun, dass ich es schnell verdrängte. Doch eine Woche später wartete ich wieder auf den Bus. Da kam der Gedanke. Was, wenn es wieder geschieht? Ich überwand mich und stieg in den Bus. Ich stand bei der Tür, hielt mich fest. Ich kontrollierte meinen Puls, meine Atmung. Als die Tür bei der nächsten Haltestelle aufging, eilte ich hinaus. Danach stieg ich nicht mehr in den Bus.«

»Nie mehr?«

»Doch, aber immer nur für eine oder zwei Haltestellen.«

»Du bist ausgestiegen und hast auf den nächsten Bus gewartet?«

»Es ist verrückt, ja, das habe ich gemacht. Schließlich sagte ich mir, dass ich auch zu Fuß gehen könnte. Aber du ahnst schon, dass das nicht das Ende war.«

»Wo hattest du die nächste Panikattacke?«

»Im Kino. Ich gehe nicht oft ins Kino. Kein Problem.«

»Und dann?«

»In einem Café. Danach ging ich zu einem Arzt. Die Angst wurde zu einem ständigen Begleiter. Ich musste etwas tun. Er verschrieb mir ein Medikament und riet mir zu einer Psychotherapie. Aber ich halte nicht viel davon.«

»Nützt das Medikament?«

»Es verkürzt die Panik, aber es verhindert sie nicht. Die Angst ist immer da.«

»Auch jetzt?«

»Nein. Aber wenn ich unter die Leute gehe.«

»Kein guter Zustand.«

»Nein, kein guter Zustand.«

»Es macht dich verrückt, wenn du nichts dagegen tust.«

»Ja, wird es wohl.«

Lars lacht.

»Du nimmst Drogen gegen die Angst.«

»Sie helfen ein wenig.«

»Oder machen alles schlimmer.«

»Who knows?«

Ich habe plötzlich kein gutes Gefühl mehr. Lars kommt mir verloren vor.

»Bist du Single?«, frage ich und denke, schweig Maria.

»Nicht ganz. Sie ist verheiratet.«

»Weiß sie es? Hast du nie Panikattacken wenn du mit ihr zusammen bist?«

Er schüttelt den Kopf. »Bis jetzt nicht. Das vorhin im Treppenhaus war ähnlich.«

Ich will mir von ihm keine Panikattacke einreden lassen. Zeit zu gehen. Lars reagiert sofort, als ich Anstalten mache, aufzustehen. Er steht ebenfalls auf und zückt sein Handy aus der Jackentasche.

»Tauschen wir?«

Ich nicke, aber ich habe mein Handy nicht dabei.

»Ich schreib dir«, sagt er, als ich ihm meine Nummer diktiere.

»Ja«, sage ich.

Wir verabschieden uns formlos. Ich bin ihm dankbar, dass er nicht versucht mich zu umarmen. Ich gehe die Stufen extrem langsam nach oben und versuche gleichmäßig zu atmen. In meiner Wohnung lege ich mich sofort auf das Sofa. Ich bin völlig geschafft. Ich höre, wie die Nachricht von Lars auf meinem Handy ankommt, habe aber keine Kraft, um aufzustehen. Ich bin ein Wrack. Kein gutes Gefühl.

6

Ich schlafe eine halbe Stunde, fühle mich aber nach wie vor todmüde. Immerhin kann ich aufstehen und Lars zu meinen Kontakten hinzufügen. Ich überlege kurz, ob ich ihm schreiben soll, aber er sieht ja, dass ich seine Nachricht gelesen habe. Maria und John waren überraschend still, während ich mich mit Lars unterhielt. Kann ich sie vertreiben, wenn ich mit anderen Menschen spreche? Ein interessanter Gedanke. Gespräche scheinen mir gutzutun.

»He's a weirdo«, sagt John.

»Wer? Lars?«

»Du weißt es.«

»Ich weiß gar nichts. Er hat Panikattacken. Das ist eine psychische Erkrankung.«

»Malattia«, sagt Maria.

»Habe ich es auf Italienisch gesagt?«

»Ist dir nichts aufgefallen?«, fragt John.

»Er hat neue Möbel gekauft.«

»Warum hat er das getan?«, fragt John.

»Um etwas zu verändern. Vielleicht sollte ich das auch tun.«

To change, changer, cambiare. Es gibt so viele Wörter, die im Englischen und Französischen fast identisch sind. Wenn man ein englisches Wort nicht kennt, genügt es manchmal, das französische Wort mit englischer Aussprache zu benutzen, und man wird verstanden. Allerdings ist das französische Wort oft eines, das im Englischen kaum noch gebraucht wird.

»Es ist alles in deinem Kopf«, sagt John.

»Ja klar, aber ich kann es nicht abrufen.«

»Du traust ihm nicht.«

»Wem? Lars? Das ist Quatsch. Ich denke, er war ehrlich. Aber ganz sicher darf man sich nie sein. Als Polizistin bist du es gewohnt, angelogen zu werden. Sie lügen alle.«

»Siehst du?«

»Ja, aber es gibt Momente, in denen die Menschen nicht lügen. Ich denke, vorhin, das war so ein Moment.«

Lügen, to lie, mentire, mentir. Hier gibt es wieder eine italienisch-französische Allianz. Meist hat das mit Latein zu tun, aber nicht immer. Die Lüge, the lie, la bugia, le mensonge. Warum dieser Unterschied beim Substantiv? Vor allem das italienische Wort fällt aus dem Rahmen. »Mentire« bedeutet »lügen«, »die Lüge« heißt »la bugia«. Ich schaue nach und finde das Wort »menzogna«, die italienische Entsprechung für »mensonge«. Doch »menzogna« wird kaum noch benutzt. »Bugia pietosa« oder »bugia necessaria«, »die Notlüge«. »White lie«. Die weiße Lüge. »Mensonge officieux«. Sehr seltsam, die französische Variante. Ich suche das Wort »Lügengebäude« oder »Lügengebilde«. »Tissu de mensonges«. »Tissue of lies«. »Tessuto di menzogne«. Eigentlich ein »Gewebe aus Lügen«.

»Man zieht es sich über«, sagt John. »Es wird zu einem Mantel, der einen verhüllt. Bis zur Unkenntlichkeit. Was verhüllt Lars?«

»Lebensangst«, sage ich.

»Was ist das?«, fragt John.

»Wenn man grundlos Angst hat.«

»Braucht die Angst einen Grund?«

»Es gibt richtige Ängste und eingebildete Ängste.«

»Wovor hast du Angst?«, fragt John.

»Ich weiß es nicht.«

»Du lügst.«

»Manchmal habe ich Angst vor dem Aufwachen.«

»Warum?«

»Dass es wieder so ist wie im Krankenhaus. Hilflos zu sein. Nicht zu verstehen. Und sich nicht zu erinnern.«

»Wirst du ihn suchen?«, fragt John.

»Wen?« Im Moment der Frage weiß ich, wen er meint.

»So wie man es mir sagte, kam der Angriff aus dem Nichts.«

»Wer hat dir das gesagt?«

»Ich will jetzt nicht darüber nachdenken.«

»Es nagt an ihr«, sagt John.

»Sie muss darüber reden«, sagt Maria.

»Lass ihr Zeit«, sagt John.

»Warum? Es wird nicht besser.«

»Woher willst du das wissen?«, frage ich.

»Es wird nie besser, wenn man nichts tut«, sagt Maria.

»Das stimmt nicht«, sagt John, »man kann Probleme aussitzen. Politiker können das.«

»Ich bin keine Politikerin.«

»Genau«, sagt Maria. »Sie ist Polizistin, sie muss handeln.«

Ich habe genug und setze die Kopfhörer auf. Ich mag es nicht, wenn sie über mich sprechen. Wie zwei reale Menschen. Der Gedanke, dass John und Maria tatsächlich existieren, gefällt mir ganz und gar nicht. Ich will das nicht. Wenn sie ein Teil meines Gehirns sind, okay, damit kann ich leben. Aber zwei Menschen, die sich in meinen Kopf geschlichen haben, nein, daran will ich nicht denken. Ich bin müde, ich schalte die Musik aus. Ich möchte schlafen.

Zwei Stunden später. So lange habe ich geschlafen, bis ich aus einem Albtraum erwache. Ich habe von Lars geträumt. Ich bin in seiner Wohnung. Da ist noch jemand. Ich bekomme keine Luft mehr. Lars lacht. Ich zeige zum Fenster. Lars sagt, das Fenster sei offen. Aber da ist gar kein Fenster. Da ist draußen. Ich versuche einzuatmen. Lars lacht und reicht mir ein Bier. Ich kann nicht atmen. Ich wache auf.

Habe ich geschrien? Es kommt mir so vor. Wo ist Maria? Wo ist John? Ich warte, aber ich höre nichts. Nur meinen Atem. Ich will das nicht. Ich stehe auf. Erst jetzt bemerke ich, dass ich verschwitzt bin. Mich fröstelt. Ich brauche Licht. Ich gehe in alle Zimmer und auch in die Küche und ins Bad und schalte alle Lichtschalter ein. Dann schalte ich den Fernseher ein. Egal, was läuft. Ich stehe mitten im Wohnzimmer, bewege mich nicht. Ich weiß nicht, was ich machen soll. Ich möchte jemanden anrufen, aber ich möchte nicht sprechen. Nur wissen, dass jemand da ist. Mein Rücken schmerzt, meine Nase läuft. Ich wische mit dem Handrücken über die Nase. Rot. Ich blute. Ich lege den Kopf in den Nacken und stolpere ins Badezimmer. Nasenbluten. Auch das ist neu. Ich hatte früher nie Nasenbluten. Einfach so. Es dauert zum Glück nicht lange. Ich stopfe mir Watte in die Nase. Es ist kein gutes Gefühl. Ich reinige das Waschbecken. Schaue in den Spiegel. Kein schöner Anblick. Ich überlege, ob ich Lars anrufen soll. Nein. Jetzt nicht. Ich bin aufgewühlt. Macht mir Lars Angst? Ich denke, es war zu viel. Das Gespräch, das Bier. Ich muss vorsichtig sein. Ständig. Mich schonen. Wie eine gebrechliche Greisin. Ich taste mit dem Finger über die Nase. Kein Blut mehr. Sangue. Sang. Mir fällt das englische Wort nicht ein. Ich denke nach, ich gehe das Alphabet durch. Schließlich suche ich es auf meinem Handy. Wie kann man ein Wort wie »blood« vergessen?

Ich erinnere mich plötzlich an einen Kurs, den ich besucht habe. Eine Dozentin, die lebhaft erzählt, was bei einer Panikattacke passiert. Ich kann mir Lars nicht vorstellen als jemand, der daran leidet. Aber genau so ist es. Man sieht den Leuten nicht an, was in ihnen vorgeht. Nie. Das ist das größte Risiko in meinem Beruf. Ein Mensch, der durchdreht. Einfach so. Ohne Vorwarnung. Weil ich etwas repräsentiere. Die Obrigkeit, den Staat, das Gesetz. Polizistin, brutal zusammengeschlagen.

»Du hast von Lars geträumt«, sagt Maria.

Ja. Warum hat er seine Möbel ausgetauscht? Nur das Sofa nicht? Die Leute tun das ab und zu. To change something. Sie können oder wollen ihr Leben nicht ändern, deshalb stellen sie die Möbel um, kaufen neue, färben sich die Haare oder kleiden sich anders. Der Wunsch nach Veränderung.

»Er könnte für dich sprechen«, sagt Maria.

»Was?«

»Er ist Sprecher.«

»Das ist absurd. Ich brauche keinen Sprecher.«

»Assurdo«, sagt Maria.

Ich schaue nach. »Sprecher«, »speaker«.

»Die Leute verstehen dich, das genügt«, sagt John.

»Nein, nicht alle verstehen mich. Soll ich nur noch mit Polyglotten sprechen?«

»Du musst dich entspannen«, sagt Maria.

»Klar«, sage ich.

Wahrscheinlich sagen das auch alle zu Lars. Entspann dich und die Panik bleibt weg. Entspann dich und die Wörter sind da. Aber man kann sich nicht entspannen, wenn man nach einem Wort sucht oder jemand dich anstarrt wie ein Alien. Ich erinnere mich an den Postboten. Ich muss mehrere Wörter auf Italienisch oder Französisch gesagt haben. Vielleicht auf Englisch. Er fragte, should I speak English? Und ich antwortete wahrscheinlich auf Französisch. Grauenhaft.

Ich bin noch immer müde. Wie kann ein Gespräch wie jenes mit Lars für mich so ermüdend sein? Ich liege viel, ich schlafe viel, und trotzdem bin ich ständig müde.

»Fuck«, sage ich und greife zu den Kopfhörern. Ich suche mein Handy. Eine Nachricht von Lars.

— Alles okay?

— Ja. Bin müde. Du?

Ich bin überrascht, als ich sehe, dass er die Nachricht sofort liest. Hat er darauf gewartet?

– Geht so, lese.

Ich weiß nicht, was ich schreiben soll. Will ich ihn sehen? Morgen? Ich schaue mir sein Profil im Internet an. Professioneller Sprecher und Moderator. Jede Menge Aufträge. Er muss gut sein. Angst vor der Angst. Wie fühlt man sich, wenn man Angst vor der Angst hat? Schlimm, denke ich. Meine Augen fallen zu, einfach so.

7

Ich schlafe lange. Ich tue nichts. Okay, ein bisschen lernen. Dann schlafe ich wieder. Ich beantworte einige Nachrichten. Döse. Der Tag vergeht wie im Wartesaal. Ich backe im Ofen eine Pizza auf. Trinke viel Wasser dazu. Öffne und schließe lustlos mehrere Lern-Apps. Weshalb erinnere ich mich an die weißen Möbel und den bärtigen Mann und die Frau im Blumenrock? Waren es Blumen? Ich gehe meine Notizen durch und finde nichts. Ich muss alles aufschreiben, so schnell wie möglich. Ein Tagebuch. Ich hasse Tagebücher. Das ist etwas für schwärmende Teenager und für selbstverliebte Schriftsteller. Und für jemanden mit einem löchrigen Gehirn. Apropos. Ein schönes Wort. A proposito, by the way, ganz nebenbei gesagt. Oder sagt man einfach nur übrigens? Egal, ich sage jetzt »apropos«. Ich sollte mein löchriges Gehirn mit Wörtern kitten. Deutsch für Anfänger.

Es gibt verschiedene Methoden, um Fremdsprachen zu lernen. Es gibt die Theorie, dass man Sprachen separat im Gehirn speichern kann. Wenn man zum Beispiel zwei oder mehr Sprachen gleichzeitig lernt. Man setzt sich für eine Sprache immer in den gleichen Sessel, vielleicht sogar immer zur gleichen Zeit. Man stellt sich vor, dass man die Wörter und Sätze an einem bestimmten Ort ablegt oder verstaut. Dort kann man sie auch wieder hervorholen. Man stellt sich diesen Sessel vor und findet dort alle Wörter, die man gelernt hat. Es ist wie ein Buch, in dem man Wörter nachschlagen kann. Vielleicht funktioniert es tatsächlich? Ich habe es nie versucht. Englisch im Küchenregal, Französisch auf dem Sofa, Italienisch in der Schreibtischschublade. Ich suche nach dem italienischen Wort für »Schreibtisch«. Ich erinnere mich nicht daran. Der alltägliche Frust. Ich suche es online. »Scrivania«. Ich wiederhole das Wort fünf Mal. Ich mache mir eine Notiz. Und dann weiß ich für einen Moment nicht mehr, worüber ich nachgedacht habe. Doch es fällt mir wieder ein. Über die verschiedenen Wege, eine Sprache zu lernen. Es gibt die Theorie des ständigen Wiederholens. Oder die Theorie, dass man Texte lesen soll, die man gerade noch knapp versteht. Und zu jeder Theorie und zu jeder Methode gibt es Menschen, die darauf schwören. Es ist wie bei diesen verdammten Diäten. Alle können schlank machen, aber nach einer Weile sind fast alle Leute wieder dick. Man kann mit jeder dieser Methoden eine Sprache lernen, aber viele geben irgendwann auf, weil es zu mühsam ist. Es geht vor allem darum, eine Routine zu entwickeln. Und dran zu bleiben. La pratica rende perfetti. Übung macht den Meister. Um etwas im Langzeitgedächtnis zu speichern, muss man es mindestens siebenmal wiederholen oder lernen. Dabei genügt es nicht, dass man ein Wort siebenmal hintereinander wiederholt. Die Abstände sind wichtig. Man nennt das spaced repetition. Es basiert auf den Karteikarten, mit denen Schüler seit Urzeiten Vokabeln pauken. Zuerst wiederholt man die Wörter in kurzen Abständen, dann in längeren. Die Methode ist so aufgebaut, dass Wörter immer dann wiederholt werden, wenn man kurz davor ist, sie wieder zu vergessen.

Ich habe mit drei verschiedenen Apps Vokabeln gelernt. Einige lernte ich schnell, andere vergaß ich auch nach der zehnten Wiederholung. Die Ausdauer ist entscheidend. Wie fast bei allem. Auch bei der Polizeiarbeit. Steter Tropfen höhlt den Stein. Dripping water hollows out stone. La goccia scave la pietra. Goutte à goutte, l'eau creuse la pierre.

Am Abend zieht ein Gewitter über die Stadt. Ich konzentriere mich auf den Donner. Zähle die Dauer zwischen Blitz und Donner. Sie wird kürzer. Das Donnergrollen wird durch einzelne Donnerschläge unterbrochen. Regen und Hagel setzen ein. Ich sitze zu Hause und wünsche mir, mittendrin zu sein. Auf Streife mit Daniela. In Zeitschriften liest man regelmäßig von Menschen, die nach einem Schicksalsschlag ihr Leben anders wahrnehmen. Bewusster. Ich nehme nur bewusst wahr, dass mich da draußen keiner braucht. Ein beschissenes Gefühl. Es ist egal, ob es hagelt oder die Sonne scheint. Das Leben läuft ohne mich ab. Mein Handy unterbricht meine trübsinnigen Gedanken. Lars meldet sich.

— Ein Bier?

Was soll ich antworten? Es geht mir nicht gut. Ich möchte lernen, aber ich mache nichts. Ich bin müde und unruhig. Ein Bier ist keine schlechte Idee. Auch wenn mir die Ärzte davon abraten. Alkohol, Drogen. Man weiß nicht, wie ein lädiertes Gehirn darauf reagiert. Ich denke, es tut mir gut, aus der Wohnung zu gehen. Nur das zählt.

— Okay, in zehn Minuten. Weiß nicht, wie lange.

— Kein Problem.

Ich gehe ins Bad. Kämme die Haare. Ich sehe schlecht aus. Wie nach einer durchzechten Nacht. Das sind altmodische Wörter. Man lernt sie nur noch, wenn man Bücher liest. Wie nach einem Absturz, sagt man heute. Wann habe ich damit aufgehört, Bücher zu lesen? Es ist ein schleichender Prozess. Tonnenweise Filme und Serien zur Auswahl.

»Du machst dich schön für ihn«, sagt Maria.

»Das ist Quatsch. Ich mache das für mich.«

»Er ist ein Mann.«

»Na und? Er ist nicht mein Typ.«

»Bist du sicher?«

»Ja.«

»Aber es zieht dich zu ihm hin.«

»Nein. Ich möchte nur etwas Gesellschaft.«

»Das ist neu.«

»Ja. Er weiß, was mit mir los ist. Das macht es einfacher.«

»Okay«, sagt Maria.

Doch das ist nur die halbe Wahrheit. Ich möchte in Lars' Wohnung. Um mich zu erinnern. Da war ein anderer Mann und eine Frau. Ich bin mir sicher. Gleichzeitig habe ich keine Ahnung, wer diese Frau war. Und was sie mit mir zu tun hat. Es ist ein Instinkt. Als Polizistin musst du dich auf deinen Instinkt verlassen können. Ich weiß nicht, ob mein Instinkt versagt hat in jener Nacht. Ich erinnere mich nicht. Aber jetzt sagt mir mein Instinkt, dass ich in Lars' Wohnung etwas finden kann. Eine Erinnerung.

8

Lars nickt und ringt sich ein Lächeln ab, nachdem er die Tür geöffnet hat. Er sieht heute nicht viel besser aus. Gepflegter, aber nicht besser. Ich gehe ins Wohnzimmer, setze mich in denselben Sessel wie gestern. Ich schließe die Augen, während Lars in der Küche hantiert. Es geschieht nichts, ich sehe nichts, ich höre nichts, es ist einfach nur dunkel. Keine Frau im geblümten Kleid. Lars kommt aus der Küche und reicht mir eine Bierflasche. Wir stoßen kurz an. Er will mir etwas sagen, zögert aber. Bitte kein Flirt, denke ich. Ich kann das nicht gebrauchen.

»Heute bei der Arbeit«, sagt er und trinkt einen Schluck. Und schweigt.

»Eine Panikattacke?«, frage ich.

Er nickt, ohne mich anzuschauen.

»Wie geht es dir jetzt?«

»Okay«, sagt er. »Aber beschissen.«

Ich lache. Wie oft habe ich mich so gefühlt. Ganz okay, aber eigentlich beschissen.

Lars lacht nicht. Ich trinke einen Schluck. Es ist ein anderes Bier als gestern, herber im Geschmack. Er lehnt sich zurück und schaut an die Decke.

»Ich habe nicht damit gerechnet. Es war ein Routineauftrag. Einige Texte für ein Schulungsvideo. Zusammen mit einer Sprecherin, die ich gut kenne. Es war total entspannt. Wir waren fast schon durch. Der Produzent wollte von einem Text noch eine weitere Variante. Nichts Ungewöhnliches. Meine Kollegin war durch, wir verabschiedeten uns, dann ging ich in die Kabine. Der Produzent sagte, er müsse kurz telefonieren. Der Tontechniker machte eine Probe, ich las ein paar Sätze. Plötzlich atmete ich schneller. Keine Ahnung warum. Ich spürte meinen Puls. Ich wollte raus. Der Tontechniker schien nichts mitzubekommen. Dann war sie da. Die Panik. Ich musste raus. Ich sagte dem Tontechniker, dass ich aufs Klo müsse. Kein Problem. Ich versuchte langsam aufzustehen, langsam rauszugehen. Draußen unterhielt sich die Assistentin mit jemandem. Ich ging schnell an ihr vorbei zur Toilette. Doch eigentlich wollte ich raus, an die frische Luft. Wegrennen.«

Er trinkt und atmet bewusst langsam ein und aus. »Ich habe hyperventiliert und trotzdem keine Luft bekommen. Mir wurde schwindlig, alles drehte sich.«

»Wie lange hat es gedauert?«

»Nicht lange. Genau genommen eine Ewigkeit, aber es waren nur ein paar Minuten. Plötzlich war die Panik weg. Mein Herzschlag beruhigte sich, ich konnte wieder normal atmen. Ich ging zurück und wir nahmen den Rest auf. Ich wollte möglichst rasch nach Hause. Ich fühlte mich müde, schlapp.«

»Du kannst es nicht länger verheimlichen«, sage ich.

»Das ist leicht gesagt.«

»Nein«, sage ich. »Ich weiß, wie es ist.«

»Okay. Wie viele wissen das mit deinen Sprachproblemen?«

»Fast niemand.«

»Du verheimlichst es.«

»Ja«.

»Aber mir rätst du, es nicht zu verheimlichen?«

»Wir wissen immer, was gut für die anderen ist«, sage ich lachend. Das Bier entspannt mich.

»Ich würde Aufträge verlieren.«

»Bist du sicher?«

»Ziemlich sicher. Der Lars ist gut, nehmen wir den? Aber

der hat doch Panikattacken. Ja, stimmt, vielleicht besser nicht. So läuft das doch.«

»Kann sein.«

»Es war das erste Mal bei der Arbeit.«

»Die Angst breitet sich aus.«

»Gut gesagt.«

»Arbeitest du morgen?«

»Nein. Aber übermorgen. Anderer Ort, anderes Studio. Keine Ahnung, ob es einen Unterschied macht.«

»Es ist nicht der Ort. Es ist in deinem Kopf.«

»Ja. Aber warum?«

»Ich habe gelesen, dass es hilft, wenn man in eine Tüte ein- und ausatmet.«

»Das stimmt.«

»Hast du eine Tüte dabei, wenn du rausgehst?«

»Nein. Ich habe alles darüber gelesen. Auch, dass eine Psychotherapie letztlich die einzige Lösung ist für viele.«

»Würdest du eine machen?«

»Ich weiß es nicht.«

»Du wartest darauf, dass sie von selbst verschwinden.«

»Ja, wahrscheinlich. Ich hatte nie so etwas. Ich bin kein ängstlicher Mensch. Ich überlege, was der Auslöser sein könnte, aber ich erkenne ihn nicht.«

»Ist jemand, den du gut kanntest, an einem Herzinfarkt gestorben?«

»›Infarto‹ meint ›Herzinfarkt‹?«

»Ja. War das das erste Mal?«

»Nein, aber ich habe dich gut verstanden.«

»Beruhigend.«

Jetzt lacht Lars.

»Wir sind wie eine Selbsthilfegruppe. Noch eins?«

Ich schüttle den Kopf, die Flasche ist noch nicht leer.

»Ich hab' auch alkoholfreies.«

»Klingt gut.«

Er geht in die Küche und kommt mit zwei unterschiedlichen Flaschen zurück.

»Mein Onkel. Aber er war achtzig. Und natürlich habe ich von Leuten gehört, die an einem Herzstillstand gestorben sind. Aber es hat mich nie groß beschäftigt.«

»Du hattest nie etwas?«

Er überlegt. »Nichts Bedrohliches.«

»Panikattacken sind auch nicht bedrohlich.«

»Wem sagst du das? Aber ich kriege die Angst nicht mehr weg. Ich will nicht, dass mein Leben zu einem Angstzustand wird. Dazu kommt, dass es mich müde macht. Und dass ich nicht mehr so gut schlafe.«

»Weil du ständig daran denkst.«

»Ja. Ich kontrolliere meine Atmung, meinen Puls. Es macht alles noch schlimmer.«

»Du brauchst professionelle Hilfe.«

»Ja. Ich weiß.« Er steht auf und geht zu einem Bücherregal und dreht sich zu mir. »Hast du professionelle Hilfe in Anspruch genommen?«

»Am Anfang gehörte es dazu. Man hat mir auch erklärt, welche Symptome mich erwarteten. Die Liste ist lang, nicht alles ist eingetroffen. Die Selbstbeobachtung kenne ich gut, ständige Müdigkeit und Schlafstörungen auch.«

»Aber bei dir gibt es einen konkreten Grund. Ursache und Wirkung.«

»Den gibt es bei dir vermutlich auch.«

»Was glaubst du?«

»Was Psychisches, Drogen oder beides.«

»Kann sein.« Er kommt wieder auf mich zu, lässt sich in den Sessel fallen. Wir schweigen lange und trinken Bier. Das alkoholfreie schmeckt mir hervorragend. Ich betrachte das Etikett und versuche mir den Namen zu merken. Ich würde das Etikett gescheiter fotografieren.

Mein Blick schweift durch das Wohnzimmer.

»Warum hast du neue Möbel gekauft?«

»Was?«

»Ist doch alles neu hier bis auf das Sofa.«

»Kann schon sein.«

»Du weißt es nicht?«

»Doch. Ich schaffe mir ab und zu neue Möbel an. Du nicht?«

»Eher selten.«

»Ich brauche das.«

»Dann hat es nichts mit den Panikattacken zu tun?«

»Was? Dass ich neue Möbel kaufe? Nein. Mir gefallen Möbel, aber nach einer gewissen Zeit schaue ich mich wieder nach neuen um. Ziemlich kostspielig, aber ich kann ein neues Möbel genießen wie andere einen Besuch in der Oper. Das Sofa ist auch neu.«

»Echt? Ich dachte, dass ich mich daran erinnere.«

»Etwas anderes Model, etwas schwungvoller.«

»Ging das alte kaputt?«

Er seufzt. Die Fragen gehen ihm auf die Nerven.

»Bin ich zu neugierig?«

»Machst du das immer so?«

»Was?«

»Die Leute verhören.«

»Das ist kein Verhör.«

»Okay, aber hör auf damit.«

»Mit Fragen?«

»Ja«.

»Gut.«

Er trinkt die zweite Flasche aus und stellt sie auf das Parkett.

»Glaubst du, dass du den Täter kennst?«, fragt er mich und schaut mir dabei direkt in die Augen.

»Gute Frage.«

»Danke.«

Er lacht, ich lache ebenfalls. Aber es ist kein befreites Lachen, es ist eingekerkert in gegenseitigem Misstrauen.

»Ich weiß es nicht«, sage ich. »Niemand wusste, dass ich dort sein würde.«

»Aber es könnte sein, dass du jemanden, der dich kennt, überrascht hast.«

»Ja. Aber ich denke, wenn es so einfach wäre, hätten sie ihn schon geschnappt.«

»Deine Kollegen?«

»Die Polizei, ja.«

»Hast du Angst, dass er es noch einmal versucht, dass er dich beobachtet?«, fragt Lars. Jetzt nerven mich seine Fragen. Sie sind mir zu intim, sie zielen direkt in meinen Schädel. Es ist sinnlos, darüber nachzudenken. Aber natürlich ging mir das auch schon durch den Kopf. Aber wer sollte mich töten wollen? Wenn es eine Antwort darauf gibt, dann habe ich sie vergessen.

»Wenn mich jemand töten will, dann kann er das tun«, sage ich.

»Du bist nicht bewaffnet?«

»Ich bin nicht mehr im Dienst.«

»Er könnte Angst davor haben, dass du dich an ihn erinnerst.«

»Ja, könnte er.«

»Beunruhigt dich das nicht?«

Ich schüttle langsam den Kopf. Es ist trotzdem zu heftig, ich fühle einen leichten Schwindel.

»Scheißgefühl«, sagt Lars.

Ja, denke ich. Auch darüber zu reden, ist ein Scheißgefühl. Ist es bloß Lars' Retourkutsche für meine Fragen oder interessiert es ihn tatsächlich? Ich mag solche Spiele nicht. »Es ist wie bei deinen Attacken, man darf nicht ständig daran denken.«

»Aber man tut es«, sagt Lars.

»Nein. Das muss nicht sein.«

»Kann man das lernen?«

»Keine Ahnung. Ich denke schon. Es gibt doch für alles Strategien.«

»Und Pillen«, sagt Lars lachend. »Man kann mit der Zeit verrückt werden davon.«

»Von den Pillen?«, frage ich.

»Nein, von der Angst.«

»Wenn du zu lange zuwartest, vielleicht.«

»Du sagst manchmal ›se‹ und manchmal ›si‹.«

»Wann?«

»Se du zu lange zuwartest.«

»›Se‹ ist Italienisch für ›wenn‹, ›si‹ heißt das Gleiche auf Französisch, aber ich bin mir nicht sicher, ob ich hier anstelle von ›se‹ besser ›quando‹ verwenden sollte. Wenn schon falsch, dann aber richtig falsch.« Ich lache.

»Ich denke, das wird schon wieder.«

»Ich hoffe es.«

»Wie lange bist du krankgeschrieben?«

»Auf unbestimmte Zeit, aber irgendwann werden sie mir kündigen.«

»Kein Plan B?«

»Wie sollte ich? Ich habe keine Ahnung, wie es mir in einem Monat geht.«

Lars beißt sich auf die Unterlippe.

»Ich auch nicht.«

»Du musst es ihr sagen.«

»Wem?«

»Deiner Freundin.«

Er nickt, betont langsam. »Wenn ich mit ihr zusammen bin, denke ich nicht daran. Meistens.«

»Es ist dein Leben«, sage ich lachend.

»Ja, wie sagtest du? Wir wissen immer, was den anderen guttut. Oder so ähnlich.«

Er denkt nach, blickt dabei wieder zur Zimmerdecke.

»Was hältst du von Selbsthilfegruppen?«, fragt er.

»Ich war noch nie in einer.«

»Ich auch nicht. Es gibt welche.«

»Zweifellos«, sage ich, »für so ziemlich alles.« Ich trinke die Flasche aus. Heute gibt es keine Bilder einer Frau im Blumenkleid. Keine neue Erinnerung. Ich bin enttäuscht.

»Ich gehe nach oben«, sage ich und stehe auf.

»Okay«, sagt Lars und nimmt mir die leere Bierflasche ab.

»Wir sehen uns«, sagt Lars.

»Ja.«

»Ist es okay, wenn ich dir schreibe?«

»Ja klar.«

Im Treppenhaus ist mir einen Moment schwindlig. Nicht schon wieder, denke ich. Wahrscheinlich ist nur der Blutdruck im Keller. Ich gehe langsam die Treppe hoch. Es wird besser. In meiner Wohnung mache ich mir als Erstes einen Kaffee. Meine Mutter hat mir einen Link geschickt, der zu einem Quacksalber führt. Sie schickt mir oft solche Links. Ich habe ihr gesagt, dass sie nicht täglich fragen soll, wie es mir geht. Stattdessen schickt sie mir Links zu Wundertherapien und Leuten, denen ich nicht mal eine Katze anvertrauen würde. Mein Vater ist etwas diskreter, was ihn aber nicht davon abhält, mir Vorschläge für meine Zukunft zu machen. Er kennt unzählige Leute, die seltsame Berufe ausüben. Er hat nie verstanden, weshalb ich Polizistin werden wollte. Ich denke, er hat sich sogar dafür geschämt. Immerhin hat er meinen bevorstehenden Wechsel zur Kriminalpolizei mit einem Nicken zur Kenntnis genommen. Aber das wird jetzt vermutlich nichts. Seinen Das-hast-du-nun-davon-Blick ertrage ich nicht. Ich ertrage sowieso nicht mehr viel. Vor allem kein Mitleid. Auch deshalb gehe ich den Menschen aus dem Weg. Was nicht gut ist. Immerhin kann ich mich mit Lars unterhalten, ohne mich ständig über meine Aussetzer zu ärgern. Heute sind John und Maria in meiner Wohnung geblieben. Gespräche mit anderen Leuten scheinen sie nicht zu mögen. Das ist gut.

Als Polizistin habe ich geholfen, einen Mann zu verhaften, der mit einem Messer mehrere Passanten verletzte. Er hatte Stimmen gehört. Die Stimmen befahlen ihm, so zu handeln. Maria und John befehlen mir nichts. Immerhin, man muss immer das Positive sehen. Fachleute nennen es akustische Halluzinationen. Meist in Verbindung mit schizophrenen Psychosen. Eine Theorie besagt, dass es sich um Interpretationsfehler des Gehirns handelt. Eigene Gedanken werden einer äußeren Quelle zugeordnet. Demzufolge existieren Maria und John nicht, es sind nur meine Gedanken, meine inneren Selbstgespräche. Bei den Stimmen, die man hört, gibt es in der Regel drei verschiedene Typen. Kommentierende Stimmen. Sie kommentieren alles, was man macht und sieht und hört. Imperative Stimmen. Sie erteilen Befehle. Und schließlich Maria und John. Dialogisierende Stimmen. Zwei oder mehrere Stimmen, die sich unterhalten. Was aber selten beschrieben wird, sind Stimmen, die sich mit einem unterhalten. So wie sich Maria und John mit mir unterhalten. Das ist untypisch für eine Schizophrenie und beruhigend für mich.

Es regnet noch immer, aber weniger stark, und morgen soll die Sonne zurückkehren. Ich bin heute weniger müde nach dem Gespräch mit Lars. Aber vielleicht liegt es daran, dass ich den ganzen Tag nur rumgelegen habe. Ich bin entspannt, ich lehne mich in meinem Sessel zurück und schließe die Augen. Es dauert nicht lange, bis die beiden loslegen.

»È pericoloso«, sagt Maria.

»Dangerous?«, fragt John.

»Gefährlich«, sagt Maria.

»Lars?«, frage ich. »Weshalb sollte er gefährlich sein?«

»Do you trust him?«, fragt John.

»Non lo so«, sage ich.

»Du weißt es nicht?«, fragt Maria.

Ich frage mich, ob es ein Zufall war, dass ich Lars im Treppenhaus begegnet bin. Ob er etwas im Schilde führt. Ob wir uns besser kennen, als er vorgibt. Ob er etwas mit dem zu tun hat, was geschehen ist. Ob er die Panikattacken nur erfunden hat, um mit mir ins Gespräch zu kommen. Ob er derjenige sein könnte, der mein Gehirn durcheinandergebracht hat. Und der jetzt wissen möchte, ob die Erinnerung zurückkommt, oder ob ich bis in alle Ewigkeit Löcher im Gehirn habe. Ich kann nicht anders, als an das Böse und Schlechte im Menschen zu denken. Ich greife zum Handy. Keine Nachricht von Lars.

»Bist du enttäuscht?«, fragt Maria.

»Non lo so«, sage ich.

»Frag ihn, was er weiß«, sagt John.

Es ist zu früh, denke ich. Er würde sich danach zurückziehen.

»Allora«, sagt Maria. »Schreib ihm.«

»Nicht jetzt«, sage ich.

»You don't trust him«, sagt John.

»Potrebbe essere«, sage ich. »Es könnte sein.«

9

Ich liege wach, schon seit zwei Stunden. Es fällt mir schwer, mich zu bewegen. Offenbar ist ein Gespräch für mich doch eine enorme Anstrengung. Manchmal spüre ich es sofort, manchmal dauert es eine Weile. Weder mein Körper noch mein Geist sind fit. Ich muss mehr machen, mehr rausgehen, mich mit Menschen unterhalten. Mir graut vor der Vorstellung, aber es geht nicht anders. Ich muss wieder fit werden.

»Du darfst keinen Sport treiben«, sagt Maria.

»No sports«, sagt John lachend.

»Ich vermisse das Laufen«, sage ich.

»Du kannst spazieren gehen«, sagt Maria.

»Wie langweilig«, sagt John.

Er hat recht, ich mag eigentlich keine Spaziergänge. Aber ich habe mich daran gewöhnt. Sie waren therapeutisch wertvoll. Und sie taten mir gut. Die frische Luft, das Gefühl, dass mein Körper wieder mir gehört. Aber ich wollte rennen, so schnell es nur geht. Stattdessen ging ich so langsam wie eine Oma.

»Fai una passeggiata«, sagt Maria.

»Don't go for a walk«, sagt John.

»Schon gut«, sage ich. »Je voudrais courir.«

»Du möchtest laufen.«

»Nein, rennen.«

»Macht keinen Unterschied«, sagt John.

»Doch, und wie. Laufen ist locker, rennen ist anstrengend.«

»Man kann auch schnell laufen«, sagt Maria.

»Aber wenn man noch schneller läuft, dann rennt man.«

Himmel, wie mir der Sport fehlt. Ich mache Übungen mit meinen Armen und Beinen. Die Koordination klappt noch nicht richtig. Auch das ist schwierig zu erklären. Wenn ich zwanzig Mal nach einem Glas greife, dann greife ich garantiert einmal daneben. Keine Ahnung, warum. Wenn ich eine Treppe hochsteige, kann es sein, dass ich plötzlich stehen bleibe, weil ich nicht weiß, welchen Fuß ich auf die nächste Stufe stellen soll. Oder ich möchte jemandem die Hand geben, aber der Arm geht nicht nach oben. Das sind alles Momente der Peinlichkeit und Gründe, nicht unter Menschen zu gehen. Kommt dazu, dass mein Freundeskreis immer sehr überschaubar war. Eigentlich hatte ich fast keine mehr, seit ich als Polizistin arbeitete. Kolleginnen und Kollegen. Das genügte mir. Aber jetzt ist es ein Nachteil. Ich möchte rennen, jetzt.

Es gibt im Deutschen diese seltsame Abstufung. Gehen, laufen, rennen. Laufen meint locker rennen, zum Beispiel joggen. »Rennen« ist auch ein Substantiv. »Das Rennen«, »la gara«, »the race«, »la course«. Wobei »la course« auch »eine Besorgung« bedeutet, »faire la course« heißt »einkaufen«, so wie »fare la spesa«. »Der Volkslauf« bedeutet ebenfalls ein Rennen. Solche Dinge machen das Sprachenlernen schwierig. Die Unlogik und die Unregelmäßigkeiten. Früher lernte ich in der Schule das klassische »nous« im Französischen. »Nous allons«. »Wir gehen«. Heute sagt das so gut wie niemand mehr. »On va«, sagt man heute. Was eigentlich die neutrale Form ist. »Man geht«. Aber irgendwann haben alle nur noch »on va« gesagt. Wer »nous allons« sagt, ist uralt oder spricht wie in Büchern. Sprache ist lebendig, sie verändert sich. Meine Sprache ist etwas zu lebendig. Sie verändert sich täglich. Ich brauche jemanden. Einen Menschen. Maria und John können mir nicht helfen. Weil sie ein Teil des Problems sind und nicht die Lösung. Ich greife zu den Kopfhörern. Ich muss nachdenken. Ich muss strategisch vorgehen. Etwas in meinem Kopf ist verrückt. Solche Wortspiele kann man nicht übersetzen. »Verrückt« und »verrücken«. Natürlich ist auch bei einem Verrückten etwas verrückt. Aber mir wurde die Verrücktheit zugefügt, von außen. Jemand hat mich verrückt. Das ist gut, das schreibe ich auf. Was ist mit Ihnen passiert? Jemand hat mich verrückt. Ich benötige noch ein Wunder, eines, das mein Leben wieder zurechtrückt. Das Wunder, sich wundern. Meravigliarsi. To wonder why, s'étonner. »Wunder« ist ein schönes Wort. Manchmal gibt es in anderen Sprachen schönere Wörter als das Pendant auf Deutsch, aber einige deutsche Wörter sind toll. »Wunder« gehört dazu. Nimmt man den letzten Buchstaben weg, wird daraus eine Wunde. Beides trifft auf mich zu. Eine Wunde und ein Wunder. Die Zeit heilt alle Wunden. Das klingt schön, stimmt aber nicht. Die Zeit bringt keine Heilung, höchstens Linderung.

Lars' Fragen haben mich beunruhigt. Was war an jenem Abend geschehen? Das Protokoll mit mir als Hauptdarstellerin habe ich gelesen. Daniela und ich überprüften ein leer stehendes Industriegebäude, aus dem Lärm und eine Auseinandersetzung gemeldet worden waren. Als wir eintrafen, blies ein starker Wind, aber es gab keine Stimmen, kein Geschrei. Wir schauten uns dennoch um. Zuerst zu zweit. Wir trafen auf einen Obdachlosen, der sich in einer Ecke einen Schlafplatz eingerichtet hatte. Er schreckte auf. Als wir uns als Polizistinnen zu erkennen gaben, nickte er nur. Für ihn gab es Schlimmeres als zwei Polizistinnen. Daniela fragte ihn, ob er etwas gehört habe. Er schüttelte den Kopf und legte sich wieder hin. Wir gingen von Raum zu Raum. Weiter hinten gab es einen Nebenraum. Ich leuchtete mit der Taschenlampe in den Nebenraum und sah etwas oder bemerkte etwas. Da trennten sich unsere Wege, weil Daniela weiter hinten etwas gehört hatte. Vermutlich war es so, diese

Aussage stammt von Daniela. Ich ging in den Nebenraum und schaute alleine nach. Und kam nicht mehr zurück. Daniela hörte ein Geräusch, das wie zu Boden fallendes Metall klang. Als sie mich fand, lag ich am Boden, am Hinterkopf eine klaffende Wunde. Mehr war da nicht. Ein ganz banaler Diensteinsatz. Als Polizistin wirst du darauf geschult, dass jederzeit etwas passieren kann. Aber du weißt auch, dass du nicht immer reagieren kannst. Auch wenn du zu zweit bist, gibt es immer einen Moment, in dem du wehrlos bist. Meistens passiert nichts. Ich bin nicht meistens. Ich bin wie ein verkehrter Lottogewinn. Schicksal, Zufall, es ist egal. Du liegst am Boden und dein Leben wird auf den Kopf gestellt. Dein Leben wird verrückt.

10

Ich lese eine Schlagzeile. Ein Künstler hat sich das Leben genommen. Die meisten Toten, zu denen ich gerufen wurde, waren keine Mordopfer. Es waren Selbstmörder. Junge, Alte, Frauen, aber vor allem Männer, auch ein altes Ehepaar und ein sechzehnjähriger Junge. Auch wenn jeder Tod individuell ist, erkennt man Muster. Wer mit jemandem zusammenlebt, tötet sich eher im Keller oder in der Garage. Männer erschießen oder erhängen sich eher. Frauen schlucken eher etwas oder schneiden sich die Pulsadern auf. Und dann gibt es noch jene, die ins Wasser gehen oder sich vor einen Zug stürzen. Ich habe nicht vor, mich umzubringen. Selbstmord ist für mich keine Option. Wenn du gerade knapp überlebt hast, denkst du nicht daran. Der Bruder meines Vaters hat sich mit zwanzig getötet. Ich denke, dass mein Vater nie darüber hinweggekommen ist. Ich habe Hinterbliebene angetroffen, die völlig verstört waren, es nicht glauben konnten. Und andere, denen man ansah, dass es nicht aus heiterem Himmel kam. Du darfst nicht aufgeben, sagt mein Vater oft. Alles wird gut. Ich glaube, er möchte es seinem Bruder sagen. Er weiß, dass ich nicht aufgebe. Ich bin zäh. Sein Bruder war ein Träumer. Ein Poet. Ein Musiker. Niemand ahnte etwas. Mein Vater fühlt sich noch immer schuldig. Diese Schuld ist schlimmer als ein Gerichtsurteil. Lebenslänglich, sich selbst verurteilt. Als Polizistin habe ich einen Schutzpanzer. Ein Ritual. Nach der Arbeit ziehe ich mich um und laufe. Danach bin ich keine Polizistin mehr. Bis zur nächsten Schicht. Mir fehlt jetzt dieses Ritual, mir fehlt das Laufen.

»Du wiederholst dich«, sagt John.

»Weil es stimmt und weil es mich beschäftigt. Wann werde ich wieder rennen können?«

»Du musst nicht mehr vor den Toten wegrennen.«

»Wie meinst du das?«

»Die Selbstmörder, es gibt sie nicht mehr in deinem Leben.«

»Klar gibt es sie. Jeden Tag.«

»Aber du siehst sie nicht mehr.«

»Das war nie ein Problem für mich.«

»Bist du sicher?«, fragt John.

»Ja. Wenn du das nicht erträgst, ist das kein Job für dich. Die Toten gehören dazu. Unfälle, Selbstmorde und Mordopfer.«

»Du träumst nie davon?«

»Nein. Wenn ich von den Toten träumen würde, müsste ich aufhören. Egal, wie es mir sonst geht.«

»Es gibt schönere Dinge«, sagt Maria.

»Zweifellos«, sage ich.

»Als Polizistin siehst du die Schattenseiten, das Elend.«

Das stimmt. Nachts zeigt die Stadt ein anderes Gesicht. Einerseits ein fröhliches, ausgelassenes und entspanntes. Andererseits ein brutales, verstörendes und düsteres. Du bewegst dich in diesen Gegensätzen, genauso wie die Diebe, Dealer und Schläger. Du gehst da hin, wo Konflikte ausbrechen, wo Gewalt herrscht, wo es zu laut wird oder es verdächtige Aktivitäten gibt. Wenn du täglich damit konfrontiert wirst, kannst du zynisch werden. Aber es ist einfach dein Job. Nicht mehr und nicht weniger. Und ich mag diesen Job, ich möchte keinen anderen. Das verstärkt meinen Frust. Es macht mich ungeduldig.

»Gibt es kein Homeoffice für Polizisten?«, fragt Maria.

»Ich will jetzt nicht darüber nachdenken.«

»Hat sich Lars gemeldet?«

»Nein.«

»Vielleicht wartet er darauf, dass du ihm schreibst? Du könntest ihn fragen, wie es ihm geht.«

»Ja, das könnte ich, aber ich habe keine Lust.«

»Du nervst«, sagt John und meint Maria.

»Warum?«

»Du denkst immer nur an das eine.«

»Das stimmt nicht.«

»Liebe, Sex, Beziehung«, sagt John.

»Kann ich jetzt nicht gebrauchen«, sage ich.

»Jeder braucht das«, sagt Maria.

»Ja, aber nicht jetzt. Und hör auf damit, mir Lars schmackhaft zu machen.«

»Also gut.«

»Schmackhaft machen«, sagt John lachend. »Wie wenn man jemanden essen möchte.«

»Verschlingen«, sagt Maria.

»Keine Lust«, sage ich.

»Lars nimmt Drogen«, sagt John. »Woher hat er die?«

Beziehungen, denke ich. Die Leute haben ein Netzwerk oder sie kaufen sie anonym auf der Straße oder in Clubs. Ich setzte die Kopfhörer auf, weil ich über etwas nachdenken möchte. Warum fragte mich Lars, ob ich vermute den Täter zu kennen? Ob ich Angst davor habe, dass er mich beobachten könnte? Das sind keine Fragen, die man von einem Sprecher erwartet. Von einem Nachbarn. Das seltsame Gefühl, das ich in seiner Wohnung habe, rührt vielleicht nicht von den neuen Möbeln her oder der Erinnerung an den Mann und die unbekannte Frau. Lars könnte der Grund sein. Es ist seltsam, dass ich mich an keine Gespräche mehr erinnere. Und seine Fragen sind seltsam. Etwas in mir sagt mir, dass ich auf der Hut sein sollte. Gleichzeitig denke ich, dass es eine Art von Paranoia ist. Dass ich überall eine Verschwörung vermute, dass jeder in meiner Umgebung der Täter sein könnte. Er ist Sprecher, vielleicht hat er ja doch schauspielerisches Talent. Genug, um mich hinters Licht zu führen. Ich gehe in die Küche und lege die Kopfhörer ab. Mit einem vollen Glas Mineralwasser gehe ich zurück ins Wohnzimmer und setze mich aufs Sofa.

Ich schrecke auf, weil ich etwas an der Tür höre. Etwas oder jemanden. Ich bin nicht schreckhaft, oder besser, ich war nie schreckhaft. Was ich jetzt bin oder nicht bin, weiß ich nicht so genau. Könnte es Lars sein? Weshalb sollte er vor meiner Tür rumlungern? Weshalb sollte irgendjemand vor meiner Tür rumlungern? Ich konzentriere mich. Da ist nichts. Einbildung. Auch ein seltsames Wort. Man bildet sich etwas ein. Oder man ist eingebildet. Völlig verschiedene Dinge. Sich etwas vorstellen, das nicht existiert. Oder sich selbst ganz toll finden. Jetzt höre ich es wieder. Es ist wie ein Rascheln an der Tür. Wie wenn jemand mit den Fingernägeln darüberfährt. Aber weshalb sollte das jemand tun? Ich stehe auf und gehe zur Tür. Ich lausche. Ich höre nichts. Aber da war etwas. Ein Blick durch den Spion bringt nichts, es ist dunkel im Treppenhaus. Dunkel, weil sich nichts bewegt. Alles Einbildung. Ich bleibe an der Tür, lauschend. Wie lange dauert es, bis das Licht von selbst wieder ausgeht? Es reicht. Ich öffne die Tür. Das Licht im Treppenhaus geht mit Verzögerung an. Da ist niemand. Ich lausche erneut. Ich höre etwas. Ist es die Haustür, die zugeht? Hat gerade jemand das Haus verlassen? Ich schließe die Wohnungstür und gehe in die Küche. Vom kleinen Balkon aus sehe ich auf den Hauseingang. Da ist niemand. Ich sehe die Lichter anderer Wohnungen. Ich sehe Menschen, ich sehe die Reflexionen der Fernsehgeräte. Auf der Straße ist niemand. Es ist nichts, es war nichts. Mein Kopf bildet sich etwas ein.

Später koche ich Pasta mit Tomatensauce. Ich koche nicht gerne. Ich esse, um meinen Magen zu füllen. Klar gibt es Gerichte, die ich lieber mag, aber ich schwärme nicht tagelang von einem Restaurantbesuch. Ich mag es einfach und unkompliziert. Keine ewig lange Liste mit Zutaten, die man nur auf dem Wochenmarkt kriegt. Ich esse wenig Fleisch, aber es käme mir nie in den Sinn, Veganerin zu werden. Ich mag Käse. Ich mag Pasta. Ich mag Salat, kaufe aber meist Fertigsalate. Ich mag Pizza. Im Restaurant bestelle ich Risotto oder Fleisch mit Pommes oder Kartoffelgratin. Oder einen großen Salatteller. Vor allem im Sommer.

»Soprattutto«, sagt Maria.

Ja. Soprattutto. Zweimal zwei t. Man kann auch sagen »in particolare« oder »specialmente«. »Especially« oder »above all«. »Surtout«, das französische »soprattutto«. Aber auch »en particulier«, »avant toute chose«. Die Schwierigkeit bei Synonymen ist, dass man sie in der Muttersprache ganz selbstverständlich richtig benutzt. In der Fremdsprache fehlt einem das Sprachgefühl, um das richtige Wort zu wählen. Oft spielt es keine Rolle, aber genauso oft verändert sich die Bedeutung ein wenig.

»Man versteht dich trotzdem«, sagt Maria.

Ich brauche jemanden, der mir genau zuhört und mich korrigiert. Jemand der Englisch, Italienisch und Französisch spricht. Und natürlich Deutsch. Ein Sprachlehrer, aber die sind teuer. Eine Stunde pro Woche bringt nichts, ich müsste jemanden finden, der praktisch täglich Zeit hat. Sowie Geduld und Verständnis für das, was ich will. Lars zum Beispiel ist nett, aber er korrigiert mich nie, nur wenn er etwas überhaupt nicht versteht. Wo aber finde ich diese Person? Okay, das ist eine Aufgabe. Und ich muss raus. Regelmäßig. Andiamo.

»Du nimmst uns mit?«, fragt John lachend.

Habe ich eine andere Wahl? Ich habe versucht, die Stimmen zu ignorieren, aber es funktioniert nicht. Ich kann sie ausblenden mit Musik, aber ich will nicht ständig Musik hören. Keine Chance. Anstatt mich über sie zu ärgern, sollte ich sie akzeptieren wie Nachbarn, die manchmal nerven. Ich habe Nachbarn im Kopf. Sie reden mit mir. Anna hört Stimmen. Es ist unsere Vorstellung von Verrücktsein. Stimmen zu hören ist eindeutig nicht normal. Wenn ich es jemandem erzähle, ist danach alles klar: Sie ist verrückt geworden. Ich denke an den Künstler, der sich umgebracht hat. Wann wird das Leben unerträglich? Genügen dazu zwei Stimmen im Kopf und verlorene Wörter? Ich kann es mir nicht vorstellen. Man macht weiter. Der nächste Tag ist immer anders. Man muss immer nur einen Tag überstehen. Tag für Tag.

»Step by step«, sagt John.

»Passo dopo passo«, sage ich.

Nur einen Tag. Man muss immer nur einen Tag überstehen. Weshalb hat das niemand dem Künstler gesagt?

11

Buchzeichen und Suchverläufe sind eine tolle Sache. Vor allem, wenn man eine löchrige Erinnerung hat. Bei einigen ist mir sofort klar, weshalb ich die Seite aufsuchte, bei anderen überhaupt nicht, und einige lösen nur allmählich Erinnerungen aus. Allerdings habe ich die meisten Suchverläufe gelöscht. Als Polizistin habe ich verschiedene Kurse über Cyber Security und die Privatsphäre im Netz besucht. Bei der Arbeit kommt es uns entgegen, dass die Leute nachlässig sind. Alles, was unverschlüsselt ist, kann ausgewertet werden. Und alles, was nicht gelöscht wurde, kann Hinweise liefern. Ich habe es mir angewöhnt, Suchverläufe zu löschen und auch sonst möglichst wenig Spuren zu hinterlassen. Dazu gehört auch und vor allem, die sozialen Netzwerke so wenig wie möglich zu nutzen. Diese liefern uns die meisten Hinweise, manchmal ganze Biographien, wenn die Daten für alle zugänglich sind. Man sieht, wer sich wann in wen verliebt hat, wie lange die Beziehung dauerte und was sonst noch so im Leben geschah und geschieht. Die Eitelkeit der Menschen ist eine Goldgrube für Datensammler und zu denen gehörst du als Polizistin. Datensammeln ersetzt zwar nicht die gute alte Polizeiarbeit, aber vieles kann man heute online recherchieren, wozu man früher fünfzig Menschen befragen musste. Wenn ich mich darauf spezialisieren würde, könnte ich vielleicht tatsächlich eine Homeoffice-Polizistin werden. Nur wäre das nicht das, was ich an meinem Beruf liebe.

Ich finde nur noch einige Buchzeichen und einige URL, die ich in einem Online-Notizblock gespeichert habe. Ich habe viel zu viel gelöscht. Immerhin habe ich einen sehr brauchbaren Link gefunden. Er führt zu einem Gemeindezentrum in der Stadt. Ich erkenne es sofort wieder. Das Gemeindezentrum ist wie eine Tür, die ich öffne und die einen Schwall an Erinnerungen zurück in mein Leben flutet. Als ich Italienisch lernte, suchte ich nach Leuten, mit denen ich mich unterhalten konnte. Das Gemeindezentrum bietet Sprachencafés an. Das sind wöchentliche Treffpunkte, an denen man sich mit anderen Lernenden in einer bestimmten Sprache unterhalten kann. Natürlich ist das deutsche Sprachencafé das beliebteste, weil viele Immigranten deutsch lernen. Aber es gibt auch ein englisches, italienisches und sogar ein russisches Sprachencafé. Ich war allerdings nur einmal da. Zusammen mit fünf anderen. Die waren alle im Rentenalter und extrem neugierig. Ich gab mich als Lehrerin aus und ging danach nie wieder hin. Der Grund, weshalb ich mich als Lehrerin ausgab, ist ganz simpel. Eine Lehrerin ist nicht sonderlich interessant, eine Polizistin hingegen schon. Trotzdem fühlte ich mich unwohl, als mir die anderen Fragen zu meinem Beruf stellten. Vor allem einer, der früher ebenfalls Lehrer war. Es gab aber noch andere Gründe, weshalb ich nur einmal hinging. Die Leute trafen sich jeweils am Samstagnachmittag, und da hatte ich nur ab und zu Zeit. Zudem sprachen wir auf sehr unterschiedlichen Niveaus, und es waren vor allem ein Mann und eine Frau, die sprachen, während die anderen nur ab und zu etwas sagten.

Der Grund, weshalb ich jetzt an das Sprachencafé denke, ist Mario. Er ist italienischer Herkunft, spricht aber Deutsch und wahrscheinlich noch zehn andere Sprachen. Er hat damals das Sprachencafé moderiert. Mario ist ein älterer Herr, der geduldig die Leute korrigierte und versuchte, alle in das Gespräch einzubinden. Wahrscheinlich brauche ich jetzt jemanden wie Mario. Aber nicht, um Italienisch zu sprechen, sondern Deutsch. Jemand, der mich geduldig immer wieder unterbricht, wenn ich etwas in einer anderen Sprache sage. Auf der Webseite ist ersichtlich, dass das Sprachencafé Deutsch heute um 13 Uhr beginnt. Ich überlege mir das Für und Wider. Dafür spricht eigentlich nur, dass ich mir vorgenommen habe, jemanden zu finden, der meine Fehler erkennt und sie korrigieren kann. Warum aber sollte Mario daran interessiert sein? Und was für eine Geschichte soll ich ihm erzählen? Egal, ich muss es versuchen. Es führt kein Weg daran vorbei. Das Gemeindezentrum liegt neben einer Autobahnzufahrt, besteht aus mehreren Gebäuden und beherbergt unter anderem ein Kleintheater, in dem auch Konzerte durchgeführt werden, sowie eine Tanzhalle. Es ist Teil eines kleinen Parks, in dem sich auch ein Tiergehege befindet. Im Zentrum werden täglich Kurse und Workshops durchgeführt. Man hat freien Zugang zu Computern und zum Internet. Es gibt eine kleine Bibliothek, und es finden auch Tauschbörsen statt. Eine tolle Sache. Kaum zu glauben, dass ich zuvor kaum je dort war. Eigentlich nie, bis auf einen Polizeieinsatz, weil ein Betrunkener rumpöbelte und einige Leute rassistisch beleidigte.

Ich überlege, welchen Bus ich nehmen muss, und es nervt mich fürchterlich, dass es mir nicht einfällt. Alles aufschreiben, immer alles aufschreiben. Ich mache mir zuerst Notizen zu Lars, danach suche ich die Bushaltestelle in der Nähe des Gemeindezentrums. Bus Nummer 43. Das bedeutet einmal umsteigen. Aufschreiben, alles aufschreiben. Warum ist mir der Name Mario sofort wieder eingefallen? Es scheint kein System dahinterzustecken. Ich habe sozusagen planlose Lücken im Gehirn. Ich versuche mich an andere Personen im Gemeindezentrum zu erinnern, aber es fällt mir niemand ein. Auch an die Namen der anderen Leute im Sprachencafé erinnere ich mich nicht. Mir fällt ein, dass ich in der Schule einen Mitschüler hatte, der Mario hieß. Ich hatte sogar ein wenig für ihn geschwärmt.

»Es geht um die Liebe, immer«, sagt Maria.

»Nein, aber es ist klar, dass man sich den Namen besser einprägt, wenn es einen Jungen gab, für den man schwärmte.«

»Du musst dich deinen Gefühlen öffnen.«

»Da gibt es nichts zu öffnen. I'm not in love.«

»Du hast so viel vergessen.«

»Daran würde ich mich erinnern. Garantiert.«

Maria will mir eine Liebesgeschichte einreden. Ich bin nicht sonderlich romantisch, selbst meine Schwärmereien als Teenager waren eher Kopfsache. Ich ziehe mir die Lederjacke an und packe einige Dinge in meine Tasche. Dazu gehören Paracetamol, eine Powerbank, Sonnencreme, ein Stift gegen rissige Lippen, etwas Bargeld, ein Getreideriegel und ein kleines Wörterbuch Deutsch-Italienisch. Ich setze eine Cap auf, eine kleine Mütze mit Schirm, und meine Sonnenbrille. Gut getarnt verlasse ich die Wohnung. Ich habe das Bedürfnis, nicht erkannt zu werden. Auch das ist neu. Früher war es mir egal, jetzt versuche ich oft, möglichst anonym zu sein. Natürlich sende ich damit falsche Signale aus. Sprich mich nicht an. Lass mich in Ruhe. Ich muss auch daran arbeiten.

Es ist 12:30 Uhr, als ich im Gemeindezentrum ankomme. Alles wirkt vertraut und doch fühle ich mich unsicher. Wenn man Erinnerungslücken hat, tendiert man dazu, nur noch diese Lücken zu bemerken und nicht das, was man nicht vergessen hat. Es sind banale Dinge, aber ich freue mich enorm, wenn ich in einen Bus steige und genau weiß, wohin dieser fährt. Heute war es so, dass mir die Strecke von Haltestelle zu Haltestelle vertrauter vorkam. Als würde ich mich meinen Erinnerungen nähern. Hier erkenne ich sofort das Café, das macht mir Mut. Ich setze mich an einen der Tische. Es ist nicht viel los. An einem anderen Tisch liest ein junger Mann in einem Buch. Weiter hinten redet eine Frau ununterbrochen mit zwei Kindern. Alle sprechen Englisch. Als die Bedienung kommt, bestelle ich auf Englisch ein Mineralwasser. Ich erinnere mich nicht daran, sie schon einmal gesehen zu haben. Sie ist eine Asiatin. Mein Blick wandert ständig zur Tür, die nach hinten in die Kurslokale führt. Ich denke, dass das Gemeindezentrum für Mario wie eine zweite Heimat ist. Obwohl, eigentlich weiß ich so gut wie nichts über ihn. Auf der Webseite habe ich gelesen, dass er zum Leitungsteam gehört. Das wusste ich nicht, ich erinnere mich nur an diese eine Stunde im Sprachencafé. Ich trinke vom Mineralwasser. Die Bedienung macht hinter dem Tresen eine Menge Lärm. Den jungen Mann scheint das nicht zu stören. Dann ist Mario plötzlich da, streckt seinen Kopf um die Ecke, als würde er nach mir suchen. Sein Bart scheint kürzer zu sein als beim letzten Mal. Er steht ihm gut, was meiner Meinung nach nur auf wenige ältere Männer zutrifft. Zuerst reagiert er nicht, sein Kopf verschwindet wieder. Aber dann erscheint er erneut. Und lächelt. Wie kann das sein, denke ich, es ist eine Ewigkeit her, seit wir uns begegnet sind. Dann bemerke ich, dass ihm die Bedienung etwas zuruft. Wie blöd von mir. Er hat sie angelächelt, nicht mich.

»Das war nicht blöd«, sagt Maria.

»Klar war das blöd.«

»Vielleicht hast du ihn damals beeindruckt.«

»Wie sollte ich? Ich habe fast nichts gesagt.«

»Das ist doch egal«, sagt Maria. »Männer haben andere Prioritäten.«

»Er beachtet mich überhaupt nicht.«

»Wink ihm doch zu.«

»Was? Nein.«

»Warum bist du hier? Wegen ihm, oder?«

»Ja, aber, ich weiß nicht.«

»Los, mach schon.«

Natürlich hat sie recht. Also strecke ich den Finger nach oben. Die Bedienung reagiert sofort und winkt mir zu. Mario redet einfach weiter. Die Situation ist bereits so peinlich, dass ich nur noch fliehen möchte. Doch jetzt schaut auch Mario zu mir und ich denke, er erkennt mich, oder er ahnt zumindest, dass er mich schon einmal gesehen hat. Die Bedienung kommt zu mir. Ich sage »everything is fine, thank you«. Sie nickt. Wahrscheinlich ist sie seltsame Kunden gewohnt. Mario unterhält sich derweil mit einer anderen Frau, einer Latina. Sie geht hinter den Tresen und hantiert an der Kaffeemaschine. Mario ruft ihr etwas zu, auf Spanisch oder Portugiesisch. Sie lacht laut, Mario winkt ihr zu, dreht sich um und kommt auf mich zu. Er sieht älter aus, als ich ihn in Erinnerung hatte.

»Wir kennen uns, oder?«, fragt er.

Ich will aufstehen, aber es geht nicht. Er scheint es zu bemerken und er bewegt seine Hand. Bleib nur, deutet er an.

»Sono stata una volta nel Sprachencafé Italiano«, sage ich.

»Sì, mi ricordo.« Er scheint zu zweifeln. Wie sollte er sich an mich erinnern? So was geschieht nur in den Filmen, die sich Maria anschaut.

»Stai bene?«, fragt er.

»Così, così.« Es erscheint mir jetzt ganz normal, mit ihm Italienisch zu sprechen.

»Hai tempo per chattare un po'?«

Ich rechne mit einem Nein, aber ich habe es immerhin versucht. Das sollte auch Maria bemerkt haben. Sie hört garantiert zu und grinst.

»Non ho molto tempo, pero dieci minuti?«

»Ja, zehn Minuten sind okay.«

»Sprechen wir Deutsch oder Italienisch?« Er lacht und setzt sich. Der Bedienung signalisiert er, dass er nichts konsumieren möchte. Sie nickt ihm zu und schaut skeptisch zu mir, lässt mich aber in Ruhe. Mario schaut mich an.

»Ist schon eine Weile her, oder?«

»Ja, eine gute Weile.«

»Du sprichst gut Italienisch.«

»Mit großen Lücken.«

»Lücken?«, fragt er. »Du meinst den Wortschatz?«

»Nein, ich habe Lücken, Wörter, die ich verloren habe.«

»Komm wieder ins Sprachencafé.«

»So einfach ist es nicht. Ich hatte einen Unfall«, sage ich ohne Umschweife. »Mit dem Motorrad.«

Diese Lüge hatte ich mir zurechtgelegt. Ich bin früher oft Motorrad gefahren. Wenn man lügt, sollte man sich möglichst nahe an der Realität bewegen. Wo habe ich das aufgeschnappt? Vielleicht in einem Film über einen Hochstapler. Ein tolles Wort. Man stapelt Lügen in die Höhe und steht dann auf diesen Lügen. Seht her, wie groß ich bin.

Mario schaut mich voller Empathie an. Wenn es gespielt ist, dann gekonnt.

»Grave?«, fragt er.

Ja, sehr schlimm, denke ich. Polizistin brutal zusammengeschlagen.

»Ja«, sage ich. »Aber ich bin wieder okay. Quasi.«

»Das ist gut«, sagt Mario.

Er mustert mein Gesicht, meinen Kopf, als würde er nach Narben suchen. Die habe ich auf dem Hinterkopf, eine Metallplatte und einen Schädel mit einer Einbuchtung. Nicht schön.

»Ich habe Probleme beim Sprechen. Des grandes problèmes.«

»Du kannst auch Französisch?«, fragt er.

»Mist«, sage ich.

»Warum? Das ist doch toll.«

»Ich sage etwas in einer anderen Sprache, wenn es in meinem Kopf nicht mehr auf Deutsch vorhanden ist. Oder ich bringe es einfach durcheinander.«

»Das ist faszinierend«, sagt Mario.

»Es nervt«, sage ich.

»Klar, entschuldige. Ich weiß nicht mehr, wie du heißt. Ich bin Mario.« Er streckt mir seine Hand hin. Ich drücke sie ganz kurz.

»Anna«.

»Piacere, Anna.«

»Eine Spezialistin hat mir geraten, noch einmal Deutsch zu lernen.«

»Du meinst Italienisch?«

»Nein, Deutsch.«

»Aber du sprichst perfekt Deutsch.«

Er versteht es nicht. Niemand versteht es. Ich will weg.

»I'm sorry, Mario.«

»Okay, ich versuche es zu verstehen. Du sprichst Deutsch und dann sagst du etwas auf Englisch, Italienisch oder Französisch statt auf Deutsch?«

»Ja.«

»Aber wenn du sagst ›I'm sorry‹, dann weißt du, wie es auf Deutsch heißt?«

»Ja, aber wenn ich nervös bin, ersetze ich auch Wörter, die ich eigentlich noch beherrsche. Oder ich switche automatisch in eine andere Sprache. Ach, ich weiß es nicht.«

»Aber jetzt hast du wieder einen perfekten Satz gesagt.«

»Ja, aber ich weiß es nicht.«

»Du weißt nicht, was du gesagt hast?«

»Doch, aber ich weiß nicht, ob ich es auf Deutsch gesagt habe. Es ist kompliziert. Für dich muss es verrückt klingen.«

»Okay. Du bemerkst nicht, wenn du ein Wort in einer Fremdsprache benutzt?«

»Ja, esatto.«

»Ich will dich nicht nerven, Anna, aber jetzt hast du ›esatto‹ gesagt. Bewusst oder unbewusst?«

»Bewusst.« Ich lache.

»Gut.«

»Nein, es ist scheiße.«

»Okay, es ist scheiße.« Er lacht. Es tut gut.

»Ich getraue mich nicht zu sprechen. Wenn es so weitergeht, werde ich verstummen.«

»Das wirst du nicht, Anna. Es sind nur ein paar Wörter. Man versteht dich trotzdem.«

»Peut-être.«

»Absicht?«

»Ja. Ich lache.« Es macht Spaß.

»Wie kann ich dir helfen?«

»Vielleicht gibt es ein Muster. Aber ich kann es nur erkennen, wenn mich jemand darauf hinweist.«

»Wir könnten uns treffen und uns unterhalten. Hier oder woanders.«

»Hier ist gut.«

»Mittagessen? Ein, zwei Mal die Woche?«

»Ich esse fast nie etwas.«

»Non è sano«, sagt er lachend.

»Ich meine zu Mittag.«

»Ich esse meist ein Sandwich oder einen Salat. Wenn es schön ist, setzen wir uns draußen hin. Du trinkst etwas und wir reden.«

»Wie viel möchtest du dafür?«

»Nichts.«

»Das geht nicht.«

»Warum? Ich verdiene genug, Anna. Und es klingt spannend.«

»Wahrscheinlich wird es dich auch bald nerven.«

»Das kann sein, aber Probieren geht über Studieren.«

»Danke. Ich muss etwas tun, es macht mich fertig.«

»Er mag dich«, sagt Maria. Vielleicht, denke ich. Aber hoffentlich nicht zu sehr. Sonst muss ich abbrechen.

»Wie geht es deiner Frau?«, frage ich.

»Oje«, sagt Maria.

»Gut«, sagt Mario.

Es war ein Zufall, dass bei unserem ersten Treffen seine Frau auftauchte und er ihr den Autoschlüssel gab. Es war ihm peinlich. Ich weiß nicht mehr, wie seine Frau aussieht. Es ist egal.

»Du kennst sie?«, fragt Mario leicht verunsichert.

»Ich sah sie damals. Erinnerst du dich?«

Er lacht und schüttelt den Kopf.

»In meinem Alter hat man auch gewisse Erinnerungslücken.«

»Aber du erinnerst dich an alle Wörter. Können wir tauschen?«, sage ich lachend.

Das kommt gut, denke ich. Mit ihm kann ich mich unterhalten, ohne dass es peinlich wird.

»Wann war das mit dem Motorrad?«

Ich schließe kurz die Augen. Ich muss weiter lügen. Es gefällt mir nicht.

»Ich möchte nicht darüber sprechen«, sage ich.

Er nickt, aber er mag es nicht. Kein Vertrauen. Ich sehe es ihm an. Es ist, wie wenn die Bedienung etwas zwischen uns gestellt hätte.

»Vielleicht später«, sage ich.

»Later«, sagt er.

»Danke«, sage ich.

»Ich muss«, sagt er. »Sprachencafé. Normalerweise mache ich nur noch das italienische, aber im Moment helfe ich aus.«

»Ja, geh nur.«

Er steht auf, hebt die Hand zum Abschied.

»Morgen?«, fragt er.

»Ja, morgen ist gut«, sage ich.

Er geht. Ein Blick zur Bedienung. Hat sie uns die ganze Zeit beobachtet? Ich bestelle einen Espresso. Auf Deutsch. Sie ist sofort wieder nett. Perfekt, so macht man das. Wieso kann ich das nicht? Einfach so tun als ob. Auf Knopfdruck.

»Du bestellst sonst nie Kaffee«, sagt Maria.

Das stimmt nicht, denke ich.

»Selten«, sagt Maria.

Es stimmt. Wegen der Blase. Gehört auch auf die Liste. Mein erster Blick in einem Café oder Restaurant sucht immer die Toiletten. Es ist besser geworden. Aber besser ist nicht gut.

»Du bist immer gerne in Cafés gegangen«, sagt Maria.

Lücken, Lücken, Lücken. Nein, ich bin nie gerne in Cafés gegangen. Wie kommt Maria darauf?

»Woran denkst du?«, fragt Maria.

»Ich mag Cafés nicht«, sage ich. »Einfach so rumsitzen und Kaffee trinken. Ist nicht mein Ding.«

»Wenn du meinst.« Sie reagiert wie ein Mensch. Wie kann das sein? Was phantasiere ich? Die andere Frau bringt mir den Kaffee. Sie summt dazu ein Lied. Ich bedanke mich auf Englisch, was sie mit einem Wort quittiert, das ich nicht verstehe. Meine Gedanken schweifen ab, ich versuche mich an die anderen Italienischlerner zu erinnern, aber es gelingt mir nicht. Waren es fünf oder sechs? Seltsamerweise höre ich in meiner Erinnerung eine der Frauen sprechen, aber ich sehe ihr Gesicht nicht.

»Dein Kaffee wird kalt«, sagt Maria.

Besorgt ist sie auch noch. Oder ist sie eine Kümmerin? Ein altmodisches Wort. Ich kenne es aus einem Buch. Eine Frau, die sich ständig um andere Leute kümmert. Warum vergesse ich solche Wörter nicht? Sind die Erinnerungen und Wörter nach Jahreszahl abgelegt? Nein, dann hätte ich nur neu gelernte Wörter vergessen. Es ist ein Mysterium.

12

Ich setze mich auf eine Parkbank in der Nähe des Gemeindezentrums. Es ist angenehm warm und es sind nur wenige Leute unterwegs. Ich trage die Kopfhörer und es läuft Musik, denn ich möchte ohne Maria und John über die Begegnung mit Mario nachdenken. Ich bin erstaunt, wie einfach alles ging. Aber es beschäftigt mich, dass ich Mario angelogen habe. Diese Lüge wird von nun an zwischen uns stehen. Natürlich hatte ich im weitesten Sinne einen Unfall. Wie ein Verkehrsunfall, der von jemand anderem verursacht wurde. Einfach ohne Motorrad. Ich habe Mario nicht gesagt, dass ich Polizistin bin. Es geht einfach nicht. Ich will es nicht. Erinnert er sich daran, dass ich mich als Lehrerin vorgestellt habe? Eine Lüge zieht weitere Lügen mit sich. Daraus entsteht ein Lügengebäude. Ein Gebäude, das nur aus Lügen gebaut ist. Das andere Wort, ich habe erst kürzlich danach gesucht. Lügengewebe. Ein Stoff aus Lügen. Mein Italienisch war ganz passabel, ist es immer noch, aber mein Wortschatz ist nicht riesig. Ich hoffe, dass ich ihn ausbauen kann, dass mein Gehirn neue Dinge speichert. Ich denke, ich werde Mario die Wahrheit sagen, wenn ich ihn besser kenne. Oder auch nicht. Chissà? Ich kann keine Rücksicht auf andere nehmen. Nur auf mich. Wer erträgt es, wenn jemand jedes zweite Treffen oder mehr absagt, weil man zu müde ist oder keine Lust hat? Ich muss genau das machen. Wenn ich mich nicht gut fühle, dann geht es nicht. Dann fällt mir etwas ein. Wir haben keine Nummern getauscht. Ich kann gar nicht absagen. Mühsam. Andererseits möchte ich nicht, dass er meine

Nummer hat, wenn ich nach dem ersten richtigen Treffen keine Lust mehr habe. Es ist kompliziert. Das ist neu für mich. Ich hatte nie Kopfschmerzen oder schlechte Laune oder war müde. Okay, fast nie. Mein Leben war unkompliziert. Auch meine Beziehungen mit Männern waren es. Wenn es nicht funktioniert, ist Schluss. Ich brauche nicht die große Liebe, ich brauche eher einen Kumpel, einen, mit dem ich Spaß haben kann. Aber jetzt bin ich kompliziert und deshalb ist es nicht die Zeit für Liebschaften.

Ich schaue auf dem Handy nach, ob Lars mir geschrieben hat. Ich habe eine Nachricht erhalten, aber nicht von Lars. Ich habe keine Lust sie zu lesen. Nur wenige Leute haben meine Handynummer. Zudem habe ich sie vor drei Jahren gewechselt. Es gab Probleme mit einem Ex. Nichts Gravierendes, aber lästig. Kann ich nicht gebrauchen. Jemand der mich zumüllt mit Nachrichten. Meist war er betrunken. Keine Besuche, keine Liebesbeteuerungen, nur endloses Selbstmitleid. Ich schließe die Augen, genieße den leichten Wind, spüre die Sonne auf meinem Gesicht. Es sind Momente, in denen alles im Einklang ist. Fast. Denn ich spüre die Müdigkeit. Sie schleicht sich wie eine Grippe in meinen Körper. Zuerst ist es ein Ziehen in den Muskeln und die Augenlider werden schwer. Wenn ich so sitzen bleibe, schlafe ich ein. Auf einer Parkbank. Ich öffne meine Augen, atme tief ein und bewege meine Finger. Ich schaue jetzt trotzdem, wer mir geschrieben hat. Simona. Ich bin überrascht. Nach so langer Zeit. Ich schaue auf. Jemand setzt sich neben mich. Eine ältere Frau mit zwei gefüllten Einkaufstaschen. Sie atmet schwer. Und zündet sich eine Zigarette an. Ich stecke das Handy ein und stehe auf. Die ersten Meter sind mühsam. Wie wenn ich auf rutschiger Unterlage gehen würde. Die Koordination stimmt noch nicht. Oder ist es das Gleichgewicht? Immer wenn ich müde bin, verschlechtert sich alles. Es wirft mich um Wochen zurück. Jeden Tag. Nicht lustig.

Ich möchte rennen und kann nicht einmal fünfzig Meter gehen, ohne zu wanken.

Trotzdem, ich muss mich loben. Ich bin hierhergekommen und habe mit Mario gesprochen. Wenn ich eine Liste mit Fortschritten führen würde, müsste ich das jetzt aufschreiben. Ich sehe eine freie Parkbank und setze mich wieder hin. Das sollte ich öfter tun. Einfach nur dasitzen und beobachten. Das habe ich nie gemacht früher. Wozu auch? Das sind Dinge, die man machen kann, wenn man alt ist. Oder arbeitsunfähig. Die Zeit totschlagen. Ich schaue mich um. Bäume. Gli alberi, trees, les arbres. Die Taube, il piccione, the pigeon oder the dove, le pigeon oder la colombe. Die französischen Wörter muss ich nachschauen, weil ich nicht sicher bin. »La siepe«. Wie heißt das auf Deutsch? Es fällt mir nicht ein. »The hedge«. Mist. »Die Hecke«. Ich memoriere das Wort mindestens zehn Mal. Da drüben bei der »siepe«. Wer soll das verstehen? Haben die Wörter, die ich nicht mehr kann, irgendeine Gemeinsamkeit? Ich müsste alle aufschreiben, um das herauszufinden. Die Hecke. Die Ecke. Die Säcke. Die Decke. Alles noch da, nur »die Hecke« war weg.

Ich erinnere mich an Paul, unseren Nachbarn, als ich noch zu Hause bei meinen Eltern lebte. Ich war sechzehn Jahre alt, als Paul in seinem Garten von der Leiter fiel. Er hatte sich am Rücken verletzt. Einige Wochen saß er im Rollstuhl. Danach ging er an Krücken. Schließlich konnte er wieder ohne Hilfe gehen. Aber es sah seltsam aus. Für ihn war es ein riesiger Schritt zurück in den Alltag. Doch für alle anderen sah er behindert aus. Das ist das Brutale an solchen Dingen. Du beobachtest und spürst dich jeden Tag, du erkennst kleinste Unterschiede. Die anderen sehen dich nur wie du vor einem halben Jahr warst und wie du jetzt bist. Für dich machst du riesige Fortschritte, während die anderen nur sehen, was du nicht mehr hast oder nicht mehr bist.

Ich bin jetzt wie Paul. Von den Toten auferstanden, aber immer noch stark gezeichnet.

Ich nehme den Bus und fahre nach Hause. Ich kämpfe die ganze Fahrt gegen das Einschlafen an. Endlich bin ich da, vor dem Haus bleibe ich unvermittelt stehen. Es ist nur ein Gefühl, aber es hat mich bis jetzt nie im Stich gelassen. Das Gefühl, wenn dir jemand folgt. Es ist genauso schwierig zu erklären wie meine sprachlichen Aussetzer. Ich gehe ein paar Schritte und bleibe vor dem Fenster eines kleinen Geschäfts stehen. Ich sehe mich gespiegelt im Schaufenster. Hinter mir ist niemand. Trotzdem ist das Gefühl da. Wie gestern im Treppenhaus. Aber weshalb sollte mir jemand folgen oder mir auflauern? Ich gehe weiter. Am Haus vorbei. Weiter. Dann bleibe ich abrupt stehen und drehe mich um. Ein älterer Mann weicht mir aus. Gegenüber sitzt ein Mann am Steuer eines Lieferwagens, der halb auf dem Gehsteig geparkt ist. Der Mann tippt auf seinem Handy herum. Zwei kleine Mädchen rennen aus einem Hauseingang. Sonst ist da niemand. Ich stehe jetzt vor dem Haus. Die Tür ist wie so oft nur angelehnt. Ich gehe rein. Ich gehe langsam die Treppe hoch. Sehr langsam. Bleibe auf jedem Zwischenboden stehen. Endlich bin ich oben vor meiner Wohnungstür. Kaum habe ich die Tür hinter mir geschlossen, will ich mich nur noch hinlegen.

13

Ich schlafe fast zwei Stunden. Danach fühle ich mich ausgelaugt. Ich mache mir ein Sandwich und trinke eine Cola. Mein Rücken schmerzt ein wenig und auch meine Füße fühlen sich an, wie wenn ich zehn Kilometer gerannt wäre. Ich muss definitiv mehr rausgehen und mich mehr bewegen. Ich muss das Gleichgewicht und die Koordination verbessern. Das geht nur, indem ich mich bewege. Okay, letztlich ist es mein Gehirn, das mir die Limits aufzeigt. Ich bin keine Sportlerin, die zurück an die Spitze will. Ich möchte mich normal bewegen, normal sprechen und normal ermüden. Ich möchte wieder Durchschnitt sein. Grandios. Es kotzt mich an. Ich mache ständig Fortschritte und bin dennoch weit von der früheren Anna entfernt. Es ist, wie wenn jemand täglich büffelt und trotzdem durch alle Prüfungen rasselt. Nahe dran. A miss is as good as a mile. Knapp daneben ist auch daneben. Ich treffe das Tor nicht mehr. Ich bin Lichtjahre davon entfernt, wieder meinen Job zu machen. Ich darf nicht daran denken. Es macht mich fertig. Ich stehe auf, um mich aus den negativen Gedanken zu reißen. Ich schaue mir die Mitteilung von Simona an.

– Ciao, come stai? Können wir uns sehen?

Ich weiß nicht, was ich davon halten soll. Es ist über ein Jahr her, seit ich Simona zuletzt gesehen habe. Wir schrieben uns noch ab und zu, Belanglosigkeiten zum Geburtstag, Glückwünsche fürs neue Jahr. Aber eigentlich hatten wir keinen Kontakt mehr. Und jetzt diese Nachricht. Hat sie von irgendwem erfahren, was geschehen ist? Ich glaube, sie hat sich nie wirklich für mich interessiert. Weshalb sollte sich das plötzlich ändern?

Simona und ich, wir waren ein Sprachtandem. So nennt man zwei Personen, die sich gegenseitig helfen, eine Sprache zu lernen. Simona ist Italienerin und lernte Deutsch. Ich lernte Italienisch. Es gibt Webseiten, die solche Kontakte vermitteln. Sie schrieb mir, dass sie schon ein Tandem hatte mit einem Mann, aber das wurde ihr zu persönlich. Deshalb suchte sie nach einer Frau. Mir war das recht. Ich stellte mir vor, dass mein Beruf bei einer Frau für weniger Irritationen sorgt als bei einem Mann. Wir tauschten noch einige Nachrichten aus und ich hatte ein gutes Gefühl. Und ich täuschte mich nicht. Wir verstanden uns auf Anhieb ausgezeichnet, auch wenn wir sehr unterschiedlich sind. Simona ist emotional, laut, chaotisch, unpünktlich und eine Frohnatur. Ich bin ruhig, strukturiert und im Umgang unkompliziert. Es passte trotzdem. Wir trafen uns ein- bis zweimal in der Woche und redeten zuerst Deutsch und danach Italienisch miteinander. Oft auch wild durcheinander. Sie hatte ein höheres Level als ich, was es ein wenig schwierig machte. Während ich bei einfachen Sätzen nach Wörtern rang, sprach sie bereits fließend, wenn auch mit vielen Fehlern. Wir sprachen über alles Mögliche, aber kaum über Privates, was mir gelegen kam. Ich sagte ihr schon beim ersten Treffen, dass ich Polizistin bin, was sie weder beeindruckte noch abschreckte. Sie fragte nie nach meinem Berufsalltag. Uns trennten acht Jahre und auch sonst eine Menge, aber vielleicht war das ideal für das Sprachtandem. Wir konnten uns ganz aufs Lernen konzentrieren. Natürlich erzählte sie ab und zu etwas, das sie beschäftigte. Ein Streit mit ihrem Freund. Die Suche nach einer Wohnung. Der Vater, der an einem Frühstadium von Alzheimer litt. Aber es beschränkte sich immer auf einzelne Episoden. Wir waren nie Freundinnen, die sich alles erzählten. Sie hat sich nie bei mir ausgeheult, und ich habe nie über meine Arbeit gesprochen. Wir kamen als Sprachtandem zusammen, aber mit der Zeit benötigte sie das nicht mehr. Sie bestand die Prüfung für das Goethezertifikat C1, damit standen ihr alle Möglichkeiten offen. Die Sprachenzertifikate geben einen Hinweis darauf, wie gut jemand eine Fremdsprache beherrscht. Es beginnt bei A1, das sind Anfänger, man beherrscht ganz einfach Sätze und ein bisschen Grundwortschatz. A2 bedeutet, dass man die grundlegenden grammatikalischen Regeln kennt, die wichtigsten Zeiten zum Beispiel. B1 ist bereits ein fortgeschrittenes Level. Man kann sich ein wenig unterhalten, beherrscht die Grammatik einigermaßen und verfügt über einen guten Wortschatz. Für Immigranten wird es ab B2 interessant. Mit dem Level C1 kann man studieren oder eine Ausbildung machen. Es ist sozusagen der Fahrschein in ein neues Leben. Es gibt dann auch noch C2. Das bedeutet, dass man sich auf dem Niveau eines gebildeten Muttersprachlers befindet. Ich habe nie eine Prüfung abgelegt, aber ich denke, dass ich mich etwa auf dem Niveau von B1 bewegte, mit einem brauchbaren Wortschatz. Ich hatte also genug im Kopf, das ich wieder vergessen konnte.

Simona fand auch dank dem C1-Zertifikat einen guten Job, aber außerhalb der Stadt. Sie suchte sich deshalb eine neue Bleibe, und wir verloren uns aus den Augen. Ich wusste, dass sie einen Freund hatte. Einen Italiener. Non è ideale se vuoi imparare il tedesco. Zu Hause wird dann nur Italienisch gesprochen und meist besteht auch der Bekanntenkreis aus lauter Italienern. È così. Aber Simona war ehrgeizig und sie hat es geschafft. Weshalb will sie mich sehen? Hat sie Probleme? Ich zögere, ihr zu antworten. Will ich mich jetzt um die Probleme anderer kümmern? Warum eigentlich nicht? Wir haben uns gut verstanden, und ich brauche mehr Kontakte zu Menschen. Was mich davon abhält, ist klar. Ich muss mich wieder erklären. Aber was soll's?

— Ciao Simona, come stai?

Ich gehe davon aus, dass sie arbeitet und mir erst am Abend antworten wird. Ich schaue auf die Uhr, es ist bereits halb fünf. Mein Zeitgefühl ist auch ziemlich durcheinander. Kein Wunder, wenn man tagsüber immer wieder ein längeres Nickerchen macht. Jetzt sehe ich, dass sie meine Nachricht gelesen hat. Ich warte und sehe, dass sie mir schreibt.

— Sto bene, più o meno. Ich arbeite viel.

— Du möchtest mich sehen?

— Sì, se hai tempo.

Wenn ich etwas habe, dann Zeit. Ich schreibe ihr das nicht.

— Wann?

— Hast du heute Abend Zeit?

Ich zögere. Es scheint etwas Dringendes zu sein. Schaffe ich das? Nach der Cola fühle ich mich einigermaßen gut. Weit davon entfernt, mich fit zu fühlen. Den Umständen entsprechend gut. Diese furchtbare Umschreibung für Menschen, denen es beschissen geht. Ich gebe mir einen Ruck.

— Ja, warum nicht.

— Dove?

— In centro? Prendo il treno.

— Erinnerst du dich an den Park?

— Certo. Alle sei va bene? Non ho molto tempo.

Das bedeutet, dass sie nicht mit mir essen gehen will, was mir recht ist. Eine Stunde sollte ich überstehen. Den Umständen entsprechend.

— Ja, va bene per me.

— Perfetto. Ti scrivo quando sono arrivata.

Wir hatten uns einige Male in einem Park getroffen, der nicht so stark frequentiert ist. Er ist klein und liegt etwas versteckt hinter den Einkaufsstraßen. Was ist los mit Simona? Warum will sie mich so dringend sprechen? Gibt es Probleme mit einem Mann? Ich denke nicht, dass sie mich als Freundin wiedersehen will, es muss etwas sein, dass sie der Polizistin mitteilen will. Und falls es so ist, dann weiß sie nicht, dass ich krankgeschrieben bin. Okay, mein Name stand auch nicht in der Zeitung. Vielleicht kann ich ihr Hilfe vermitteln? Ich finde solche Freundschaftsdienste eher mühsam, aber sie gehören irgendwie dazu. Wenn man einen Spezialisten für irgendetwas im Bekanntenkreis hat, fragt man ihn, so läuft das überall. Es kam in der Vergangenheit auch vor, dass ich bei einer neuen Bekanntschaft das Gefühl hatte, mein Beruf sei der Grund für das Interesse. So im Sinne von, oh, Polizistin, habe ich noch nicht im Freundeskreis, könnte mal nützlich sein, wie der Investmentbanker oder die Angestellte im Reisebüro. Ich ziehe es allerdings vor, eine ganz und gar unnütze Freundin zu sein. Etwas, das ich in meinem jetzigen Zustand beinahe erreicht habe.

»Freundschaften muss man pflegen«, sagt Maria.

»Wie soll man Freundschaften pflegen, wenn man unregelmäßig arbeitet?«

»Man muss Arbeit und Privates trennen.«

»Das ist Quatsch. Das sagen nur Leute, die einen Scheißjob haben.«

»Wer will schon ständig mit einer Polizistin im Dienst zusammensein?«

»Es gibt Schlimmeres«, sage ich. »Politiker, Komiker oder Zahnärzte.«

»Wie viele Freunde hast du?«, fragt Maria.

»Unzählige.«

»Keine.«

»Ist egal.«

»Ist es nicht«, sagt Maria.

»Die Leute werden von ihren besten Freunden betrogen, ausgenutzt und getötet.«

»Nur die, mit denen du zu tun hast.«

»Schön wär's.«

»Wenn es einem schlecht geht, braucht man Freunde.«

»Oder Stimmen im Kopf. Ist doch toll. Ich bin nie allein.«

»Wie gut kennst du Simona?«, fragt John.

»Nicht besonders gut.«

»Würdest du ihr schreiben, wenn du ein Problem hast?«

»Nein. Eher nicht.«

»Sie aber schreibt dir.«

»Offensichtlich.«

»Vielleicht bist du ihre letzte Hoffnung.«

»Das ist Quatsch.«

»Das sagst du zu allem.« John scheint beleidigt zu sein. Wieder dieses beunruhigende Gefühl, es mit einem Menschen zu tun zu haben.

»Ich sage das nur, wenn es tatsächlich Quatsch ist.«

»Du bestimmst darüber, was Quatsch ist?«

»Ja. In meinem Kopf bestimme ich.«

Was natürlich auch Quatsch ist. Ärzte haben darüber bestimmt, was mit meinem Kopf geschieht. Die Vorstellung, dass sie in meinem Kopf arbeiteten, ist gelinde gesagt seltsam. Was wenn Maria und John Ärzte sind?

»Musst du heute nicht operieren?«, frage ich ins Leere.

»Was?«, fragt John.

»Du bist kein Arzt?«

John schweigt. Weiß er überhaupt, was er ist oder nicht ist?

»Sie kann dir helfen«, sagt Maria.

»Wie sollte sie mir helfen können?«

»Sie kann dich korrigieren. Sie war dein Tandem.«

»Sie hat keine Zeit für so etwas. Und ich muss in erster Linie mein Deutsch verbessern.«

»Frag sie.«

»Das werde ich nicht tun.«

»Vielleicht weiß sie etwas«, sagt John.

»Sie weiß sogar eine ganze Menge«, sage ich sarkastisch.

»Über das, was mit dir geschehen ist.«

»Das ist Quatsch.«

Ich gehe duschen. Ich möchte mich frisch fühlen, wenn ich Simona sehe. Oder soll ich mich eine halbe Stunde hinlegen? Ich gehe ein wenig in der Wohnung auf und ab. Keine Koordinationsprobleme. Ich scheine den Umständen entsprechend okay zu sein. Ready for an appointment. Sto per uscire. Je suis contente.

14

Das schöne Wetter lockt die Leute nach draußen. Die meisten tummeln sich vor den Restaurants und Cafés. Ich habe den Bus genommen. Er bleibt mehrere Male im Feierabendverkehr stecken, und ich sehe auf meinem Handy, wie die Zeit zerrinnt. Als mir Simona schreibt, dass sie angekommen ist, bin ich noch ein gutes Stück vom Park entfernt. Ich gehe langsam. Zwangsläufig. Wenn ich zu schnell gehe, kann es sein, dass ich die Balance verliere und stürze. Das ist mir zweimal passiert. Beim zweiten Mal holte ich mir Schürfwunden und mein Becken schmerzte zwei Tage lang. Ich schreibe Simona, dass ich in zehn Minuten da sei.

— Nessun problema.

Simona war nie superpünktlich, und ab und zu kam auch ich zu spät an unsere Treffen, es schien sie nie zu stören. Ich bleibe stehen, weil ich automatisch zu schnell gehe. Ich trage die Kopfhörer. Ich schaue mich viel zu oft um. Ich bin verunsichert. So viele Dinge, die ich vorher nicht an mir kannte. Stop-and-go. Ich fixiere Verkehrsampeln, Straßenlampen und markante Gebäude. Ich gehe bis dorthin und bleibe stehen. Dann gehe ich zum nächsten Fixpunkt. Kleine Ziele. Ich erreiche sie alle. Aber es zermürbt mich. Ich will einfach drauflos gehen, schnell und ohne Pause. Natürlich könnte ich ein Taxi nehmen. Aber ich will nicht. Es ist nicht mehr weit. Nach der nächsten Verkehrsampel nach links. Meine Erinnerung ist gar nicht so schlecht. Auch wenn es dann doch noch zwei Straßen sind. Zur Sicherheit habe ich mir die Strecke im Bus auf dem Handy angeschaut. Jetzt bin ich da. Es gibt eine Parkbank unter einem großen alten Baum. Dort haben wir uns meist getroffen. Doch die Parkbank ist besetzt. Ich gehe weiter. Da ist sie. Ich erkenne sie sofort. Sie ist mit ihrem Handy beschäftigt. Das ist gut, so sieht sie meinen steifen Gang nicht.

»Ciao Simona«, sage ich, als ich bei ihr angekommen bin. Sie blickt auf, lacht, steht auf, umarmt mich.

»Ciao Anna, come stai?«

Ich winde mich. Simona kann ich es sagen. Man fühlt sich einfach wohl, wenn man mit ihr zusammen ist. Ich setze mich neben sie. Simona ist schön, ich sage ihr das. Sie lächelt es weg. Ich sehe nicht schlecht aus, manche Männer finden mich hübsch, aber Schönheit ist etwas anderes. Wenn Simona einen Raum betritt, wird der Raum heller und schöner. Bei mir funktioniert das nur, wenn ich den Lichtschalter drücke. Sie schaut mich intensiv an. Sie hat etwas bemerkt.

»Stai bene?«

Okay, ich muss etwas sagen, es ist offensichtlich.

»Ich hatte einen Unfall.«

»Acci …?«, fragt Simona. Ich sagte es vermutlich auf Französisch.

»An accident«, sage ich. Diesmal bemerke ich, dass ich es auf Englisch sage.

»Capisco«, sagt Simona. Sie schaut mich besorgt an.

Ich versuche mich in wenigen Worten zu erklären. Simona nickt, aber ich denke nicht, dass sie nachvollziehen kann, was mit mir los ist. Vor allem das mit der Sprache scheint sie nicht zu verstehen. Wie auch. Ich denke an das letzte Mal, als noch alles normal war. Hier in diesem Park. Es war windig und kühl. Ich versuche die Wehmut wegzuschütteln. Keine gute Idee. Ich fasse mir an die Stirn. Simona schaut mich noch ein wenig besorgter an.

»Es geht schon«, sage ich. »Un attimo.«

»Alles gut?«

Ich lache, Simona lacht. »Alles gut« war der Spruch, mit dem sie mich jeweils begrüßte.

»Nein«, sage ich, »nicht alles gut, ma non preoccuparti.«

»Was war das für ein Unfall?«

»Es war heftig«, sage ich hilflos. Ich will dich nicht anlügen, Simona, denke ich.

»Arbeitest du nicht?«

Ich bewege den Kopf, langsam, man kann den Kopf auch langsam schütteln, auch wenn es dann kein Schütteln mehr ist. Ich sehe die Enttäuschung auf Simonas Gesicht.

»Aber bald wieder.« Anna kann gut lügen. Aber was soll ich sonst sagen? Es entsteht eine Pause. Simona schneuzt sich die Nase, Ihr Telefon ertönt. Sie steht auf. Geht ein paar Schritte weg.

»Wir haben alle unsere Methoden, Verlegenheit zu kaschieren«, sagt John.

»Verschwinde«, sage ich.

»Du schaust auf deine Fingernägel.«

»Hör auf.«

»Du machst das immer, wenn du verlegen bist.«

Ich schüttle meine Hände und grinse blöd. John ist manchmal ein Arsch. Simona beendet das Telefongespräch und setzt sich wieder.

»Ich werde heiraten«, sagt sie strahlend.

»Wann?«

»Im Herbst.«

»Das ist toll.«

»Ja.«

»Und du?«

»Niemand da, den ich heiraten könnte.«

»È italiano, ma parla tedesco molto bene.«

»So wie du.«

»Come va il tuo Italiano?«

»Es geht«, sage ich.

»Du musst reden.«

»È vero.«

»Vorhin, als ich telefonierte, hast du mit jemandem gesprochen?«

Nur mit John, denke ich, wie soll ich ihr das erklären? Manchmal sage ich etwas laut, das nur als Gedanke in meinem Kopf ist.

»Cosa è successo?«, frage ich stattdessen. »Du wolltest mit mir sprechen.«

»Sì.«

»Sprich«, sage ich lachend.

Ihre Mimik wird ernster. Sie überlegt lange und schaut dabei auf ihre Hände. Es sind wunderschöne Hände, wie habe ich sie um ihre Schönheit beneidet.

»Un'amica, eine Freundin. Sie heißt Ilaria. Ich mache mir Sorgen.«

»Warum?«

»Sie meldet sich nicht mehr.«

»Wie lange schon?«

»Ihr Telefon ist tot.«

»Seit wann?«

»Seit zwei Tagen.« Das ist nicht lange, aber in der heutigen Zeit für viele eine Ewigkeit.

»Vielleicht hat sie eine neue Nummer?«

»Lei me lo avrebbe detto. Sie hätte es mir gesagt.«

»Erzähl mir von ihr.«

»Sie lebt seit einigen Monaten hier. Sie spricht wenig Deutsch. Sie arbeitet in der Gastronomie. Es gefällt ihr nicht. Aber in Italien es gibt nichts, nulla.«

Simona regt sich auf und macht Fehler. Es ist beinahe wie bei mir.

»Vielleicht ging sie trotzdem nach Italien zurück?«

»Was bedeutet ›rontre‹?«, fragt Simona.

»›Rentrer‹. Es ist Französisch, es bedeutet ›rientrare‹. ›Zurückkehren‹.«

»Capisco. Warum sollte sie das tun? Gerade jetzt? Sie sagte, sie wolle versuchen, schnell Deutsch zu lernen. Ich sagte ihr, man kann nicht zaubern. Aber sie sagte, vielleicht habe ich einen Zauberer gefunden.«

»Einen Zauberer, der ihr Deutsch beibringt?« Ich muss husten. Mein Puls ist viel zu schnell und ich atme auch zu schnell. Was ist nur los? Hat mich Lars mit seinen Panikattacken angesteckt? Simona streicht mir über die Haare. Sie spürt, dass es mir schlecht geht.

»Ich brauche eine Pause.«

»Qualcosa da bere?« Sie holt aus ihrer Handtasche eine kleine Flasche Mineralwasser. Ich nicke. Das Wasser ist lauwarm, aber es tut gut. Ich versuche gleichmäßig zu atmen. Ist das meine Zukunft? Seltsame Anfälle und Leute, die sich ständig Sorgen um mich machen?

»È una malattia?«

Ich schüttle den Kopf. Und sehe Sterne. Wie blöd kann man sich anstellen. Jetzt nur nicht umkippen und im Krankenhaus landen. Ich stehe auf und setze mich wieder. Simona beobachtet mich ängstlich.

»Ich hatte eine Kopfverletzung. Adesso è come l'emicrania.« Ich kenne das Wort von Simona. Ihre Mutter leidet an Migräne. Meine Symptome sind anders, aber was soll's.

Sie schaut mich an. Besorgnis, Mitleid. Ich möchte wegrennen, weit weg.

»Non lo saputo.«

»Es ist neu. Aber es geht schon wieder.« Tatsächlich fühle ich mich etwas besser. Der Schwindel ist weg und ich habe keine Schnappatmung mehr.

»Forse un altro giorno è meglio?«

»Nein. Es geht schon. Es ist wichtig.«

»Non è così importante.«

»Ich meine, es ist wichtig für mich. Um wieder gesund zu werden. Ich kann nicht immer zu Hause rumliegen.«

»Gut.« Sie ist alles andere als überzeugt. Das kann ich gut verstehen. Vermutlich bereut sie es schon, dass sie mir geschrieben hat. Gleich sagt sie, dass sie wegmuss. Aber ich täusche mich. Sie schweigt und wartet tapfer, bis ich wieder etwas sage.

»Woher kommt deine Freundin?«

»Da Cremona.«

»Das ist in Norditalien?«

»Ja.«

»Wie alt ist sie?«

»Ventitre.«

»So alt wie du, als du hierher kamst.«

»Ich war vierundzwanzig.«

»Stimmt.«

»Wo hat sie gearbeitet?« Simona überlegt und zeigt dann mit einem Finger an imaginäre Orte.

»Einmal hier, einmal da, nie sehr lange. Sie hasst Gastronomie, aber sie findet nichts anderes.«

»Wie lange kennst du sie?«

»Da mezz'anno. Wir haben uns im Gym getroffen, in palestra.«

»Wie gut kennst du sie?«

Simona ist unschlüssig, was sie sagen soll. Ich kenne diese Reaktion zur Genüge. Wir kennen selbst gute Freunde nicht wirklich gut.

»Non siamo amice strette. Schau!« Simona hält mir ihr Handy hin. Das Selfie zeigt Simona mit einer dunkelblonden Frau. Ich werde sofort doppelt neidisch. In Italien wäre ich nichts, nulla.

»Und dieses Foto.« Es zeigt Ilaria alleine. Lachend, fröhlich und sehr hübsch.

»Sie ist schön«, sage ich.

»Ja, wunderschön.«

»Hat sie einen Freund?« Simona schüttelt den Kopf.

»Lei me lo avrebbe detto.«

»Bist du sicher?«

Simona hält die Hände in die Höhe.

»Sicher, nein, aber sie hätte es mir gesagt, certamente.«

Da bin ich mir nicht sicher. Eine Frau wie Ilaria muss Verehrer haben. Vielleicht auch Liebhaber. Man teilt nicht alles mit einer Freundin, die man im Gym kennengelernt hat.

»Hast du mit ihr über Privates gesprochen?«

»Nicht oft. Sie hatte Probleme mit ihren Eltern. Sie waren dagegen, dass sie hierherkommt. Aber was soll Ilaria dort machen?«

»Okay, nur eine kurze Frage, benutze ich viele italienische Wörter?«

»Ora?«

»Ja.«

»Alcuni.«

Ich nicke. Jemand anderes hätte mich kaum verstanden. Sofort nimmt meine Moral den Lift nach unten. Ich benötige einen verdammten Dolmetscher an meiner Seite.

»Erzähl mir von Ilaria.«

»Sie wandert gerne in den Bergen und sie trinkt lieber Bier als Wein.«

Simona lacht. Doch dann verfinstert sich ihr Blick.

»Ich glaube, sie ging in die Berge. Um frische Luft zu atmen. Cambiare aria. Sagt man das so?«

»Für einen Tapetenwechsel?«

»Che parola strana.«

»Wenn man etwas anderes sehen will, wenn man sich ablenken will.«

»Ja, genau. Sie sagte, in den Bergen ist sie jemand anderes. Aber in den Bergen ist es auch gefährlich, no?«

»Du denkst, es könnte ihr in den Bergen etwas zugestoßen sein?«

»Forse, warum nicht?«

»Weißt du, wo sie am liebsten unterwegs war?«

Simona schüttelt den Kopf. »Überall. Sie liebt die Berge.«

»Hat sie dir keine Fotos geschickt?« Simona schüttelt den Kopf.

»Nicht, wenn sie in den Bergen war. Sie wollte die Berge nur für sich. Wir haben uns nur ein bis zwei Mal in der Woche gesehen.« Sie verzieht ihren Mund. Sie macht sich Vorwürfe.

»Ging sie immer allein in die Berge?«

»Ich glaube schon.«

»Wann hast du sie zuletzt gesehen?«

»Due settimane fa.«

»Aber du hattest danach noch Kontakt mit ihr?«

»Sie konnte nicht ins Gym kommen und sie hat mir geschrieben.«

»Wann war sie zuletzt online?«

»Due giorni fa.«

»Ging sie auch klettern? Sportklettern?«

»Sì, anche fa arrampicate.«

»Wo arbeitet sie?«

»Lei è senza lavoro da un mese.«

»Hast du der Polizei gemeldet, dass sie sich nicht meldet?« Simona schüttelt den Kopf.

»Ich dachte, du bist die Polizei.«

Es gibt die alte Polizistenweisheit, dass die ersten Stunden in einem Vermisstenfall entscheidend sind. Das hat durchaus etwas. Betrifft aber eher Kapitalverbrechen. Wer verschwindet oder untertaucht, kehrt oft selbst wieder zurück oder nie mehr. Vermisste in den Bergen werden fast immer tot geborgen. Es kann je nach Gelände Tage, Wochen oder Monate dauern. Oft stürzen sie in unwegsamem Gelände ab. Eine Unachtsamkeit genügt, ein Ausrutschen. Doch die meisten Kletterer haben ihre bevorzugten Routen und Schwierigkeitsgrade. Denke ich zumindest.

»Was ist mit dem Zauberer? Gibt es diesen Mann? Hat sie jemanden kennengelernt, der ihr Deutsch beibringen möchte?«

»Non lo so. Aber es ist möglich. Sie hat mich gefragt, ob ich Leute kenne. Ich dachte an dich.«

»Ich bin keine gute Lehrerin«, sage ich.

»Aber ein gutes Tandem.« Sie schaut auf den Boden und hält einen Finger an ihre Lippen. Sie hadert mit etwas. Es kommt mir bekannt vor. Oft behalten die Menschen etwas für sich, bis man sie darauf anspricht.

»Altra cosa?«, frage ich.

»Ja. Sie hat mir gesagt, dass sie jemand verfolgt.«

»Ein Stalker?«

»Una donna.«

»Eine Frau?«

»Ja.«

»Wann war das?«

»Tre settimane fa.«

»Was genau hat sie gesagt?«

»È strano, ma credo che una donna mi segua.«

»Hat die Frau sie angesprochen?«

»Nein. Sie ist ihr gefolgt.«

»Fühlte sich Ilaria bedroht?«

»Nein. Sie fand es lustig. Sie sagte, bis jetzt sind ihr nur Männer gefolgt. Sie fragte, ob es hier normal ist.«

»Hat sie die Frau beschrieben?«

»Nicht richtig. Etwas älter, vielleicht 35, elegante, ha portato una borsa verde.« Eine elegante Frau mit einer grünen Tasche. Keine wirklich gute Beschreibung, aber typisch für das, was ich oft von Zeugen zu hören bekomme.

»Hat sie versucht herauszufinden, wer sie ist?«

»Nein, ich glaube nicht.«

»Hat es ihr geschmeichelt?«

»Non capisco.«

Ich schaue nach.

»›Lusingare‹, ›adolare‹, ›donare‹, non so quello è correto.«

»A lei? No. Sie steht nicht auf Frauen.«

»Und du bist ganz sicher, dass sie keinen Freund hat?«

»Non lo so. Come mai?«

Wenn einer Frau etwas zugestoßen sein könnte, muss man den bekannten französischen Spruch umkehren. Cherchez l'homme. Ich sage ihr das nicht, ich will sie nicht noch mehr beunruhigen. Mir fällt etwas ein.

»Betrogene Ehefrauen benehmen sich manchmal seltsam«, sage ich.

Simona klopft sich an die Stirn.

»Potrebbe essere.«

»Ja, es könnte sein.«

»Vielleicht hatte sie deshalb keine Zeit fürs Gym.«

»Das mit dem Telefon ist seltsam«, sage ich. »Hat sie dir eine italienische Nummer gegeben?«

»Nein. Moment. Du denkst, sie hat ein zweites Handy?«

»Ja, warum nicht?«

»Sì, è possibile. Sie war nicht sehr aktiv, sie hat wenig gechattet. Mit mir. Vielleicht mit anderen?«

»Du sagst, sie hat keinen Job. Was hat sie gemacht? Besuchte sie einen Deutschkurs?«

»Ja, aber der war abgeschlossen, sie wollte nächsten Monat mit einem neuen beginnen. Sagte sie. Ich bin nicht sicher, ob sie es einfach nur sagte.«

»Hatte sie ein Tandem?«

»Nein, aber sie ging ab und zu ins Sprachencafé.«

Ich nicke. Die Welt ist klein, sehr klein. Vor allem, wenn man seine Träume mit vielen anderen teilt. Man bewegt sich in der gleichen kleinen Welt.

»Allora, soll ich zur Polizei gehen?«

»Sie werden nicht viel tun, Simona. Sie ist erwachsen. Und es ist nicht sicher, ob sie am Wochenende in den Bergen war. Sie hat sicherlich noch andere Freunde und ihre Eltern, die sich Sorgen machen.«

»Kannst du nach ihr suchen?«

»Ich?«

»Du bist Polizistin.«

Ja, denke ich. Polizistin brutal zusammengeschlagen.

»Wo soll ich nach Ilaria suchen?«

»Dappertutto.«

»Ich kann nicht überall nach ihr suchen. Ich benötige genauere Angaben. Welche Wanderungen oder Klettertouren machte sie? In welches Fitnessstudio geht sie? Wo wohnt sie? Wie heißt sie mit Nachnamen?«

»Pace, Ilaria Pace. Ich war nie bei ihr zu Hause.« Der Nachname war immerhin etwas.

»Ich kann dir nichts versprechen.«

»Grazie. Willst du noch etwas Tandem machen?«

»Adesso?«, frage ich. »No, sono stanca.«

»Schreibst du mir, wenn du etwas weißt?«

»Certo. Auch wenn ich noch Fragen habe.«

»Wir könnten auch mal zusammen essen gehen.«

»Ja«, sage ich.

Wir verabschieden uns mit einer Umarmung. Ich bleibe noch im Park und strecke meine Glieder. Ich gebe Illarias Telefonnummer in mein Handy ein und betrachte die Fotos, die mir Simona weiterleitete. Ich habe eine Aufgabe. Halleluja. Doch mir graut auch davor. Man kann nicht stumm nach jemandem suchen. Man muss sprechen. Parlare, to speak, parler.

»Wenn sie in den Bergen war, dann hat sie jemand gesehen«, sagt John.

»Ja, aber ich kann keinen Aufruf starten.«

»Warum nicht? Nutze die sozialen Netzwerke.«

»Als Polizistin habe ich erlebt, was man damit anstellen kann. Es ist ein Pranger. Egal wie gut gemeint es ist.«

»Dann musst du mit den Leuten reden«, sagt John.

»Ich weiß, was ich tun muss.«

Den Kopfhörer aufsetzen. Heute nehme ich ein Taxi. Es dauert keine fünf Minuten, bis ich in einem sitze. Der Fahrer fährt schweigsam und entspannt. Und er kennt den Weg. Das ist nicht immer selbstverständlich. Er wartet geduldig, als ich umständlich Bargeld aus meiner Jackentasche krame. Er bedankt sich für das Trinkgeld und wünscht mir einen schönen Abend. Es ist erst halb acht Uhr, aber gefühlt Mitternacht. Gefühlt in meinem Kopf. Ich versuche, zügig die Treppe hochzugehen und hoffe, niemandem zu begegnen. Auch nicht Lars. Als ich die Tür hinter mir schließe, fühle ich mich wie nach einer langen, anstrengenden Schicht. Fast wie früher. Nur mit dem Unterschied, dass ich heute nur zwei Leute getroffen habe. Zwei Gespräche und ich bin stanca morta. Todmüde. Anstatt mich hinzulegen, trinke ich einen Kaffee. Morgen bin ich mit Mario verabredet. Ich bereue es. Aber ich muss es versuchen. Der heutige Tag hat mir gezeigt, wie weit ich noch von der Normalität entfernt bin. Sehr weit. Ich mache mir auf meinem Handy Notizen. Es wird Zeit, dass ich mir für zu Hause ein Tablet anschaffe. Das ist besser für die Augen. Simona schreibt mir und bedankt sich und fragt, ob ich okay bin. Ihr ist noch etwas aufgefallen. Die Frau, die Ilaria beobachtete oder stalkte, trug meistens eine Brille. Eine große Brille. Ich ergänzte meine Notizen. Alles kann irgendwann wichtig werden. Eine weitere Nachricht. Diesmal von Lars. Er fragt, ob ich später runterkommen möchte.

– Heute nicht.

– Okay.

– Bist du okay?

– Ja, keine Panik. Dazu drei Smileys.

Gut, denke ich. Keine Panik. Ich ergänze meine Notizen. Hat vielleicht einen Zauberer gefunden, der ihr Deutsch beibringt. Große Versprechungen, denke ich. Davor sollte man sich hüten. Weiß das Ilaria?

15

Gehört auch auf die Liste: Albträume Hier habe ich keine Lücke. »Nightmare« und »cauchemar« oder »mauvais rêve« und »incubo«. Ein seltsames Wort dieses »incubo« im Italienischen. »Il cubo« ist ein Würfel oder Kubus. »Cauchemar« und »nightmare« sind praktisch identisch. »Albtraum« ist auch seltsam. Viele sagen »Alptraum«, als käme er aus den Alpen. Früher sagte man »Nachtmahr«, was »nightmare« und »cauchemar« entspricht. Ich hatte zuvor nie Albträume, ab und zu als Kind, aber das waren lediglich Fieberträume. In der Klinik hatte ich zuerst fast jedes Mal, wenn ich einschlief, einen Albtraum. Nichts, woran ich mich nach dem Aufwachen erinnerte. Aber ich war schweißgebadet und rang nach Atem. Das besserte sich nach etwa einer Woche. Danach folgte eine Phase, in der ich gut schlief, ohne dass ich mich an Träume erinnerte. Nachdem es mir körperlich wieder halbwegs gut ging, kamen die richtigen Albträume. Meist versuchte ich vor etwas zu fliehen. Und es war immer Nacht. Easy zu erraten, wo der Ursprung lag. Ich renne und renne, aber ich weiß, es wird mir nicht gelingen zu fliehen oder zu entkommen. Es geschieht eigentlich nichts. Niemand verfolgt mich, ich höre keine Schritte, nichts. Ich muss einfach weg und ich weiß, dass es nicht reicht. Eigentlich ein blöder Traum. Er endet immer damit, dass ich in Panik aufwache. Seltsam ist, dass ich manchmal mitten im Traum realisiere, dass es nur ein Traum ist. Danach wache ich entweder auf oder schlafe traumlos weiter. Beim ersten Mal, als das geschah, war es sehr verstörend. Wie kann man davon träumen, dass man gerade träumt? Es ist, als würde sich ein zweites Bewusstsein einmischen. So wie John und Maria, aber die gab es damals noch nicht. Oder ich habe sie nicht wahrgenommen. Als ich diese Wegrenn-Träume hatte, versuchte ich mich an Details zu erinnern, weil ich dachte, dass ich vielleicht etwas träume, das den oder die Täter überführen könnte. Aber da gab es keine Details. Nur ich und der Wunsch zu fliehen.

Im Internet lese ich, dass man Albträume, die immer wiederkehren, steuern kann.

In meinem Fall müsste ich versuchen, meinem Traum eine neue Wendung zu geben. Zum Beispiel, dass da immer ein Motorrad rumsteht, mit dem ich fliehen kann. Diesen neuen Traum sollte man tagsüber üben, also im Kopf ablaufen lassen, bis der eigentliche Albtraum durch dieses Detail ergänzt wird. Man muss also sein eigenes Unterbewusstsein übertölpeln und offenbar scheint das bei einigen Leuten zu funktionieren. Bei mir hörte der Albtraum einfach irgendwann auf. Kurz nachdem ich im Traum realisierte, dass ich nur träume.

Heute ist es ganz anders. Ich habe von Ilaria geträumt. Vermute ich zumindest. Dunkelblonde Frau, schönes Gesicht. Sie lacht, sie ist schön. Und dann ist sie plötzlich weg. Ich eile zu einer Felskante und wache auf. Ein simpler Traum. So wie meine normalen Träume. Simona befürchtet, dass Ilaria in den Bergen etwas zugestoßen ist. Anna macht daraus sofort einen Albtraum. Ilaria ist abgestürzt. Das Wort wird auch im übertragenen Sinn benutzt. Gesellschaftlich abstürzen oder sich besaufen. Träume kann man oft deuten, indem man eine wortwörtliche Bedeutung in eine übertragene übersetzt. Jemand stürzt ab, kann auch bedeuten, dass jemand auf die schiefe Bahn gerät oder sich in Drogen und Alkohol verliert. Ilaria ist nicht der Typ für so etwas, aber ausschließen kann man es nie. Was aber sagt der

Traum über mich aus? Gehe ich davon aus, dass Ilaria tot ist? Oder dass ich ihr nicht helfen kann?

»Vielleicht kennst du sie«, sagt Maria.

»Wen? Ilaria?«

»Ja.«

»Das ist Quatsch. Woher sollte ich sie kennen?«

»Sie ging auch ins Sprachencafé.«

»Ja, aber sie lernte Deutsch.«

»Du machst ihr Angst«, sagt John.

»Es könnte doch sein«, sagt Maria.

»›Es könnte sein‹ trifft auf fast alles zu«, sagt John.

»Nein«, sage ich. »Ich würde mich erinnern. Vielleicht nicht an alles, aber daran, dass ich sie kenne.«

»Denkst du, dass ihr etwas zugestoßen ist?«, fragt Maria.

Ich drehe mich um und schaue auf den Wecker. Es ist sechs Uhr in der Früh. Ich sollte weiterschlafen.

»Viele Menschen verschwinden für eine gewisse Zeit«, sage ich. »Weil sie ihr Leben nicht mehr aushalten, weil sie Luft zum Atmen brauchen.«

»Weil sie sich verlieben«, sagt Maria.

»Ja, auch das kommt vor«, sage ich.

»Oder weil sie in den Bergen einen Unfall haben«, sagt John.

»Das Schlimmste trifft meist nicht ein«, sage ich. Außer bei mir, denke ich. Okay, ich lebe.

»Wenn eine schöne junge Frau einfach so verschwindet, sind Gefühle mit im Spiel«, sagt Maria. »Grande passione, une amour fou.«

»Liebe, Hass, Verlangen, Begierde, Lust«, sagt John.

»Ich muss herausfinden, ob sie einen Mann datete, bevor sie verschwand.«

»Sehr gut«, sagt Maria.

»Und was es mit dieser Stalkerin auf sich hat. Social Media habe ich schon gecheckt. Sie ist nicht sehr aktiv.«

»Vielleicht chattet sie lieber«, sagt Maria.

»Dann hätte sie öfter mit Simona geschattet.«

Wir unterhalten uns wie ein Team. Anna ist jetzt ein Team. Was hat sich verändert seit dem Zwischenfall? Ich bin jetzt ein Team, wir arbeiten großartig zusammen. Ich lache. Die anderen reagieren nicht.

»Wenn sie in den Bergen war, muss sie jemand gesehen haben«, sagt John. »Man muss nach ihr suchen.«

»Ja«, sage ich. »Aber wenn sie in unwegsamem Gelände unterwegs war, kann es lange dauern, bis man sie findet.«

»Und wenn es ganz anders ist?«, fragt Maria.

»Ja, sie kann irgendwo in Italien am Strand liegen«, sage ich.

»Mit einem schönen Mann«, sagt Maria.

»Und das Handy?«, fragt John.

»Ausgeschaltet für eine oder zwei Wochen.« Warum nicht? Doch ich zweifle. Eine junge Frau macht so etwas nicht. Nicht freiwillig, denke ich. Außer, es bedeutet ihr nichts mehr. Weil sie wieder in Italien ist.

»Warum nicht?«, fragt John. »Einfach die Simkarte wechseln, man kann ja zwei benutzen.«

»Genau«, sagt Maria. »Eine nur für ihren neuen Lover.«

»Es ist nicht verboten, unterzutauchen«, sage ich. Ich möchte untertauchen, jetzt, ein neues Leben beginnen. Sofort. Mich verlieben, nach Italien fahren, sorgenlos am Strand liegen und Maria und John Ansichtskarten schicken. Aber sich zu verlieben kann auch ganz schön anstrengend sein. Sie müssen sich schonen, sagen die Ärzte.

Ich greife zum Handy und zeichne ein paar Sätze auf. Ich höre sie ab. Ich habe »Ort« durch »luogo« und »Straße« durch »rue« ersetzt. Wie ist das möglich? Ich weiß, dass es »Straße« heißt. Ich zeichne es noch einmal auf. Dieses Mal sage ich »Straße«. Langsam habe ich das Gefühl, es wäre besser, alle Fremdsprachen zu vergessen. Wenn ich entspannt solche Fehler mache, was für einen Unsinn erzähle ich dann unter Stress? Ich muss das Wort »Unsinn« übersetzen, da ich Nonsense im Kopf habe. Yes, I have a lot of nonsense in my head.

»Sie könnte auch entführt worden sein«, sagt John.

Es gibt unzählige Möglichkeiten. Doch die wahrscheinlichste bleibt, dass sie einige Tage ihre Ruhe haben möchte. Es ist halb sieben, ich könnte noch eine Stunde oder länger weiterschlafen, aber ich habe keine Lust. Ich stehe auf. Mein Nacken fühlt sich steif an und meine Beine sind schwer wie nach einem Marathon. Als ich an der Wohnungstür vorbeigehe, höre ich ein Geräusch. Nicht schon wieder denke ich und drehe den Schlüssel. Ich öffne die Tür. Da ist niemand. Natürlich ist da niemand. Es ist alles in meinem Kopf. Ich mache einen Schritt in den Flur. Ich höre Geräusche aus dem unteren Stock. Um diese Zeit gehen die Leute arbeiten. Als ich mich umdrehe, sehe ich etwas am Boden. Ich bücke mich. Es ist eine kleine durchsichtige Tüte, die mit Pralinen gefüllt ist. Was zum Teufel soll das? Hat Lars die dort hingelegt? Oder meine Mutter? Ich mag Pralinen. Ich nehme sie in die Wohnung, schaue mir die Packung an. Das Geschäft befindet sich im Zentrum, und die Pralinen sind stadtbekannt. Kein Zettel, keine Mitteilung. Aber natürlich sind Pralinen an sich eine Mitteilung. Man sagt ja auch »Sag es mit Blumen«. Hier sagt jemand etwas mit Pralinen. Pralinen schenkt man jemandem, den man mag. Aber warum anonym? Diese Person stand vor meiner Wohnungstür. Hat sie gelauscht? Hat sie überlegt, ob sie klingeln soll?

»Ein heimlicher Verehrer«, sagt Maria begeistert.

»Sei still«, sage ich.

»Vielleicht hast du ihn vergessen, und er versucht deine Erinnerung zu aktivieren.«

Einen Liebhaber, den ich vergessen habe? Es gibt zwei oder drei, die ich liebend gerne vergessen würde, aber ich erinnere mich trotzdem sporadisch an sie. Es gibt viel zu viele Trigger. Was bedeutet »trigger« auf Deutsch? Auch dieses Wort ist weg. Ich versuche mich zu konzentrieren, gehe langsam das Alphabet durch. Es nützt nichts. Ich schaue nach. »Auslöser«. Ich fluche laut vor mich hin. Danach notiere ich mir das Wort und memoriere es mindestens ein Dutzend Mal. »Trigger«, »Auslöser«. Ich denke an Lars, an seine Wohnung. An den Mann und die Frau. Welcher Trigger hat diese Erinnerung ausgelöst? War es die junge Frau? Hat sie Ähnlichkeiten mit Ilaria? Ich greife zu den Kopfhörern. Ich muss in Ruhe nachdenken. Bei lauter Musik. Großartig.

16

Es ist sehr warm und windstill. Ich trage trotzdem die Jeans und ein weit geschnittenes T-Shirt. An der Bushaltestelle wäre ich beinahe in den falschen Bus eingestiegen. Ich sah die Nummer, aber ich realisierte nicht, dass er in eine andere Richtung fährt. Erst im letzten Moment wurde mir klar, dass es der falsche Bus ist. Zum Glück stieg eine ganze Schulklasse aus, was mich daran hinderte, einzusteigen. So genügte es, einfach stehen zu bleiben. Zur Sicherheit kontrolliere ich den Busfahrplan. Der nächste ist der richtige. Mir wird bewusst, was ich zuvor alles fast instinktiv machte. Ein kurzer Blick auf die Busnummer genügte, genauso wie ein kurzer Blick aus dem Bus nach draußen genügte, um zu wissen, wo ich mich gerade befand. Ich gehe ganz bewusst langsam in Richtung Gemeindezentrum. Mario winkt mir zu, ich winke zurück und setze mich neben ihn. Er isst ein Schinkensandwich und trinkt eine Cola. Ich trinke ein eiskaltes Mineralwasser, das ich an einem Kiosk in der Nähe gekauft habe. Das tut gut. Es gibt nur wenige Parkbänke und die meisten sind der prallen Sonne ausgesetzt. Außer uns sind einige Schüler im Park, man riecht, dass gekifft wird. Nachdem Mario seinen Mund mit einer Serviette abgetupft hat, steht er auf und wirft die Papiertüte in den fast gefüllten Papierkorb. Er setzt sich neben mich, der Abstand ist kleiner als zuvor. Damit kann ich leben.

»Erzähl mir etwas«, sagt Mario.

»Was soll ich erzählen?«, frage ich.

»Irgendetwas. Ich möchte zuerst nur zuhören.«

Kein guter Anfang, denke ich. Es ist wie in der Schule.

Worüber soll ich erzählen? Ich erlebe eigentlich nichts. Gut, ich könnte über Ilaria sprechen, will ich aber nicht. Oder über die Pralinen. Geht ihn nichts an. Nicht über all meine Gebrechen, auch nicht über Maria und John. Am liebsten möchte ich schweigen.

»Erzähl mir, was du siehst«, versucht mir Mario zu helfen.

Ich schaue mich um und versuche, die Jugendlichen zu beschreiben. Die Bäume, den Park. Mario ermuntert mich, indem er eifrig nickt. Ich werde rasch müde, die Aufgabe langweilt mich.

»Und?«, frage ich.

»Nicht schlecht. Du hast nur wenige Wörter in einer anderen Sprache gesagt. ›Trottoir‹ statt ›Gehsteig‹, ›qualche volta‹ statt ›manchmal‹.«

»Ja, ›manchmal‹ vergesse ich ständig. Keine Ahnung, warum.«

»Würde es dich stören, wenn wir unsere Gespräche aufzeichnen?«

Ja, das würde mich sehr stören, denke ich, ziehe aber nur die Schultern hoch.

»Du kannst dir die Aufnahme in aller Ruhe anhören und dann die Wörter aufschreiben und neu lernen.«

»Bringt das wirklich etwas?«, frage ich.

»Wir müssen es ausprobieren. Das ist Neuland für mich. Ich weiß nicht, was dir am ehesten hilft. Wir müssen improvisieren.«

»Ja«, stimme ich wenig begeistert zu.

»Okay, heute noch nicht«, sagt er. »Es gibt verschiedene Theorien über das Sprachenlernen. Aber letztlich muss jeder für sich die am besten geeignete Methode finden.«

»Ich will keine neue Sprache lernen, nur die Wörter, die ich vergessen habe. Ich habe das alles schon einmal gespeichert.«

»Già.«

»Ich habe ›già‹ anstatt ›schon‹ gesagt?«

Mario nickt lächelnd.

»Glaubst du, dass bei mir alles durcheinandergewirbelt wurde bei der …«

Ich wollte Attacke sagen. Mist, man soll nicht lügen, wenn man eh Sprachprobleme hat.

»Du meinst beim Unfall?«, fragt Mario nach.

»Ja, beim Unfall.«

»Da bin ich kein Experte.«

»Ich vergesse und sostituisco.«

»Wenn wir die Gespräche aufzeichnen, finden wir heraus, welche Sprache dein Gehirn hauptsächlich benutzt, um verlorene deutsche Wörter zu ersetzen.«

»Ja«, sage ich. Ich fühle mich bereits unendlich müde.

»Hast du irgendein Pattern entdeckt?«

»Habe ich dich angesteckt?«, frage ich lachend.

»Wir benutzen heutzutage so viele englische Wörter«, sagt Mario.

»Ich weiß nur, dass Stress und Anspannung wichtige Faktoren sind. Und vermutlich auch die Tagesform. Es gibt Tage, an denen ich glaube, dass mich niemand versteht.«

»Ist es besser geworden, schlechter oder eher unverändert?«

»Schwierig zu sagen.«

»Du wirst Fortschritte machen«, sagt Mario optimistisch.

Ich nicke, alles andere als überzeugt. Ich möchte das Thema wechseln.

»Warum moderierst du nur noch das italienische Sprachencafé?«

»Es ist ein zeitliches Problem. Zudem machen Sandra und Daniel das deutsche Sprachencafé sehr gerne und gut.«

»Aber gestern hast du es gemacht?«

»Ja, gestern war eine Ausnahme. Du kannst gerne ins italienische Sprachencafé kommen.«

Ich schüttle den Kopf und halte sofort inne. Nie den Kopf schütteln. Nicht gut.

»Alles okay?«, fragt Mario.

»Ja«, sage ich, »aber ich bin schon ein wenig müde.«

»Kein Problem«, sagt Mario.

»Arbeitet Sandra im Gemeindezentrum?«

»Ja, sie ist für Integrationsprogramme zuständig.«

»Ist sie jetzt da?«

»Was möchtest du von ihr?«

»Ich möchte gerne beim Sprachencafé Deutsch zuhören, nur passiv.«

»Ich weiß nicht, ob das geht. Wir versuchen, alle dazu zu animieren, etwas zu sagen.«

Natürlich, blöder Vorschlag, ich muss mir etwas Besseres ausdenken.

»Aber du kannst gerne mit ihr sprechen. Vielleicht fällt es dir leichter, mit einer Frau zu sprechen?«

»Nein, darum geht es nicht«, sage ich. »Ich möchte mich weiterhin mit dir treffen.«

»Gut. Morgen bin ich beschäftigt, aber übermorgen würde gehen. Sollen wir unsere Nummern tauschen?« Ich überlege, vermutlich etwas zu lange.

»Ist schon gut, Anna, komm einfach vorbei.«

»Ja, das werde ich.« Mir ist klar, dass ich gerade etwas kaputt gemacht habe.

»Komm, ich stelle dir Sandra vor.«

Wir stehen auf und gehen Richtung Gemeindezentrum. Mario erzählt von einem Festival, das sie auf dem Gelände des Gemeindezentrums organisieren. Musik, Theater und Streetfood.

»Wir möchten die Nachbarn damit abholen.«

Was für eine seltsame Formulierung. Die Nachbarn abholen. Man möchte ihnen das Gemeindezentrum schmackhaft machen. Aber »abholen« ist moderner. Man hört den Ausdruck heute oft. Wie können wir die Leute abholen? Es gibt ständig neue Wörter und neue Redewendungen. Wörter aus dem Jugendslang finden den Weg in die Alltagssprache.

»Habt ihr Probleme mit den Nachbarn?«

»Nein, aber viele wissen gar nicht, was wir alles anbieten. Und dass wir offen sind für alle.«

»Das ging mir auch so.«

»Wir sollten offensiver kommunizieren«, sagt Mario. »Aber nicht alle hier denken so.«

»Das klingt nach Politik«, sage ich lachend. »Nicht mein Ding.«

»Es gehört dazu. Natürlich sind wir eine Anlaufstelle für Migranten, alleinerziehende Mütter und Menschen im Niedriglohnbereich. Aber dieser Ort sollte von allen genutzt werden. Zum Beispiel von alten Menschen, die vereinsamen. Sie können hier herumsitzen ohne Konsumationszwang. Das muss so bleiben. Aber wir müssen auch die jungen Leute erreichen.«

»Die haben doch ihre eigenen Treffpunkte.«

»Wo gehst du so hin?«

Eine simple Frage, aber ich zögere.

»Hängt von meiner Laune und dem Wetter ab.«

»Dipende«, sagt Mario.

»Was habe ich genau gesagt?«

»Dipende meiner Laune und dem Wetter.«

»Das ist so was von falsch. Ist es oft das Wort am Satzanfang?«

»Nicht immer.«

»Was ist, wenn es keine Logik dahinter gibt?«

»Abwarten«, sagt Mario. »Wir sind ganz am Anfang.«

Der Satz sitzt wie ein Faustschlag.

»Danke«, sage ich.

Mario bleibt stehen, lacht und hebt beide Arme.

»War nicht so gemeint. Am Anfang unserer Forschungen.«

»Der Anfang vom Ende«, sage ich. »Che cazzo.«

»Das war jetzt aber bewusst auf Italienisch, oder?«

»Ja. Und ich weiß sogar, dass das ›so eine Scheiße‹ auf Deutsch heißt.«

»Ich verstehe jetzt, wie sehr es dich nervt. Wir nehmen alles als selbstverständlich hin. Es ist beunruhigend, wenn das Gehirn plötzlich nicht mehr optimal funktioniert.«

Was soll ich darauf antworten? Es ist nicht beunruhigend, es ist eine Katastrophe. Meine eigene Welt bricht zusammen, und alle finden, dass es wunderbar ist, dass ich noch lebe.

»Dopodomani va bene?«

Ich überlege einen Moment. Vielleicht zu lange. Mario blickt auf sein Handy.

»Ja, ist gut«, sage ich schließlich.

»Allora«, sagt er lachend.

Wir stehen mittlerweile vor dem Hauptgebäude. Ich gebe Mario die Hand, er drückt sie eher verlegen. Er geht ins Zentrum, während ich draußen warte. Durch eine Fensterfront sehe ich, wie er sich mit jemandem unterhält. Wenig später kommt eine Frau auf mich zu. Sie ist groß und massig und stellt sich mir als Sandra vor. Die Begrüßung ist herzlich. Wir setzen uns auf Klappstühle an einem Bistrotisch. Sandra grüßt zwei junge Männer. Sie sehen aus wie Tag und Nacht. Der eine schlank, blass und mit einem Schal um den Hals, der andere muskulös und voller Tattoos, auch am Hals.

»Habe ich das richtig verstanden? Du möchtest beim Sprachencafé zuhören?«, fragt Sandra. »Eine ungewöhnliche Anfrage.«

»Nicht wirklich«, sage ich. Sie öffnet ihre an sich schon großen Augen noch ein wenig mehr.

»Es war nur so ein Gedanke. Aber ich glaube, es wäre seltsam.«

»Du könntest dich aktiv daran beteiligen.«

»Das wäre auch seltsam.«

Sie lacht. Ein Mann nähert sich unserem Tisch. Er ist groß und übergewichtig und sieht etwas ungepflegt aus, noch ein anderer Typ.

»Ich geh dann mal«, sagt er zu Sandra.

»Okay, genieß das schöne Wetter, Daniel.«

Er dreht sich kurz zu mir um und lächelt. Mir fällt eine Narbe auf seiner Stirn auf. Auch ein Versehrter, denke ich. Die Stirn ist stabiler als der Hinterkopf. Um das Gehirn zu schützen. Es könnte auch eine Schnittwunde gewesen sein. Allerdings eine heftige.

»Wir wechseln uns ab im Sprachencafé«, sagt Sandra.

»Ich kenne eine Frau, die ab und zu bei euch war.«

»Conosco? Bist du Italienerin?«

»Nein, ich hatte einen Unfall.«

Es muss für sie bescheuert klingen. Wie in einer Komödie, in der jemand auf den Kopf fällt und danach plötzlich Türkisch redet.

»Ich bringe die Sprachen durcheinander.«

»Mario hat so etwas angedeutet. Muss ganz schön nervig sein.«

»Ja, ist es. Ilaria. So heißt die Frau.«

»Welche Frau? Ach so, deine Bekannte. Ich glaube, ich weiß, wen du meinst. Oder es gibt noch eine Ilaria.« Sie lacht.

»Sie ist dunkelblond, lockige Haare, sehr hübsch.«

»Ja, das könnte sie sein. Sie war nur zwei oder drei Mal da. Ich glaube nicht, dass es ihr viel gebracht hat. Sie war sehr ruhig, sagte nur wenig und ihr Deutsch ist noch auf besserem Anfängerniveau.«

»Wann war sie zuletzt da?«

»Das war vor drei Wochen. Warum fragst du?«

»Eine gemeinsame Bekannte möchte sie zu einem Fest einladen, erreicht sie aber nicht.« Wenn es so weitergeht, wird Anna eine routinierte Lügnerin.

»Da kann ich dir leider nicht weiterhelfen.«

»Ich überlege es mir wegen dem Sprachencafé.«

»Ja, tu das. Und hör dir Podcasts an. Sie könnten dir helfen.«

»Ja, danke, das ist eine gute Idee.« Leider bekomme ich davon Kopfschmerzen. Aber ich habe keine Lust zu jammern.

»Du findest mich hier«, sagt Sandra. Sie hat genug. Ich kann es ihr nicht verübeln. Ich laufe vermutlich unter dem Stichwort »seltsame Begegnung«. Nicht nur bei ihr. Wir verabschieden uns, und ich gehe ein paar Schritte um das Gebäude herum. Weiter vorne finde ich eine leere Parkbank hinter einem hohen Strauch. Ich setze mich. Am liebsten würde ich mich irgendwo ins Gras legen und schlafen.

»Warum sagst du ihnen nicht die Wahrheit?«, fragt Maria.

Ich bin verblüfft, denn mir ist gar nicht aufgefallen, dass sie die ganze Zeit geschwiegen haben. Wie schon bei Lars. Sind sie nur die Boten meiner Einsamkeit? Verschwinden sie, wenn ich mein Sozialleben ausbaue?

»Sie merken, dass du etwas verheimlichst.«

»Kann schon sein. Aber es geht nicht anders.«

»Ilaria hat vermutlich realisiert, dass sie mit ihrem Deutsch nicht weiterkommt«, sagt John. »Einen Scheißjob nach dem anderen. Stressig und schlecht bezahlt.«

»Aber zurück nach Italien zu gehen, ist keine Alternative«, sagt Maria. »Keine Jobs, kein Geld, keine Perspektive.«

»Finché c'è vita, c'è speranza«, sage ich. »Solange es Leben gibt, gibt es Hoffnung«, oder »Die Hoffnung stirbt zuletzt«.

»Wenn man jung ist, hat man Träume«, sagt Maria.

»Ich hatte nie Träume«, sage ich.

»Du wolltest nicht Polizistin werden?«, fragt John.

»Doch, aber es war nie mein Traum. Träume sind doch ganz anders. Schauspielerin, Sängerin, Modell, Schriftstellerin, Influencerin. Etwas in der Art. Aber das hat mich nie interessiert.«

»Ilaria träumt von einem besseren Leben«, sagt Maria, »sonst wäre sie nicht hier.«

»Das bessere Leben ist nicht zwangsläufig ein Mann«, sagt John.

»Kann aber ein Mann sein«, sagt Maria trotzig. »Sie hat sich verliebt«.

»Wenn, dann in einen Italiener«, sage ich.

»Weil sie schlecht Deutsch spricht?«, fragt John.

»Ja«, sage ich.

»Es wäre viel romantischer, wenn sie sich in einen Deutschen verlieben würde«, sagt Maria. »Über alle Sprachgrenzen hinweg.« Ein deutsches Sprachwunder. Wie hat sie es Simona gesagt? Ein Zauberer.

»Das ist schrecklich kitschig«, sagt John. »Dann lieber in den Bergen abstürzen.«

Ich muss lachen.

»Das ist nicht lustig«, sagt Maria.

»Doch«, sage ich. »Jetzt, in diesem Moment ist es lustig.«

»Aber nicht für Ilaria«, sagt Maria.

»Nein, nicht für sie.«

»Du magst schwarzen Humor«, sagt John.

»Scheint so«, sage ich.

»Du weißt es nicht mehr?«

Wie viel von mir habe ich vergessen? Nicht bloß die Erinnerungen. Meine Art, meinen Charakter. Meine Mutter findet, ich sei ruhiger geworden. Mein Vater hingegen sagt, dass ich aufbrausend sei. Bin ich auch und ich mag es nicht. Ich habe gelesen, dass Persönlichkeitsveränderungen nicht ungewöhnlich sind nach solchen Verletzungen. Man wird ein anderer Mensch. Aber was, wenn man diesen anderen Menschen nicht mag? Wenn er einem fremd und unheimlich ist? Polizistin brutal zusammengeschlagen.

17

Psychoterror beginnt ganz langsam. Man weckt eine Angst, setzt sich in die Gedanken von jemandem und steigert den Terror allmählich. Zuerst macht man nur Geräusche, dann legt man etwas vor die Tür. Ich bin da, ich beobachte dich, du kannst mir nicht entkommen. Terrorizare qualcuno. Es kann aber auch ganz anders sein. Fare il filo. Jemandem den Hof machen. Ursprünglich kommt diese Redewendung aus dem Französischen. Faire la cour à quelqu'un. Allerdings mit einer anderen Bedeutung. Damit war das unterwürfige Verhalten der Angestellten des Fürsten, sogenannter Höflinge, gemeint. Daraus wurde das Werben um eine Frau. Das ist alles von vorgestern, aber die damit verbundenen Handlungen gibt es auch heute noch. Pralinen vor die Wohnungstür legen. Wer macht so etwas? Ganz Polizistin, versuche ich ein Täterprofil zu erstellen. Jemand, der mich kennt, oder zumindest weiß, wo ich wohne. Jemand, der davon ausgeht, dass ich von selbst draufkomme, wer dahintersteckt oder im Gegenteil hofft, dass ich nicht daraufkomme. Jemand, der auf mich steht. Keine zwanzig, eher Ü40. Wie alt ist Lars? Anfang dreißig. Das ist die angenehme, wenn auch nervende Variante. Die andere sieht so aus, dass mir jemand Angst einjagen will. Die Pralinen sind das Zuckerbrot, die Art und Weise ist die Peitsche. Was kommt als Nächstes? Seltsame Botschaften? Blumen oder andere Geschenke? Ich schaue mir die Pralinen genauer an. Theoretisch könnten sie vergiftet sein. Ich fasse einen Entschluss und schmeiße sie in die Abfalltonne. Man möge mir verzeihen, dass ich sie nicht in den Bioabfall gebe.

Ich gehe mit den Kopfhörern zurück ins Wohnzimmer und lege mich auf das Sofa. Ich habe vorhin gut eine Stunde geschlafen. Zeit, ein wenig zu lernen. Ich mache zwei Lektionen Deutsch. Dabei stolpere ich über ein Wort. »Kennen«. »To know«. »Conoscere«. »Connaître«. »Kennen« kommt mir fremd vor, wie aus einer Fremdsprache. Ich wiederhole es mehrmals. Kennen, ich kenne, du kennst, er, sie kennt. Warum kommt es mir fremd vor? Ist es eines dieser Wörter, die ich ersetze? »Kennen« und »Wissen«. »I know her«, »yes, I know«. Es gibt zwischen diesen beiden Wörtern Überschneidungen. »Je voudrais connaître son nom«. »Ich möchte ihren oder seinen Namen wissen«. »Je veux savoir«. »Ich möchte wissen«. »Conosco la strada«. »Ich kenne die Straße«. So. »Ich weiß« auf Italienisch. Im Englischen übersetzt man »ich kenne« oft mit »I'm familiar with«. Warum kommt mir »kennen« fremd vor? Weil ich mich selbst nicht mehr kenne? Ich weiß, wer ich bin, aber ich kenne mich nicht. Trifft das nicht auf uns alle zu? Solche Fragen haben mich nie interessiert. Aber jetzt tanzen sie in meinem Kopf. Ich schrecke kurz auf, als ich eine Nachricht erhalte. Bitte nicht Lars, ich will nicht wieder absagen. Es ist nicht Lars. Es ist Mats. Ich bin baff. War Mats an der Tür? Hat er die Pralinen hingestellt? Und ich Dramaqueen schmeiße sie weg? Mats schreibt mir. Ich fühle mich gleich besser, wacher und überhaupt.

Mats ist mein Chef. Besser, er war mein Chef. Kriminalpolizei. Mats ist für Mord und Totschlag zuständig. Ich durfte ein halbes Jahr in seinem Team arbeiten. Es hat Spaß gemacht. Ich lernte viel und es faszinierte mich, wie man bei dieser Arbeit in die Köpfe der Menschen eintaucht. Auch in ihre Herzen. Und wie man beharrlich weitersucht, keine Möglichkeit außer Acht lässt. Kopfarbeit. Mats hat mich wie ein Teammitglied behandelt. Das war klasse. Ich habe keinen spektakulären Mordfall aufgeklärt, aber es gab einen

Fall, bei dem wir relativ rasch einen Verdächtigen hatten, jedoch keine Beweise. Ich führte unzählige Gespräche, schritt eine Strecke mehrmals ab. Bei Regen, bei Schönwetter, am frühen Morgen, am Abend. Der Zeitfaktor war wichtig und natürlich Zeugen. Schließlich gelang es uns, den Tathergang genau zu rekonstruieren, und wir fanden zwei Zeugen, die den Täter unabhängig voneinander gesehen hatten. Die unspektakuläre Ermittlungsarbeit, bei der ein Puzzlesteinchen zum anderen kommt, bis man das Bild vollständig hat. Ich bin heute noch begeistert, wenn ich daran denke. Genauso möchte ich arbeiten. Der Gedanke ist wie ein Stich ins Herz. Was will Mats jetzt von mir? Er weiß, was geschehen ist, und er weiß auch, dass es mir nicht gut geht. Ich will kein Mitleid. Das habe ich ihm gesagt, als er mich im Krankenhaus besuchte. Mats mag mich, vielleicht steht er sogar ein wenig auf mich. Doch Mats ist ein Profi. Kein Sex mit Untergebenen. Aber jetzt? Will er etwas nachholen? Ich will jetzt keinen Sex. Doch, vielleicht schon, aber es geht nicht. Das gehört auch auf die Liste. Alles, was ruckartig mit meinem Kopf geschieht, tut mir nicht gut. Und wie eine Porzellanpuppe will ich im Bett nicht behandelt werden, also vorerst kein Sex. Aber rede ich mir da nicht etwas ein? Mats ist nicht so. Wahrscheinlich will er tatsächlich nur mit mir reden.

»Lass ihn doch«, sagt Maria, »vielleicht tut es dir gut.«

»Bist du meine Libido?«

»Was?«, fragt Maria.

»Ich will mit dir nicht über Sex reden.«

Vielleicht ist es viel simpler. Maria und John sind meine weibliche und meine männliche Seite. Was aber bin dann ich? Ein Neutrum? Ich habe mir nie Gedanken darüber gemacht. Ich hatte in meiner Kindheit auch nie das Gefühl, eigentlich ein Junge zu sein. Ich habe mich als Frau immer wohl gefühlt. Natürlich bin ich keine Tussi und ich bin im Umgang oft sehr direkt. Ich bin für gleiche Rechte und stehe auch dafür ein, wenn ich es für nötig halte. Aber Politik interessiert mich nicht groß. Ich mag an meinem Job den physischen Part, aber auch die Kopfarbeit. Ich kann passabel schreiben, das ist schon ein großer Pluspunkt. Ich halte mich für feminin, aber ich kann auch tough sein.

»Du hast auch Bedürfnisse«, sagt Maria.

»Natürlich habe ich die, aber ich möchte nicht darüber reden.«

»Du bist nicht mehr seine Untergebene«, sagt John.

Das stimmt natürlich, aber ich möchte trotzdem nichts mit ihm anfangen. Warum mischt sich jetzt auch noch John ein?

»Er will etwas von dir«, sagt John.

»Eben«, sagt Maria.

»Hört auf mit dem Unsinn.«

Ist Maria mein pubertierendes Ich? Sie redet dauernd von Liebe und Gefühlen und jetzt auch noch von Sex. Ich bin nicht prüde, aber ich habe absolut keine Lust, mit einer Stimme in meinem Kopf über Sex zu sprechen. Ich möchte selbst bestimmen, worüber ich mit meinen Stimmen im Kopf reden möchte.

— Hallo Anna, ich hoffe es geht dir gut. Können wir uns sehen?

Die Frage ist direkt, keine Floskeln. Ich mag das. Trotzdem ist es seltsam. Wir hatten keinen Kontakt mehr seit seinem Besuch im Krankenhaus. Ich habe ab und zu daran gedacht, ihm zu schreiben, aber ich wusste nicht, was ich ihm schreiben soll. Ihm ging es vermutlich genauso. Und sein Job ist anstrengend. Bei einer Mordermittlung gibt es kein nine to five. Gedanklich ist man so oder so rund um die Uhr damit beschäftigt. Aber jetzt hat er Zeit, mir zu schreiben. Ich muss Mats antworten. Kein Treffen bei mir, aber auch nicht im Präsidium. All die mitleidsvollen Blicke können mich mal.

»Treffen«, ich hatte Mühe, das richtige Wort zu finden. »Appointment«, »appuntamento«, »rendez-vous«. Aber das bedeutet eigentlich »Verabredung«. Hier sind es das italienische und das englische Wort, die praktisch identisch sind. »Verabredung«, »Termin«, »Date«. »Incontro«, »rencontre«, »encounter«.

Kein Date mit Mats, eine Verabredung. Wieder im Park? Nein, er weiß ungefähr, wie es mir geht, wir könnten essen gehen. Nein. Zusammen essen gehen, ist mir zu intim und gleichzeitig zu formell. Aber warum nicht ein Feierabenddrink? Ein Bier, Mats mag das, und ich auch. Wie in guten alten Zeiten, Polizisten trinken zusammen ein Bier. Damit kann ich leben.

18

Als Mats nicht gleich antwortet, werde ich nervös. John nervt, ich ignoriere ihn. Dann kommt die Antwort.

– Gerne, 18:30 Uhr im Kolibri?

Nein, denke ich, da sitzen noch andere Polizisten rum. Ich schlage ein Pub in der Nähe des Kolibris vor. Er ist einverstanden. Ich muss mich hinlegen. Auch wenn ich nicht richtig schlafen kann, dösen hilft. Ich lasse mich zur Sicherheit in einer Dreiviertelstunde von meinem Handy wecken. Ich lege mich hin, schließe die Augen. Die Müdigkeit ist sofort da. Als mich das Handy weckt, bin ich einen Moment lang durcheinander. Ist es Morgen oder mitten am Tag? Doch dann ist alles wieder da. Ich treffe Mats. Der Gedanke verleiht mir Energie. Ich gehe duschen und danach stehe ich ratlos vor dem Schrank.

»Willst du dich schön machen für ihn?«, fragt Maria.

»Nein, hässlich, so wie immer.«

»Du bist nicht hässlich.«

»Danke, aber das brauche ich jetzt nicht.«

»Was brauchst du jetzt nicht?«

»Solche Komplimente.«

»Jeder braucht Komplimente.«

»Ist gut, ich ziehe einfach etwas an.«

»Die schwarze Jeans steht dir gut«, sagt Maria.

»Sie betont meinen Arsch.«

»Die Männer mögen das.«

»Mats will mit mir reden und nicht mit meinem Arsch.«

»Die grüne ist auch nicht schlecht.«

Ich ziehe die grüne Jeans an und eine Lederjacke.

»Chic«, sagt Maria.

»Schweig jetzt.«

Bevor ich aufbreche, gehe ich meine Notizen durch und ergänze sie. Ich schreibe mir den Namen des Pubs und die Adresse auf. Dazu die Bushaltestelle und die Busnumner. Akribische Vorbereitung einer Polizistin mit Handicap. Als ich rausgehe, ziehe ich die Tür hinter mir zu. Die Automatik ist defekt, seit ich zurück bin, deshalb ist die Tür oft nur angelehnt. Weil das bequem für viele ist, scheint sich niemand darüber zu beschweren. Jeder kann fast jederzeit ins Haus. Das ist nicht gut. Aber ich will auch nicht zehn Mal am Tag runtergehen und die Tür ganz zuziehen. Unterwegs zur Bushaltestelle beobachte ich mich in einem Schaufenster. Mein Gang sieht besser aus, als er sich anfühlt. Nicht ganz so ungelenk, aber auch nicht wirklich fließend. Prompt komme ich aus dem Rhythmus und muss stehen bleiben. Ich muss den Kopf ausschalten, was leichter gesagt ist als getan. Wenn ich die Bewegung in meinem Kopf mitmache, dann geht es nicht. Links, rechts. Es klingt so einfach. Einfach weitergehen. Ich versuche es. Es dauert immer einen Moment, bis ich wieder im Rhythmus bin. Es muss, von außen betrachtet, bescheuert aussehen.

»Man kann den Kopf nicht ausschalten«, sagt John.

»Doch, kann man«, sage ich genervt.

»Dann ist man bewusstlos.«

»Oder in Trance«, sage ich. »Wenn alles von alleine geht, wenn man im Flow ist.«

»Der Kopf koordiniert alles, du bist dir dessen nur nicht bewusst. Das Atmen in der Nacht, auch das macht dein Gehirn.«

»Okay, ohne Gehirn läuft nichts. Und meines ist lädiert.«

»Our brain works in mysterious ways«, sagt John.

»Je sais«, sage ich. »Und jetzt sei still.«

Doch John ist nicht still. Ich mache die Musik an, es geht

nicht anders. Ich mache einen Umweg und komme deswegen zu spät. Im Pub ist nicht viel los. Mats ist schon da, er hält ein Glas Bier in der Hand. Er drückt mir eine Faust gegen die Schulter. Ich boxe ihn leicht in den Magen. So Zeugs macht man, wenn man sich keine Wangenküsse gibt.

»Ich sage jetzt nicht, dass du toll aussiehst.«

»Danke.«

»Aber viel besser als im Krankenhaus«, sagt Mats lachend.

»Immerhin.«

»Ernsthaft.«

»Ich schlafe viel, mehr als ich eigentlich möchte.«

»Ich hätte mich früher bei dir melden sollen.«

»Nein, ist schon gut. Ich habe lange keine anderen Leute ertragen.«

»Immer noch Probleme beim Sprechen?«

»Du wirst es hören«, sage ich lachend. Aber ich bin entspannt, wahrscheinlich fehlen mir heute Abend nur wenige Wörter.

»Ist schon eine Weile her«, sagt Mats entschuldigend.

»Ist normal«, sage ich. Mats lächelt.

»Was ist?«

»Du hast ›normale‹ gesagt.«

Heiliger Bimbam, es geht schon los. Und weil ich jetzt angespannt bin, wird es schlimmer. Garantiert. Mats winkt dem Barmann.

»Bier?«, fragt er. Ich nicke.

Der Barmann zapft es in ein schlankes Glas. Wir stoßen an.

»Viel Arbeit?«, frage ich.

Mats nickt und wischt sich Schaum von den Lippen.

»Dir hat es bei uns gefallen, oder?«

»Und wie«, sage ich, vielleicht etwas zu enthusiastisch.

»Meine Empfehlung hättest du.«

»Es dauert noch eine Weile.«

»›Ancora‹ bedeutet ›noch‹?«

»Ja. Ich hasse das.«

»Mein Onkel hatte etwas Ähnliches. Nach einem Schlaganfall. Er fand viele Wörter nicht mehr. Er hat kaum noch gesprochen.«

»Ja, man nennt es Aphasie. Aber bei mir ist es anders.«

»Different.«

Ich nehme einen großen Schluck. Es ist zum Kotzen. Ich möchte reden und gleichzeitig schweigen. Bleiben und wegrennen.

»Entspann dich«, sagt Mats.

Ich nicke und nehme erneut einen großen Schluck. Der Alkohol breitet sich rasch in meinem Körper aus, die Umgebung verschwimmt zu einem Brei aus Körpern und Stimmen. Es sind nicht viele Leute im Pub. Zwei lautstarke Gruppen, typische After-Work-Trinker. Dazu einige Paare, kaum Einzelpersonen. Die kommen später, denke ich. Die einsamen Trinker.

»Ich arbeite an einem Fall«, sagt Mats unvermittelt. Er beugt sich näher zu mir. »Eine junge Frau aus Brasilien. Arbeitete vermutlich als Prostituierte.«

Ich muss nicht nachfragen, ob sie ermordet wurde. Sonst würde sich jemand anderes um den Fall kümmern. Mein Herz klopft. Mats will mit mir über seine Arbeit sprechen. Ich gehöre noch dazu.

»Habt ihr Anhaltspunkte?«

»Es ist schwierig, niemand hat sie gut gekannt. Wir haben eine lange Liste mit Telefonnummern. Hauptsächlich Freier. Keine Freunde, andere schweigen oder sind nicht erreichbar. Kann auch sein, dass sie mehrere Handys benutzt hat, wir sind da noch dran. Es ist schwierig, weil sie auch Leute kannte, die illegal hier sind. Wir kommen nicht weiter.«

Ich mache große Augen. Denkt er ernsthaft, dass ich ihm helfen kann? Oder will er nur seinen Frust loswerden? Ein lockeres Gespräch unter Kollegen, ein Bier, um ein wenig runterzukommen? Vermutlich ist es das, denke ich.

»Sie wollte Sängerin werden.«

»Das möchten viele«, sage ich.

»Ja, nur wenige schaffen es.«

»Der Bruder meines Vaters wollte Künstler werden. Ich weiß nicht, wie man auf die Idee kommen kann. Wacht man eines Tages auf mit dem Gedanken?«

»Ich weiß es nicht«, sagt Mats. »Ich kenne keine Künstler.«

»Wie kann ich dir helfen?«, frage ich. »Du siehst ja, dass ich out of order bin.«

Er geht nicht darauf ein und setzt das Bier auf den Tresen. Dann schaut er mir direkt in die Augen.

»Du hast mir gesagt, dass du gerne Rätsel löst, wenn dir langweilig ist.«

Ich habe keine Ahnung, wovon er spricht. Ich löse selten Rätsel und ich erinnere mich nicht daran, mit ihm darüber gesprochen zu haben.

»Rätsel?«, frage ich.

»Ja«, sagt Mats.

Dann fällt es mir ein.

»Als Kind«, sage ich. »Als Kind habe ich gerne Rätsel gelöst.«

»Ja«, sagt Mats. »Du sagtest mir das, als ich dich fragte, weshalb du in meinem Team arbeiten möchtest.«

Ich kann mich nicht daran erinnern. Ich weiß noch, dass ich stundenlang überlegte, was ich ihm sagen soll.

»Du denkst, ich bin wieder ein Kind?« Mats lacht und schüttelt gleichzeitig den Kopf. Dann hält er mir sein Glas hin, wir stoßen noch einmal an.

»Was man als Kind mochte, mag man auch noch als Erwachsener«, sagt Mats.

Ich habe keine Ahnung, ob das stimmt, aber es klingt einleuchtend.

»Du hast Italienisch gelernt.«

»Yes, but I lost a lot.« Ich schließe meine Augen, es kam ganz automatisch. Ich denke, ich muss aufpassen mit dem Alkohol.

»Englisch ist kein Problem«, sagt Mats.

»Ich versuche Deutsch zu sprechen. Ich muss.«

»Ist okay, du sagtest mir, dass du Sprachspiele magst.« Sprachspiele? Ich erinnere mich nicht, das je zu jemandem gesagt zu haben. Aber wenn Mats es sagt, wird es wohl stimmen.

»Sprachspiele? Kommt drauf an. Aber ich spreche nicht Portugiesisch.«

»Darum geht es nicht.«

Ist es das Bier oder spricht Mats in Rätseln? Er schaut sich um und beugt sich näher zum Tresen. Er winkt mir zu, ich soll ebenfalls näher kommen. Es gefällt mir. Sag jetzt nichts, Maria.

»Wir fanden bei ihr einen Zettel. Ich habe eine Kopie dabei.«

Er zieht einen Zettel aus seiner Jacke und zeigt mir die Kopie. Es sind ein paar Wörter, handgeschrieben. Ich halte den Zettel nach oben, weil ich die Wörter sonst nicht lesen kann.

kindhose, helltablette, gifttier, tempolatte, fastdick, mistfirma, wandtresor, probetante

Ich lese sie mehrmals. Sie ergeben keinen Sinn. Ich habe das Bier definitiv zu schnell getrunken.

»Das sind seltsame Wörter«, sage ich.

»Ja«, sagt Mats. »Wir können nichts damit anfangen.«

»Ihr glaubt, dass sie vom Täter stammen?«

»Es ist nicht ihre Handschrift.«

»Was wisst ihr über die Frau? Abgesehen davon, dass sie Prostituierte war und Sängerin werden wollte?«

Mats verzieht seinen Mund und nimmt einen Schluck.

»Ich darf nicht in die Details gehen, Anna.«

»Schon gut«, sage ich, aber es fühlt sich nicht gut an.

»Ich weiß nicht, ob ich euch helfen kann.«

»Versuch es, Anna. Was immer dir dazu einfällt.«

»Danke«, sage ich.

»Du gehörst noch dazu«, sagt Mats.

»Ich bin schon lange nicht mehr in deinem Team.«

»Wer weiß schon, was die Zukunft bringt?«

»Ja«, unterbreche ich ihn. »Ich will jetzt nicht über die Zukunft sprechen.«

»Talken«, sagt er lachend.

»Es ist nicht lustig«, sage ich.

»Entschuldige«, sagt Mats.

»Schon gut. Nimmst du noch eines?«

Mats schüttelt den Kopf. Wenn er auf einen Flirt aus gewesen wäre, hätte er jetzt Ja gesagt. Ich nehme auch nichts mehr. Wir schweigen. Mats schaut sich um. Ich möchte wegrennen.

»Du hättest tot sein können«, sagt Mats plötzlich und schaut mir dabei direkt in die Augen.

»Ich weiß.«

»Ich kenne das.«

»Ja?«

»Als Kind habe ich mich beim Essen verschluckt. Es war ein Stück Fleisch. Ich wäre beinahe erstickt. Es war ein Gartenfest mit vielen Gästen. Darunter war ein Arzt. Er kannte diesen speziellen Griff. Ich hörte danach, wie jemand sagte: ›Er hätte sterben können.‹ Ich höre es heute noch.«

»Du hast Glück gehabt.«

»Ja«, sagt Mats. »Aber manchmal beim Essen erinnere ich mich daran.«

»Isst du noch Fleisch?«

»Ja, man verdrängt es mit der Zeit.«

»Aber nie ganz.«

»Nein«, sagt Mats. »Nie ganz.«

»Es geht mir besser«, sage ich. »Aber es geht mir nicht gut. Ich versuche, nicht darüber nachzudenken, was genau geschah und was die Zukunft bringen wird. Aber ich tue es trotzdem.«

»Es hat sich nichts ergeben. Es gibt keine Zeugen, keine verwertbaren Spuren. Keine Fingerabdrücke, obwohl es eine Metallstange war.« Er spricht über mich, über jene Nacht. »Der Wind sorgte für eine laute Geräuschkulisse.«

»Es war kalt in jener Nacht. Habe ich im Protokoll gelesen.«

»Du erinnerst dich an überhaupt nichts mehr?«

»Nein, alles weg.«

»Das wird schon wieder mit der Sprache. Es sind nur wenige Fehler.«

»Zu viele. Viel zu viele. Ich spüre, dass ich müde werde. Das gehört auch dazu.« Ich krame eine Kreditkarte hervor.

»I'll take this«, sagt Mats und zwinkert mir zu, dann macht er etwas, das mich verblüfft. Er küsst mich auf die Stirn und berührt gleichzeitig meine Schulter. Guter Mats. Draußen trennen sich unsere Wege unspektakulär. Mats überquert die Straße, und ehe ich mich versehe, ist er außer Sichtweite. Ich spüre noch immer das Bier in den Gliedern. Ich gehe langsam und habe keine Koordinationsprobleme. Zwischendurch mache ich eine Pause, setze mich irgendwohin. Es ist egal, niemand wartet auf mich. Als ich mich in meinem Wohnquartier befinde, beginnt mein Rücken zu schmerzen. Es ist nicht mehr weit. Auf dem Weg nach Hause kontrolliere ich immer wieder, ob der Zettel noch in meiner Jackentasche steckt.

19

Depressionen. Auch das gehört auf die Liste.

»Sie müssen wissen, dass depressive Zustände nicht selten sind.«

Das hat mir eine Ärztin im Spital gesagt. Gut ein Drittel aller Patienten werden nach einem Schädel-Hirn-Trauma depressiv. Viele leiden zudem an einer posttraumatischen Belastungsstörung. Man kann es sich nicht aussuchen. Es kommt auf einen zu wie das Alter, Hämorrhoiden oder graue Haare. Hurra, wir leben noch. Depressionen waren für mich unbekanntes Terrain. Ich hatte nie depressive Phasen, Zustände, was auch immer. Eine Depression, das war für mich, wenn ich rennen wollte und es draußen dauerregnete. Heute weiß ich es besser. Ich sitze am Küchentisch, esse etwas, alles ganz normal. Aber dann weiß ich nicht mehr, was ich tun soll. Geschirr abwaschen? Nein. Spaziergang? No way. Fernsehen. Zu anstrengend. Plötzlich ist da ein Gewicht auf dir, das dich auf den Stuhl drückt. No way out. Das geht alles noch, denn es geht vorbei. Aber mit dem Gewicht kommt die Traurigkeit. Aus dem Nichts. Ich ertappe mich, wie ich am Fenster stehe und rausschaue, ohne etwas zu sehen. Wie ich in der Wohnung herumtigere, ohne Sinn. Wie ich auf dem Bett liege, unfähig, mich auszuziehen. Wie ich jemanden anrufen möchte, aber nur auf das Handy starre. Ich spüre eine innere Unruhe und bin völlig unfähig, etwas zu tun. Es ist grauenhaft. Ich hasse es. Manchmal gelingt es mir, mich rauszureißen. Ich gehe aus dem Haus, gehe einfach drauflos, ohne Ziel. Ich komme nicht weit, weil ich müde werde, aber es hilft. Oft aber denke ich nur daran, rauszugehen. Das Grausamste an diesem Zustand ist, dass er jederzeit und unangemeldet eintreten kann. Einfach so. Mitten in einem Gespräch. Während ich esse. Die Gabel zum Mund zu führen, wird zur Herkulesaufgabe. Es ist wie in einem Film, in dem plötzlich alles still steht und niemand weiß, warum. Dieser Zustand dauert manchmal nur Minuten, manchmal fast den ganzen Tag. Anfangs versuchte ich es wie bei den Stimmen mit Alkohol. Es macht alles schlimmer. Musik hilft ein wenig, aber wenn ich dreißig Titel angespielt habe, weiß ich, dass es nichts bringt. Ich habe das vielleicht einmal oder zweimal in der Woche. Wenn ich mir vorstelle, dass andere ständig darunter leiden, wird mir übel. Das habe ich vergessen. Ein Gefühl der Übelkeit gehört oft dazu. Als müsste ich gleich kotzen. No fun.

Heute hat es mich erwischt, nachdem ich mich müde aufs Bett gelegt hatte und eingenickt war. Ich wache auf, und sofort ist dieses Gefühl da. War es das Gespräch mit Mats? Er war nett, aber mir wurde dabei deutlich, wie weit weg ich bin. Vom normalen Leben, von der Arbeit. Dieses Gefühl, dass all die kleinen Fortschritte für die Katz sind. Zwanzig fehlerlose Sätze und dann geht es los. »Sie machen kaum noch Fehler.« Wie ich das hasse. Während der Therapie hörte ich diesen Satz immer wieder. Es ist verdammt noch mal nicht das, was man hören will, nachdem man sich wochenlang abgerackert hat. Nach all den Schmerzen und der Ohnmacht. Ich greife zum Handy. Keine Nachricht von Mats. Auch keine von Lars. Mist. Ich habe Mats nichts von den Pralinen erzählt. So ganz nebenbei. Weißt du was? Heute lagen Pralinen vor meiner Wohnungstür. Ja, die waren von mir, als Aufmunterung. Wunderbar. Aber das Leben ist nicht wunderbar. Mats legt keine Pralinen vor die Wohnungstür. Eher Lars. Aber vielleicht tue ich Lars unrecht. Es gehört zu diesem Scheißgefühl. Dass man es niemandem recht macht, dass man allen anderen gegenüber ungerecht ist. Kopfhörer auf, doch schon nach den ersten Takten wird mir die Musik zu viel. Maria und John ertrage ich nicht, die Musik ertrage ich nicht, mich ertrage ich nicht. Es vergeht gut eine Stunde in einem Zustand der totalen Unentschlossenheit. Dann fällt mir der Zettel ein und es geht mir besser. Ein Rätsel. Wie konnte ich den Zettel vergessen? Wie gemacht für jemanden, der unendlich Zeit hat. Ich raffe mich auf. Mein Nacken schmerzt schon wieder. Ich gehe zum Tisch. Der Zettel liegt dort. Ich tippe die Wörter in die Notizen-App auf dem Handy.

kindhose, helltablette, gifttier, tempolatte, fastdick, mistfirma, wandtresor, probetante

Was soll man dazu sagen? Die deutsche Sprache ist berühmt dafür, dass man zwei oder mehr Wörter zusammenfügt und daraus ein neues Wort entsteht. Hier wurde genau das gemacht, nur dass die neuen Wörter keinen Sinn ergeben. Okay, »Mistfirma«, »Fastdick«, »Wandtresor« und »Gifttier« machen ein wenig Sinn. Was aber ist eine »Probetante« oder eine »Tempolatte«? Natürlich könnte es sich um Wörter handeln, die nur in gewissen Metiers benutzt werden. Beruflich oder eine Art Slang. »Probetante« zum Beispiel. Betont man es auf »tante«, dann klingt es lustig. Aber vielleicht betont man es anders. Wie im Italienischen. »Probetante«. »Probabile tante«, »mutmaßlich« oder »wahrscheinlich viel«? Oder die »Kindhose«. Betont man »hose« anders, etwa »hooosse«, dann erhält das Wort möglicherweise eine andere Bedeutung.

In der deutschen Sprache gibt es ungefähr 300 000 bis 500 000 Wörter. Ebenso im Französischen. Im Englischen über eine Million. Im Englischen gibt es für vieles mehrere Wörter. Oft eine altmodische und eine moderne Variante. Dazu viele Wörter aus anderen Sprachen. Die englische

Sprache ist sehr offen dafür. Wörter wie »Kindergarten« oder »Zeitgeist« wurden direkt aus dem Deutschen übernommen. Die französische Sprache ist sehr restriktiv. Während »Computer« mittlerweile überall ein Begriff ist, erfanden die Franzosen das Wort »ordinateur«. Interessant ist auch, wie die verschiedenen Sprachen mit dem Wort für das Mobiltelefon umgehen. Im Englischen bedeutet »handy« so viel wie »handlich«, »praktisch«, »nützlich«, »griffbereit«. Also alles, was auf ein Handy zutrifft. Aber es bedeutet eben nicht »Mobiltelefon«. Im Deutschen hat sich das Wort »Handy« gegen das offizielle Wort »Mobiltelefon« durchgesetzt. Weil es eleganter und auch schöner ist. In England aber nennen sie es »mobile phone« oder »cell phone«, oder auch nur »phone«. Im Italienischen heißt es »cellulare« oder »telefonino«. Die Franzosen sagen »portable«, »handlich«, oder auch »celullaire«. Es gibt auch noch das Wort »Natel«, das teilweise in der Schweiz gebräuchlich ist. Es war die Bezeichnung des ersten Mobilfunkstandards. Was, wenn diese Wörter etwas in Fachchinesisch bedeuten? Wörter, die nur von einer bestimmten Gruppe von Leuten benutzt werden? Kaum wahrscheinlich. Man würde sie, auch wenn sie selten sind, online finden. Und das haben Mats' Kollegen bestimmt schon gemacht. Ich probiere es mit »Probetante« aus. Tatsächlich finde ich einen Text, indem dieses Wort benutzt wird. Aber es scheint eher lustig gemeint zu sein.

Ich schaue mir immer und immer wieder die Wörter an. Manchmal assoziiert das Gehirn etwas, stellt eine Verbindung her, wie bei einem Wort aus einer anderen Sprache. Es gibt in der deutschen Sprache Wörter, die je nach Betonung etwas anderes bedeuten. Berühmt ist das Wort »umfahren«, weil es vielen Lernenden Kopfzerbrechen bereitet. Betont man es auf »fahren«, bedeutet es, dass man ein Hindernis umfährt, also um das Hindernis herumfährt. Betont man aber das »um«, dann fährt man das Hindernis um, also direkt in das Hindernis hinein. Ich versuche es mit einer falschen Betonung. Ich gehe alle Wörter durch und betone sie undeutsch. Gibt es dieses Wort? Keine Ahnung. »Helltablette«, betont auf »hell«, oder »fastprobe«, betont auf »fast«. Jedes Wort erhält einen anderen Klang. Das, was man sieht, ist nicht das, was man hört. Vielleicht sind deshalb alle an diesen Wörtern gescheitert. Man muss sie umbetonen, sie sezieren. Ja, man kann Wörter sezieren. »Gifttier«. Hier betont man automatisch auf »Gift« und »tier«. Aber vielleicht muss man es auf »Gif« und »ttier« betonen. Es klingt völlig anders und bekommt dadurch vielleicht einen Sinn. Jetzt komme ich in Fahrt, ich suche für jedes Wort mehrere Betonungen. Gut, einen Sinn ergibt das auch nicht, aber ich denke, ich bin dem Rätsel auf der Spur. Immer noch keine Nachricht von Mats oder von Lars. Ich weiß nicht, was ich von ihnen erwarte, und bin enttäuscht, dass ich nichts erhalte. Wer soll das verstehen? Ich bin auch ein Rätsel. Vielleicht sollte ich mich online stellen. Enträtselt Anna.

20

Ich wache mitten in der Nacht auf. Ich weiß nicht, ob ich einen Albtraum hatte. Aber ich denke an Ilaria. Ich muss mich heute reinbeißen. Ich muss mich vorbereiten. Stichworte notieren. Oder Simona schreiben, dass ich nichts tun kann. Das wäre ehrlich. Aber irgendwie auch schäbig. Ein paar Informationen kann ich einholen. Ich denke wieder an das Rätsel. Wenn die Wörter keinen Sinn ergeben, dann kann es auch eine Art Code sein. Wenn man ihn entschlüsselt, hat man einen Satz oder ein Wort. Eine Bedeutung. Für solche Rätsel gibt es Spezialisten. Ich habe gelesen, dass man viele Codes nur knacken kann, wenn man neben dem Code noch einen Schlüssel erhält. Die bekannteste Variante ist, dass Buchstaben ausgetauscht werden. Im Schlüssel sieht man, dass zum Beispiel »k« in Wirklichkeit ein »p« ist. Ein solcher Code ist relativ leicht zu knacken, da gewisse Buchstaben in einer Sprache häufiger vorkommen, etwa Vokale. Schwieriger ist zum Beispiel, wenn ein bestimmtes Buch oder gar mehrere Bücher die Schlüssel sind. C231-12-45 Das kann beispielsweise bedeuten, dass im Buch C auf Seite 231 und Zeile 12 das 45. Zeichen gesucht wird. Solche Rätsel sind ohne Schlüssel praktisch nicht zu knacken. Buchstabe für Buchstabe. Wort für Wort. Mir fällt eine Eigentümlichkeit im Italienischen ein. Es gibt Wörter, die sich ins Gegenteil verwandeln, wenn man ein »s« voranstellt. »Gradevole«, »angenehm«; »sgradevole«, »unangenehm«. »Comodo«, »bequem«; »scomodo« »unbequem«. Das »s« entspricht dem deutschen Präfix »un«. Mich hat das immer fasziniert, ein einziger Buchstabe, der etwas ins Gegenteil verwandelt. »Fortuna«, »sfortuna«. »Glück«, »Unglück«. Ein einziger Buchstabe, der ein Leben verändern kann. Du bist glücklich, und dann kommt jemand mit einem »s« daher, und schon bist du unglücklich. Die Glücklichen sind die Menschen ohne »s«. Natürlich gibt es im Italienischen auch eine direkte Entsprechung für »un«. »Möglich«, »unmöglich«, »possibile«, »impossibile«. Aber das mit dem »s« gefällt mir besser.

Ich muss oft überlegen und Wörter nachschauen. Ich zweifle langsam, ob es besser wird. Im Gegenteil, ich befürchte, dass es ein gradual decline ist, dass es sich von Tag zu Tag verschlechtert, bis ich mein Deutsch nicht mehr finde, bis ich mich verliere in den Fremdsprachen oder mir gar alles abhandenkommt. Die Menschen fürchten sich vor dem Erblinden, vor dem Taubwerden, aber nicht davor, ihre Sprache zu verlieren. Kein Arzt sagt zu seinem Patienten, sie verfügen nur noch über 60 % ihres Wortschatzes. Ich mache Tests, zeichne meine Wörter auf. Ich versuche mich unter Stress zu setzen, einen Text in einer bestimmten Zeit zu sprechen, um dadurch mehr Fehler zu erzwingen. Das hört sich dann zum Beispiel so an: Je suis sicher, che alles wieder gut wird. Das habe ich tatsächlich einmal gesagt. Gut, die meisten Fehler sind nur einzelne Wörter. Morgen scheint die sun. Ja, lachen sie nur, ich würde auch gerne darüber lachen. Aber es geht nicht.

Ich möchte über Maria und John sprechen. Eigentlich nehme ich sie nicht als zwei Personen oder Stimmen wahr. Es sind weibliche und männliche Stimmen, aber es könnten auch mehrere sein. Wenn ich eine weibliche Stimme höre, dann ist das für mich Maria. Es ist eine Vereinfachung. Heute zum Beispiel sprach Maria mit der Stimme von Sandra aus dem Gemeindehaus. John erinnerte mich einen Moment an Mats. Und trotzdem sind es für mich zwei Figuren in meinem Kopf. Vielleicht weil ich sonst durchdrehen würde. Ich habe ihnen Namen gegeben, so wie man Tieren Namen gibt, um sie zu vermenschlichen. Ich versuche, die Stimmen in meinem Kopf zu Menschen zu machen. Menschen, die ein eigenes Leben haben. Ich bin es, der das tut. Dabei ist es klar, dass Maria und John ein Teil von mir sind, oder besser, Teile meiner zersplitterten Seele. Ich schalte die Musik aus.

»Sprechen wir über die Liebe«, sagt Maria.

»Warum?«

»Sie bestimmt unser Leben.«

»Im Moment ist das bei mir nicht der Fall. Ich ertrage jetzt keinen Mann an meiner Seite.«

»Muss es ein Mann sein?«, fragt John. Wieso fragt er das?

»Ich bin hetero«, sage ich.

»Niemand ist nur hetero«, sagt Maria.

»Bis jetzt schon«, sage ich.

»Wann warst du zuletzt verliebt?« fragt Maria.

»Das ist eine Weile her.«

»Bist du sicher?«, fragt John.

»Ja«, sage ich. Worauf wollen sie hinaus? Habe ich vergessen, dass ich verliebt bin?

»Du darfst deine Gefühle nicht blockieren«, sagt Maria.

»Ich bin Polizistin, ich weiß, was die Liebe anrichten kann.«

»Es geht um die Liebe, immer«, sagt Maria.

»Worauf willst du hinaus?«

»Wenn du nach Antworten suchst, findest du sie in der Liebe.«

Natürlich geht es oft um die Liebe. Beziehungsdelikte sind oft das Ende einer großen Liebe oder entspringen dem Wahn einer Liebe. Nicht loslassen können, nicht akzeptieren können. Was aber hat das mit mir zu tun? War ich verliebt, bevor es geschah? Es gibt keinerlei Hinweise auf meinem Handy. Kein neuer Kontakt, keine romantischen Chats. Kann man eine Liebe einfach so vergessen? Oder liefern mir die Stimmen einen Hinweis, um das Worträtsel zu lösen? Muss ich nach Liebe suchen?

kindhose, helltablette, gifttier, tempolatte, fastdick, mistfirma, wandtresor, probetante

Wo ist in diesen Wörtern die Liebe verborgen?

»Die Liebe ist überall«, sagt Maria.

Ich bin platt. Es ist, als hätte mich jemand mit einem Schmöker von Rosamunde Pilcher niedergeschlagen. Maria kommt aus einem Kitschroman und landet in meinem Gehirn. Warum landet kein Dechiffrierspezialist in meinem Kopf? Ich denke, da wäre noch Platz.

»Such nach der Liebe«, sagt Maria.

»Fuck off«, sage ich.

21

Um sechs Uhr wache ich erneut auf. Diesmal ist es ein Traum. Zuerst gehe ich eine Straße entlang, keine Ahnung, wo und weshalb. Ich starre auf mein Handy, aber dann ist es nicht mehr mein Handy, sondern ein Zettel. Ich starre auf den Zettel, als würde da die Wegbeschreibung draufstehen. Aber es sind nur Zahlen. Vielleicht Koordinaten? Ich kann keine Koordinaten lesen. Egal. Ich stehe an einer Kreuzung. Die Menschen gehen kreuz und quer, es gibt keine Autos. Doch wenn ich mich umblicke, sind da Autos, aber sie fahren nicht vorbei. Jetzt renne ich, rundherum ist es grün. Ich jogge, bleibe vor einer Orientierungstafel stehen. Auf der Tafel erkenne ich nur einen Pfeil, er zeigt nach links. Doch links ist kein Weg, sondern eine Mauer. Und jetzt höre ich ihre Stimme.

»Non voglio imparare il tedesco in questo modo.«

So will ich nicht Deutsch lernen. Es ist weder Maria noch ist es meine Stimme. Ich stehe an einem Flussufer. Die Stimmung ist friedlich, ich höre Vögel. Und ich sehe eine junge Frau. Sie winkt mir zu. Ich hebe die Hand, doch jetzt sehe ich, dass die junge Frau im Wasser steht. Sie winkt nicht, sie schwenkt die Hand, als wolle sie auf sich aufmerksam machen. Die Strömung wird stärker.

»Hey«, sagt eine Stimme.

Ich drehe den Kopf. Eine Hand fährt über meine Haare. Es fühlt sich gut an. Ich wache auf.

Habe ich von Ilaria geträumt? Sie steht im Wasser, es ist bedrohlich. Sie ist in Gefahr. Wozu aber dieser Satz?

»Non voglio imparare il tedesco in questo modo.«

Auf welche Art lernt man Deutsch? Und weshalb klang ihre Stimme verzweifelt? Träumte ich tatsächlich von Ilaria? Es gibt auch noch eine ganz andere Deutung. Die Frau im Wasser bin ich. Ich will nicht auf diese Art Deutsch lernen. Das könnte von mir sein.

»Nicht alles hat eine Bedeutung«, sagt John.

»Wie meinst du das?«

»Wir wollen alles verstehen, deshalb suchen wir nach Interpretationen. Aber es gibt auch Dinge und Ereignisse, die keinen Sinn ergeben.«

»Du meinst meinen Traum?«

»Die meisten Träume haben keinen tieferen Sinn. Es ist Wahrnehmungsmüll.«

»Was für ein Wort.«

»Du hast ›mot‹ gesagt.« Wenn ich im Traum spreche, benutze ich da auch Fremdsprachen? Ein seltsamer Gedanke.

»Im Traum sehen wir uns selbst zu«, sagt John.

»Nein, wir wechseln manchmal die Perspektive«, sage ich.

Ich habe eine Nachricht erhalten. Sie ist von Simona.

– Ilaria hat mir geschrieben. Es geht ihr gut.

Verrückt, denke ich. Zuerst der Traum und dann diese Nachricht. Es geht ihr gut. Ich antworte.

– Wo ist sie?

– Non lo so. Devo andare al lavoro.

Natürlich. Die Menschen arbeiten, sie haben ihren Alltag. Ich fühle mich ausgeschlossen, wie ein Kind, das niemand in seiner Mannschaft haben möchte, weil es zu wenig gut ist. Frustrierend. Aber ich habe von Mats eine Aufgabe erhalten. Ich muss mich um sie kümmern. Ich stehe auf. Es ist halb sieben. Ich gehe ins Bad. Um sieben mache ich mir einen Kaffee. Es ist beinahe wie Arbeit. Ich möchte mehr über den Mordfall herausfinden.

Nicht jeder Leichenfund wird zu einer Nachricht. Selbstmorde und auch einige rätselhafte Unfälle werden aus

Pietätsgründen nicht kommuniziert. Außer bei Prominenten. Eine junge brasilianische Prostituierte ist nicht prominent. Aber wenn sie ermordet wird, gibt es zumindest ein paar Zeilen. Doch ich finde nichts. Was macht diesen Mordfall so ungewöhnlich, dass man ihn geheim hält? Ich könnte Mats fragen, aber ich will nicht. Er hätte es mir gesagt. Hat er aber nicht. Mir kommt der Gedanke, dass er mich nur beschäftigen will mit diesem Zettel. Wir haben da eine Leiche und einen Zettel mit seltsamen Wörtern. Anna soll sich das mal anschauen. Anna? Ist das nicht die … Ich kann mir das alles gut vorstellen. Wie über mich geredet wird. Sie soll das Gefühl haben, dass sie noch immer dazugehört. Wirf ihr einen Knochen hin und sie ist glücklich. Vielleicht ist alles erfunden. Es gibt keinen Mord, und den Zettel hat ein Praktikant geschrieben. Wir müssen sie aufmuntern, ihr zeigen, dass sie noch dazugehört. Wir denken uns für sie ein Rätsel aus. Nein, so ist Mats nicht. Ich denke, er möchte einfach sichergehen. Vielleicht haben schon drei oder vier Experten gesagt, dass sie mit den Wörtern nichts anfangen können. Vielleicht findet Anna etwas heraus. Anna hat Zeit, Anna hat einen Dachschaden. Mit einem Loch im Dach sieht man die Sterne besser. Voilà. Vielleicht ist das Opfer noch nicht identifiziert worden. Oder man konnte die Angehörigen noch nicht kontaktieren. Es gibt Gründe, weshalb ein Leichenfund nicht kommuniziert wird. Aber es ist außergewöhnlich. Es lässt mir keine Ruhe. Es könnte auch an den Umständen des Leichenfunds liegen. Am Fundort. Oder am Zettel. Aber dann gäbe es nur einen plausiblen Grund. Eine Wiederholung. Es gab schon mal eine Leiche mit ähnlichen Verletzungen, an einem ähnlichen Fundort, oder es gab schon mal einen solchen Zettel. Verdacht auf einen Serientäter. Für diese Variante spricht auch, dass Mats und seine Gruppe zuständig sind. Die meisten Morde sind Beziehungstaten und als solche relativ einfach aufzuklären. Bei einer Prostituierten ist es schwieriger, weil sie viele Beziehungen pflegt, wenn auch professionelle. Wenn aber nichts auf einen Freier als Täter hindeutet, wird es schwierig. Und wenn bei der Leiche ein handgeschriebener Zettel gefunden wird, dann könnte es großes Kino sein. Ein Täter, der mit der Polizei spielt, der es genießt, wenn er gejagt wird. Und der sich lustig macht über die depperten Polizisten und Anna, die das Rätsel nicht lösen können. Was, wenn es schon einmal einen solchen Zettel gab? Bei einer anderen Leiche? Der Gedanke fesselt mich, macht mich wieder zu einer Polizistin. Vielleicht hat Mats instinktiv gespürt, dass ich das Rätsel lösen kann. Ich habe die Wörter schon zehnmal aufgeschrieben, auf andere Zettel, sie liegen überall rum. Am Ende werde ich wie der irre Schriftsteller aus *Shining*, der immer nur den einen Satz aufs Papier hämmert. Die Polizei fand im Haus der verstörten Frau zwei Millionen Zettel, auf denen seltsame Wörter geschrieben waren. So kann das enden. Ich nehme mir vor, es bei den zehn Zetteln zu belassen. Natürlich habe ich den Zettel auch fotografiert und die Wörter in mein Handy getippt. Wozu also die Zettel? Ich habe versucht die Schrift zu imitieren. Eine männliche Schrift, denke ich. Ohne Schnörkel. Aber gekonnt. Jemand, der öfter von Hand schreibt. Wer tut das eigentlich noch? Ein älterer Mann? Warum schreibt er von Hand? Die Handschrift kann ihn verraten. Warum ist ihm das egal? Fühlt er sich so sicher? Was will er uns mitteilen? Manchmal sind nicht die Wörter die Botschaft. Es kann das Papier sein, der Stift, der benutzt wird. Will er uns mit den Wörtern bloß verarschen? Denkbar. Jeder denkt sofort, es ist ein Code. Dabei ist es nur Nonsens. Ein Mörder mit Humor. Großartig.

Ich stehe vor dem Spiegel und sehe, wie sich mein Blick verändert hat. Ich habe gelernt, Verunsicherung zu erkennen. Jemand, der verunsichert wirkt, ist gefährdet oder gefährlich. Vor allem, wenn diese Person eine Waffe in der Hand hält. Ich trage keine Waffe mehr. Aber ich bin verunsichert. Fast jeden Morgen kontrolliere ich meinen Körper. Reagieren die Beine, die Hände, die Finger? Ich drehe den Kopf, lausche auf Geräusche, warte auf einen Schmerz. Körperlich bin ich weit von meiner alten Form entfernt. Du hättest tot sein können, sagte Mats. Genauso wie er, als er ein kleiner Junge war. Was macht das mit uns? Die einen haben Pech und die anderen Glück. Sterben oder weiterleben. Doch ist Überleben immer ein Glück? Ich erinnere mich an einen Mann, der sich das Leben nehmen wollte. Wir fanden ihn mit einer Schusswunde in seiner Wohnung. Massive Kopf- und Hirnverletzungen. Doch er war nicht tot. Normalerweise hörst du danach nichts mehr über den Fall. Einlieferung ins Krankenhaus, Spuren sichern, um eine Fremdeinwirkung auszuschließen. Klarer Fall. Doch in diesem Fall kannte ein Kollege die Tochter des Mannes. Ich erfuhr, dass der Mann überlebt hatte. Doch die massiven Hirnschäden machten aus ihm einen Pflegefall. Glück gehabt? Wünscht man jemandem dieses Glück? Es wird alles schwarz, und danach wachst du in einem anderen Leben auf. Ich las nie zuvor Todesanzeigen, erst im Krankenhaus. *Ist viel zu früh gegangen.* Die Angehörigen schreiben das selbst über Achtzigjährige. Eine Kollegin, die an Krebs erkrankte, starb mit 42. Man sah ihr eigentlich nie an, dass sie todkrank war. Drei, vier, fünf Therapien, immer wieder kam sie zurück. Bis sie nicht mehr zurückkam. Jemand sagte, es sei am Schluss sehr schnell gegangen. Drei Jahre Hoffnung und dann geht es sehr schnell. Als Polizistin weißt du, dass dir etwas zustoßen kann. Aber den meisten stößt nichts zu. Sie sterben an Krebs oder an einem Herzinfarkt. Polizisten leben oft beides, gesund und ungesund. Sie halten sich fit, essen aber unregelmäßig und ungesund. Wobei es heute einfacher ist, gesund zu leben. Auch das schnelle Essen für zwischendurch ist gesünder geworden. Der Hamburger mampfende, übergewichtige Polizist ist eine Karikatur. Meine Kollegen sind alle schlank und fit. So, wie ich es war.

Ich gehe in die Küche und mache mir einen Kaffee. In Büchern und auch beim Lernen sagt man immer noch »Kaffee kochen«. Aber wer kocht heute noch Kaffee? Man lässt ihn von einer Maschine machen. Ich nehme einen der Zettel, sie kleben und liegen überall in der Wohnung.

kindhose, helltablette, gifttier, tempolatte, fastdick, mistfirma, wandtresor, probetante

Ein Mörder, der Freude an Wortspielen hat. Er ist intelligent, phantasievoll, aber in seinem Leben ist etwas schiefgelaufen. Er wurde zu einem Monster, das Frauen tötet. Ich benötige mehr Informationen. Wie hat er die Frau getötet? War es ein sexuelles Motiv? Wollte er Macht ausüben? Das sind alles so Standards, die man aus Büchern und Filmen kennt. Die Methoden sind unterschiedlich, aber letztlich geht es immer um das Gleiche. Und es sind fast ausschließlich Männer. Starke Mütter, schwache Mütter, gemobbte Jungs, sadistische Jungs, es beginnt fast immer in der Kindheit. »Kindhose«. Was ist speziell an einer Kinderhose? »Fastdick«. Könnte auch ein Hinweis auf die Kindheit sein. Auch die »Probetante«. Ist das seine Kindheit? Ein kleiner fast dicker Junge, der von der Tante in eine Kinderhose gesteckt wurde? Steckt hinter dem Rätsel das Motiv für die Tat? Seine Rechtfertigung? Genug, ich muss etwas unternehmen, raus aus der Wohnung. Ich bestelle ein Taxi und fahre zum Fitnesscenter, in dem sich Simona und Ilaria kennengelernt haben.

22

Das Fitnessstudio liegt unten am Fluss in einer Gegend, in der viele neue Wohnblöcke hochgezogen worden waren. Ziemlich teure und feine Wohnlage. Ich sage dem Taxifahrer, dass er mich beim kleinen Supermarkt rauslassen soll. Die Straße ist verkehrsberuhigt und vor den Häusern stehen viele Fahrräder herum. Ein typisches neues Familienquartier mit Eltern, die beide arbeiten und sich die Kita und den Mietzins leisten können. Ich bin ein wenig überrascht, dass Ilaria dieses Gym benutzte. Wohnte sie in dieser teuren Gegend, ohne Job? Als ich mich dem Gym nähere, sehe ich eine mögliche Erklärung. Das Gym wirbt damit, dass man kein Abo abschließen muss. Man kann eine Tageskarte kaufen. Ganz praktisch. Mein Abo ist Ende des letzten Jahres abgelaufen und es gibt leider keinen Grund, ein neues zu lösen. Ich schaue durch die getönten Glasscheiben, kann aber nur wenig erkennen. Es gibt einige Gyms, in denen man ausgestellt ist wie in gewissen Restaurants. Nicht mein Ding. Ich gehe in Gedanken noch einmal durch, was ich sagen möchte. Es ist ein Drahtseilakt. Ich hoffe, dass ich meinen Ausweis nicht zeigen muss, werde mich aber trotzdem als Polizistin ausgeben. Dafür könnte ich in Teufels Küche kommen. Eine Redensart, die mir gefällt. Wie wohl die Küche des Teufels aussehen mag? Simona hat zuerst in einem Restaurant gearbeitet. Ihre Schilderungen klangen genau so, wie man sich Teufels Küche vorstellt, nur dass dort täglich Menschen arbeiten. Ich betrete das Gym und gehe zum Empfangs-Desk. Ein kurzer Rundblick bestätigt mir, dass wenig los ist. Eine blutjunge Frau begrüßt mich lächelnd.

Ich schätze sie auf knapp volljährig. Ich nenne meinen Namen und sage, dass ich von der Polizei bin.

»Polizei?«, fragt die junge Frau mit großen Augen.

»Ich benötige nur eine Auskunft.«

»Schon?«

Ich verstehe zwar nicht, weshalb junge Leute manchmal mit diesem Wort antworten, bleibe aber ganz ruhig.

»Ja, es geht um eine Kundin. Ilaria Pace.«

Sie verzieht ihr Gesicht völlig übertrieben. Es sieht aus wie eine Grimasse.

»Die Leute kommen und gehen«, sagt sie.

Ich lege mein Handy auf den Tresen. Sie kommt näher und wirft einen Blick darauf.

»Ja«, sagt sie.

»Was ja?« Es klingt harscher, als ich es gemeint habe.

»Ich erinnere mich an sie. Ist etwas passiert?«

»Nein, keine Sorge.«

Sie schaut mich fragend an.

»Das habe ich jetzt nicht verstanden.«

Es geht wieder los.

»Es ist nichts, ich möchte nur eine Auskunft.«

»Ich weiß nicht, ob ich das darf.«

»Wann haben sie sie zuletzt gesehen?«

Sie überlegt kurz. »Letzte Woche.«

»Wie lange trainierte sie?«

»Sie kam nicht wegen dem Training. Sie fragte wegen dem Job.«

»Sie wollte hier arbeiten?«

»Ja, sie wollte mit dem Geschäftsleiter sprechen.«

»Und?«, frage ich.

»Er war nicht da. Und diese Frau kommt für den Job nicht infrage.«

»Warum?«

»Why?« Gleich wird sie nach meinem Ausweis fragen.

»Sorry«, sage ich. »Ich war gerade in London.«

»Das ist mir auch schon passiert«, sagt sie lachend. »Die Frau sagte, dass sie Englisch und Italienisch spricht. Aber das genügt nicht. Deutsch ist Pflicht.«

Sie sagt es wie einen Leitspruch. Ilaria hatte nicht vor, nach Italien zurückzukehren. Sie suchte einen neuen Job.

»Ich gab ihr eine Karte. Die hat jemand abgegeben. Ein Deutschlehrer, denke ich.«

Ich bin sofort hellhörig. Hat sie hier eine Visitenkarte des Zauberlehrers erhalten?

»Wie heißt der Mann? Wie sieht er aus?«

Sie verzieht wieder das Gesicht. Diesmal soll es vermutlich Verzweiflung ausdrücken.

»Ich erinnere mich nicht. Er fragte, ob wir ein Board haben für Nachrichten und Angebote. Haben wir nicht. Er legte eine Karte hin und ging. Ich habe sie angeschaut und hier abgelegt. Als ich mich mit der Frau unterhielt, fiel sie mir wieder ein.«

»Wie sah die Karte aus?«

Das Gesicht der Verzweiflung sieht mich wieder an.

»Null Ahnung, echt.«

Das Telefon klingelt, sie stürzt sich darauf, als hätte sie jahrelang auf den Anruf gewartet. Ich habe genug, hebe die Hand und gehe raus. Immerhin zwei brauchbare Informationen. Ilaria sucht einen neuen Job und sie hat Kontakt zu jemandem, der ihr Deutsch beibringen will. Falls sie die Visitenkarte nicht einfach weggeschmissen hat. Dann fällt mir Simonas Nachricht wieder ein. Es geht ihr gut. Was mache ich hier, wenn es Ilaria gut geht? Ich schaue den Himmel an. Wolken verdecken die Sonne, aber es sind keine dunklen Regenwolken. Die Temperatur ist angenehm. Ich sollte mein Abenteuer namens ausgedehnte Spaziergänge starten.

23

Ich gehe nie ohne Kopfhörer aus dem Haus. Sie schützen mich vor Maria und John, aber auch vor anderen Menschen. Niemand spricht mich an. Oft höre ich Musik, aber heute trage ich die Kopfhörer wie eine Attrappe. Ich möchte Maria und John hören. Ich gehe den Fluss entlang, ohne Eile. Ich versuche es jedenfalls, was nicht ganz einfach ist. Je langsamer ich gehe, desto größer ist die Gefahr, dass ich aus dem Tritt gerate. Wenn man schneller geht, ist der Rhythmus gleichmäßiger. Deshalb ist langsam gehen für mich schwieriger als schnell zu gehen. Ich gerate zwar öfter aus dem Tritt, aber es ist nicht gefährlich. Zwischendurch werde ich mich auf eine Parkbank setzen. Und im schlimmsten Fall ein Taxi rufen.

»Wir können reden«, sage ich. Und ja, ich sage es tatsächlich. Mit Kopfhörern ist das kein Problem. Die Leute denken, dass ich telefoniere. Dabei sind es Gespräche in meinem Kopf. Normalerweise versuche ich, es zu vermeiden, etwas laut auszusprechen. Nicht immer gelingt es mir.

»Really?«, fragt John.

»Yes, in English if you like«, sage ich.

»You should buy an ice cream«, sagt John. Tatsächlich ist da vorne eine Gelateria.

»Zu teuer«, sage ich.

»Come on, it doesn't cost an arm and a leg.«

»Warum sprichst du Englisch?«, frage ich.

»Those languages are in your head.«

»Yes, but just the words not an English teacher.«

»I'm not a fucking teacher.«

»Who are you?«

»It doesn't matter.«

»Natürlich spielt es eine Rolle. Zumindest für mich. Tell me about yourself.«

John schweigt. Haben die Stimmen kein eigenes Ich? Ein Junge schaut mich seltsam an. Tatsächlich lache ich vor mich hin. Es ist absurd. Ich versuche herauszufinden, wer die Stimmen in meinem Kopf sind. Ich mache meine ganz eigenen, internen Ermittlungen.

»Es geht um Gefühle«, sagt Maria.

»Schon wieder?«, frage ich.

»Immer«, sagt Maria.

»Ich habe darüber nachgedacht. Ich war schon lange nicht mehr verliebt.«

»Du erinnerst dich vielleicht nicht mehr.«

»Woran erinnere ich mich nicht?«

»An die Liebe.«

»Da ist nichts. Es gibt heutzutage keine Liebe mehr ohne Mitteilungen und Fotos.«

»Vielleicht hast du alles gelöscht«, sagt John.

»Wann? Als ich im Koma lag?« Der Sarkasmus tut mir gut.

»Du wirst dich erinnern«, sagt Maria.

»Wer bist du?«, frage ich.

»Sprich über deine Gefühle«, sagt Maria.

»Jetzt? Ich fühle mich gut. Ich mag die Sonne und den leichten Wind. Ich mag das Rauschen des Flusses und das Gezwitscher der Vögel.« Mist, denke ich. Plötzlich wird mir klar, wer Maria und John sein könnten. Als ich Sprachen lernte, las ich, dass es hilfreich ist, in der Lernsprache kurze Selbstgespräche zu führen. Um das Sprechen zu simulieren. Habe ich John und Maria erschaffen, um Englisch und Italienisch zu praktizieren? Haben sie sich selbstständig gemacht? Heute bei uns die ehemalige Polizistin Anna. Sie hat für sich zwei Figuren erfunden, um mit ihnen Fremdsprachen zu üben. Und jetzt wird sie sie nicht mehr los. Großartig.

»Wie war dein letzter Sex«, fragt John.

»Was?«

»Erinnerst du dich daran?«

Für einen Moment bin ich völlig verwirrt. Doch dann sehe ich Claude vor mir. Wir hatten uns bei einem Privatfest kennengelernt. Es waren lauter Paare da, bis auf Claude und mich. Wir verstanden uns gut, trafen uns später einige Male. Gingen ins Kino. Ich bekam Lust darauf, mit ihm zu schlafen. Nach dem Kino fragte ich ihn, ob er zu mir kommen möchte. Wir küssten uns. Der Sex war okay, mehr nicht. Claude kam mir unbeholfen vor. Es war, als würde er ständig überlegen, wie er mich anfassen soll. Nicht sehr prickelnd. Ich übernahm die Führung, danach war es besser, aber nicht das, was mir vorschwebte. Wir trafen uns danach noch zweimal, hatten auch Sex, aber es wurde nicht besser. Er überließ mir immer mehr das Diktat, es schien ihm zu gefallen. Immerhin konnte ich ihn dirigieren, mich oral zu befriedigen. Aber es fehlte etwas. Leidenschaft, etwas Wildes. Ich spürte, dass Claude drauf und dran war, sich in mich zu verlieben. Deshalb machte ich Schluss. Das war mein letzter Sex.

»Ja, ich erinnere mich daran«, sage ich.

»Wie lange ist das her?«, fragt John.

»Monate«, sage ich. »Claude hat sich nicht mehr bei mir gemeldet. Kein Drama, er hat es hingenommen.«

Oder vielleicht doch nicht? Aber Claude ist nicht der Typ, der Pralinen vor die Wohnungstür legt.

»Und danach?«, fragt Maria.

»Danach lag ich im Krankenhaus.«

»Welche Wörter fehlen dir?«, fragt John.

»Mir fehlen viele Wörter.«

»Vielleicht kannst du sie dort zurückholen, wo du sie verloren hast.«

»Ich gehe nicht dorthin. Noch nicht.«

»Irgendwann musst du es tun.«

»Irgendwann, ja.«

»Out of sight, out of mind does not work anytime«, sagt John.

»Die Psychologin hat mir davon abgeraten.«

»Es zieht dich dorthin.«

»Das ist Quatsch.«

»Wo bist du jetzt?«, fragt John.

»Unten am Fluss.«

»Schau dich um.«

Mir stockt einen Moment der Atem. Ich sehe die zwei Türme, das alte Silo, daneben der Neubau mit den vielen teuren Wohnungen mit Blick auf den Fluss. Dahinter alte Werkstätten, die leer stehen, weil dort schon bald ein anderer Wohnturm entsteht. Noch etwas weiter hinten, bei den Gleisen, gibt es Lagerräume. Dort ist es geschehen. Ich muss weg hier, weit weg. Ich beginne zu rennen. Aber ich kann nicht rennen. Ich stolpere, falle beinahe um. Es ist wie in meinem Albtraum. Niemand ist hinter mir her. Nur meine Erinnerung. Alles ist Erinnerung. John, Maria und ich.

24

Zu Hause lege ich mich sofort hin. Die Intensität der Gefühle hat mich überrascht. War das eine Panikattacke? Oder eher die posttraumatische Belastungsstörung? Ich hatte keine Panik im Sinne von Todesangst. Es war nur der unbeschreiblich intensive Wunsch, wegzurennen. Vor meiner Vergangenheit, vor dem, was mit mir geschehen ist. Mir ist klar, dass es zu früh ist für eine Konfrontation. Die Müdigkeit übermannt mich. Auch so ein seltsames Wort. »Übermannen«. Wie ein Mann, der über mich kommt. Sono vinto dal sonno. »Sonno« bedeutet »der Schlaf«, aber auch »die Müdigkeit«. »Ho sonno« meint »ich bin schläfrig«. Plötzlich bin ich weg. Manchmal ist es wie bei einer Narkose, kein langsames In-den-Schlaf-Dämmern, sondern zack und weg. Diesmal etwa vierzig Minuten.

Danach gehe ich noch einmal alle Kontakte durch. Ich benutze drei verschiedene Nachrichten-Apps und E-Mail. Ich kann mehr oder weniger alle Namen zuordnen. Bei einigen ist die Erinnerung ausgeprägter, bei anderen weniger. Einige sind Kolleginnen und Kollegen. Ich bin keine große Chatterin, ich telefoniere lieber. Okay. Das war einmal. Heute ist es genau umgekehrt. Ich gehe die Chatverläufe durch und finde nichts. Keinen Flirt, keine Andeutungen, keine Zweideutigkeiten, nichts. Wenn ich verliebt war, muss es doch etwas geben und sei es nur ein albernes Herzchen oder Küsschen. Nichts. Warum macht Maria so ein Theater? Sie reitet regelrecht darauf herum, dass ich verliebt war oder bin. Ich bleibe bei José hängen. Woher kenne ich ihn? Ihn konnte ich zuerst nicht einordnen. Es gibt keinen Chat mit ihm. Gut, ich könnte ihn einfach anrufen. Hallo, erinnern Sie sich an mich? Können Sie mir sagen, worüber wir uns unterhalten haben? War ich in Sie verliebt? Fickten wir? All das bescheuerte Zeug. Aber ich warte, schaue mir immer wieder den Kontakt an. Aber da kommt nichts. Ich werde nervös und tigere in der Wohnung herum. Bleibe vor dem Bücherregal stehen. Alles klar plötzlich. José installierte in meiner Wohnung ein massives metallenes Büchergestell, das er selbst hergestellt hatte. Sauteuer, aber so richtig schöner Fabrikschick. Ich mag Metall. Motorräder und Metallrohre. Ich habe es immer geliebt, sie anzufassen, kühles Metall. Holz ist mir ein Graus. Ich fühle mich wohl mit Metall. Metallbett, Metallgestelle, ich habe sogar eine Kommode aus Metall.

Und ich wurde mit einer Metallstange niedergeschlagen. So steht es im Protokoll.

Vielleicht sollte ich meine Liebe zu Metall überdenken. Immerhin ist das mit José geklärt. Ich habe die Angewohnheit, Kontakte, die ich nicht mehr benötige, rasch wieder zu löschen. Habe ich vielleicht einen One-Night-Stand gelöscht? Ich müsste mich daran erinnern. Und wenn da mehr war, weshalb meldet er sich nicht bei mir? Die Pralinen, klar, die könnten von einem Lover sein. Vielleicht wartet er darauf, dass ich mich wieder melde. Ich gehe ins Schlafzimmer, schaue aufs Bett. Keine Erinnerung. Es ist sinnlos, darüber zu grübeln. Ein schönes Wort. Lange über etwas nachdenken. Aber »grübeln« ist viel intensiver. Ich schaue nach. Es kommt von »graben«. In den Gedanken graben. Mein neues Hobby. Wie eine Archäologin grabe ich nach meiner eigenen Vergangenheit. Auf meinem Handy sehe ich eine Nachricht von Lars.

— Habe heute Morgen drei Stunden gearbeitet, ohne Probleme. Gleiches Tonstudio. Grund zur Freude? Was denkst du?

Was erwartet er für eine Antwort?

— Klingt gut, schreibe ich.

— Wir könnten heute Abend darauf anstoßen.

Ich zögere. Lars nimmt Drogen und er scheint ziemlich viel Bier zu trinken. Soll ich ihm dabei Gesellschaft leisten? Kann durchaus sein, dass er ein Alkoholproblem hat.

— Bin heute ziemlich müde. Melde mich.

Ich bereue die Antwort umgehend. Zuerst die Begründung für eine Absage und dann ein vielleicht doch. Ich habe nach wie vor das Gefühl, dass in Lars' Wohnung etwas war oder geschehen ist, das ich vergessen habe. Es scheint bedeutend zu sein. Hatte ich etwas mit ihm? Nach ein paar Bier verlor sie alle Hemmungen. Ich muss bei dem Gedanken lachen. Ich trinke nie so viel, dass ich die Kontrolle verliere. Und ich kann mir nicht vorstellen, dass ich mit Lars im Bett war.

— Okay, schreibt er.

Du siehst nie, wie sie tatsächlich reagieren. Wenn man mit jemandem spricht, hört man die Enttäuschung, die Wut oder die Freude. Wenn ich als Antwort nur »okay« lese, denke ich, er ist enttäuscht, frustriert oder sogar wütend. Aber nichts von alledem muss zutreffen. Maria sagt etwas, aber ich ignoriere sie. Ich wende mich meinen Sprach-Apps zu. Danach mache ich zwei Textübungen und zeichne sie auf. Die Wörter, die ich ersetze, machen keinen Sinn, es gibt kein Pattern: »Faible«, »Schwäche«, »to capture«, »einfangen«, »barattolo«, »Aludose«, »mature«, »reif«, »blind«, »blind«. Ich sage es tatsächlich auf Englisch statt auf Deutsch. Es ist exakt das gleiche Wort, warum kann mein Gehirn nicht die deutsche Variante benutzen? Solche Aussetzer sind extrem frustrierend. Bei den anderen Beispielen musste ich die deutschen Wörter teilweise nachschlagen. Sie waren vollständig aus meinem Gedächtnis gelöscht. Mittlerweile benutze ich einen Vokabeltrainer, in den ich alle Wörter eingebe, die mir im Deutschen fehlen. Schon wieder das Handy. Soll ich Lars für ein paar Stunden stummschalten? Ich schaue mir die Nachricht widerwillig an. Sie ist nicht von Lars.

– Non risponde, schreibt Simona.

Sie antwortet nicht. Sie, das ist Ilaria. Und Simona ist besorgt. Ich schaue auf die Uhr. Kurz nach fünf. Feierabend.

– Ma lei ha già risposta?

Ich bin etwas verwirrt, hat sie mir nicht zuvor geschrieben, dass Ilaria geantwortet hat?

– Solo che sta bene. Sie sagt nicht, wo sie ist.

– Vielleicht ist sie in Italien?

– Ma perché non mi dica?

– Sie hat nur geschrieben »sto bene«?

Das bedeutet »es geht mir gut«. Ich denke, sie will sich nicht mit Simona unterhalten, ich weiß nicht, was zwischen den beiden Frauen vorgefallen ist. Aber es klingt für mich nach einer zerbrochenen Freundschaft.

– Ma da allora non è più online.

– Ich bin sicher, sie wird sich wieder melden.

– Ich hoffe.

Simona ist aufgebracht, solche kleinen Fehler machte sie immer, wenn sie sehr emotional war.

– Ich hoffe es auch.

Eine elegante Art der Korrektur, wie ich finde.

– Danke.

Es klingt, als wollte Ilaria keine weiteren Nachrichten mehr von Simona. Im Kopf der Polizistin gibt es aber auch noch eine andere Erklärung für die kurze Antwort und das abschließende Offline-Gehen. Nicht Ilaria hat geantwortet, sondern jemand, der sie gefangen hält. Ehemalige Polizistin macht aus allem ein Drama. Zwölf Mordfälle aufgeklärt, die gar keine Morde waren. Das ist auch eine Möglichkeit. Dass ich mich lächerlich mache, wenn ich aus nichts eine Entführung konstruiere. Allerdings gibt es etwas, das mich davon abhält, alles als Hirngespinst abzutun. Die echte Besorgnis von Simona. Frauen haben einen anderen Instinkt als Männer. Sie spüren eher, wenn etwas nicht stimmt bei einer anderen Person. Also, dran bleiben Anna, ohne in Hektik zu verfallen.

Ich wurde als Polizistin einige Male zu Leuten gerufen, weil sich eine andere Person Sorgen machte. Oft sind es alte Menschen, die plötzlich verstummen. Die Angehörigen können sie nicht mehr erreichen oder stehen vor verschlossenen Türen. In der Zeitung liest man dann von der alten Frau, die zwei Wochen tot vor dem Fernseher saß. Die Leute ereifern sich über die Vereinsamung und sprechen gleichzeitig nie mit ihren Nachbarn. Sie hören, dass die Frau in der Wohnung nebenan oft weint, und sehen, dass sie auch im Hausflur eine Sonnenbrille trägt, aber sie wollen sich nicht einmischen. Manchmal rufen einsame Menschen die Polizei an und melden etwas, nur um ein wenig Beachtung zu finden. So wie jene, die eine Tat gestehen, die sie nicht begangen haben. Oder jene, die irgendetwas gehört haben und möchten, dass die Polizei einmal vorbeischaut. Und wenn wir dann ankommen, ist da nur ein einsamer Mensch, der mit uns sprechen möchte. Ich weiß nicht, weshalb sich Simona so viele Sorgen macht. Vielleicht ging es Ilaria nicht gut und sie hatte keine Zeit oder keine Lust, mit ihr zu sprechen. Es gibt jeden Tag Gründe, sich schuldig zu fühlen. Die einen stürzen sich auf diese Gründe, andere beachten sie nicht. Bei mir ist es einfach. Wenn ich mich aus irgendeinem Grund schlecht fühle, dann fühle ich mich eher schuldig bei dem, was ich tue. Bei der Arbeit hatte ich keine Zeit dazu gehabt. Man könnte immer noch mehr machen, sich intensiver um die Anliegen der Leute kümmern. Oder um seine Freunde. Oder um Lars. Soll ich heute zu ihm runtergehen? Vielleicht geht es ihm nicht so gut, wie er sich gibt. Und ich möchte Klarheit in Sachen Pralinen vor der Tür.

25

Ich schreibe Lars, dass ich kurz vorbeikomme. Um sechs gehe ich nach unten. Lars sieht heute tatsächlich gut aus. Er geht in die Küche und sagt, dass ich ihm folgen soll. Er zeigt auf den Kühlschrank, öffnet ihn, als ob dahinter ein Schatz für mich verborgen wäre. Er hat extra für mich drei verschiedene alkoholfreie Biere gekauft. Fast zu viel der Aufmerksamkeit.

»Heute starte ich ebenfalls ohne Alkohol«, sagt er beschwingt. Ich schaue mich in der Küche um. Ein seltsames Gefühl beschleicht mich.

»Wie oft war ich schon hier in der Küche?«, frage ich ihn.

»Keine Ahnung.«

»Warum erinnere ich mich nicht daran?«

»Ich kann nicht jede Frau beeindrucken«, sagt er lachend.

»Es ist seltsam, ich habe das Gefühl, dass ich schon mal hier war, aber ich erinnere mich nicht daran.«

»Ging mir auch schon so, nach einem kompletten Filmriss.«

»Ich habe nie so viel getrunken.«

»Vielleicht ist es ähnlich. Ein Filmriss geschieht ja auch, nachdem du so gut wie bewusstlos warst.«

»Ja, kann sein.«

Er zeigt hinüber ins Wohnzimmer. Wir stoßen diesmal im Stehen an. Ich setze mich auf die Sofalehne, während Lars mitten im Wohnzimmer stehen bleibt.

»Ich hoffe, es ist vorbei.«

»Die Panikattacken?«

»Ja, so wie sie gekommen sind.«

»Hoffen darf man immer.«

»Ich schlucke nichts mehr.«

»Das solltest du beibehalten, egal was geschieht.«

»Hast du nie etwas genommen, nie gekifft?«

»Doch, aber ich habe es nie gemocht. Es gibt bessere Drogen, und das Schöne daran ist, dass der Körper sie selbst produzieren kann.«

»Sport als Droge.«

»Geht leider nicht mehr.«

»Meine … die Frau, mit der ich zusammen bin, sie geht zweimal die Woche ins Fitness.«

»Sie mag sie auch, die körpereigenen Drogen.«

»Vorher ging sie dreimal. Einen der Abende verbringt sie jetzt mit mir.«

»Bist du in sie verknallt?«

»Ich versuche es nicht zu sein.« Ich lache laut. »Ernsthaft. Sie würde Schluss machen, wenn es geschieht.«

»Oder wenn sie es bemerkt.«

»Ja.«

»Mir hat jemand Pralinen vor die Tür gelegt.«

»Das passiert mir nie«, sagt Lars lachend. »Nun ja, Pralinen mag ich nicht besonders, aber schön ist es trotzdem.«

»Ich weiß nicht von wem und ich weiß nicht, ob ich es schön finden soll.«

»Ein heimlicher Verehrer?«

»Jemand, der meine Adresse kennt.«

»Jemand, den du vergessen hast?«

»Kann sein.«

Lars wirkt entspannt. Die Pralinen sind nicht von ihm. Oder er ist ein guter Schauspieler?

»Muss man als Sprecher auch schauspielerisches Talent haben?«

»Es ist hilfreich. Aber ich bin eher talentfrei. Umgekehrt gibt es viele Schauspieler, die auch Aufträge als Sprecher annehmen. Ich kann eine Veranstaltung moderieren, habe ich schon einige Male gemacht. Aber mich verstellen und in eine Figur schlüpfen, das ist nichts für mich. Meine Stimme ist zudem eher neutral, ideal für einen Sprecher.«

Seine Stimme ist tatsächlich sehr angenehm. Wahrscheinlich wäre es auch toll, ihm zuzuhören, wenn er die Inhaltsstoffe einer Pizza vorliest.

»Ich hatte heute früh so etwas wie eine Panikattacke.«

Seine Bierflasche ist schon fast leer. Genauso wie meine. Lars bemerkt das.

»Ich gehe nachher essen, aber ich bring dir gerne noch ein Bier.«

»Nein, ist okay.«

»Erzähl. Was ist vorgefallen?«

Er hört aufmerksam zu, fragt zweimal nach, weil er ein Wort nicht versteht.

»Das war keine Panikattacke«, sagt er bestimmt.

»Was ist der Unterschied?«

»Dein Gehirn und dein Körper haben sich an ein Ereignis erinnert. Eine Panikattacke kommt aus dem Nichts und hat keinen realen Hintergrund. Alles eingebildet. Dein Gehirn hat einen guten Grund, weshalb es dir den Befehl gibt, wegzurennen, wenn du dich diesem Ort näherst.«

»Ja, es geschah erst, als ich realisierte, wo ich war.«

»Ich denke es ist eher wie Höhenangst. Niemand kriegt sie mitten auf der Straße.«

»Ich kenne diese Ängste nicht. Ich hatte nie welche. Okay, ein, zwei Mal bei einem Einsatz, aber ich denke, das ist normal.«

»Was geschehen ist, war heavy. Das braucht Zeit.«

»Ich freue mich darauf, eine angstlose Rentnerin zu sein.«

»So lange auch wieder nicht. Du solltest die Gegend meiden. Es bringt nichts.«

»Es entspricht nicht meinem Naturell.« Das stimmt, ich

mag Herausforderungen und ich laufe nicht davon. Nur in meinen Träumen. Ich will nicht zu einer ängstlichen Frau werden.

»Ich bin weniger der Kämpfer«, sagt Lars.

»Warum bist du mit einer verheirateten Frau zusammen?«

»Ich bin nicht mit ihr zusammen. Wir sehen uns ab und zu. Es hat sich so ergeben.«

»Sie betrügt ihren Mann.«

»Ja, das tut sie, wie viele andere auch. Bist du nie fremdgegangen?«

»Doch, aber ich habe danach meine Beziehung beendet.«

»Das ist konsequent.«

»Könnten die Panikattacken etwas damit zu tun haben?«

»Jetzt übertreiben Sie aber, Frau Doktor.«

Wir lachen beide.

»Daran habe ich noch nicht gedacht«, sagt er. »Panik vor einer Beziehung? Ich habe keine Panik und ich denke nicht, dass sie sich von ihrem Mann trennen wird. Solange es für uns stimmt, ist es okay.«

»Ich dachte bloß, ob es vielleicht nicht doch einen Auslöser gibt?«

»Eine Freundin sagte mir, dass eine solche Beziehung nicht funktionieren kann.«

»Warum nicht?«

»Weil ich von Anfang an weiß, dass sie in der Lage ist, mich zu betrügen.«

»Das hat etwas.«

»Ja, aber wie viele Beziehungen beginnen so? Beide sind verheiratet, beide gehen fremd. Müssen all diese Beziehungen daran scheitern?«

»Du machst dir Gedanken. Du magst die Frau.«

»Ja, aber ich werde mich hüten, mich zu verlieben. Es macht die Dinge unnötig kompliziert. Hast du schon mal ein anonymes Geschenk erhalten?«

Er will das Thema wechseln. Zeit zu gehen, denke ich.

»Ein Geschenk? Du meinst die Pralinen?«

»Gift«, er lacht. »Sorry, du hast ›Gift‹ gesagt. Es ist lustig, dass ein Geschenk auf Englisch ›gift‹ heißt. Ich benutze deshalb meist das Wort ›present‹.«

Ich starre ihn fassungslos an.

»Was ist los?«, fragt er besorgt.

»Gifttier.«

»Was?«

»Es sind zwei Wörter. Zwei englische Wörter. ›Gift‹ und ›tier‹.«

»Tier?«, fragt er skeptisch. »Dazu fällt mir gerade nichts ein.«

»Es bedeutet ›Ebene‹ oder ›Stufe‹. ›On the second tier‹. ›Auf der zweiten Ebene‹ oder ›im zweiten Rang‹. Zum Beispiel im Theater.«

»Du sprichst besser Englisch als ich.«

»Darum geht es nicht. Es geht um die Wörter. ›Gift‹ und ›Tier‹. Beide kommen sowohl im Deutschen als auch im Englischen vor. Aber mit unterschiedlicher Bedeutung.«

»Ja«, sagt Lars.

»Falsche Freunde«, sage ich. »Man nennt es falsche Freunde.«

Kann es so einfach sein? Weshalb bin ich nicht von allein darauf gekommen? Ich muss mir die Wörter noch einmal in Ruhe anschauen.

»Ich muss rauf.«

»Okay, kein Problem.«

»Du hast mir sehr geholfen.«

»Don't mention it«, sagt er lachend.

Heute nehme ich die Stufen beinahe schwungvoll. Gifttier. Probetante. Die Wörter tanzen in meinem Kopf und plötzlich ergibt alles einen Sinn.

26

Wenn man eine Fremdsprache lernt, trifft man auf Wörter, die man zu kennen glaubt. Sie werden gleich oder sehr ähnlich geschrieben, aber anders ausgesprochen oder haben eine völlig andere Bedeutung. Wie das Wort »Gift«, das im Englischen »Geschenk« oder »Begabung« bedeutet. Solche Wörter nennt man falsche Freunde. Sie kommen einem bekannt vor, aber sie sind wie eine optische Täuschung. Im Französischen gibt es das Wort »pain« für »Brot«, im Englischen bedeutet es, anders ausgesprochen, »Schmerz«. Ich gehe die Wörter auf dem Zettel durch. Bis anhin habe ich sie so angeschaut, wie sie geschrieben sind. Jetzt aber teile ich jedes von ihnen in zwei Wörter auf.

kind, hose, hell, tablette, gift, tier, tempo, latte, fast, dick, mist, firma, wand, tresor, probe, tante

»Kind« bedeutet auf Englisch »nett«, »hose« ist »ein Schlauch«, »hell« ist »die Hölle«, »tablette« heißt im Französischen »ein Tablet«, »gift« ist »ein Geschenk«, »tier« bedeutet im Englischen »die Reihe«, »die Ebene« oder »die Sitzreihe«, »tempo« ist auf Italienisch »das Wetter« oder »die Zeit«, »latte« ist »die Milch«, »fast« bedeutet »schnell« auf Englisch, »dick« meint »Penis«, »mist« ist »Dunst« oder »leichter Nebel« oder »Dünger«, »firma« ist auf Italienisch »die Unterschrift«, »wand« bedeutet auf Englisch »der Zauberstab«, »tresor« ist im Französischen »der Schatz« oder »die Schatzkammer«, »probe« ist das englische Wort für »eine Untersuchung« oder »eine Sonde«. Und »tante« bedeutet auf Italienisch »viel« in der weiblichen Mehrzahlform.

Alles falsche Freunde.

Ich bin euphorisiert, ich will sofort Mats anrufen. Doch dann zögere ich. Habe ich tatsächlich das Rätsel gelöst? Geht es um falsche Freunde? Wurde die Frau deshalb ermordet? Oder gibt es noch ein weiteres Rätsel? Ich schreibe Mats eine Nachricht, ohne Details zu nennen.

– Rätsel gelöst. Es geht um falsche Freunde. Sprachlich gesehen.

Jetzt werde ich auch erfahren, wie wichtig dieser Zettel für Mats ist. Ob es sich nur um eine Spielerei für die bedauernswerte Anna handelt. Oder ob es tatsächlich ein Hinweis auf den Täter sein könnte. Ein Täter, der vermutlich mehrere Fremdsprachen spricht.

– Falsche Freunde? Können wir reden?

Das ging schnell. Ich schreibe ihm, dass er mich anrufen kann. Er fragt, ob es in einer halben Stunde okay ist. Natürlich ist es okay. Endlich wieder etwas Aufregung in meinem Leben. Ich gehe die Wörter nochmals durch. Ich darf aber die Wortkombinationen nicht außer Acht lassen, sie könnten ebenfalls eine Bedeutung haben. Nachdem zehn Minuten vergangen sind, erhalte ich eine Nachricht. Allerdings von Lars.

– Magst du Hunde?

Ist er betrunken oder hat er den falschen Kontakt gewählt? Wie kommt er auf Hunde? Hat er einen Hund? Nein, das hätte ich bemerkt. Ich glaube, dass niemand im Haus einen Hund hat, auch wenn es erlaubt wäre. Ich warte und hoffe, dass er seinen Irrtum bemerkt. Aber da kommt nichts mehr. Wahrscheinlich ist er betrunken. Ich öffne einige News-Apps, lese Schlagzeilen. Endlich klingelt das Telefon. Mats klingt entspannt. Im Hintergrund hört man Leute. Vielleicht sitzt er in einem Restaurant oder er genießt das schöne Wetter. Er fragt sofort, was falsche Freunde sind. Ich erkläre es ihm umständlich und mit Fehlern. Er fragt mehrmals nach.

»Das englische Wort ›still‹ bedeutet ›immer noch‹. Ist das auch ein falscher Freund?«

»Ja, perfekt.«

»Ich denke, ich habe schon mal davon gehört. Ist lange her, seit ich Sprachen büffelte. Wer kennt sich damit aus?«

»Im Prinzip alle, die eine Fremdsprache lernen.«

»Das sind viele.«

»Ja, aber diese Person scheint sich intensiver damit befasst zu haben.«

»Ein Sprachlehrer?«

»Möglich. Oder jemand, der hobbymässig verschiedene Fremdsprachen lernt.«

»Aber abgesehen von den falschen Freunden machen die Wörter keinen Sinn?«

»Nicht auf Anhieb, aber ich werde verschiedene Kombinationen durchgehen. Vielleicht ist der Sinn gut versteckt?«

»Ja, bleib dran.«

»Gerne. Hat sie einen Deutschkurs besucht?«

Mats schweigt. Natürlich, keine Details, Anna ist trotz allem außen vor.

»Das hast du toll gemacht.«

»Danke.«

»Kannst du mir das schriftlich zukommen lassen? Mit den ganzen Erklärungen? Hast du meine Mailadresse noch?«

»Ja, ich denke schon.«

»Ich schick dir zur Sicherheit eine Nachricht. Jetzt muss ich.«

»Kein Problem.« Und schon ist er weg. Was habe ich erwartet? Dass er mir einen Job in seinem Team anbietet? Mats meldet sich erneut. Er schickt mir seine Mailadresse. Kein Gruss, nichts. Ich habe falsche Erwartungen. Nein, es sind Hoffnungen. Ich stehe auf, tigere im Wohnzimmer herum. Erneut kommt eine Nachricht. Ich eile zum Tisch. Die Nachricht ist von Lars.

– Meine Mutter liegt im Spital. Ich muss mich um ihren Hund kümmern.

Er ist doch nicht betrunken. Deshalb die Frage, ob ich Hunde mag. Er hat keine Zeit für den Hund. Ich überlege kurz und rufe ihn an.

»Wie geht es deiner Mutter?«

»Sie hat sich den Fuß gebrochen. Aber sie ist okay. Sie will nicht, dass ihr Hund in ein Tierheim kommt.«

»Kann ich verstehen. Gibt es keine Nachbarn oder Freunde, die sich um den Hund kümmern können?«

»Ihre beste Freundin ist auf einer Kreuzfahrt, und eine gute Nachbarin ist allergisch auf Hundehaare. Sonst kommt für sie niemand infrage. Ich hole ihn zu mir. Aber morgen bin ich den ganzen Tag weg, und ich kann ihn nicht mitnehmen.«

»Ich kenne mich mit Hunden nicht aus. Wie groß ist er?«

»Er ist klein und macht keine Probleme. Er heißt Charlie.«

»Kann er nicht allein in der Wohnung bleiben?«

»Zwei, drei Stunden schon, aber danach beginnt er zu bellen. Für Hunde ist Alleinsein ein Horror.«

»Ich hatte noch nie einen Hund.«

»Du musst nur ein wenig mit ihm spielen und einen Spaziergang machen.«

Ich zögere. Wie spielt man mit Hunden? Und will ich auf der Straße mit einem Hund gesehen werden?

»Alle zwei bis drei Stunden für eine halbe Stunde. Ich denke, das würde genügen.«

»Ich muss ihn nicht zu mir raufnehmen?«

»Nein, du kannst in meine Wohnung kommen. Ich gebe dir einen Schlüssel.«

Wieder zögere ich. Will ich das? Einen Schlüssel zu Lars' Wohnung? Er bemerkt, dass ich unsicher bin.

»Ich weiß, das kommt alles sehr plötzlich. Shit happens. Ich gehe ihn gleich abholen und ich muss mich noch vorbereiten für morgen.«

»Ist gut«, sage ich. »Du kannst ihn zu mir bringen.«

»Heute schon oder lieber erst morgen?«

»Muss ich noch mit ihm raus?«

»Nein, das mach ich schon. Wäre wirklich toll. Aber wenn es für dich nicht geht, dann sag es ruhig. Ich kann sicher noch jemanden organisieren.«

»Nein, ist okay. Tut mir vielleicht gut.«

»Er ist ein lieber Kerl.«

Lars sagt, dass er mir den Hund etwa um zehn vorbeibringt. Meine erste Nacht mit einem Hund. Immerhin. Ich habe keine Beziehung zu Hunden. Ich liebe sie nicht und ich hasse sie nicht. Sie sind mir gleichgültig. Ich war einmal an einem Kurs, an dem mit Polizeihunden gearbeitet wurde. Das waren Schäferhunde und sie gehorchten aufs Wort. Privat konnte ich mir nie vorstellen, mit einem Hund zusammenzuleben. Viel zu zeitaufwändig und ohne emotionale Bindung geht es nicht. Schon eher eine Katze. Aber auch die wäre oft allein gewesen. Dann lieber kein Haustier. Charlie. Wie ist ein Hund, der Charlie heißt? Wie sieht er aus? Wie klein ist er? Einer dieser Handtaschenhunde, die ständig kläffen? Ich bereue es bereits, dass ich zugesagt habe. Andererseits lenkt es mich ab. Ich bin zu aufgeregt und schaue ständig, ob Mats mir geschrieben hat. Er wird es nicht tun, wozu auch. Charlie kann mich auf andere Gedanken bringen. Dann fällt mir ein, dass ich Mats eine ausführliche Mail schreiben muss. Wie konnte ich das vergessen? Ich muss mich konzentrieren, es muss gut geschrieben und gut strukturiert sein. Das Gegenteil von dem, was in meinem Kopf los ist.

27

Ich suche im Internet Informationen zusammen über den Umgang mit Hunden. Auch wenn einige Leute so tun, scheint es keine Wissenschaft zu sein. Entscheidend ist wohl, ob dieser Charlie einen eher ruhigen Charakter hat oder zu Terror neigt. Apropos Terror. Ich öffne ab und zu die Wohnungstür und lausche, ob jemand im Treppenhaus ist. Und ich schaue ständig, ob Mats mir geschrieben hat. Die ausführliche Mail habe ich ihm vor einer halben Stunde gesendet. Wieder und wieder gehe ich die Wörter durch. Ich bin mir fast sicher, dass es ein weiteres Rätsel gibt, das ich lösen kann. Aber ohne zusätzliche Informationen von Mats wird es schwierig.

»Ein Hund ist ein treuer Begleiter«, sagt John.

»Ja, das habe ich gelesen.«

»Er stammt vom Wolf ab und ist ein Rudeltier.«

»Bist du Wikipedia oder künstliche Intelligenz?«

»Der Hund ist kein falscher Freund.«

»Was weißt du über falsche Freunde?«

»Man erkennt sie nicht sofort.«

»Die Wörter oder die Menschen?«

»Beide.«

»Bei den Menschen geht es um Vertrauen«, sage ich. »Einem guten Freund vertraut man.«

»Warum wird eine Prostituierte ermordet?«, fragt John.

»Nicht irgendeine Prostituierte, sondern diese junge Frau. Das Motiv kennt vorerst nur der Täter. Aber er hat das Bedürfnis, uns etwas mitzuteilen. Vielleicht will er sich rechtfertigen. Oder er will mit der Polizei spielen.«

»Catch me if you can.«

»Ja, er will allen zeigen, dass er klüger ist. Oder er will gefasst werden.«

»Dann könnte er auch zum nächsten Polizeirevier gehen.«

»Nein, er ist zerrissen. Er plant schon die nächste Tat. Aber etwas in ihm bittet darum, dass man ihn stoppt.«

»Das schlechte Gewissen. Man sagt, dass nicht alle Menschen eines haben. Es gibt Menschen, die nie etwas bereuen, was sie getan haben.«

»Ich glaube auch nicht, dass sie deswegen geschnappt werden möchten. Sie verzweifeln an ihrem Trieb, er übernimmt die Kontrolle über sie. Solche Täter sind oft sehr strukturiert, sie mögen es nicht, wenn sie die Kontrolle verlieren.«

»Hat er den Zettel deshalb von Hand geschrieben? Damit er schneller gefasst wird?«

»Kann sein, muss aber nicht. Vielleicht ist es etwas Persönliches, etwas, das mit ihm zu tun hat.«

»Die falschen Freunde?«

»Ja.« Ich schließe eine Weile die Augen und nicke ein.

Es klingelt an der Tür. Als ich die Wohnungstür öffne, sehe ich Lars, aber keinen Hund.

»Charlie ist noch unten. Ich dachte, ich bringe dir zuerst das Nötigste.«

Das Nötigste entpuppt sich als großer Umzugskarton. Darin enthalten sind ein Hundebett, ein Fressnapf, ein Trinknapf, Futter, Läckerlis, zwei Hundeleinen, ein Hundemantel und unzählige Spielsachen sowie Hundefutter.

»Charlie besitzt mehr als ich«, sage ich.

»Ich habe fast alles in doppelter oder dreifacher Ausführung gefunden. Meine Mutter verwöhnt ihn.«

»Da ist viel tu viel. Eine Leine und zwei Spielzeuge genügen.«

»Ich weiß aber nicht, welches seine Lieblingsspielsachen sind.«

»Wenn es nichts anderes gibt, spielt er mit dem, was da ist.«

Lars lacht. »Meine Mutter kauft ständig neue Spielsachen.«

»Es ist schlimmer als bei einem Kind.«

»Mir hat sie nie so viele Spielsachen gekauft.«

»Du Armer.«

Lars erläutert mir einige Dinge. Futterzeiten und wann ich mit Charlie Gassi gehen sollte. Dazu reicht er mir Kotbeutel. Er redet viel und er redet schnell. Ich denke, er möchte möglichst rasch seine Ruhe haben. Ich nicke nur und sage ihm, er soll Charlie raufbringen. Er nimmt den Karton wieder mit und dazu eine Menge Spielsachen. Ich fülle Wasser in den Wassernapf und stelle beide Näpfe in die Küche. Ein Spielzeug lege ich neben das Hundebett, das ich in einer Ecke des Wohnzimmers platziere. Alles ist bereit für Charlie.

Dann steht er schwanzwedelnd vor mir. Er ist etwas grösser als eine Katze, sein Fell ist kurz und er scheint sich zu freuen. Lars verabschiedet sich und sagt, ich soll mich melden, wenn was ist. Aber mir ist klar, dass er heute und morgen lieber nichts mehr von mir hören möchte. Charlie stromert durch meine Wohnung und beschnuppert alles. Ich habe entschieden, dass ich nicht möchte, dass er aufs Sofa springt. Auch mein Schlafzimmer ist ein Tabu. Ich schließe demonstrativ die Tür, als er reinschaut. Er geht in die Küche, die Nase sucht nach etwas Essbarem. Ich zeige ihm den Trinknapf in der Ecke, doch er beachtet ihn nicht. Schließlich geht er zurück ins Wohnzimmer. Ich nehme das Spielzeug in die Hand und drehe mich um. Charlie ist auf dem Sofa und legt sich auf das Kissen, das ich oft als Kopfkissen benutze.

»So geht das nicht, Charlie.«

Er wedelt mit dem Schwanz. Dabei klopft er auf das Sofa.

»Du musst da runter.«

Er bellt einmal. Ich zeige ihm mit der Hand, dass er runter soll. Er bleibt stur liegen. Ich nehme ein Leckerli, gehe zu ihm und knie nieder. Er schaut mich interessiert an. Seine Nase hat das Leckerli lokalisiert. Ich ziehe am Kissen. Charlie rollt auf die Seite. Ich nehme das Kissen weg und werfe ihm das Leckerli hin. Es ist im Nu weg. Dann schießt sein Kopf nach vorne, und ich spüre seine Zunge auf meiner Nase. Ich bin derart verblüfft, dass ich beinahe das Gleichgewicht verliere. Charlie hat sich mittlerweile auf den Rücken gedreht und streckt mir seinen Bauch entgegen. Ich setze mich mit ein wenig Abstand neben ihn und kraule seinen Bauch, dabei schließt Charlie seine Augen. Vertraut er mir schon? Lars sagte, dass er keine Probleme mache. Als ich aufhöre, ihn zu kraulen, schaut er mich an. Er dreht sich und schüttelt sich einmal. Dann kommt er zu mir rüber und schmeißt sich mehr oder weniger an mein Bein. Schließlich legt er seinen Kopf auf meinen Oberschenkel. Charlie fühlt sich wie daheim. Das Sofa hat er bereits in Besitz genommen. Anna ist auf den Hund gekommen.

»Er ist süß«, sagt Maria.

»Übertreib mal nicht. Charlie ist keine Schönheit.«

»Das ist doch egal. Es gefällt ihm bei dir.«

»Ich glaube, ihm gefällt es überall, wo jemand ist, der sich um ihn kümmert.«

»Hunde spüren es, ob man sie mag.«

»Ich weiß nicht, ob ich Hunde mag.«

Charlie schaut zu mir hoch, legt den Kopf aber sofort wieder auf mein Bein. Ich habe laut mit Maria gesprochen. Es ist also so, wenn ich mich über etwas aufrege, spreche ich laut mit John und Maria. Das ist alles andere als erfreulich. Früher oder später werden alle mitbekommen, dass ich einen Dachschaden habe. Mit einem Hund wäre es einfacher. Die Leute würden denken, dass ich mit dem Hund spreche. Charlie könnte Marias und Johns Stellvertreter auf Erden sein.

»Fedele come un cane«, sagt Maria.

»Treu wie ein Hund. Ich denke, diese Redewendung gibt es in jeder Sprache.«

»Den letzten beißen die Hunde«, sagt John. »The weakest goes to the wall.«

»Svegliare il can che dorme«, sagt Maria.

»Schlafende Hunde wecken«, sage ich.

»Cane grosso«, sagt Maria.

»Ja, ein großes Tier. Zum Beispiel ein Politiker. Die Italiener sagen ›ein großer Hund‹. Wobei ›grosso‹ auch ›mächtig‹, ›dick‹ oder ›stark‹ bedeuten kann.« Mir fällt das italienische Wort für »Hundeleine« nicht ein. Das ist normal, es ist ein Wort, das ich nie benutzt habe. Ich schaue auf dem Handy nach. »Il guinzaglio«. Ein seltsames Wort. »Leash« auf Englisch und »laisse« auf Französisch. »Leine«, »leash«, »laisse«, »guinzaglio«. Wörter wie »guinzaglio« sind schwierig zu lernen. Wenn sie weit weg vom Wort in der eigenen Sprache sind. »Guinzaglio«. »Aglio« bedeutet »Knoblauch«, »ail«, »garlic«. So kommt man von einem zum anderen. Ich könnte morgen alle Wörter im Zusammenhang mit einem Hund wiederholen. Sofort schaue ich nach, wie Leckerli in anderen Sprachen genannt werden. Auf Englisch »treat«, im Französischen »la friandise«, auf Italienisch »il croccantino«. Das klingt genauso wie das Geräusch, wenn der Hund es frisst. Im Deutschen »fressen« Tiere, während Menschen »essen«. »Der Fraß«, was für »ein Fressen«. Mir fällt ein, dass ich Lars nicht gefragt habe, wann Charlie normalerweise schlafen geht und wann er aufwacht am Morgen. Tiere haben ihren Rhythmus, denke ich. Ihre Angewohnheiten. Vielleicht liegt Charlie nur bei mir, weil er todmüde ist. Zuerst das Frauchen mit dem gebrochenen Fuß, dann vermutlich lange alleine in der Wohnung und dann Lars, der ihn mitnimmt. Das muss einem Hund zusetzen. Ich habe sein Hundebett im Schatten des Tisches umplatziert, sodass es ihn nicht stören sollte, wenn das Licht im Wohnzimmer an bleibt. Ich stehe auf. Charlie schaut müde zu mir hinauf. Ich nehme ihn hoch, er ist schwerer, als ich dachte. Er lehnt sich schlaff gegen meine Brust. Ich setze ihn auf das Hundebett. Charlie dreht sich zweimal im Kreis und legt sich hin.

28

Ich sitze in der Küche und bin müde und höre aus bekannten Gründen Musik. Ich bin zu aufgedreht, als dass ich schlafen gehen könnte. »Aufgedreht« ist das falsche Wort. Ich bin frustriert und wütend. Mats hat nicht mehr geantwortet. Lars hat nicht mehr geantwortet. Wieder dieses Gefühl, nicht mehr dazuzugehören. Aber natürlich ist es Unsinn. Lars muss seinen Text lernen. Mats hat anderes zu tun. Doch dieses Gefühl ist da. Ein Scheißgefühl. Ich bin auch frustriert, weil ich keine Berichte über die ermordete Prostituierte finde. Eine ermordete junge Frau und keine einzige Schlagzeile? Etwas stimmt da nicht. Journalisten stürzen sich auf solche Geschichten. So viele Morde gibt es nicht, über die man berichten kann. Frau ermordet, Ehemann oder Freund verhaftet. Das ist die banale Realität. Interessant sind die Morde, bei denen die Täter frei herumlaufen. Dazu die ewig gleichen Geschichten von Nachbarn. Sie hat immer freundlich gegrüßt. Sie hatte immer ein Lächeln auf den Lippen. Ich fühle mich nachts nicht mehr wohl. Dies ist ein ruhiges Quartier. Ich kann diesen Mist nicht mehr lesen, aber jetzt suche ich danach und finde nichts. Vielleicht suche ich am falschen Ort oder zur falschen Zeit. Was, wenn der Leichenfund schon länger zurückliegt? Einige Wochen oder gar Monate? Und es könnte auch eine andere Frau sein. Keine Brasilianerin, keine Prostituierte, alles nur erfunden, damit Anna nicht zu viel weiß. Ich suche nur noch nach »Frau tot aufgefunden« oder »Frau ermordet aufgefunden«. Ich grenze das Land ein und die nähere Umgebung. Sonst wäre Mats nicht dafür zuständig. Endlich habe ich einen

Treffer. Es ist schon fast einen Monat her. Ein Leichenfund außerhalb der Stadt. Die Frau wurde als Catalina Ortiz identifiziert. Spanierin. Keine brasilianische Prostituierte. Sie arbeitete als Kellnerin im Stundenlohn. Bekannte glaubten, dass sie nach Spanien zurückgekehrt war oder dort Urlaub machte. Stattdessen lag sie tot am Stadtrand in einem Weiher in einem kleinen Waldgebiet. Die Polizei geht von einem Gewaltverbrechen aus. Ich könnte Mats fragen, ob man bei ihr den Zettel gefunden hat. Misch dich nicht ein. Seine Stimme kann unangenehm zischen, wenn er wütend ist. Ich mag dieses Zischen, aber nicht, wenn es gegen mich gerichtet ist. Sofort gebe ich ihren Namen ein, suche nach ihr in den sozialen Netzwerken. Es gibt viel zu viele Catalina Ortiz. Die meisten stammen zwar aus Südamerika, aber ohne ein Foto finde ich sie nicht. Zudem sind viele Profile mittlerweile auf privat gestellt. Und es kann auch sein, dass sie gar kein Profil hatte. Mir fehlt der ganze Polizeiapparat. Ohne ihn ist man wie jemand ohne Internetanschluss. Komplett auf sich gestellt. Ich ärgere mich. Über Mats, über meine Hilflosigkeit, über den ganzen Scheiß.

Die Zeit in Mats' Gruppe war schön. Ich werde sentimental, wenn ich daran denke. Aufhören, befehle ich mir. Ich erinnere mich an einen Kollegen, der nichts damit anfangen konnte. Er ließ sich nach einer Woche wieder versetzen. Ich hätte am liebsten weitergemacht. Einen Mordfall aufklären. Anna kann das. Kann ich es wirklich? Kaum. In meiner Verfassung. Wie ich diesen Satz hasse. Natürlich möchte ich mir und allen anderen beweisen, dass ich es kann. Aber wie? Ich schaue mir erneut einen der Zettel an. Auf jeden Fall muss es sich um jemanden handeln, der gerne mit Wörtern spielt. Intelligent, verspielt und grausam. Die vielleicht gefährlichste Kombination. Wenn sich gute Eigenschaften in die Hölle verirren. Hochintelligente Täter können sich die grausamsten Verbrechen ausdenken und sie auch umsetzen. Doch es gibt immer ein Problem. Die Leiche. Sobald das Opfer tot ist, verliert es jeden Reiz. Der Körper wird entsorgt. So wie hier. In einem Waldweiher. Was sagt uns das, Polizistin Anna? Der Täter fährt Auto. Vermutlich einen Van oder Lieferwagen. Okay, ein Kofferraum tut es auch. Doch das hat einen Haken. Spuren. Es ist unmöglich, alle Spuren zu beseitigen. Wenn der Wagen gefunden wird, hat man meist auch den Täter. Seine und die DNA des Opfers. Was, wenn sie sich im Wald trafen? Einen Spaziergang machten? Sie nichtsahnend, er sich umschauend, ob noch andere Leute unterwegs sind. Wasser, denke ich. Sie lag im Wasser. Warum hat der Zettel nichts abbekommen? Vielleicht lag sie in Ufernähe und nicht der ganze Körper war im Wasser? Oder der Zettel war in ihrer Kleidung, in der Jacke. Oder man fand auch ihre Tasche. Oder, oder, oder. Ich kann nur spekulieren und das ist nicht gut. Ich finde weitere Artikel und schließlich einen Beitrag im Lokalfernsehen. Darin schildert eine weinende Arbeitskollegin, dass sie Catalina nicht mehr erreichen konnte und deshalb zur Polizei gegangen war. Die hätten aber nichts unternommen. Gezeigt wird ein Foto von Catalina Ortiz. Lange dunkelbraune Haare. Und dann kommt ein Satz, der mich sofort in den Bann zieht. Zuletzt gesehen hatte sie ihre Kollegin im Gemeindezentrum, wo sie einen Deutschkurs besuchte. Ich glaube nicht, dass man im Gemeindezentrum Deutschkurse besuchen kann. Aber es gibt das Sprachencafé. Besuchte sie das Sprachencafé Deutsch? Bei Sandra, Daniel oder bei Mario? Die schlechten Gefühle sind wie weggewischt. Ich bin aufgeregt. Ich stehe auf, gehe ins Wohnzimmer, beginne herumzutigern. Da sehe ich Charlie. Er ist wach und schaut mich an. Ich knie mich nieder und streichle ihn und rede beruhigend auf ihn ein. Er legt sich wieder hin und zeigt mir seinen Bauch. Ich kraule ihn eine Weile und danach stehe ich auf. Charlie rührt sich nicht. Ich gehe zurück in die Küche.

Ich habe mich mit Mario erst für übermorgen verabredet. Ich könnte so tun, als hätte ich es vergessen. Passt doch zu meinem löchrigen Gehirn. Ich ärgere mich, dass ich Mario nicht die Wahrheit gesagt habe, es würde alles viel einfacher machen. Dann fällt mir Charlie ein. Kann ich ihn mitnehmen oder soll ich bis übermorgen warten? Ehemalige Polizistin mit Hund löst einen Mordfall. So was sieht man im Fernsehen nur im Vorabendprogramm. Ich will aber zurück ins Hauptprogramm, da, wo die Musik spielt.

29

Ich höre Geräusche und schrecke auf. Ist da jemand in der Wohnung? Na klar, Charlie. Es hört sich an, als würde er an der Schlafzimmertür kratzen. Ich schaue auf den Wecker, es ist halb sieben. Charlie scheint ein Frühaufsteher zu sein. Jetzt höre ich ein leises Winseln. Muss er sein Geschäft machen? Ich kann doch nicht ungeduscht mit dem Hund raus. Oder ist das so üblich? Ich stehe auf und gehe an die Tür. Als Charlie mich sieht, macht er kleine Luftsprünge. Es sieht lustig aus, aber irgendwie auch gefährlich, was, wenn er sich überschlägt? Ich sage ihm, dass er ein toller Kerl ist. Etwas, das alle Kerle gerne hören. Charlie legt den Kopf schräg, als versuchte er mich zu verstehen.

»Hast du Hunger?«

Charlie bellt. Ich halte den Finger vor die Lippen. Charlie schweigt. Ich versuche es mit den Grundbefehlen. Sitz. Charlie zögert einen Moment, setzt sich dann aber tatsächlich hin. Warte. Er schaut mich an. Ich gehe an ihm vorbei und er wartet tatsächlich.

»Braver Charlie.«

Das scheint er als Aufforderung zu verstehen, mir zu folgen. Ich wiederhole »Sitz« und »Warte«. Er gehorcht, gibt aber Laute von sich. Natürlich, er erwartet ein Leckerli. Langsam spielen wir uns ein. Normalerweise mache ich mir zuerst einen Kaffee, aber heute gehe ich sofort ins Badezimmer und schließe die Tür. Ich warte einen Moment und lausche. Charlie scheint brav zu warten. Als ich nackt und getrocknet aus dem Bad komme, liegt Charlie wieder in seinem Hundebett. Ich ziehe mir etwas an und mache mir einen Kaffee. Der Lärm der Maschine weckt Charlies Lebensgeister, er tänzelt im Wohnzimmer herum.

»Du musst warten, bis ich bereit bin«, sage ich. Charlie geht zum Hundebett zurück und schnappt sich das Spielzeug, das daneben liegt. Er lässt es fallen und schlägt mit einer Pfote dagegen und rennt dem Spielzeug nach. Er scheint sich gut selbst beschäftigen zu können. Ich nehme ein weiteres Leckerli und werfe es ihm hin. Als ich zur Leine greife, bellt er freudig. Im Treppenhaus warte ich einen Moment, was Charlie zu irritieren scheint. Ich möchte niemandem begegnen. Vor der Haustür will Charlie nach links, so, als ob er sich auskennen würde. Es gibt in der Nähe einen kleinen Park, doch der befindet sich rechts. Da ich Charlie nicht ärgern möchte, gehe ich weiter. Warum nicht einmal um den Block herumgehen? Charlie bleibt ständig stehen, manchmal geht er auch einen Meter zurück, weil er irgendetwas in der Nase hat. Hunde erkunden die Welt mit der Nase. Ich frage mich, ob er sich den anderen Hund vorstellt im Kopf, wenn er an dessen Pisse riecht? Dieses Stop-and-go bereitet mir etwas Mühe, ist aber gleichzeitig auch eine gute Übung. Charlie hebt oft das Bein und pisst eine beachtliche Menge Urin. Er markiert seine Anwesenheit.

Auf Umwegen landen wir schließlich doch noch im Park, den ich noch nie betreten habe. Er sieht einen anderen Hund, doch er reagiert nicht groß, was mir recht ist, denn auf Gespräche mit Hundehaltern kann ich gerne verzichten. Schließlich zieht er mich auf die Rasenfläche und kackt. Ebenfalls eine beachtliche Menge. Ich greife umständlich zum Kotbeutel, bücke mich und nehme alles auf. Dieser Teil des Spaziergangs ist nicht gerade mein bevorzugter. Ich schaue mich nach einer Abfalltonne um. Charlie geht brav neben mir her, wie er das die meiste Zeit tut. Manchmal aber bestimmt er, wo es langgeht, und offenbar hat er bereits realisiert, dass er das darf. Nachdem ich den Beutel entsorgt habe, schaue ich Charlie an. Was nun, denke ich? Weiter spazieren oder nach Hause gehen? Charlie scheint keine Lust mehr zu haben, also wähle ich den Weg nach Hause. Je näher wir dem Haus kommen, desto schneller geht Charlie. Im Treppenhaus muss ich sogar aufpassen, dass er nicht zu schnell nach oben hüpft. In der Wohnung setzt sich Charlie vor mich hin und schaut mich an. Natürlich, er hat Hunger. Ich gebe zuerst frisches Wasser in den Wassernapf, dann öffne ich die Verpackung. Das Hundefutter riecht seltsam. Charlie ist begeistert und frisst alles in Rekordzeit auf. Das war er also, mein erster Morgen mit einem Hund. Ich setze mich auf das Sofa. Es dauert nicht lange, bis Charlie neben mir sitzt. Ich starre auf das Handy. Keine Nachricht von Mats.

»Es hat nichts zu bedeuten«, sagt Maria.

»Schön wär's«, sage ich. Charlie schaut zu mir hoch. Ich muss es verdammt noch mal hinkriegen, dass ich nicht laut vor mich hinspreche. Es ist eine dumme Angewohnheit einsamer Menschen.

»Du solltest dich um Ilaria kümmern.«

»Warum?«

»Simona macht sich nach wie vor Sorgen.«

»Was soll ich machen?«

»Warum schreibst du ihr nicht?«

»Wem? Ilaria?«

Daran habe ich auch schon gedacht. Aber ist es richtig, sich einzumischen? Eine junge Frau kann leben, wie sie will. Sie ist niemandem Rechenschaft schuldig. Immerhin ringe ich mich dazu durch, bei Simona nachzufragen, ob sie etwas Neues weiß. Was natürlich Quatsch ist, sie hätte mir das umgehend mitgeteilt. Ich wundere mich auch darüber, weshalb Lars nicht nachfragt, ob alles okay sei mit Charlie. Derweil Charlie ruhig vor sich hindöst. Ich nutze die Gelegenheit und fasse zusammen, was ich über den Mord an Catalina Ortiz herausgefunden habe. So gut wie nichts, muss ich mir eingestehen. Immerhin habe ich den Namen einer Freundin. Paula Ribeiro. Das klingt portugiesisch oder brasilianisch, wenn ich mich nicht täusche. Sie wurde ebenfalls in einem Filmbeitrag befragt. Sie kommt mir bekannt vor, aber ich kann sie nicht einordnen. Ich habe das Sprachencafé und das Gemeindezentrum, um mit meinen Nachforschungen zu beginnen. Ich könnte Charlie mitnehmen. Das ist besser, als den ganzen Tag zu Hause zu verbringen und auf Mitteilungen zu warten, die dann doch nicht kommen. Doch zuerst muss ich mich hinlegen. Charlie reagiert nicht, als ich mein Bein sachte unter seinem Kopf wegziehe. Ich gehe ins Schlafzimmer und stelle den Wecker so ein, dass er nach zwei Stunden klingelt. Normalerweise wache ich vorher auf, aber heute möchte ich sichergehen.

30

Als ich aufwache, bemerke ich als Erstes einen leichten Druck an meinem Bein. Charlie hat es sich auf meinem Bett gemütlich gemacht. Offenbar gibt es in der Hundewelt nur ein Gesetz. Entweder ist etwas ausdrücklich verboten oder es ist erlaubt. Er wacht ebenfalls auf und gähnt ausgiebig, danach streckt er seinen Körper. Ich schalte den Wecker aus und wir gehen zusammen ins Wohnzimmer. Charlie schnappt sich das Gummitier und legt es mir vor die Füße. Ganz klar eine Aufforderung zum Tanz oder besser zum Spiel. Zehn Minuten lang rennt Charlie dem Gummitier nach, bringt es zu mir und wartet, bis ich es wieder werfe. Ich beende das Spiel, indem ich Charlie ein Leckerli gebe. Er frisst es, geht in die Küche zum Trinknapf, schlabbert Wasser, kommt zurück ins Wohnzimmer und springt auf das Sofa. Ich mache zwei Lektionen und wiederhole Wörter. Anfangs denkt Charlie, dass ich mit ihm spreche, aber nachdem er kein Schlüsselwort hört, legt er den Kopf wieder auf das Polster. Mit den Schultern zucken, alzare le spalle, shrug of the shoulders, hausser les épaules. Hier fehlen mir die italienische und die französische Version. Das Sofa, the sofa oder the couch, il divano, le canapé. Sofa geht eigentlich überall. Der Sessel, the armchair, la poltrona, le fauteuil. Vier völlig verschiedene Wörter, das ist selten. Weiterhin keine Nachrichten. Ich komme mir vor wie ein Teenager, der auf ein Lebenszeichen von einem Typen wartet.

»Du musst dich bei Mats melden«, sagt Maria.

»Nein.«

»Frag, ob er deine Mail erhalten hat.«

»Wenn er sie nicht erhalten hätte, würde er mir das mitteilen.«

»Das ist typisch, beide warten auf etwas und keiner macht den ersten Schritt.«

»Nein. Mats arbeitet und ich spiele zu Hause mit einem Hund. Das ist meine Realität.«

»Du musst mit dem Hund arbeiten«, sagt John.

»Auch das noch.«

»Bring ihm etwas bei.«

»Was soll ich ihm beibringen?«

»Ein Kunststück.«

»Das ist Zirkus, das mache ich nicht.«

»Hunde lernen gerne.«

Ich schaue auf Charlie. Er macht nicht gerade einen motivierten Eindruck.

»Nein, ich habe null Bock.«

»Dann schreib Lars, dass alles okay ist«, sagt Maria.

»Er steckt wahrscheinlich mitten in den Aufnahmen.«

In diesem Moment geschieht das Wunder und mein Handy meldet eine Nachricht. Sie ist von Simona.

— Ha cambiato lo status.

Zuerst habe ich keinen Schimmer, was sie meint. Aber dann fällt mir ein, dass man in der Nachrichten-App seinen Status festlegen kann. Was ich noch nie gemacht habe. Andere schon. Sie schreiben einen Sinnspruch, sagen wo sie sich gerade aufhalten oder laden ein Video hoch.

— Wie sieht ihr Status aus?

— brutto tempo grave

Das bedeutet so viel wie »miserables Wetter«, »extreme Witterung«. »Grave« bedeutet »schlimm«. Das ist alles kein richtiges Italienisch, aber vielleicht typisch, wenn man schnell etwas hochlädt.

— Sie ist wahrscheinlich in den Bergen.

— Forse. Ma dove?

— Non lo so.

Ich gehe selten bis nie in die Berge und kenne mich nicht aus. Auch nicht mit den Wetterverhältnissen.

— Liest sie deine Nachrichten?

— Sì, ma non risponde, sie antwortet nicht.

— Vielleicht gibt es Probleme mit dem Netz. È normale in montagna.

— So.

»So« gehört eigentlich auch zu den falschen Freunden. Auf Italienisch bedeutet es »ich weiß«. Korrekt wäre es »io so«, aber im Italienischen lässt man »ich«, »du«, »er«, »sie«, »wir«, »ihr«, »sie« meist weg, weil die Endungen der Vokale klarmachen, wer gemeint ist. »So«, »sai«, »sa«. »Ich weiß«, »du weißt«, »er, sie weiß«. »I know«, »you know«, »he or she knows«, »je sais«, »tu sais«, »il ou elle sait«. »Sai« wird fast gleich ausgesprochen wie »sei«, was wiederum »du bist« bedeutet. Sprachen sind kompliziert.

— Dove fa brutto oggi?

Ich schaue kurz nach. Im Westen und im Norden regnet es. Es gibt mehrere Gebirge, die infrage kommen. Ich schreibe es Simona.

— Was soll ich machen?, fragt sie.

Ich weiß es nicht. Zur Polizei zu gehen, bringt nicht viel. Es gibt keine Hinweise darauf, dass sich Ilaria in Gefahr befindet. Sie kennt sich in den Bergen aus, sie weiß, wie sie sich bei schlechtem Wetter verhalten muss. Bevor ich ihr antworte, erhalte ich eine neue Nachricht von ihr.

— Ich schreibe dir später.

— Okay.

Es ist gleich ein Uhr, muss Charlie schon wieder raus? So wie er auf dem Sofa liegt, sieht es nicht danach aus. Ich habe Hunger, aber auf nichts Bestimmtes. Ich lese noch einmal die Mitteilungen von Simona und stolpere über meine eigenen Gedanken. Das italienische Wort »so« ist ein falscher

Freund. Aber es gibt noch ganz viele andere. Zum Beispiel »brutto«. Oder »tempo«. Oder »grave«. »Brutto« ist das italienische Wort für »hässlich« oder »schlecht«. Bei uns benutzt man es für Brutto oder Netto. Und das englische »grave« bedeutet »Grab«. Allerdings wird das Wort auch im Französischen und Italienischen im Sinne von »schlimm«, »schwerwiegend« benutzt. Weshalb sollte Ilaria in ihrem Status in schlechtem Italienisch falsche Freunde posten? Die Assoziation mit dem Wetter und den Bergen ist naheliegend. Aber hätte sie nicht »fa brutto tempo« geschrieben? Oder »fa cattivo tempo«. Oder nur, »fa cattivo«? So wäre es korrektes Italienisch. Wie im Französischen wird im Italienischen das Wetter gemacht. »Il fait beau.« »Es macht schön.« »Fa bello.« »Es macht schön.« »Fa freddo.« »Es macht kalt.« »Il fait froid.« »Fa cattivo tempo.« »Il fait mauvais.« Ich schreibe die Wörter auf einen Zettel. »Brutto«, »tempo«, »grave«. Die Liste mit falschen Freunden wird länger.

31

Ein handgeschriebener Zettel voller falscher Freunde. Eine Statusmeldung mit drei falschen Freunden. Wenn ich das Mats mitteile, hält er mich für verrückt. Der Zufall spielt bei der Polizeiarbeit eine große Rolle. Es gibt Zufälle, die helfen, ein Verbrechen aufzuklären. Und es gibt Zufälle, die einen in die Irre führen. Doch Zufall ist nicht immer Zufall. Es gibt Wahrscheinlichkeiten für Zufälle. Eine Spanierin, die zuletzt im Gemeindezentrum gesehen wurde. Eine Italienerin, die wie die Spanierin das Sprachencafé Deutsch besucht hat. Dass sich zwei Ausländerinnen, die Deutsch lernen, im Gemeindezentrum aufhalten, ist kein Zufall. Dass eine ermordet wird und die andere nicht mehr erreichbar ist, kann Zufall sein. Seltsam ist es auf jeden Fall. Coincidence, coincidenza, hazard. Im Französischen gibt es eine eigene Form für einen glücklichen Zufall. Coupe de chance. In diesem Fall aber müsste man von einem unglücklichen Zufall sprechen. Auf Deutsch nennt man es Pech. Sfortuna, bad luck oder tough luck, malchance. Diese Wörter sind alle noch in meinem Kopf, auch wenn es eine Weile dauerte, bis ich sie wieder präsent habe. Immerhin wurden sie von der Löschaktion verschont. Sfortuna. Wieder dieses S, das alles ins Gegenteil verkehrt. I like it. Sanna.

Ich fühle mich frisch genug, um etwas zu unternehmen. Ein Besuch im Gemeindezentrum ist am naheliegendsten. Ich blicke auf Charlie. Ich muss den Bus nehmen, sonst bin ich schon tot, wenn ich da bin. Lars hat nicht gesagt, ob Charlie gerne Bus fährt. Ob er überhaupt schon mal Bus gefahren ist? Was, wenn er Panik kriegt, so wie Lars? Auch wenn es gemein ist, belustigt mich die Vorstellung, dass beide gleichzeitig in Panik geraten. Nicht lustig. Okay. Ich könnte Charlie hierlassen. Zwei bis drei Stunden seien kein Problem. Was aber, wenn er rumheult und ein Nachbar die Polizei oder das Veterinäramt einschaltet? Ich muss es versuchen. Schlimmstenfalls steige ich aus und gehe mit Charlie wieder nach Hause.

»Lass dir von einem Köter nicht vorschreiben, was du tun sollst«, sagt John.

»Es ist ein Hund, kein Köter«, sagt Maria.

»Das sind Synonyme«, sagt John.

»Wie Bulle«, sage ich.

»Genau«, sagt Maria, »eine Beleidigung.«

»Dem Hund ist das egal.«

»Ich werde Charlie mitnehmen.«

»Er hat dich schon in der Tasche«, sagt John.

»Bist du eifersüchtig?«, frage ich.

»Auf einen Köter?«

»Du bist ein Rüpel«, sagt Maria.

Ich greife zur Leine, was Charlie mit einem Bellen quittiert. Ich vermute, dass ich für ihn eine Fahrkarte lösen muss. Es dauert eine Weile, bis ich die Infos dazu gefunden habe. Charlie schaut mich schwanzwedelnd an. Wenig später stehe ich mit Charlie an der Bushaltestelle. Er sitzt ruhig und wartet, offenbar kennt er die Situation. Auch im Bus gibt es keine Probleme. Es gibt nur wenige Fahrgäste und nur einen sperrigen Kinderwagen. Ich setze mich auf einen freien Einzelsitzplatz, und Charlie setzt sich vor mich hin, auch wenn da kaum Platz ist. Die Fahrt dauert nicht lange. Bis zum Gemeindezentrum schlendere ich langsam die Straßen entlang. Charlie schnuppert enorm viel und markiert immer wieder etwas. Es ist ein ganz anderes Gehen mit einem Hund. Genau so, wie ich eigentlich gehen sollte. Langsam. Eine Frau nähert sich mit einem weißen Pelzbüschel. Charlie will freudig auf den Hund zu, doch die Frau zieht den Hund weg und wechselt sogar die Straßenseite. Sieht Charlie so gefährlich aus? Jetzt nähert sich ein anderer Hund, er ist einiges größer. Soll ich nun Charlie wegziehen? Die Frau scheint meine Unsicherheit zu bemerken.

»Er macht nichts.« Das ist gut zu wissen, aber ich habe keine Ahnung, ob Charlie auch nichts macht. Der andere Hund nähert sich, Charlie bleibt einfach stehen. Es gibt eine kurze Begegnung, mehr nicht.

»Wie alt ist er?«, fragt die Frau. Ihr Blick bleibt auf den Hunden haften, so als traue sie der Situation nicht ganz.

Ich habe keine Ahnung, wie alt Charlie ist. Soll ich irgendein Alter sagen?

»Er gehört nicht mir«, sage ich schließlich.

»Meiner ist schon neun.«

Ich weiß nicht, ob neun für einen Hund alt oder uralt ist.

»Er ist noch gut in Form, aber er hat ein Problem mit dem Herzen.«

Marias Stichwort, denke ich, aber sie regt sich nicht.

»Charlie geht es gut«, sage ich leichthin.

»Es ist wie bei den Menschen. Im Alter kommt eines zum anderen.« Ich schätze die Frau auf über sechzig, vermutlich redet sie auch über sich.

»Auch einige jüngere haben ihre Probleme«, sage ich. Aber wozu sage ich das? Ich will mit der Frau nicht über meine Probleme sprechen.

»Ja, das Leben«, sagt die Frau. Vielleicht sollte ich besser über das Wetter sprechen. Ich kann keinen Small Talk.

»Es kommt, wie es kommt«, sagt die Frau. Ich denke, dass ich mir solche Sätze merken sollte. Man kann sie immer dann benutzen, wenn man nichts sagen möchte.

»Auf Wiedersehen«, sagt die Frau.

»Einen schönen Tag«, sage ich unbeholfen.

»Anche a lei.«

Ich schaue sie mit großen Augen an. Habe ich tatsächlich »buona giornata« gesagt? Die Frau sieht nicht aus wie eine Italienerin. Genauso wenig wie ich. Charlie will weiter, ich ebenfalls. Wir überqueren eine Straße und biegen in den Park ein. Die Sonne ist mittlerweile weg, am Himmel sieht man dunkle Wolken. Ich bin nicht auf Regen vorbereitet. Ich bin überhaupt nicht vorbereitet. Ich habe keine Ahnung, ob Sandra oder Mario heute im Gemeindezentrum sind. Ich bin wie eine Rentnerin, die nach Abwechslung sucht. Und nach falschen Freunden. Im Park schaue ich mich nach Mario um. Doch die Mittagszeit ist längst vorbei. Falls Mario da ist, dann irgendwo im Gemeindezentrum und nicht im Park. Charlie schaut zu mir hoch. Er scheint auch nicht zu wissen, was er hier tun soll. Ich ärgere mich, dass ich kein Spielzeug mitgenommen habe. Vielleicht finde ich einen kleinen Ast, den ich werfen kann. Ich schlendere mit Charlie weiter. Auf einer Parkbank sitzt eine junge Frau. Sie kommt mir bekannt vor. Sie lächelt, als sie Charlie sieht. Nicht schon wieder, denke ich. Als wir auf gleicher Höhe sind und wir Blickkontakt haben, nicke ich ihr zu. Sie aber hat nur Augen für Charlie. Es scheint Liebe auf den ersten Blick zu sein. Charlie gibt seltsame Geräusche von sich und lässt sich von ihr streicheln.

»Er ist lustig«, sagt sie und blickt zu mir hoch. Jetzt erkenne ich die Frau aus dem Video. Paula Ribeiro, eine Freundin von Catalina Ortiz. Che coincidenza.

32

Sie spricht ununterbrochen mit Charlie, und dieser scharwänzelt um ihre Beine. Ich lasse ihn von der Leine, was ich bisher noch nie gemacht habe, da ich befürchte, er könne wegrennen. Es gibt ja diese Geschichten von Hunden und Katzen, die tausende Kilometer zurücklegen, um ihre Besitzer wiederzufinden. Ich denke nicht, dass Charlie das tun würde, aber was weiß ich schon, was in einem Hundekopf vorgeht. Ich muss mit Paula ins Gespräch kommen, und wenn das über Charlie möglich ist, muss ich es versuchen.

»Er gehört nicht mir. Seine Besitzerin ist im Krankenhaus.«

»Hospital?«

Mist, denke dich.

»Ja, im Krankenhaus.«

»Ich habe dich im Gemeindezentrum gesehen. Aber ohne Hund.«

Paula schaut mich zum ersten Mal richtig an.

»Wo? Im Cafè?« Ist sie die Frau, mit der Mario geredet hat? Warum ist mir das nicht aufgefallen?

»Ich helfe manchmal aus. Ich dachte, du sprichst Englisch.«

»Ich hatte einen Unfall.« Sie schaut mich fragend an. Ich ärgere mich über meinen Satz. Wie wenn ein Unfall erklären könnte, dass ich im Café Englisch sprach.

»Ich bringe die Sprachen durcheinander.«

Charlie gibt einen Laut von sich. Es scheint ihm nicht zu gefallen, dass die beiden Frauen sich unterhalten, anstatt sich um ihn zu kümmern.

»Du musst mit ihm reden. Er mag das. Egal in welcher Sprache.«

»Aber was soll ich ihm erzählen?«

»Das ist egal. Er mag deine Stimme und die Aufmerksamkeit.«.

»Du kennst dich mit Hunden aus?«

»Ich liebe sie. Aber vor allem große Hunde.«

»Ich bin eine Anfängerin.«

»Principiante. Wie viele Sprachen sprichst du?«

»Vier. Aber ich habe viele Wörter vergessen.«

»È normale. Devi praticare le lingue.«

»Du sprichst auch Italienisch?«

»Portugiesisch, Spanisch, Italienisch und Deutsch. Ein wenig Englisch. But I don't like it.« Sie lacht, Charlie bellt.

»Setz dich«, sagt sie zu mir. Sie zeigt neben sich. Ich bin froh, denn das Stehen macht mich müde. Als ich sitze, schaut Charlie zu mir hoch. Ich klaube aus meiner Hosentasche ein Leckerli hervor und gebe es ihm. Sobald er es verschlungen hat, wendet er sich wieder Paula zu. Sie streichelt ihn, während sie mit mir spricht.

»Ich bin Paula.«

»Anna. Woher kommst du?«

»Portugal.«

»Du sprichst sehr gut Deutsch.«

»Ich war mit einem Sprachlehrer zusammen. Das war praktisch.« Sie lacht.

»Du könntest auch unterrichten.«

»Nein. Das liegt mir nicht. In einem Monat beginne ich einen neuen Job. Disposition und am Telefon. Das gefällt mir. Ein Baugeschäft. Dort arbeiten fast nur Portugiesen. Was machst du?«

Ich zögere einen Moment.

»Ich bin Polizistin.« Jetzt ist es raus, Ende des Versteckspiels.

»Oh. Aber du trägst keine Uniform.«

»Ich bin krankgeschrieben.«

»Du musst in deinem Beruf auch mit Leuten sprechen.«

»Ja, aber es ist schwierig im Moment.«

»Du bringst alle Sprachen durcheinander?«

»Ja, manchmal.«

»Das mache ich, wenn ich Englisch sprechen muss. I don't like it.«

Ihr Handy meldet sich mit einem Rapsong.

»Fuck«, sagt sie, schaut auf das Display und drückt den Anruf weg.

»›Fuck‹ ist Englisch.«

»Ja. ›Fuck‹ ist cool.«

Ich schätze sie auf Ende zwanzig. Will sie mit solchen Sprüchen jünger erscheinen? Aber wozu? Die Polizistin hört genau hin. Ich lache, Paula schaut mich an. Ich zeige auf Charlie, der ihr mittlerweile zu Füßen liegt.

»Ich glaube, er möchte bei dir bleiben.«

»Er liebt die Menschen. Das ist gut. Ah, die Sonne kommt zurück.«

Tatsächlich ist es, als ob jemand einen Lichtschalter betätigt hat, auf einen Schlag ist es wieder sonnig und ich spüre die Wärme auf meinem Gesicht.

»Ich glaube, ich habe dich vor Kurzem in einem Video gesehen«, sage ich, möglichst beiläufig klingend.

»Wo? Auf einer Pornoseite? Das war ich nicht.«

Sie lacht laut und klatscht sich auf die Beine. Charlie schreckt auf. Sie beruhigt ihn und er legt sich wieder hin.

»Eine Freundin von dir ist ermordet worden.«

»Jetzt spricht die Polizistin. Ich muss vorsichtig sein.« Sie lacht erneut. Doch dann wirkt sie plötzlich nachdenklich.

»Catalina war nicht meine Freundin, aber ich habe sie gekannt. Sie war ab und zu hier.«

»Ich kenne den Polizisten, der für den Fall zuständig ist.«

»Ein Polizist? Das ist wenig.«

»Nein. Es sind viele, aber er leitet die Ermittlungen.«

»Ich wurde von einer Polizistin befragt. Ich weiß nicht viel. Catalina wollte schnell Deutsch lernen und viel Geld verdienen. Ich sagte ihr, dass sie Geduld braucht. Sie machte einen Intensivkurs, aber es ging ihr alles zu langsam.«

»Wann hast du sie zum letzten Mal gesehen?«

»Eine Woche bevor sie gefunden wurde.« Sie schaut runter auf Charlie.

»Du musst immer brav sein, sie ist eine Polizistin.«

Wieder lacht sie laut, diesmal reagiert Charlie nicht mehr, er hat sich daran gewöhnt. Ich tue mich schwer mit jemandem, der ständig laut lacht. Keine Ahnung, warum.

»Fuck.« Ihr Telefon rapt erneut. Sie nimmt den Anruf entgegen und sagt etwas, vermutlich auf Portugiesisch. Nach wenigen Sekunden beendet sie den Anruf.

»Männer«, sagt sie. »Es ist mein jüngerer Bruder. Er lebt in Portugal. Er hat ständig Probleme. Und er überwacht mich. Du kannst zu deinem Bruder nicht einfach ›fuck off‹ sagen.«

»Ist schon gut. Ich muss langsam nach Hause.«

»Wir können essen gehen später.«

Ich bin überrumpelt.

»Ich stehe nicht auf Frauen«, sagt sie lachend. »Aber ich esse nicht gerne alleine. Es ist schön, man kann draußen essen. Fuck, ich liebe das.«

»Ja, warum nicht?«

»Nimm Charlie mit.«

»Wohin?«

»Ich schreib dir.«

Sie tippt auf ihrem Handy herum und zeigt mir das Display. Ich tippe die Nummer ein und öffne die Nachrichten-App. Sie benutzt dieselbe. Ich schreibe ihr meinen Namen auf.

»Cool.«

Ich lache.

»Fuck und cool, das mag ich, der Rest, I don't like it.«

Sie stöpselt sich Kopfhörer ins Ohr und geht winkend. Charlie jault ihr hinterher. Ich versuche, ihn zu beruhigen. Doch Charlie hört nicht auf. Ich spüre die Müdigkeit und mein Kopf fühlt sich leer an. Ich muss mich hinlegen. Ich entscheide mich für ein Taxi. Der erste Fahrer winkt ab, als er Charlie sieht. Schließlich lande ich bei einer Hundefreundin, die während der ganzen Fahrt mit Charlie spricht und mir auch noch einen Vortrag hält über eine Hunderasse, von der ich noch nie etwas gehört habe. Charlie liegt die ganze Zeit auf dem Boden. Manchmal gibt er einen Laut von sich, aber es klingt nicht mehr so dramatisch. Zu Hause erwartet mich kein Geschenk. Ich ziehe die Schuhe aus und lege mich aufs Bett. Charlie trinkt erst ausgiebig Wasser und gesellt sich dann zu mir.

33

Als ich aufwache, sind zwei Stunden vergangen. Charlie gähnt ausgiebig und streckt sich. Dann springt er vom Bett. Ich brauche länger, bis ich im Hier und Jetzt ankomme. Ich habe geträumt, aber ich erinnere mich nur, dass ich in einem Restaurant am See saß. Ist das Vorfreude?

»Vielleicht steht sie ja doch auf Frauen«, sagt Maria.

»Na und? Sie wird schon nicht über mich herfallen.«

»Ein lesbischer Seitensprung ist in. Man liest überall davon.«

»Man liest eine Menge Schrott. Vielleicht findet sie mich einfach nur sympathisch. Geht mir ja auch so.«

»Oder sie will etwas anderes von dir.«

»So wie ich? Ich erhoffe mir Infos über Catalina Ortiz. Was sollte sie von mir wollen?«

»Ci sono molte possibilità«, sagt Maria.

»Ja, und das Universum ist endlos. Ich mag diesen esoterischen Quatsch nicht.«

»Das hat nichts mit Esoterik zu tun«, sagt Maria.

Charlie hat sich ein Spielzeug geschnappt. Es quietscht und er rennt im Wohnzimmer herum. Ich greife zum Handy. Zwei neue Nachrichten. Ich habe sie verschlafen.

— Lief beschissen heute.

Ich überlege, was Lars damit sagen möchte. War er schlecht als Sprecher oder hatte er eine Panikattacke? Ich weiß nicht, was ich antworten soll. Ich lese die zweite Nachricht, sie ist von Mats.

— Hast du morgen Zeit für ein Bier?

Ich bin sofort wach, als ich das lese. Mats will mich sehen. Darauf habe ich gewartet. Natürlich habe ich Zeit. Jede Menge. Charlie steht jetzt vor dem Bett und legt das Quietschding neben mich. Ich greife danach und werfe es Richtung Flur. Er sprintet begeistert los.

— Ja, hab ich.

Kurz und knapp, so wie es Mats mag. Mir fällt ein, dass ich mit Mario verabredet bin und möglicherweise auch Charlie wieder einige Stunden bei mir ist. Aber was soll's, die Arbeit geht vor. Guter Witz. Ich bekomme wieder ein Gespür dafür, wie es wäre, zu arbeiten. Aber ist das gut für mich?

»Die meisten Leute träumen davon, im Lotto zu gewinnen und nie mehr arbeiten zu müssen«, sagt John.

»Ja, aber sie träumen nicht davon, ins Koma geprügelt zu werden und danach nicht mehr arbeiten zu können.«

»Für die meisten wäre auch der Lottogewinn ein Albtraum. Sie würden sich zu Tode langweilen.«

»Weil sie keine Aufgabe mehr haben.«

»Weil es Idioten sind«, sagt John. »Ein Leben ohne Arbeit muss man sich erarbeiten. Man muss es üben.«

»Dann mache ich jetzt eine neue Ausbildung zur Nichterwerbstätigen?«

»In etwa«, sagt John.

»Quatsch«, sage ich.

Charlie bringt das Spielzeug immer wieder und ich werfe es immer wieder. Charlie weiß, was er mit seiner Zeit anfangen soll. Ich schaue, ob Mats meine Antwort schon gelesen hat. Ich muss mich ablenken und ich muss lernen. Eine Viertelstunde Deutsch. Ich stoße auf das Wort »Garantie«, an das ich mich nicht mehr erinnerte. Später kommt auch noch »Gutschein« dazu. Zuerst hatte ich das französische Wort »bon« im Kopf und »il buono«. Aber im Italienischen verwendet man auch »voucher«, genauso wie im Englischen. Aber ist »voucher« nicht ursprünglich Französisch? Egal. »Gutschein« muss ich mir einprägen. »Bon«, »buono«,

»gut«. »Der Schein« ist ein doppeldeutiges Wort. Der Parkschein oder der Schein trügt. Scheinbar, scheinen. Ich weiß nicht auf Anhieb, was das Wort »scheinen« bedeutet. Ich erkenne das Wort, nicht aber die Bedeutung. Ich öffne eine andere App. Alle Wörter werden illustriert. Visuelles Lernen. Man assoziiert ein Wort mit einem Bild und kann es sich so besser einprägen. Einige schwören darauf. Charlie hat sich mittlerweile auf sein Bett gelegt, nachdem er gefühlt einen Liter Wasser getrunken hat. Sofort fällt mir ein, dass ich den Wassernapf mit frischem Wasser auffüllen muss. Was aber soll ich Lars schreiben? Ich mache ein Foto von Charlie und schicke es ihm.

– Erledigt und glücklich, schreibe ich.

Ich habe keine Lust mit Lars über seine Probleme zu reden. Er braucht die Hilfe von Experten. Ich hoffe, er sieht es bald ein.

– Bin erst gegen neun zu Hause, schreibt Lars.

– Kein Problem, schreibe ich.

Paula will, dass ich Charlie mitnehme. Vielleicht will sie nur mit mir essen, weil sie Charlie mag. Wer weiß das schon? Die Menschen zu verstehen, ist schwieriger als eine Sprache zu lernen. Weil alle ihre eigenen Regeln haben. Viele verzweifeln beim Deutschlernen, weil es so viele Ausnahmen zu den Regeln gibt. Keine Regel ohne Ausnahme. Im Englischen sind es die vielen unregelmäßigen Verben und die unzähligen phrasal verbs, bekannte Verben, die in Kombination mit anderen Wörtern eine völlig neue Bedeutung haben. »To make up for something«. »Etwas wieder gutmachen.« »To be on the mend«. »Auf dem Weg der Besserung sein«. Wenn man nicht einige Hundert davon kennt, versteht man Engländer nicht wirklich. Bei den Menschen ist es ähnlich, sie folgen gewissen Grundregeln, aber interessant wird es erst bei den Ausnahmen, bei den Unregelmäßigkeiten. Jemanden verstehen bedeutet, dass man seine unregelmäßigen Regeln kennt. Die Spleens, die Neurosen, die Passionen, die Obsessionen. Was für Regeln hat jemand, der eine junge Frau tötet? Aus der Literatur weiß ich, dass solche Männer oft ein ganz normales Leben führen. Unauffällig, bieder. Sie verheimlichen ihre eigenen Regeln vor den anderen. Sie spielen allen etwas vor. Sie sind falsche Freunde.

34

Zum grünen Daumen ist eines dieser hippen Restaurants, die ein junges und lautes Publikum anziehen. Die Tische stehen fast ausschließlich im Freien in der Nähe eines stillgelegten Bahnhofs. Die Umgebung ist wenig reizvoll, aber der etwas marode Industriecharme kommt gut an, und ich habe gelesen, dass das Essen ganz okay ist. Paula und Charlie begrüßen sich enthusiastisch. Sie gibt ihm Leckerli und hebt ihn auf und drückt ihn an ihren Busen. Er leckt ihr Gesicht ab. Ich finde es eher peinlich, aber gönne den beiden ihr Glück. Als wir uns setzen, legt sich Charlie brav unter den Tisch. Ich lese die Karte, es sind vornehmlich vegane Gerichte mit Zutaten, die ich nur vom Hörensagen kenne. Schließlich entscheide ich mich für ein Curry, während Paula etwas mit Süßkartoffeln und Pilzen bestellt. Es ist erst sieben Uhr, sie hat mich gefragt, ob das okay ist, weil sie heute früh schlafen gehen will. Ich frage nicht nach, mir ist es recht, ich habe keine Ahnung, wie gut ich einen solchen Abend überstehen kann. Auswärts essen habe ich mir fast nie gegönnt. Wenn mir nicht nach Kochen ist, kaufe ich etwas bei einem Take-away, es gibt Unmengen davon in der Stadt. Paula bestellt ein Glas Weißwein, ich zögere, gebe mir dann aber einen Ruck. Wir stoßen an. Der Wein ist nicht schlecht, ein bisschen säuerlich.

»Es ist cool hier.«

»Bist du Veganerin?«

»Nein, aber ich esse nicht oft Fleisch. Du?«

»Normal«, sage ich, aber was ist heute noch normal?

»Es ist laut. Wie zu Hause.« Sie lacht und meint damit wahrscheinlich Portugal. Ich bin ein wenig geräuschempfindlich geworden, etwas, was auch noch auf die Liste gehört. Erstaunlicherweise ertrage ich laute Musik sehr gut, aber lärmige Geräuschquellen lassen mich öfter aufschrecken. Vielleicht bin ich auch einfach schreckhaft geworden. Paula bemerkt, dass ich mich ablenken lasse.

»Du darfst dich nicht darauf konzentrieren, nimm es wie Meeresrauschen.«

»Es ist aber ganz anders als Meeresrauschen.«

»Für mich ist es ähnlich. Menschenrauschen. Dieses Wort gibt es nicht, oder?«

»Nein, ich denke nicht.«

Sie hebt ihr Glas und wir stoßen erneut an.

»Kein Vinho Verde, aber ganz okay.«

»Ich trinke fast nie Wein.«

»Das ist nicht gut. Wein ist gut für das Gemut.«

»Gemüt«, korrigiere ich sie.

»Ja, Gemüt. Ich bin verzweifelt an den Umlauten.«

»Ja, für Ausländer sind sie schwierig.«

»Es gibt Wörter, die mit Umlaut etwas anderes bedeuten. ›Drucken‹ und ›drücken‹. Es ist fucking schwierig für uns.«

»Ja und jetzt gibt es auch noch Uber und über«, sage ich. Ein wenig Wein und ich werde lustig. Paula lacht.

»Am Anfang war es sehr schwierig für mich.«

»Du hattest einen guten Lehrer.«

»Er hat mich immer korrigiert. Es machte mich wütend. Aber ich lernte schnell.«

»Vielleicht brauche ich auch jemanden wie ihn?«

Sie lacht nicht, sondern schaut unter den Tisch und lobt Charlie fürs Stillsitzen. Sie will nicht über ihren Ex sprechen.

»Deine Kollegen tun nichts«, sagt sie unvermittelt.

»Was?«

»Sie tun nichts, um den zu finden, der Catalina getötet hat.«

»Wie kommst du darauf?«

»Es ist überall so.«

»Das stimmt nicht.«

»Ich habe ihnen Dinge gesagt. Aber es interessiert sie nicht.«

»Was für Dinge?«

»Für die Polizei ist sie nur eine tote puta.«

Sie schaut trotzig auf ihr Weinglas. Es geht um Catalina, deshalb wollte sie mit mir essen gehen. Wir haben das gleiche Interesse.

»Ich möchte auch wissen, wer es getan hat.«

»Du arbeitest nicht.«

»Aber ich bin nach wie vor Polizistin.«

»Seit sie wissen, dass sie sich von Männern bezahlen ließ, interessiert es die Polizei nicht mehr.«

»Das ist Quatsch. Ich weiß, dass das nicht stimmt.«

»Ich lese nichts mehr, es gibt keine neuen Nachrichten.«

»Man kommt mit den Ermittlungen schleppend voran, aber sie arbeiten daran.«

Sie gibt einen verächtlichen Ton von sich. Ich darf ihr nichts über den Zettel erzählen.

»Es gibt neue Hinweise«, sage ich. »Habe ich gehört.«

»Was für clues?«

»Darüber darf ich nicht sprechen.«

»Fuck.« Sie ergänzt es mit portugiesischen Wörtern, die ich nicht verstehe.

»Wie gut hast du sie gekannt?«, frage ich.

»Sie war nett. Wir haben viel geredet. Über vieles.«

»Auch über ihren Beruf?«

»Sie war Kellnerin.«

»Nicht nur, oder?«

»Sie hat tagsüber manchmal Escort gemacht. Bei einer Agentur und auch mit eigenen Inseraten. Zwei, drei Männer die Woche. Nicht mehr. Sie hat in einer Bar gearbeitet. Da gab es immer wieder Männer, die ihr Geld anboten. Einmal hat sie Ja gesagt. Es hat ihr gefallen. Warum nicht, sagte sie. Ich verdiene damit genug, um mir eine Ausbildung zu finanzieren. Eigentlich wollte sie Sängerin werden. Ich weiß nicht, ob sie das ernst meinte mit der Ausbildung. Sie hatte große Pläne.«

»Das war ihr Ziel? Sie wollte Sängerin werden?«

»Scop? Meinst du scopo?«

»Ja, ›Scope‹ ist Englisch, es bedeutet das Gleiche.«

»Sängerin ist ein Traum, kein Ziel. Catalina wollte richtig Deutsch lernen. Sie beneidete mich.«

»Sie sprach kein Deutsch?«

»Doch, aber nicht sehr gut. Sie konnte Englisch. Besser als Deutsch. Wir unterhielten uns auf Spanisch.«

Ihr Blick schweift in die Ferne, sie denkt an Catalina.

»Wie viele Fehler mache ich?«, frage ich sie, um sie abzulenken.

»Es ist egal.«

»Das bedeutet viele.«

»Es muss dir egal sein. Wenn du immer daran denkst, hörst du auf zu sprechen. Es ist, wie wenn man eine Sprache lernt. Man macht dumme Fehler. Es gehört dazu.«

»Es ist meine Muttersprache.«

»Mother was?«

»Habe ich ›mother tongue‹ gesagt?«

»Ja.«

»Lingua madre«, sage ich.

»Muttersprache.«

»Danke.« Großartig, eine Portugiesin findet die deutschen Wörter für mich.

»Du brauchst Geduld. Catalina hatte keine Geduld. Sie wollte so schnell wie möglich Deutsch lernen. Perfektes Deutsch. Es ging ihr zu langsam. Sie war. Jetzt fehlt mir ein Wort. ›Ambizioso‹.«

»Ehrgeizig.«

»Genau. Ich habe ihr gesagt, sie soll ein Sprachtandem suchen.«

»Hat sie das gemacht?«

»Ich weiß es nicht. Manchmal denke ich, dass es keine gute Idee war.«

»Du glaubst, sie hat ihren Mörder so kennengelernt?«

»Kann sein, oder?«

Ich schüttle den Kopf.

»Dann hätten sie ihn schon längst gefasst.«

»Ja, vielleicht. Ich wollte ihr nicht meinen Ex empfehlen. Es wäre besser gewesen.«

»Wie lange wart ihr zusammen?«

»Es ist egal, wir haben keinen Kontakt mehr. Er konnte es gut mit Schülerinnen.« Ich höre die Bitterkeit in ihrer Stimme.

»Es gab noch andere?«

»Ich war naiv. Dummes Mädchen. Fuck.« Sie lacht. »Aber er war ein guter Lehrer. Weißt du, was ein guter Lehrer braucht?«

»Geduld?«

»Ja. Und er muss Dinge erklären können. Grammatik. Erklären, immer wieder. Zuerst hat man es nur im Kopf. Aber es muss bis zur Zunge. Zuerst dauert es ewig, vom Kopf bis zur Zunge.« Mir fällt ein, dass »Sprache« und »Zunge« im Italienischen das gleiche Wort haben. »La lingua«.

»Früher hat man gepaukt«, sage ich.

»Was bedeutet das?«

»Lernen und wiederholen, bis einem schlecht wird.«

»So geht es auch.«

Der Kellner bringt das Essen. Wir bestaunen die Kreationen. Paula macht ein Foto. Mein Curry sieht weniger toll aus, aber es duftet hervorragend.

»Willst du probieren?«

»Ja, warum nicht. Du?«

»Immer.«

Das Essen schmeckt ausgezeichnet, aber die Portionen sind nicht sehr groß. Zum Glück bringt der Kellner etwas Brot. Wir essen mehr oder weniger schweigend. Charlie liegt unter dem Tisch in Tuchfühlung mit Paula. Die Nachbartische füllen sich langsam und der Lärmpegel steigt weiter. Ich fühle mich satt und müde und ich spüre meinen Rücken. Wir bezahlen getrennt und spazieren danach in Richtung Bushaltestelle.

»Du hast gesagt, dass du Informationen über Catalina hast.«

»Ja, ich kenne eine Mexikanerin. Die Polizei weiß nichts von ihr. Sie sagt, dass sie Catalina mit einem Mann gesehen hat.«

»Weshalb geht sie nicht zur Polizei?«

»Sie ist illegal hier.«

»Sie könnte es anonym mitteilen.«

»Fuck, sie hat es mir mitgeteilt. Das genügt.«

»Kann sie den Mann beschreiben?«

»Wenn sie mit dir spricht, kriegt sie dann Probleme?«

Ich überlege. Natürlich müsste ich Mats informieren.

»Ich denke nicht«, sage ich.

»Du denkst es?«

»Wenn sie illegal hier ist, wird sie früher oder später Probleme bekommen.«

»Sie arbeitet hier.«

»Schwarz.«

»Na und? Fuck, andere arbeiten nicht und leben von der Sozialhilfe.«

»Ich habe die Gesetze nicht gemacht.«

»Ja schon, aber kann dir das egal sein?«

»Wir treffen uns mit ihr. Sie braucht mir nicht ihren richtigen Namen zu nennen. Okay?«

»Sehr okay.«

»Du hast gesagt, dass du es der Polizei gesagt hast.«

»Ich habe ihnen gesagt, dass sie Catalina mit einem Mann gesehen hat. Sie wollten den Namen von diesem Mann. Nur das hat sie interessiert. Das ist nicht cool.«

Nein, das ist nicht cool, denke ich, aber so läuft es nun mal. Ich habe eine Nachricht erhalten. Paula wartet mit mir auf den Bus. Sie will in die gleiche Richtung. Charlie schaut ständig zu ihr auf und winselt. Ich sehe, dass Mats mir geschrieben hat.

– Geht morgen leider nicht. Ich melde mich.

»Fuck«, sage ich.

»Jetzt fängst du auch damit an«, sagt Paula lachend. Dann sieht sie meinen Gesichtsausdruck.

»Schlechte Nachrichten?«

»Beschissene Nachrichten.«

»Beschissene notizie«, lacht Paula. Ich lache kurz. Wenn ich mit Paula zusammen bin, spielt es keine Rolle, was ich sage. Sie versteht es, ich denke, sie versteht auch Englisch ganz gut, sie spricht es nur nicht gerne. Ich muss mir einen Freundeskreis suchen, der mindesten vier Sprachen spricht. Und einen entsprechenden Mann. Egal wie du aussiehst, egal was du machst, du musst vier Sprachen beherrschen. Ich lache.

»Sehr gut«, sagt Paula. »Man muss über das fucking Leben lachen.« Sie bückt sich zu Charlie und streichelt ihn. Diese Selbstverständlichkeit geht mir völlig ab. Die Nachricht von Mats ist wie ein Hieb in den Magen. Ein Tiefschlaf. Nein, das ist falsch. Aber das richtige Wort fällt mir nicht ein. Big fuck.

35

Zu Hause möchte ich mich nur noch hinlegen. Aber das geht nicht, ich muss mit Lars reden. Um es möglichst rasch und schmerzlos hinter mich zu bringen, klingle ich bei ihm. Es dauert eine Weile, bis er öffnet. Charlie begrüßt ihn mit einem seltsamen Geräusch, das fast wie Jodeln klingt. Lars beachtet ihn nicht.

»Komm rein«, sagt er nur und dreht sich um. Ich lasse Charlie von der Leine. Er wedelt und sprintet los. Ich schließe die Tür hinter mir. Im Wohnzimmer setzt sich Lars wortlos auf die Sesselkante. Ich sehe eine Flasche irischen Whiskey und ein halb volles Glas.

»Betrinkst du dich?«

»Das ist die Idee.«

»Hattest du eine Panikattacke?«

»Mitten in den Aufnahmen. Ich stolperte über einen Satz, was selten vorkommt. Ich räusperte mich. Da spürte ich den Druck auf meinem Brustkorb. Sofort war die Panik da. Ich begann zu schwitzen.«

Ich setze mich auf das Sofa, Charlie springt mit Anlauf neben mich und legt sich hin.

»Er mag dich«, sagt Lars.

»Er mag alle.«

»Nein, tut er nicht.«

»Was hast du gemacht? Hast du gesagt, dass du eine Pause brauchst?«

»Die haben ja gesehen, was los ist. Ich sagte, ich muss kurz raus, brauche frische Luft. Kein Problem. Aber wenn das öfter geschieht, wird es ein verdammtes Problem.«

»Und jetzt säufst du den Frust weg?«

»Ich brauch das jetzt.«

»Ich kann Charlie zu mir nehmen.«

»Vielleicht besser.«

»Und morgen?«

»Bin tagsüber hier.«

»Gut. Schreib mir am Morgen.«

»Ja. Willst du nichts trinken?«

Ich überlege kurz. Ist eine Weile her, seit ich etwas Stärkeres als Wein getrunken habe. Aber warum eigentlich nicht. Ich lege mich nachher sowieso schlafen.

»Einen Schluck.«

Lars hebt einen Daumen und holt ein Glas. Charlie spitzt die Ohren.

»Hat er schon gefressen?«, ruft Lars aus der Küche.

»Nein. Aber er kriegt gleich was.«

Er schenkt ein, schaut mich an, ich nicke. Wir stoßen an. Lars nimmt einen großen Schluck, ich einen kleinen. Der Whiskey brennt im Hals, dafür breitet sich sofort eine angenehme Wärme im Körper aus.

»Wie geht es deiner Mutter?«

»Sie terrorisiert alle und will nach Hause.«

»Wie lange musst du auf Charlie aufpassen?«

»Nur diese Woche. Danach kommt ihre beste Freundin aus dem Urlaub zurück.«

Wir trinken unsere Gläser leer. Lars schenkt sich sofort nach.

»Solange du danach nicht ins Auto steigst«, sage ich lachend.

»Ich habe mir das ernsthaft überlegt.«

»Was? Betrunken Auto zu fahren?«

»Nein. Mir ein Auto anzuschaffen. Es begann ja alles im Bus. Vielleicht benötige ich eine Art Kokon, in dem ich mich sicher fühle.«

»Der Whiskey ist auch ein Kokon.«
»Ja, ja«, sagt er und lallt bereits ein wenig.
»Ich geh dann.«
»Danke.«
»Gerne.«
»Morgen bin ich wieder brauchbar.« Ich bin mir da nicht so sicher. Ich lege Charlie die Leine an. Er schaut verwirrt um sich. Als ich mich Richtung Tür bewege, zögert er. Er schaut sich nach Lars um. Dieser gibt ihm ein Zeichen Richtung Tür. Schließlich folgt er mir. Im Treppenhaus kommt mir ein Mann entgegen, den ich noch nie gesehen habe. Um die fünfzig, teurer Anzug, super gepflegt. Er sieht aus wie ein Banker. Er grüßt mich freundlich und schaut dann auf seine teure Uhr. Kein Typ, der Geschenke vor Wohnungstüren legt. Tatsächlich liegt nichts vor meiner Tür, was ich erleichtert zur Kenntnis nehme.

In meiner Wohnung fülle ich Charlie den Fressnapf, er frisst alles in null Komma nichts. Ich wasche mir die Hände, putze die Zähne und lege mich auf das Bett und schlafe ein. Charlie liegt neben mir, als ich aufwache. Es ist sieben Uhr. Eine traumlose Nacht. Ich fühle mich ein wenig groggy, vielleicht der Whiskey, auch wenn es noch so wenig war. Ich habe eine Nachricht von Simona erhalten. Sie will mich treffen. Ich frage, ob etwas passiert ist.

– Ilaria non risponde più. Egal, was ich schreibe.

Ich kann verstehen, dass sie sich Sorgen macht. Aber wenn Ilaria tatsächlich noch in den Bergen ist, wird sie ihr Handy kaum benutzen. Trotzdem möchte ich Simona sehen.

– Quando?, frage ich.
– Oggi?, schreibt sie sofort zurück.
– Va bene. Dopo lavoro?
– Sì, forse alla stazione?

Im Bahnhof ist es nicht ideal, wenn ich Charlie dabeihabe. Aber was soll's. Mir fällt ein, dass ich am Nachmittag mit

Mario verabredet bin. Nun, da Paula die Wahrheit kennt, macht es keinen Sinn, ihn weiter zu belügen. Es muss mir egal sein, wie er darauf reagiert.

»Wenn er beleidigt tut, soll er sich verpissen«, sagt Maria.

»Die Welt ist klein, man begegnet sich immer wieder.«

»Man kann sich aus dem Weg gehen. Oder sich ignorieren.«

»Ich denke, dass mir Leute wie Mario guttun«, sage ich.

»Du kehrst ins Leben zurück.«

»Ja, vielleicht ist es das.«

Ich ziehe die Kopfhörer über und starre auf die Nachricht von Mats. Er würde mir auch guttun. Sehr sogar. Aber vielleicht hat es auch so sein Gutes. Ich muss mich allein um den Fall kümmern. Ich muss herausfinden, was mit Catalina geschehen ist.

– Hast du Zeit? Wie geht es Charlie?

Paulas Nachricht ist mit unzähligen Smilies garniert. Nicht mein Ding.

– Wann?

– Catalinas Freundin hat nur am Morgen Zeit.

– Okay. Wann genau und wo?

– Um acht oder neun. Ich melde mich.

Mein Tag füllt sich. Fast so wie früher. Außer, dass ich lange Pausen einplanen muss. Zwei Stunden jeweils, mindestens. Treffen mit Paula, danach mit Mario und am Abend mit Simona. Was, wenn ich zusammenklappe? Es sind nur drei Gespräche. Kein Sport, kein Stress. Wenn das nicht geht, kann ich gleich in Rente gehen. Charlie schaut mich an. Natürlich, er muss raus und er hat Hunger. Zuerst spazieren. Ich lege die Kopfhörer weg und ziehe mir etwas Bequemes über. Duschen kann ich nachher. Charlie bellt begeistert. Ich sag ihm, dass er ruhig sein soll. Er schaut mich belämmert an. Ist das der berühmte Hundeblick? Ich lache. Charlie wartet brav, während ich ihn anleine.

36

Die typische Schlafgemeinde hat ein kleines Zentrum mit einigen Läden und zwei Restaurants. Es ist wenig los. Ich setze mich auf eine Parkbank neben einem Brunnen. Charlie beschnuppert die Umgebung. Ich habe die Ausziehleine mitgenommen, damit er mehr Freiraum hat. Es ist ein Ort, an dem ich früher nie verweilt hätte. Öde und zubetoniert. Ich bin mit dem Bus gekommen. Er fährt zweimal jede Stunde und er war mehr oder weniger leer. Der Himmel ist bedeckt und es ist weniger warm als in den letzten Tagen. Ich trage eine Lederjacke, habe aber keinen Regenschirm dabei. Ich höre Paula von Weitem. Sie ist wie eine Flutwelle, die über den Ort hereinbricht. Sie winkt mir zu, Charlie steht schon auf den Hinterbeinen. Paula wird von einer Frau begleitet, die kleiner und älter ist als sie. Sie ist rundlich, ohne wirklich dick zu sein, ihre Kleidung ist bunt, aber nicht grell. Während des Begrüßungsrituals mit Charlie bleibt die Frau auf Distanz. Auch als Paula uns gegenseitig vorstellt. Wobei das nicht ganz stimmt, sie nennt nur meinen Namen. Die Frau scheint sowohl vor Hunden als auch vor Polizisten Angst zu haben. Ich hatte bei meiner Arbeit ab und zu mit Menschen zu tun, die sich illegal im Land aufhalten. Die meisten arbeiten schwarz. Auf dem Bau, als Putzfrau, im Gastgewerbe oder sie pflegen eine demente Person in einem Privathaushalt. Und sie befürchten täglich, kontrolliert zu werden. Trotz der Ausbeutung und niedriger Löhne möchten sie nur eines: hierbleiben. Paula unterhält sich auf Spanisch mit der Mexikanerin. Dabei schaut diese immer wieder kurz zu mir, als befürchte sie, dass ich jederzeit die Handschellen hervorholen könnte.

»Sie möchte nicht, dass du etwas aufschreibst oder aufnimmst.«

»Nessun problema.« Ich sehe keine Reaktion, offenbar ist für sie Italienisch so fremd wie für mich Spanisch. Paula spricht wieder mit ihr.

»Sie ist nur hier, weil sie möchte, dass der Mann gefasst wird, der Catalina getötet hat.«

»Sie weiß, dass es ein Mann war?«

Die beiden unterhalten sich, dabei wirkt die Mexikanerin aufgebracht.

»Sie sagt, was sie weiß. Die Arbeit musst du machen.«

»Schon klar.«

»Kurz bevor sie verschwand, hat Catalina einen Mann kennengelernt.«

Paula fragt die Mexikanerin etwas. Deren Antwort ist gestenreich.

»Der Mann sagte ihr, dass er ihr Deutsch beibringen kann. In zwei Wochen.«

»Das ist nicht möglich.«

»Es ist egal. Es ist das, was der Mann ihr gesagt hat.«

»Hat sie Informationen zu diesem Mann?«

»Er war sympathisch.«

»Wie sah er aus?«

»Er hatte keine Haare im Gesicht.«

»Er trug keinen Bart?«

Paula fragt bei der Mexikanerin nach.

»Nein, keine Haare im Gesicht, kein Bart. Und er war jung, nicht viel älter als Catalina.«

»Wie groß war er? Ist ihr sonst noch etwas aufgefallen?«

Wieder das Pingpong, diesmal nickt die Mexikanerin, warum weiß ich nicht.

»Er war größer als Catalina. Und er trug eine Brille.«

»Normale Brille oder Sonnenbrille?«

Die Mexikanerin schaut mich nach Paulas Übersetzung mit einem giftigen Blick an, ehe sie antwortet.

»Eine Sonnenbrille. Aber es gibt auch korrigierte Sonnenbrillen.«

Zweifellos, denke ich. Es ist eine Allerweltsbeschreibung.

»Sie hat ihn nur einmal kurz gesehen.« Es wird nicht besser.

»Was hat Catalina über den Sprachkurs gesagt?«

Diesmal dauert es länger. Die Mexikanerin spricht gestenreich.

»Eine Art Intensivkurs. In einem Privathaus. Eine neue Methode. Sie sagte etwas von Hypnose. Sie ist sich aber nicht sicher. Catalina war fasziniert von Hypnose.«

Lernen unter Hypnose? Ich habe darüber gelesen, Hypnose wird benutzt, um den Kopf frei zu kriegen, sich zu entspannen und sich zu öffnen. Die Lehrperson nutzt diesen Zustand, um ins Unterbewusstsein der Hypnotisierten vorzudringen. Ob das allerdings tatsächlich etwas bringt, ist umstritten. Letztlich ist es nicht viel anders, als wenn man sich vor dem Einschlafen Audiolektionen anhört. Etwas bleibt immer haften. Das Gehirn gewöhnt sich an die Melodie der Sprache, und das ein oder andere Wort wird so vielleicht tatsächlich gespeichert.

»Wo werden diese Kurse durchgeführt?«

Die Mexikanerin schüttelt den Kopf, sagt aber trotzdem etwas. Paula fragt nach, ehe sie es mir übersetzt.

»Nicht in der Stadt.«

»In den Bergen?«

An ihrer Reaktion sehe ich, dass sie es nicht weiß.

»Gracias«, sage ich. Die Mexikanerin nickt und sagt etwas zu Paula. Es entwickelt sich ein neuer Dialog. Ich will mich nicht einmischen. Charlie liegt mittlerweile zwischen uns am Boden. Die Mexikanerin beäugt ihn immer wieder skeptisch. Vielerorts kennen die Leute Hunde nur als Bewacher von Grundstücken und Häusern. Fletschende Zähne und lautes Gebell. Als die beiden kurz still sind, ergreife ich die Gelegenheit.

»War der Mann von hier?«

Die Mexikanerin bestätigt das. Natürlich ist das naheliegend, wenn einer verspricht, dass er einer Frau in Rekordzeit Deutsch beibringen kann.

»Sie möchte nach Hause«, sagt Paula. »Ihr Zug fährt bald.«

Die Mexikanerin verabschiedet sich herzlich von Paula und schwenkt ihre Hände in meine Richtung. Charlie bemerkt, dass etwas geschieht und schaut abwechselnd zu mir und zu Paula. Als die Mexikanerin außer Reichweite ist, setzt sich Paula neben mich und knuddelt Charlie.

»Der Mann könnte sie in eine Falle gelockt haben«, sage ich.

»Ja«, sagt Paula.

»Ich brauche mehr Informationen. Wie hat er sie kontaktiert und wie haben sie kommuniziert?«

»Ich weiß nicht mehr als du.«

»Wenn sie seine Telefonnummer hatte, dann hat die auch die Polizei.«

»Wenn er es geplant hat, benutzt er nicht seine eigene Nummer.«

Natürlich, Paula hat recht.

»Sie hat einen Zettel aufgehängt.«

»Wo?«

»Im Gemeindezentrum. Ich habe ihn gesehen. Es war wie ein Hilfeschrei. Bring mir Deutsch bei. Oder so ähnlich.«

»Mit ihrer Handynummer drauf?«

»Ja.«

»Dir hat sie nichts über ihn erzählt?«

»Doch, sie sagte etwas von einem Typen, der ihr in kürzester Zeit Deutsch beibringen kann. Ich habe nur gelacht.«

»Es gibt solche Intensivkurse«, sage ich. »Leute zahlen Unmengen dafür. Ich habe über einen Kurs in Belgien gelesen. Er dauert zwei bis vier Wochen. Speziell für Manager, die ständig in andere Länder versetzt werden.«

»Aber was lernt man in zwei Wochen? Wie man in einem Restaurant essen bestellt? Das ist alles Hokopo, wie mein Ex es nannte.«

»Hokuspokus?«

»Genau. Es braucht Zeit. Es geht nicht anders.«

»Welches Niveau kann man in zwei Wochen erreichen?«, frage ich.

»A1, mehr nicht. Du kannst natürlich wie verrückt Wörter lernen. Wie heißt das Wort für ›wie verrückt lernen‹?«

»Büffeln?«

»Ja. Siehst du, ich spreche gut Deutsch, aber auch mir fehlen noch viele Wörter.«

»Die Versuchung ist groß, wenn jemand mit so einem Versprechen kommt.«

»Temp was?«

»Temptation. Tentazione.«

»Die Versuchung.«

»Ja.«

»Catalina war nicht dumm.«

»Auch intelligente Menschen lassen sich verführen.«

»Ja, aber doch nicht zum Sprachenlernen. Fuck. Verführt zu werden ist geil, aber doch nicht zu einem Sprachkurs.«

»Er muss regelmäßig im Gemeindezentrum vorbeischauen«, sage ich.

»Oder dort arbeiten.«

»Wie viele Männer arbeiten dort?«

»Die meisten arbeiten unbezahlt. Viele helfen einfach aus. Ohne Freiwillige würde es nicht funktionieren.«

»Es könnte einer dieser Freiwilligen sein.«

»Oder einer, der nach solchen Anzeigen sucht.«

»Oder selbst welche aufgibt. Ja, das könnte sein. Ich treffe mich nachher mit Mario.«

Paula schaut mich mit einer Mischung aus Skepsis und Verwunderung an.

»Ich steh nicht auf ihn«, sage ich lachend.

»Aber er steht auf junge Frauen. Er flirtet gerne und er ist charmant.«

»Er ist verheiratet.«

»Er tut es trotzdem.«

»Bei mir hat er keine Chance. Zudem wird er heute erfahren, dass ich Polizistin bin.«

»Vielleicht steht er auf Handschellen«, sagt sie und wir lachen beide.

»Hat er auch mit Catalina geflirtet?« Paula überlegt.

»Sie hat mir nichts gesagt. Aber kann schon sein. Es gibt solche Männer. Ich habe auch einen gekannt. Aber ich habe es zu spät bemerkt.«

»Ich steh nicht auf ältere Männer. Wie alt ist er?«

»Über 50, vielleicht älter.«

»Definitiv zu alt für mich. Mein Vater ist sechzig.«

»Nett ist er schon«, sagt Paula.

»Aha.«

»Aber nicht mein Typ. Demasiado serio. Er denkt die ganze Zeit über Dinge nach. Das gibt Kopfschmerzen. Für beide.« Sie lacht. Wir gehen zusammen mit Charlie Richtung Bahnhof. Ich schaue auf die Uhr. Der Bus fährt in sechzehn Minuten.

»Wenn mir noch etwas einfällt, kannst du es ihr mitteilen?«

»Ja klar. Aber ich denke nicht, dass sie mehr weiß.«

»Nimmst du auch den Bus?«

»Nein, ich besuche noch jemanden. Hier wohnen zwei Frauen, die ich kenne. Beide haben Kinder. Eine Familie. Ist auch schön.«

Wir umarmen uns kurz zum Abschied, was Charlie bellend kommentiert. Er beruhigt sich erst wieder, als Paula in die Hocke geht und ihn streichelt. Während ich auf den Bus warte, denke ich an die Parallelen zwischen Catalina und Ilaria. Beide haben jemanden kennengelernt, der ihnen versprach, rasch Fortschritte beim Deutschlernen zu machen. Bei Ilaria ist allerdings unklar, ob sie den Typen tatsächlich getroffen hat oder ob sie in die Berge gefahren ist, um abzuschalten. Was fasziniert den Typen an Sprachschülerinnen? Oder ist das alles nur eine Inszenierung, um sie in seine Wohnung zu locken?

37

Diesmal schlafe ich nur eine Stunde und fühle mich nicht richtig erholt. Aber was soll's. Ich habe mir unterwegs ein Sandwich gekauft, das ich nun genüsslich esse. Es schmeckt hervorragend und das Brot ist erstklassig. Ich trinke dazu eine Cola und schaue danach nach Charlie. Er liegt auf dem Rücken in seinem Hundebett und zeigt seinen hellen Bauch. Offenbar schaffen ihn Begegnungen mit Menschen genauso wie mich.

»Mario ist ein geiler Bock«, sagt John.

»Scheint so.«

»Du solltest ihm aus dem Weg gehen.«

»Warum? Ich hab Nahkampf trainiert. Er hätte keine Chance.«

»Er wird es mit Charme versuchen.«

»Zieht bei mir nicht.«

»Lass sie doch«, sagt Maria. »Ein bisschen flirten hat noch nie geschadet.«

»Ich steh nicht auf verheiratete alte Männer.«

»Aber du triffst dich trotzdem mit ihm.«

»Er kann mir helfen. Beim Sprechen und bei meinen Recherchen.«

»Er könnte der Mörder sein«, sagt John.

»Ein Ladykiller«, sagt Maria.

»Einige Serienkiller waren ausgesprochen charmant«, sagt John.

»Das ist nichts Neues«, sage ich. »Es gibt eine Menge charmante Arschlöcher. Ich gehe ihnen aus dem Weg. Aber einige sind ganz nützlich.«

Ich greife zu den Kopfhörern. Irgendwann kriege ich einen Tinnitus vom Musikhören. Ich weiß nicht, ob das ein guter Tausch wäre gegen John und Maria. Aber vielleicht würden sie bleiben und ich hätte neben den beiden noch ein Pfeifen im Ohr. Shit happens.

Ich habe noch etwas Zeit und suche im Internet nach Anzeigen von Sprachlehrern. Ich versuche es mit »Deutsch in zwei Wochen«. Ich sehe unzählige Anzeigen von Sprachschulen. Eine Frau bietet Konversationskurse an und ein Mann Deutsch für Berufstätige. Aber niemand offeriert einen Crashkurs für zwei Wochen. Wenn er die Zettel nur aushängte, wird es mühsam. In der Stadt gibt es eine Vielzahl von Möglichkeiten, um eine Anzeige zu platzieren. Wo aber findet man ausländische Frauen, die Deutsch lernen möchten? Beim Arbeitsamt oder beim Sozialamt. Aber wer hält sich dort schon gerne auf? Ich suche weiter und stoße auf ein kirchliches Hilfswerk. Das könnte es sein. Neben dem Gemeindezentrum kümmern sich auch Hilfswerke um Immigranten. Ich suche mir drei Adressen raus. Eine liegt fast auf dem Weg ins Gemeindezentrum. Bei der Polizeiarbeit ist es wie überall, man muss dem Glück etwas nachhelfen. Oder ihm entgegenkommen. Ich finde im Internet tatsächlich einen Superintensivkurs für Französisch für rund 4000 Euro. Pro Woche. Acht Stunden Privatlehrer plus zwei Stunden Konversation. Täglich. Ein solcher Intensivkurs soll einem Studienjahr entsprechen. So gesehen könnte man tatsächlich eine Sprache in zwei Wochen lernen. Aber wie verarbeitet das Gehirn all die neuen Informationen? Sind sie noch da, wenn man wieder im Alltag ankommt? Oder ist es wie bei einem Schüler, der zwei Wochen vor den Prüfungen wie verrückt büffelt, die Prüfungen besteht, aber fast nichts begriffen hat? Beim Sprachenlernen funktioniert es ähnlich. Wer einen Kurs besucht oder auf einer App lernt, um sich im Urlaub verständigen zu können, der lernt in erster Linie viele Phrasen, die man im Alltag gebrauchen kann. Bereits mit 300 bis 400 Wörtern kann man sich in vielen Sprachen verständlich machen. Doch eigene Sätze zu bilden und sich mit jemandem zu unterhalten, ist etwas anderes. Man muss die Grammatik kennen und die Eigenheiten einer Sprache. Solche Intensivkurse bringen einen kaum über das Niveau von A2 hinaus. Allerdings gibt es gigantische Unterschiede bei der Lerngeschwindigkeit. Das Alter spielt eine große Rolle. Und Vorerkrankungen, ergänze ich in Gedanken.

Ich lege die Kopfhörer ab. Charlie schläft immer noch. Ich befürchte, dass ich den armen Kerl überfordere. Vermutlich liegt er bei sich zu Hause gemütlich herum und macht zwei bis drei kurze Spaziergänge. Ich überlege, ob ich ohne ihn zu Mario gehen soll. Lars sagte, dass zwei Stunden kein Problem sind. Ich kann es versuchen. Aber ich möchte wissen, wie er sich verhält, wenn ich weggehe. Nicht, dass er ununterbrochen bellt oder heult. Ich knie mich nieder und streichle ihn. Er wacht auf und gähnt ausgiebig. Danach schüttelt und streckt er sich. Ich gebe ihm ein Leckerli, ziehe meine Jacke an und gehe zur Tür. Er schaut interessiert zu mir, macht aber keine Anstalten, auf mich zuzukommen. Wahrscheinlich denkt er, nicht schon wieder raus. Ich gehe raus und ziehe die Tür zu. Schließe ab. Und lausche. An der eigenen Wohnungstür. Es muss bescheuert aussehen. Wie lange soll ich warten? Zehn Minuten? Eine halbe Stunde? Es ist absurd. Ich gehe gescheiter einkaufen. Das dauert knapp 20 Minuten. Ich lasse mir Zeit, kaufe mehr als üblich. Als ich zurückkomme, ist es ruhig im Treppenhaus. Ich gehe hoch, mache zwischendurch eine Pause. Als ich oben ankomme, sehe ich es neben der Tür. Ich knie mich nieder und hebe das Päckchen hoch. Diesmal sind es Amaretti. Ich mag Amaretti, aber ich hasse solche Überraschungen. Ich überlege, ob sie vielleicht schon dalagen, als ich aus der Wohnung ging. Eher unwahrscheinlich, aber möglich, da ich in Gedanken ganz auf Charlie fixiert war. Mist. Ich öffne die Wohnungstür. Charlie steht vor mir und wedelt mit dem Schwanz. Seine Nase verschwindet in der Einkaufstüte. Ich stelle sie auf den Küchentisch, die Amaretti daneben. Ich setze mich.

»Hast du nichts gehört, Charlie?«

Er gibt seltsame Laute von sich und bellt einmal. Dann springt er ansatzlos auf meine Beine. Ich bin so überrascht, dass ich ihn beinahe wieder runterstoße. Doch er krallt sich fest und schließlich halte ich ihn. Er leckt einmal über meine Wange. Ich muss lachen. Bis mein Blick die Packung Amaretti streift.

38

Im Bus mache ich mir Gedanken zu den Amaretti. Die Geschenke ängstigen mich nicht, aber sie nerven. Weshalb kann er keine Nachricht hinterlassen? Und wer kommt überhaupt infrage für diesen Quatsch? Es muss entweder jemand sein, den ich kenne, oder jemand aus der Nachbarschaft, der mich beobachtet. Ich bin mir nicht sicher, ob ich Lars ausschließen kann, dazu kenne ich ihn zu wenig gut. Im Vollrausch machen die Leute ziemlich viel Unfug. Ich überlege mir, ob ich eine Kamera mit Bewegungsmelder anbringen soll. Die wäre auch praktisch, um Charlie zu beobachten. Allerdings ist das illegal im Treppenhaus oder ich müsste zumindest das Einverständnis des Vermieters bekommen. Darauf habe ich keine Lust. Zudem ist mir das zu passiv. Wenn ich mich ärgere, muss ich aktiv werden. Wenn dieser jemand zu feige ist, eine Nachricht zu hinterlassen, dann werde ich das übernehmen. Aber was soll ich schreiben? Stop it? Hör auf damit? Was soll der Quatsch?

»Verpiss dich, du Wixer«, sagt John.

Nicht provozieren, nie. In welchem Kurs habe ich das gelernt? Ich denke, in mehreren. Es ist essenziell bei der Polizeiarbeit. Deeskalieren, wann immer es möglich ist. Mir fällt endlich ein Satz ein. Ich will das nicht. Soll ich noch meinen Namen dazuschreiben?

Ich will das nicht. Anna.

Warum nicht? Gut, und wenn das nicht hilft, schauen wir weiter. Ich verpasse beinahe die richtige Haltestelle. Ich schaue auf die Uhr, ich will keine Stunde mit Mario verbringen. Vielleicht wird es auch weniger, kann ja sein, dass er wütend wird. Er sitzt auf derselben Parkbank und er scheint wieder einen Salat gegessen zu haben. Er winkt mir zu, ich winke zurück. Als ich mich hinsetze, wischt er sich mit einer Serviette über den Mund. Es ist weiterhin bedeckt, aber nicht unangenehm.

»Gleich etwas vorweg«, sage ich. Er schaut mich grinsend an.

»Okay.«

»Ich bin Polizistin.«

»Aha.«

»Ja.« Es wird peinlich, weil ich eine andere Reaktion erwartet habe.

»Und dein Name ist?«

»Anna.«

»Dann hast du nur beim Beruf gelogen?«

»Ja.«

»Gut.«

»Du bist nicht verärgert?«

»Warum sollte ich? Wir kennen uns ja kaum.«

»Genau.«

»Esattamente.«

»Heute kannst du darauf verzichten, meine Fehler zu benennen.«

»Gut. Was ist los mit dir?«

»Catalina Ortiz. Sagt dir der Namen etwas?«

Er nickt und macht ein nachdenkliches Gesicht oder eher ein überraschtes? Er erinnert sich an die Frau.

»Sie ist ermordet worden«, sage ich. »Hast du sie gekannt?«

»Flüchtig.«

»Wie flüchtig?«

»Sie war einige Male hier.«

»Wusstest du, dass sie als Escort arbeitet?«

»Nein. Ermittelst du in dem Mordfall?«

»Nicht direkt.«

»Aha.« Jedes seiner Ahas wird von Sarkasmus begleitet. Das gefällt mir nicht.

»Der Täter könnte aus dem Umfeld des Gemeindezentrums stammen.«

»Die Polizei war hier und hat uns alle befragt.«

»Was hast du gesagt?«

»Dass sie ab und zu hier war und ich ab und zu mit ihr geplaudert habe.«

»Plauderst du mit allen Frauen, die ab und zu hier sind?«

»Nein, aber mit vielen. Es gehört dazu. Man nennt es Kommunikation.«

»Du bist wütend.«

»Bin ich nicht. Was ist mit Ilaria?«

»Warum fragst du?«

»Du hast nach ihr gefragt, schon vergessen?«

Ich ignoriere die Agressivität.

»Wie gut kennst du sie?«

»Wird das jetzt ein Verhör?«

»Du brauchst nicht zu antworten.«

»Ich habe ihr geschrieben, aber sie antwortet nicht.«

»Du hast ihre Telefonnummer?«

»Nicht alle machen aus ihrer Telefonnummer ein Staatsgeheimnis.«

»Sie könnte deine Tochter sein.«

»In meinem Alter können fast alle attraktiven Frauen meine Tochter sein. Oder sogar meine Enkelin. Auch du.«

Diesmal ignoriere ich das Kompliment. Er trommelt mit dem Finger auf der Parkbank, er fühlt sich nicht wohl.

»Wie alt bist du?«

»In drei Jahren werde ich sechzig.«

»Dann könntest du tatsächlich mein Vater sein.«

»Sag ich ja. Es ist deprimierend.«

»Es gibt auch attraktive Frauen über vierzig.«

»Zweifellos.«

»Aber du stehst auf jüngere.«

»Ilaria ist eine besondere Frau. Es geht nicht immer um Erotik. Es gibt Gemeinsamkeiten, die nichts mit dem Alter zu tun haben.«

»Ich höre …«

»Wir sind auf einer Wellenlänge.«

»Aber jetzt ist sie nicht auf Empfang auf dieser Wellenlänge.«

»Sie chattet nicht gerne.«

»Auch nicht mit dem Mann auf der gleichen Wellenlänge?«

»Willst du mich demütigen? Ich weiß ja, dass es ein Witz ist. Alter verheirateter Knacker steht auf junge Italienerin.«

»Wie lange schon?«

»Seit ich ihr zum ersten Mal begegnet bin.«

»Weiß sie es?«

Er drückt sich um eine Antwort.

»Du hast es ihr nicht gesagt?«

»Was soll ich ihr sagen? Lass uns abhauen und ein neues Leben beginnen?«

»Zum Beispiel.«

»Sie will zurück nach Italien. Sie liebt zwar die Berge, aber auch das Meer.«

»Sie ist aus Norditalien.«

»Ja, aber als Kind lebte sie einige Jahre am Meer.«

»So was funktioniert nur in Kitschromanen.«

»Wahrscheinlich. Du machst weniger Fehler, wenn du Fragen stellst.«

»Aber ich mache Fehler.«

»Ja. Was ist mit Ilaria?«

»Ich weiß es nicht«, sage ich und es stimmt ja auch.

»Ist sie in Gefahr?«

Jetzt drücke ich mich um eine Antwort.

»Hat es mit dem Tod von Catalina zu tun?«

»Ich weiß es nicht.«

»Du vertraust mir nicht.«

»Es gibt Dinge, über die ich nicht reden kann.«

»Sie hat Catalina nicht gekannt.«

»Hast du mit ihr über Catalinas Tod geredet?«

»Nicht wirklich. Ilaria interessieren solche Dinge nicht. Sie sagte, so etwas passiert, es ist traurig, aber man kann nichts machen.«

»Catalina hat einen Mann kennengelernt, der ihr sagte, dass er ihr in zwei Wochen perfektes Deutsch beibringen kann.«

»Ein Angeber.«

»Er hat vielleicht hier im Gemeindezentrum einen Zettel ausgehängt.«

»Ist mir nicht aufgefallen.«

»Und niemand hat über den Mann geredet?«

Er denkt kurz nach.

»Ich müsste Sandra fragen. Ich habe nichts mitbekommen.«

»Wenn ich nach Ilaria suche, brauche ich jemanden, der korrigiert, was ich sage. Damit mich die Leute verstehen.«

»Du willst nach ihr suchen? Wird sie vermisst?«

»Ich weiß es nicht.«

»Wenn ich Zeit habe, helfe ich dir gerne.«

»Gut.«

»Noch eine Telefonnummer einer jungen Frau«, sagt er lachend und zückt sein Handy. Wir tauschen die Nummern und er schreibt mir eine Nachricht.

»Alles klar«, sage ich.

»Du glaubst, dass der Mörder von Catalina auch hinter Ilaria her ist?«

»Ich glaube gar nichts. Ich möchte mit ihr sprechen.«

»Ich auch«, sagt Mario.

Ich bedanke mich bei ihm und wir verabschieden uns. Ich habe nach dem Gespräch mit Mario kein gutes Gefühl. Aber das liegt nicht nur an ihm.

39

Auf dem Rückweg fällt mir ein, dass ich noch beim Hilfswerk vorbeischauen wollte. Es ist ein Umweg und ich habe ein schlechtes Gewissen wegen Charlie. Ich gehe trotzdem hin. Zu meiner Erleichterung hat es in der Nähe eine Bushaltestelle. Es ist ein älteres Bürogebäude und es scheint vollständig dem Hilfswerk zu gehören. Im Erdgeschoss gibt es eine Art Begegnungsecke, wo man Kaffee trinken und unzählige Broschüren lesen kann. Es ist wenig los, außer mir ist nur eine in dicke Kleider gewickelte Frau da, die einen seltsamen Singsang von sich gibt. Sie reagiert nicht, als ich sie grüße. Ich suche nach einer Pinwand. Es gibt zwar welche, darauf sind Zettel in unterschiedlichen Sprachen geheftet. Aber keine mit Kleinanzeigen.

»Hallo«, sagt eine Stimme hinter mir. Ich drehe mich um. Eine Frau um die fünfzig lächelt mich freundlich an.

»Guten Tag«, sage ich.

»Kann ich Ihnen helfen?«

»Vielleicht.«

»No problem.«

»Ich verstehe Deutsch.«

»Es ist kein Problem, sie können gerne auch Englisch sprechen.«

Ich habe keine Lust, darauf einzugehen. Sehe aber, dass sich der Gesichtsausdruck der Frau verändert hat. So in etwa von freundlich zu aha, schwierige Kundin.

»Ich suche Kleinanzeigen.«

Mir ist für einmal sofort klar, dass ich nicht das deutsche Wort benutzt habe.

»Annunschi?«

»Ja, annunci. Zettel für Deutschkurse.«

»Wir bieten keine Deutschkurse an, aber wir können Ihnen preiswerte Kurse vermitteln.«

»Ich suche nach einem Privatlehrer.«

Sie runzelt die Stirn.

»Ich möchte schnell lernen.«

»Fast. I understand.«

»Ja. Kein normaler Kurs. Intensiv.«

»But this is expensive. Do you really want a private teacher?«

Ich ärgere mich, weil sie mich wie eine depperte Touristin behandelt.

»Natürlich ist das teuer, aber ich möchte rasch lernen.«

Ihre Augen werden größer, als ich »rasch« sage.

»Folgen Sie mir.«

Sie geht Richtung Ausgang. Will sie mich rausschmeißen? Doch dann dreht sie sich nach rechts. In einer Ecke gibt es eine Wandbefestigung, in die man Zettel stecken kann. Sie scheint einen bestimmten Zettel zu suchen. Ich überfliege einige der Zettel und entdecke vor allem Arbeitsangebote. Babysitter, Putzhilfe, Einkaufshilfe, all der Kram, für den man zur Not auch jemanden nimmt, der sich illegal im Land aufhält.

»Hier«, sagt sie und nimmt zwei Zettel weg und reicht sie mir. Der eine ist für einen Gruppenkurs, Konversation auf Level B1, der andere ist das, wonach ich suche. Deutsch lernen. Superschnell. Fast, veloce, rapidement, rápido und dazu noch einige andere Sprachen. Privat, günstig. Neue Methode.

»Das klingt sehr interessant. Wissen Sie, von wem der Zettel ist?«

»Nein. Er hängt schon länger da. Ich ordne die Zettel regelmäßig.« So hat jeder seine Aufgaben, denke ich. Ich weiß nicht, ob sie ein Lob erwartet. Ich fotografiere den Zettel. Es steht weder ein Name noch eine Telefonnummer, nur eine Mailadresse eines Gratisanbieters.

»Danke«, sage ich.

»Gerne.«

Sie starrt mich an, als befürchte sie, dass ich noch mehr möchte.

»Dann gehe ich jetzt«, sage ich unbeholfen.

»Auf Wiedersehen.«

»Ja«, sage ich und gehe zur Tür. Ich entferne mich vom Gebäude, da ich glaube, den Blick der Frau in meinem Rücken zu spüren. Was für eine Scheiße, denke ich. Aber immerhin habe ich etwas gefunden. Natürlich kann es von jemand ganz anderem sein. Chissà. Ich fahre im Bus zurück. Wie so oft fallen mir die Augen zu. Ich stehe auf und lehne mich an. Wenn mir jetzt die Augen zufallen, könnte es gefährlich werden. Es scheint zu helfen, die Müdigkeit verflüchtigt sich. Nein, sie wartet auf eine bessere Gelegenheit. Ich hätte nie gedacht, dass man Müdigkeit als einen Feind wahrnehmen kann. Aber ich empfinde es genau so.

Charlie hüpft zu Hause herum vor Freude, als hätte er eine Woche auf mich gewartet. Im Treppenhaus war es ruhig und auch als ich an der Tür lauschte, hörte ich nichts.

»Braver Charlie«, sage ich und gebe ihm ein Leckerli. Er schluckt es runter und schaut sich nach einem Spielzeug um. Ich werfe es fünf- oder sechsmal, Charlie bringt es mir zurück, danach setzt er sich zufrieden auf sein Bett. Ich trinke ein Glas Wasser und setze mich hin. Ein kleines Stück Karton aus einer Schokoladenpackung dient mir für den Hinweis, den ich vor der Tür platzieren will. *Ich will das nicht. Anna.* Es sieht ein bisschen albern aus, so wie die Zettel, die man einem Schulschatz zusteckt. Aber ich muss es versuchen. Ich lege den Karton neben die Tür, da wo die Pralinen und die Amaretti lagen. Vielleicht wird sich der Postbote wundern oder sonst ein Kurier. Da fällt mir Lars ein. Was denkt er wohl, wenn er die Nachricht liest? Mir fällt das Wort »wunderlich« ein. So bezeichnet man einen Menschen, der seltsame Dinge tut. Sie ist ein wenig wunderlich. »Ein wunderlicher Kauz«. »Un drôle de zèbre«. Warum die Franzosen ein Zebra benutzen, erschließt sich mir nicht. »Wunderlich« ist freundlicher als »seltsam«. »Seltsam« wird oft negativ benutzt, wenn man es auf eine Person bezieht. So wie »strano« im Italienischen. Im Englischen gibt es den »weirdo«. Das kann »von seltsamer Kauz« bis »Verrückter« ziemlich alles bedeuten, und es ist nie freundlich gemeint. »Wunderlich« schon. Eine wunderliche alte Dame. Ich bin vermutlich eine wunderliche junge Frau. Was soll's. Doch nach wenigen Minuten öffne ich die Tür erneut und nehme den Karton wieder in die Wohnung. Vielleicht will er genau das. Eine Reaktion von mir. Ignorieren ist besser, denke ich. Ich schreibe Lars eine Nachricht. Es ist später Nachmittag, er müsste den Kater langsam überstanden haben. Von Mats gibt es nichts Neues. Dafür eine Nachricht von Mario.

— Ich helfe dir gerne.

— Danke, antworte ich.

Mehr nicht. Ich denke, Mario ist der Typ, der Freundlichkeit falsch deuten könnte. Das will ich nicht. Ich muss mich hinlegen, bevor ich Simona treffe. Diesmal nehme ich Charlie mit. Er scheint tatsächlich ein freundliches und einfaches Gemüt zu haben. Schade, spricht er nicht. Er wäre mein idealer Begleiter und Helfer.

»Wir wissen nicht, was in Tieren vorgeht«, sagt Maria.

»Noch weniger wissen wir es bei den Menschen«, sage ich, ehe mich die Müdigkeit überfällt. Ich lege mich hin und Charlie legt sich neben mich. Es tut gut.

40

Neunzig Minuten später kontrolliere ich, ob etwas vor der Tür liegt. Es wird zu einer leidigen Routine. Ich überlege mir, ob es nicht besser wäre, einfach alles liegen zu lassen. So zu tun, als ob man es gar nicht beachten würde. Schaut er zwischendurch nach, ob ich es weggenommen habe? Ich hatte einen wirren Traum, in dem ein Weihnachtsmann auftauchte. Warum in aller Welt träume ich im Sommer von einem Weihnachtsmann? Wegen den Geschenken, die mir jemand vor die Tür legt? Ich bin nicht religiös, ich feiere, seit ich alleine wohne, keine Weihnachten. Es genügt, wenn meine Mutter an der Tradition festhält. Ehrlich gesagt war ich immer froh, dass ich während der Feiertage Dienst hatte. Ich meldete mich freiwillig, was ich meiner Mutter aber nie eingestand. Ich stehe auf und lese die kurze Anzeige aus dem Hilfswerk nochmals. Sie könnte von dem Mann sein, mit dem sich Catalina getroffen hat. Und vielleicht auch Ilaria.

»Die Welt ist voller Scharlatane und Quacksalber«, sagt John.

»Weil sie Dinge versprechen?«, frage ich.

»Sie leben von den Hoffnungen und Träumen der Menschen.«

»Sie erfüllen eine Aufgabe«, sage ich.

»Wie Prostituierte.«

»Ein seltsamer Vergleich.«

»Warum?«, fragt John. »Sie erzählen das, was die Leute hören wollen und verdienen Geld damit. Sie tun es nicht mit ihrem Körper, aber sie prostituieren ihren Verstand.«

»Aber was würden die Leute ohne sie tun? Verzweifeln?«

»Vielleicht die Wahrheit akzeptieren.«

»Wenn jemand nur noch einige Monate zu leben hat, klammert er sich an jeden Strohhalm«, sage ich. »Die Wunderheiler sind vielleicht Scharlatane, aber sie geben den Leuten Hoffnung anstelle von Trost.«

»Wenn dir einer sagt, dass er dich vollständig wiederherstellen kann, wenn du irgendeine Flüssigkeit schluckst, die ein Vermögen kostet. Würdest du es tun?«

»Ich habe kein Vermögen, das ich ausgeben kann.«

»Crowdfunding!«, ruft Maria.

»Die Quacksalber nutzen alles aus. Jede Schwäche, jedes Unwohlsein, jede Angst. Ich mag das nicht. Aber natürlich wäre es verlockend.«

»Niemand ist davor gefeit«, sagt Maria. »Gefeit«, was für ein Wort. Es bedeutet so viel, wie immun sein oder geschützt sein vor oder gegen etwas, aber im übertragenen Sinn. Nein, ich denke, auch ich wäre nicht davor gefeit. Wunderheiler, du kannst an meine Tür klopfen. Anna lässt dich rein.

Neue Methode steht auf dem Zettel. Das klingt gut, jemand hat eine neue Methode gefunden, mit der man in Rekordzeit eine Sprache lernen kann. Ich überlege, was ich ihm schreiben soll. Da ich für Bestellungen und anderes ebenfalls eine anonyme Mailadresse benutze, kann ich ihm bedenkenlos schreiben. Ich denke mir eine junge Italienerin aus. Ich bin verzweifelt, ich muss schnell Deutsch lernen. Ich darf aber keine Fehler machen. Mein Italienisch muss perfekt sein. Simona muss mir helfen. Ich darf nicht zu wenig und nicht zu viel schreiben. Ich mache mir Notizen. Ich habe in den nächsten Wochen viel Zeit, ich habe Mühe, Kontakte zu knüpfen, ich brauche jemanden, der geduldig und fordernd ist, einen richtigen Lehrer. Ich interessiere mich für neue Lernmethoden, weil ich Mühe habe, zu lernen. Ich formuliere den Text. Dazu auch einige deutsche Sätze.

– Ciao, non posso venire.

Simona schreibt, dass sie nicht kommen kann. Ich bin gleichzeitig erleichtert und besorgt.

– Che cosa è successo?

– Niente, alles gut. Forse domani?

– Ja, kein Problem.

Ich überlege, ob ich ihr den Text schicken soll, verzichte aber und sende ihn Mario. Es ist auch ein guter Test, um herauszufinden, ob er mir nur hilft, weil er mit mir flirten will.

»Natürlich will er mit dir flirten«, sagt John.

»Es gibt auch ganz normale Beziehungen zwischen Männern und Frauen. Ich brauche Leute, die mir helfen. Leider.«

»Wieso leider?«, fragt Maria. »Das ist doch ganz normal.«

»Es ist lästig.«

»Es ist ein Geben und ein Nehmen.«

»Ich will diese Plattitüden nicht mehr hören.«

»Du weißt, dass es so ist.«

Ich schaue mich nach den Kopfhörern um. Charlie verfolgt aufmerksam, was ich tue. Ich greife ein Spielzeug und werfe es. Charlie sprintet los. Ich setze die Kopfhörer auf und spiele mit Charlie, bis dieser zufrieden aufs Sofa springt. Dann überfliege ich die Nachrichten. Eine Windhose hat einige Gebäude beschädigt. »Windhose«. Ein interessantes Wort. »Tornado« wird ebenfalls benutzt, doch »Windhose« ist korrektes Deutsch, aber eigentlich ist es Englisch. Hose bedeutet hier wie im Englischen »Schlauch«. Ein falscher Freund, der sich in der deutschen Sprache niedergelassen hat. Ich greife zum Handy. Mario hat den Text bereits korrigiert. Kommentarlos. Ich bin erleichtert. Mein Blick schweift zur Nachricht, die ich Lars geschickt habe. Er hat sie gelesen, aber nicht geantwortet. Ich überlege kurz und entscheide mich, zu Lars runterzugehen. Ohne Charlie.

Ich warte seit gefühlt fünf Minuten, es gibt keinerlei Reaktion. Weil das Klingeln nichts nützt, klopfe ich an die Tür.

Schließlich mache ich das, was eine Polizistin in einer solchen Situation tut. Ich drücke die Türklinke. Abgeschlossen. Dann höre ich etwas. Die Klospülung. Ich warte. Es vergeht erneut eine Ewigkeit, bis die Tür geöffnet wird. Lars nickt nur kurz, als er mich sieht.

»Ich muss gleich weg.«

»Kein Problem. Charlie geht es gut.«

»Ja, sorry, ich bin schrecklich drauf. Komm doch kurz rein.«

Er geht voran in die Küche und fragt, ob ich einen Kaffee möchte. Ich habe Lust auf ein Glas Mineralwasser.

»Mit oder ohne?«

»Mit.«

Er schaut im Kühlschrank nach und findet eine Halbliterflasche. Es sprudelt stark, als er einschenkt.

»Ich habe heute schon einen Liter getrunken. Alkohol dehydriert gewaltig.«

»Hast du keinen Kater?«

»Es geht.«

Aus dem Wohnzimmer erklingt eine Melodie.

»Geh nur«, sage ich. Er nickt und geht ins Wohnzimmer. Ich trinke das Wasser und schaue mich in der Küche um. Alles schön aufgeräumt, bis auf eine leere Flasche Whiskey und die Reste eines Sandwiches auf dem Küchentisch. Ich habe keine Lust, mich hinzusetzen. Ich höre Lars' Stimme, verstehe aber nicht, was er sagt.

»Sie ist Polizistin.«

Plötzlich ist dieser Satz da. Lars lacht. Er schaut eine Frau an. Sie hat ihren Kopf zu mir gewendet. Der Blick ist feindselig.

Ein Erinnerungsflash. Als ich im Krankenhaus lag, gab es viele solche Momente. Ausgelöst durch ein Geräusch, das Gesicht einer Pflegerin, das Essen, das mir serviert wurde, oder was auch immer. Kurze Szenen aus meinem Leben.

Die meisten belanglos. Aber sie dienten mir als Wegweiser für andere Erinnerungen. Nicht immer erkannte ich die Personen, aber oft tauchten sie mehr als einmal auf, und plötzlich gab es Verknüpfungen zu anderen Erinnerungen. Auch jetzt. Die Verknüpfung ist Catalina Ortiz. Ich denke, dass sie diese Erinnerung ausgelöst hat. Aber ist es die Frau, die ich gesehen habe? Die Frau mit dem feindseligen Blick. Habe ich sie hier bei Lars getroffen? Ich ärgere mich, weil ich mich bereits nicht mehr genau an das Gesicht erinnern kann. Nur die Augen, die haben sich mir eingeprägt. Lars telefoniert immer noch. Ich schaue mich genauer um. Hat irgendetwas in der Küche diese Erinnerung ausgelöst? Es gibt keine Fotos, keine Ansichtskarten und es gibt keine Magnete am Kühlschrank.

»Er brummt zwischendurch. Muss ihn mal ersetzen.«

Ich drehe mich erschrocken um. Er zeigt mit dem Kopf zum Kühlschrank.

»Solche Dinge schiebe ich immer auf.«

»Sagt dir der Name Catalina Ortiz etwas?«

Er überlegt kurz, schüttelt den Kopf.

»Wer soll das sein?«

»Ich war einmal hier in der Küche und sie war vielleicht auch da.«

Er überlegt lange.

»Bist du sicher?«

»Du hast ihr gesagt, dass ich Polizistin bin.«

»Mein Gedächtnis ist nicht so toll. Aber ja, kann sein.«

»Du glaubst, dass ich spinne?«

»Nein, warte. Ich erinnere mich. Du hast gefragt, ob ich Senf habe.«

»Was? Senf?«

»Ja, du hast geklingelt und gesagt, dass du Senf brauchst.«

Weshalb sollte ich Lars um Senf bitten? Ich schaue ihn verwirrt an.

»Nein, das war eine andere Nachbarin«, sagt Lars. Sein Gehirn ist auch nicht mehr auf hundert, denke ich. Ich versuche, seiner Erinnerung auf die Sprünge zu helfen.

»Die Frau hat mich wütend angeschaut. Und du hast gelacht.«

»Moment. Klar. Jetzt erinnere ich mich. Aber das war Jill.«

»Jill?«

»Ich weiß nicht, ob das ihr richtiger Name ist.«

Hat sich Lars Catalina als Escort-Dame nach Hause bestellt und hat sie sich Jill genannt?

»Ich weiß nicht mehr, weshalb du geklingelt hast. Aber ja, das war Jill. Ich war nicht nüchtern. Jill hat mir etwas gebracht. Du weißt schon.«

Ich kapiere gar nichts und schaue Lars entsprechend an.

»Sie ist eine Art Kurierin.« Er lacht und spült mein Glas aus. »Ich muss weg.«

»Ja«, sage ich, dann dämmert mir endlich, was er meint.

»Sie hat dir Stoff geliefert?«

»Aber nicht weitersagen. Ist ja praktisch schon verjährt.«

»War sie oft hier?«

»Nein.«

»Sie ist tot.«

»Was?«

»Sie ist ermordet worden.«

»Holy shit. Ich habe nichts damit zu tun.«

»Ich bin mir nicht sicher, ob es Catalina war, aber es könnte sie gewesen sein.«

»Bringst du da nicht einige Dinge durcheinander? Ich meine, ich kenne das.«

Er lacht. Natürlich kann ich mich irren. So wie sich eine Irre nun mal irrt.

»Wo bestellst du den Stoff?«

»Das geht mir jetzt zu weit. Du bist Polizistin. Aber das hier ist privat. Ich will nicht wegen dir Probleme bekommen.«

»Schon klar.«

»Sie war einmal hier. Ein einziges Mal. Jemand hat mir ihre Nummer gegeben. So läuft das eben. Nicht immer, aber du weißt das doch.«

»Hast du ihre Nummer noch?«

»Sie hat mich blockiert und ich hab die Nummer gelöscht. Sie fand das nicht lustig mit der Polizistin.«

»War es auch nicht.«

»Einverstanden.«

»Wie sah sie aus?«

Ich will sichergehen. Lars schaut auf sein Handy, dann schaut er zur Decke. Er überlegt.

»Kurze schwarze Haare, etwas kleiner als du. An mehr erinnere ich mich nicht.«

Catalina war etwas kleiner als ich, aber sie hatte lange lockige dunkelbraune Haare. Hat meine Erinnerung zwei Frauen durcheinandergebracht?

»Ich muss jetzt wirklich. Und bitte keinen Scheiß machen.«

»Ist gut«, sage ich. »Können wir später reden?«

»Ja, meinetwegen.«

Wir gehen gemeinsam aus der Wohnung. Er geht nach unten und ich nach oben. Charlie wartet schon hinter der Tür.

41

Ich liege auf dem Bett und versuche mich an das Gesicht der Frau in Lars' Küche zu erinnern. Catalina oder Jill. Hatte sie tatsächlich kurze schwarze Haare? Waren die Haare hochgesteckt oder mit einem Gummi zu einem Dutt verknotet? Paula hat mir zwei Fotos von Catalina geschickt. Sie trug die Haare immer offen und sie waren nie schwarz gefärbt. War die Jill in Lars Küche eine andere Frau, die nur in meiner Erinnerung zu Catalina wird? Ist es denkbar, dass Catalina nicht nur als Escort, sondern auch als Drogenkurierin arbeitete? Oder lügt mich Lars an und er hat sie als Escort zu sich bestellt? Aber weshalb sollte er mich in die Wohnung lassen, wenn er sich gerade mit einer Prostituierten vergnügt? Oder wenn gerade eine Drogenkurierin bei ihm war? Er wusste, dass ich Polizistin bin. Es macht alles keinen Sinn, aber die Emotionen, die ich spürte, deuten darauf hin, dass es sich um eine reale Begegnung handelte. Wie sagte doch die Therapeutin? Sie werden sich an Ereignisse erinnern, die mit starken Emotionen verknüpft sind. Und genau so ist es. Ein Blick voller Hass. Was, wenn die Frau dazukam, als ich schon in der Wohnung war? Aber warum war ich überhaupt in Lars' Wohnung? Garantiert nicht wegen Lebensmittel. Es muss ein triftiger Grund gewesen sein. Bin ich dieser Jill im Treppenhaus begegnet und erinnerte ich mich an sie, weil ich sie auf einem Fahndungsaufruf gesehen habe? Wann genau war das? War Catalina überhaupt schon in der Stadt? Es werden immer mehr Fragen und die wichtigsten Antworten sind verschüttet in meinem Gehirn. Woher kenne ich diese Frau? Ich müsste versuchen, ein

Phantombild zu erstellen. Dazu fehlt mir das zeichnerische Talent. Okay, es gibt Apps, es gibt für alles Apps, aber ich habe keine klare Vorstellung, wie diese Jill ausgesehen hat. Ich sehe nur ihre Augen, das ist viel zu wenig.

»Du solltest dich von Lars fernhalten«, sagt John.

»Nein«, sage ich. »Wenn er mich anlügt, will ich wissen, warum.«

»Er lügt dich an, weil du Polizistin bist. So wie alle.«

Ich ärgere mich über seine Aussage, aber er hat recht. Lars nimmt Drogen, vielleicht dealt er sogar ab und zu damit, die Grenzen sind fließend. Leute wie Lars bewegen sich in einem anderen Milieu. Sie kaufen den Stoff nicht auf der Straße. Sie lassen ihn sich liefern oder kriegen ihn an Partys. Sie haben ein Netzwerk, das ähnlich wie der Arbeitsmarkt funktioniert. Disposition, Vertrieb, Lieferung.

»Du musst die Polizistin zu Hause lassen, wenn du dich mit Lars triffst«, sagt John.

»Das kann ich nicht.«

»Dann solltest du dich nicht mehr mit ihm treffen.«

»Ich muss herausfinden, ob diese Jill Catalina war oder nicht.«

»Er wird dir nicht dabei helfen.«

»Doch, das wird er.«

»Viel Glück«, sagt John.

Ich bin angespannt und miesepetrig. Charlie beobachtet, wie ich in der Wohnung auf und ab gehe. Ich muss noch raus mit ihm. Keine schlechte Idee, um Dampf abzulassen und den Kopf durchzulüften. Ich greife die Leine, Charlie kommt sofort zu mir.

Es ist kühl. Ich muss für den Spaziergang etwas anderes anziehen und ziehe mir einen dünnen Pullover über. Charlie läuft voller Tatendrang los. Es zieht ihn in eine ungewohnte Richtung. Zwei Nebenstraßen weiter finde ich mich wieder in einem trostlosen Neubaugebiet. Neben Wohnhäusern wurden mehrere Geschäftshäuser hochgezogen. Abends und nachts ist es dort tot. Ein Restaurant musste nach einem Jahr schließen, und auch zwei andere Ladenlokale stehen seit längerem leer. Ein Desaster der Stadtentwicklung. Zwar reden die Politiker davon, dass es Zeit braucht, bis Leben einkehrt, aber ich zweifle daran, dass es je geschehen wird. Die Gegend fühlt sich an wie ein öder Vorort, in dem die Leute nur in den eigenen vier Wänden bleiben, aber niemand wirklich leben möchte. Charlie schnuppert an den wenigen jungen Bäumen und hebt eifrig sein Bein. Für ihn ist alles neu und das bedeutet, es muss alles markiert werden. Es dunkelt bereits ein, aber die Gehwege zwischen den Gebäuden sind gut ausgeleuchtet. Ein Wagen fährt im Schritttempo an uns vorbei und parkt vor der Eingangstreppe des größten Bürogebäudes. Zwei Personen steigen aus. Sie tragen Jacken, die mit dem Symbol einer bekannten Sicherheitsfirma versehen sind. Charlie knurrt, er hat einen anderen Hund gewittert. Ein Mann zerrt einen großen schwarzen Hund nach rechts und weist ihn grob zurecht, als er nicht sogleich die Richtung ändert. Charlie beobachtet die beiden. Ich schaue mich um und sehe das Gesicht der Frau, die zuerst aus dem Wagen gestiegen ist. Es ist Daniela. Ich hebe meine Hand, aber da verschwindet sie schon im Gebäude. Sie arbeitet nicht mehr bei der Polizei. Sie hat es mir nicht gesagt. Ich dachte, wir wären Freundinnen. Mehr als nur Arbeitskolleginnen. Tatsächlich haben wir uns aber kaum je privat getroffen. Es war nicht nötig. Wir sahen uns fast täglich und verbrachten unzählige Stunden gemeinsam. Kein gemischtes Duo, wie das lange üblich war. Zwei Frauen auf Streife. Doch dann arbeitete ich eine Weile für Mats. Vielleicht hat sie das gewurmt, obwohl sie sich vordergründig für mich freute. Als wir wieder zusammen auf Streife gingen, passierte es. Es ist schwierig für mich zu beschreiben, was mir Daniela bedeutet. Wir sind sehr verschieden, ich denke nicht, dass wir uns außerhalb der Arbeit gut verstanden hätten. Aber als Team waren wir toll. Es tut doppelt weh, weil ich beides verloren habe. Die Arbeit und das Team, Daniela und auch Mats. Charlie bellt zweimal. Es ist kein Hund in der Nähe. Er schaut mich an.

»Willst du nach Hause?«

Er scheint es verstanden zu haben und wedelt heftig mit dem Schwanz. Als wir losgehen, übernimmt er die Führung. Charlie bringt mich heute nach Hause. Wir sind auch ein Team, denke ich. Aber Charlie ist kein Ersatz für das, was war.

42

Ich schreibe Daniela eine Nachricht. Oder besser, ich versuche, ihr eine Nachricht zu schreiben. Ich lösche jeden Satz. Wieso ist es so schwierig, nach einer gewissen Zeit die richtigen Worte zu finden? Es war einmal ganz einfach. Ich musste nicht überlegen, ich schrieb einfach drauflos. Vielleicht ist es das. Man überlegt viel zu viel. Es ist, als müsste man eine Beziehung wieder neu aufbauen, dabei muss man sie nur fortsetzen.

– Ciao Daniela, ich glaube, ich habe dich heute Abend gesehen. Geht es dir gut?

Wieder zögere ich mit dem Versenden. Doch diesmal überwinde ich mich. Es ist anstrengend. Denn jetzt starre ich auf das Display und warte darauf, dass sie die Nachricht liest. Ich ärgere mich über mein Verhalten und lege das Handy auf den Küchentisch. Im Wohnzimmer sehe ich, dass Charlie auf dem Sofa döst. Wie einfach dieses Leben doch ist. Ohne Gestern und Morgen. Es gibt Menschen, die in den Tag hineinleben, ohne sich ständig Gedanken zu machen. Bis zu einem gewissen Grad war ich auch so. Nicht unbekümmert, aber sehr nüchtern und pragmatisch. Jetzt bin ich ungeduldig und reizbar. Und ich denke zu viel nach. Über alles.

»Soprappensiero«. »In Gedanken versunken«. »Absorbed in thought«. Besser gefällt mir »to be in a brown study«. Wobei ich nicht weiß, was es mit »braun« auf sich hat. Mir fällt »den Blues haben« ein. Das ist sehr schön. Wenn das Gemüt zu einem Blues wird. Damit wären wir bei den Depressionen. Wenn ich über Stunden immer wieder an die

Nachricht von Mats denke und mich dabei schlecht fühle, bin ich dann depressiv? Oder einfach nur verstimmt? Der Benachrichtigungston unterbricht meine Gedanken. Daniela hat geantwortet, denke ich und eile zum Küchentisch. Daniela hat meine Nachricht gelesen, aber Mats hat mir geschrieben. Ich spüre meinen Herzschlag. Hat Maria doch recht und ich stehe auf Mats? Nein, es ist die Nachricht, die mich elektrisiert.

— Kann ich dich anrufen?

— Klar, jederzeit.

Es dauert nur Sekunden, bis ich die Melodie höre. Charlie bellt, ich versuche, ihn mit einem Zuruf zu beschwichtigen. Ich möchte nicht, dass Mats den Hund hört. Ich gehe ins Bad, während ich den Anruf entgegennehme.

»Sorry, ich hatte tagsüber keine Zeit«, sagt Mats.

»Ist schon gut. Geht es um den Mord an …« Beinahe hätte ich mich verplappert. Ich weiß offiziell nicht, dass sie Catalina Ortiz hieß.

»Ja. Wir haben einen Treffer.«

»Einen Treffer?«

»Eine Frau, die überfallen wurde. Vor einem Jahr.«

»Ist sie auch tot?«

»Nein.«

Ich höre, wie er zögert. Er will mir nicht zu viele Details verraten.

»Das bleibt alles unter uns?«, sagt er, und ich verziehe meinen Mund, was er zum Glück nicht sieht.

»Versprochen«, sage ich.

»Es war ein heißer Sommerabend. Die Frau hatte die Balkontüre offen gelassen, und hörte Musik. Plötzlich stand er vor ihr. Er sagte, dass sie still sein soll. Sie erschrak und war natürlich nicht still. Er zeigte ihr ein Messer und fuchtelte damit herum.«

»War er maskiert?«

»Ja. Sie war sich sicher, dass er sie vergewaltigen wollte. Und sie wusste, dass sie Zeit schinden musste.«

»Zeit schinden?«

»Ein Lieferdienst war unterwegs zu ihr.«

»Was hat sie gemacht?«

»Jetzt kommt der interessante Teil. Der Typ sagte ihr, dass sie die Musik ausschalten soll. Dann warf er ihr etwas hin.«

Er macht eine Pause. Er will, dass ich von selbst draufkomme.

»Er warf ihr einen Zettel hin?«

»Es war mehr eine Ansichtskarte, ein Karton.«

»Ich kenne die Wörter, oder?«

»Sie erinnerte sich nur an zwei oder drei. Es waren sinnlose Wörter.«

»Er wirft ihr die Wörter hin.«

»Ja. Dann befiehlt er ihr, die Wörter vorzulesen. Sie ist komplett verwirrt, aber sie tut es, auch wenn sie nicht weiß, wie sie die Wörter betonen soll. Er korrigiert ihre Aussprache. Dann sagt er, los, lernen.«

»Er will, dass sie die Wörter lernt?«

»Ja, er sagt, auswendig lernen, jetzt.«

»Das ist verrückt.«

»Ja. Er besteht darauf und er droht ihr. Sie versucht sich zu konzentrieren. Die Frau hat Todesangst.«

»Verständlich.«

»Sie sagte, dass er nervös wirkte, sich immer wieder umschaute, sich räusperte.«

»Berührte er sie?«

»Nein, aber er stellte sich direkt vor ihr auf. Sie sagte auch noch, dass er unentschlossen wirkte.«

»Was geschah dann?«

»Sie versuchte, sich die Wörter einzuprägen. Es dauert nicht lange, da neigt er sich zu ihr und entreißt ihr die Karte. Los, sagt er. Sag mir die Wörter. Sie konnte sich nur zwei merken. Eines hat sie danach wieder vergessen, aber ein anderes gab sie zu Protokoll. ›Probetante‹.«

»Dasselbe Wort, derselbe Täter.«

»Ja.«

»Und dann?«

»Es klingelte und er verschwand.«

»Wow. Das nennt man Glück.«

»Ja.«

»Konnte sie den Mann beschreiben?«

»Describere? Du meinst beschreiben?«

»Ja, genau.«

»Du weißt, wie das ist.«

»Ja.« Zeugenaussagen sind mit Vorsicht zu genießen. Immer. Mats' Worte.

»Schlank, groß, 1,85 m vielleicht.«

»Hat sie die Stimme beschrieben?«

Diesmal sage ich »beschreiben«, ganz bestimmt. Mats zögert nicht.

»Nichts Ungewöhnliches. Eher ruhig, aber bestimmt. Etwas hoch, aber nicht richtig.«

Er macht wieder eine Pause. Worauf wartet er? Dass ich ihm sage, wie er heißt und wo er wohnt? Anna, das Superhirn?

»Was denkst du?«, fragt er schließlich.

»So wie du es beschrieben hast, war er unsicher, unerfahren. Vielleicht war es sein erstes Mal.«

»Ja, das denke ich auch. Was glaubst du, wäre danach passiert?«

»Schwierig zu sagen.«

»Denkst du, dass er sie vergewaltigen wollte?«

Ich überlege. Woher soll ich wissen, was in dem Mann vorgeht?

»Hat er sie vergewaltigt? Die andere?«

»Es gibt keine Anzeichen dafür.«

»Was sagte die Frau?«

»Sie hatte Angst. Sie dachte, dass er sie bestrafen würde.«

»Bestrafen?«

»Ja. Wie in der Schule.«

»Weil sie die Wörter nicht auswendig gelernt hatte?«

»Kannst du noch einmal darüber nachdenken? Ob die Wörter vielleicht noch einen anderen Sinn haben?«

»Ja klar.«

»Gut. Danke. Ich muss.«

Ohne meine Antwort abzuwarten, unterbricht er die Verbindung. Das ist leider auch Mats. Ich öffne die Badezimmertür und Charlie sitzt davor.

»Hast du etwa gelauscht?«

Er bellt freudig und rennt ins Wohnzimmer. Ich höre das Quietschen und weiß, dass Arbeit auf mich wartet.

43

Ich esse ein indisches Feriggericht. Ein Curry mit Linsen. Es schmeckt ganz gut, ist aber nicht so scharf, wie ich es mir gewünscht hätte. Charlie schaut mich beim Essen erwartungsvoll an. Ich habe mir vorgenommen, ihm nichts vom Tisch zu geben. Es soll keine Gewohnheit werden. Im Restaurant hat er sich vorbildlich benommen, das soll so bleiben. Zudem ist Curry zu stark gewürzt für Hunde. Neben mir liegt einer der Zettel mit den Wörtern des Täters. Ich schaue sie mir an, obwohl ich sie praktisch alle auswendig kann. Etwas, was mich optimistisch stimmen sollte. Mein Gehirn kann sich neue Dinge merken. Es dauert möglicherweise länger als zuvor, aber es funktioniert.

kindhose, helltablette, gifttier, tempolatte, fastdick, mistfirma, wandtresor, probetante

Warum zwingt er die Frau, diese Wörter zu lernen? Haben sie für ihn eine spezielle Bedeutung? Macht es ihn geil, wenn sie von einer jungen Frau ausgesprochen werden? Mir fällt ein, dass ich vergaß, Mats einige wichtige Dinge zu fragen. Schlechte Polizistin. Ich schreibe ihm.

– Wie alt ist die Frau? Ist sie Ausländerin? Sieht sie ähnlich aus wie die andere Frau?

Sucht er sich bestimmte Frauen aus? Ist ihre Stimme wichtig? Die Art, wie sie die Wörter aussprechen? Es geht um Macht, wie fast immer. Er zwingt sie, etwas zu lernen. Wörter, die sich für immer in ihrem Kopf einprägen. Zusammen mit der Situation. Zusammen mit ihm. Ein Mann dringt in eine Wohnung ein und vergewaltigt eine Frau. Für diesen Täter ist das zu simpel. Er will, dass sich die Situation einprägt, nicht nur die Angst und die Tat. Es muss für ihn eine Art Ritual sein. Hat er das auch mit Catalina gemacht? Ist er der Mann, der ihr versprach, ihr Deutsch zu verbessern? Wozu aber diese sinnlosen Wörter? Ich checke meine Mails, keine Antwort. Mir fällt ein, dass ich einen Artikel über eine Sprach-App gelesen hatte, in dem es ebenfalls um sinnlose Wörter ging. Ich google zehn Minuten lang, zunehmend genervt, und finde ihn nicht. Erst als ich nach sinnlosen Sätzen suche, werde ich fündig. Die App wurde kritisiert, weil man völlig sinnlose Sätze lernte. Zum Beispiel: Der Bär liest ein Buch. Die Macher argumentierten damit, dass sich solche Sätze schneller einprägen, gerade weil sie lustig und sinnlos sind. Die Frage ist natürlich, was es einem bringt, wenn man sagen kann, dass der Bär ein Buch liest. Tatsächlich aber geht es nur darum, dass man sich »liest ein Buch« einprägt. Die Subjektstelle »der Bär« kann beliebig ersetzt werden. Allerdings ist diese Lernmethode umstritten, aber sie könnte ein wichtiger Hinweis sein. Oder auch nicht. Während »der Bär liest ein Buch« grammatikalisch hilfreich ist, kann man das von einer »helltablette« nicht behaupten. »Gifttier« macht wenigstens Sinn, auch der »Wandtresor« und die »Mistfirma«. Aber es sind Wörter, die man wahrscheinlich ein Leben lang nicht benutzt. Es geht nur darum, dass die Frauen sie lernen. Er will sich mit den Wörtern in ihrem Gehirn festsetzen. Ich schreibe das auf, weil es mir wichtig erscheint. Täter genießen es oft, an ihre Taten zu denken. Sie filmen sie oder sie nehmen Erinnerungsstücke mit. Könnte es sein, dass er die Szene aufgezeichnet hat? Die zittrige Stimme der Frau, die das Wort »probetante« sagt? Oder will er etwas ganz anderes ausdrücken? Du umgibst dich mit den falschen Freunden? Kennt er die Frau? Hat er sie beobachtet? So wie es Mats beschrieben hat, war er etwas unbeholfen, nervös. Die Frau könnte ein Zufallsopfer gewesen sein. Nein. Er musste sich sicher sein, dass sie alleine zu Hause war. Er hat sie beobachtet oder vielleicht sogar gekannt. Er könnte in der Nähe wohnen. Oder sie sind sich schon einmal begegnet.

– Lernte sie Deutsch? Suchte sie jemanden, um Deutsch zu lernen oder zu praktizieren?

Es kommen ständig neue Fragen dazu. Ab wann beginnt das Mats zu nerven? Ich muss eine Pause machen. Paula hat mir ein Video geschickt. Es zeigt einen Hund, der in einem kleinen Raum etwas sucht, obwohl es dort nichts zu finden gibt. Er wetzt von einer Ecke zur anderen, die Nase immer am Boden. Der Text dazu lautet, wenn du weißt, dass da etwas war. Will sie damit auf meine Suche anspielen? Oder hat sie das Video einfach so weitergeleitet? Ich stelle mir viel zu viele Fragen. Ich bin unsicher geworden und das nervt mich.

»Die leiten doch jeden Mist weiter«, sagt John.

»Aber dieses Video ist kein Mist.«

»All diese Videos sind Mist.« So kann man es natürlich auch sehen. Ich habe mir eine Zeit lang viele Videos angeschaut, bis es mich zu langweilen begann. Ich war eine Weile in den sozialen Netzwerken aktiv, bis mich all die Selbstdarsteller zu nerven begannen. Ich begann mich darüber zu ärgern, dass ich stundenlang Videos anschaute und lustige Sprüche las, und über die sich endlos wiederholende Empörung über alles Mögliche. Es war ganz gut, um von der Arbeit runterzukommen. Aber man hört nicht mehr auf damit, weil einem ständig neue Videos angezeigt werden und die Selbstdarsteller die Kadenz erhöhen und immer mehr Sprüche hochladen. Es ist ein weltumspannender Wettstreit.

»Typisches Suchtmuster«, sagt John.

»Kann man süchtig nach Videos werden?«

»Man kann nach allem süchtig werden.«

»Theoretisch«, sage ich.

»Auch praktisch. Es gibt Drogen, die körperlich abhängig machen, aber Sucht ist ein Kopfproblem.«

Kann schon sein. Ich denke an Lars. Ist er drogensüchtig oder Alkoholiker? Im Moment trinkt er zu viel. Aber ich kann es verstehen. Ich habe anfangs versucht, John und Maria im Kopf zu betäuben. Hat Lars an einem Abend eine Flasche Whiskey getrunken? Wie viele Promille sind das?

– Sie ist keine Ausländerin.

Mats' Antwort macht alles komplizierter. Er hatte sich keine Ausländerin ausgesucht. Damit machten die Wörter noch weniger Sinn. Es ging ihm nur darum, dass sie die Wörter auswendig lernte. Aber wozu?

»In der Schule muss man auch Dinge lernen, die keinen Sinn ergeben«, sagt Maria.

»Nein«, sage ich. »Sie machen Sinn, aber man benötigt sie nach der Schule oft nie mehr.«

»Unnützes Wissen«, sagt John. »Wie alte Fahrpläne oder ausgestorbene Pflanzen.«

»Das ist interessant«, sage ich. Tatsächlich bringt es mich auf eine Idee. Zwingt er die Frauen irgendwelchen Unsinn zu lernen, den sie nicht verstehen? Will er sie damit zusätzlich demütigen? Nur ich weiß, warum du das lernen musst. Ein pervertierter Lehrer, der sich daran ergötzt, dass die Frauen seine Wörter auswendig lernen. Ich mache mir Notizen, schrecke aber davor zurück, sie sofort an Mats zu senden. Ich bin aufgekratzt, möchte losrennen, schnell und weit. Stattdessen bleibe ich ratlos stehen.

44

Ich wache durch zwei Mitteilungen auf. Es ist sechs Uhr. Charlie gähnt und streckt sich, macht aber keine Anstalten aufzustehen. Ich greife das Handy.

– Kann gut sein, habe einen neuen Job. Ruf mich doch an, hab tagsüber Zeit.

Ich lächle, als ich es lese. Es geht also noch, das Unverkrampfte zwischen uns. Vielleicht hätte ich mich früher bei ihr melden sollen.

»Lass das Grübeln«, mahnt mich Maria.

»Zu Befehl.«

»Du kehrst tatsächlich ins Leben zurück.«

»Kann sein.«

»Es ist so.«

Ich schaue mich um, die Kopfhörer sind in der Küche oder im Wohnzimmer. Ich muss mir endlich noch welche kaufen. So kleine ear buds. Auch wenn man die ständig aufladen muss. Etwas, das ich bei meinem Handy oft vergessen hatte. Früher, als ich noch fast nichts vergaß. Heute ist mein Handy fast immer geladen, dafür vergesse ich alles andere.

»Schon gut Maria, von jetzt an nur noch Gedanken voller Butterbrote mit Marmelade.«

»Das wäre bescheuert.«

»Du bist aber auch nie zufrieden.«

Die zweite ist keine Nachricht, sondern eine Mail. Okay, kein großer Unterschied, aber außer Spamnachrichten erhalte ich nur noch wenige Mails.

– Guten Tag Anna, die Anzeige ist etwas veraltet, aber

vielleicht kann ich dir trotzdem helfen. Wir könnten uns treffen. Was meinst du? Benny.

Es ist überhaupt nicht das, was ich erwartet habe. Aber vielleicht ist die Jovialität nur ein Vorwand. Steht Benny für Benjamin? Natürlich möchte ich ihn treffen, auch wenn ich bezweifle, dass er der Täter ist. Andererseits können zum Beispiel gefährliche Narzissten äußerst charmant sein, wenn es darum geht, ihre Ziele zu erreichen. Ich muss mir eine Antwort überlegen. Genauso locker und unverfänglich. Ich schaue erneut die Nachrichten durch.

— Sie ist keine Ausländerin.

Es ist die Antwort von Mats auf meine erste Frage. Ich schreibe Mats eine neue Nachricht, setze vier, fünf Mal an, lösche den Entwurf. Es gelingt mir nicht, auszudrücken, was ich möchte.

»Die einfachsten Dinge können zu einem fast unüberwindbaren Problem werden.«

Ja, ja, dachte ich damals, sie muss mir das sagen, damit ich mir keine Illusionen mache. Leider stimmt es. Einfach drauflos texten, warum geht das nicht mehr? Ich atme einige Male tief ein und aus. Charlie wacht auf und blickt mich alarmiert an. Kennt er das von seiner Besitzerin? Leidet sie vielleicht an Asthma?

»Alles okay, Charlie. Ich leide an fast allem aber nicht an Asthma.«

»Du leidest an Ungeduld und Übertreibung«, sagt John.

Es reicht, ich schaue mich im Netz nach Kopfhörern um. Ich wähle nicht die teuersten, aber ein Modell, über das ich einen wohlwollenden Bericht gelesen habe. »Wohlwollend«. Schönes Wort. Wir sollten diese schönen Wörter öfter benutzen, damit sie in der Alltagssprache nicht aussterben. Nachdem ich die Bestellbestätigung erhalten habe, versuche ich mich noch einmal an der Nachricht für Mats.

— Ist es möglich, dass ich mit ihr sprechen kann?

Geht doch. Mats liebt solche Mitteilungen. Vielleicht nicht immer den Inhalt, aber die Klarheit.

»So, Charlie, Zeit aufzustehen.«

Genau in diesem Moment erhalte ich eine Nachricht meiner Mutter. Sie fragt, ob ich schon auf bin. Eine bescheuerte Frage, sie sah garantiert, dass ich online bin. Was soll ich darauf antworten? Wahrscheinlich macht sie sich Sorgen.

— Ja, heute Frühaufsteherin. Fühlt sich gut an.

Ich hoffe, dass sie nicht antwortet, aber natürlich tut sie es. Es entsteht ein Dialog über Nichtigkeiten, wie fast täglich ein- bis zweimal. Ich lege das Handy genervt auf das Bett.

»Mütter sind so«, sagt Maria.

»Die Kopfhörer kommen heute oder morgen.«

»Was für Kopfhörer?«

Maria kriegt doch nicht alles mit. Wie beruhigend. Soll ich sie anrufen? Plötzlich ist da eine Leere, wo vorher noch ihr Name war. Sie. Ich schließe die Augen. Wie ist so etwas möglich? Ich greife das Handy. Daniela. Sie heißt Daniela. Und wir waren jeden Tag auf Streife. Wie kann ich ihren Namen auch nur für einen Moment vergessen? Mute ich mir zu viel zu? Die letzten Tage waren so aufregend wie schon lange nicht mehr. Anstatt die meiste Zeit rumzuliegen, gehe ich unter die Leute. Vielleicht sollte ich es auf maximal zweimal pro Tag beschränken. Jetzt aber aufstehen und mit Charlie Gassi gehen.

Danach lege ich mich gleich wieder hin. Etwas stimmt nicht, oder ist es wieder meine Ungeduld? Schonen Sie sich. Ja, aber ich will mich nicht den Rest meines Lebens schonen. Nach einer halben Stunde stehe ich wieder auf. Mats hat meine Nachricht noch nicht gelesen. Hat er mich stummgeschaltet? Gehe ich ihm auf die Nerven? Ich sehe, dass Daniela online ist.

— Hast du Zeit?

Ich darf nicht ständig darauf starren, ob jemand meine

Nachricht schon gelesen hat. Früher habe ich das nur bei einem Lover gemacht. Jetzt sind alle irgendwie Lover für mich. Diese Scheißangst, dass dich niemand mehr erträgt, so wie du bist. Da wird ein »gelesen« zu einer Bestätigung. Es ist bescheuert.

— Ja, ruf mich an.

Ich zögere. Daniela weiß nichts von meiner kreativen Wortwahl.

— Okay. Wenn du etwas nicht verstehst, sag es mir. Bringe manchmal Wörter durcheinander.

— Mach ich.

Ich überlege, ob ich einen Videoanruf machen soll. Es wäre einfacher für mich, zu erkennen, wenn sie etwas nicht versteht. Aber es ist mir meistens zu intim. Seltsam. Ich werde nervös, als ich höre, wie es bei ihr klingelt. Das ist nicht gut.

»Ciao Anna. Ist eine Weile her.«

»Kann man so sagen.«

»Ich verstehe dich gut.«

»Ich sage manchmal Wörter, die man nicht versteht.«

»Das hast du auch, als du Italienisch lerntest. Du hast die ganze Zeit Wörter wiederholt.«

»Ja«, sage ich. »Aber jetzt ist es anders. Ich habe viele Wörter verloren.«

»Du hast mich nicht wiedererkannt im Krankenhaus.«

Es klingt nicht wie ein Vorwurf, es ist eine Feststellung.

»Ich weiß.«

»Ich dachte, es bleibt vielleicht so.«

»Ist okay, es war für alle schwierig.«

Sie schweigt. Diese Momente können unerträglich lang werden.

»Ich konnte nicht mehr weiterarbeiten, nicht mehr als Polizistin«, sagt sie leiser.

»Es muss für dich die Hölle gewesen sein.«

»Ja. ›Hell‹ ist das richtige Wort.«

»Siehst du, ohne Fremdsprachenkenntnisse versteht man mich nicht.«

»Ich machte mir Vorwürfe.«

»Das ist normal.«

»Es ging nicht mehr. Sie boten mir all den psychologischen Kram an, aber ich wusste, ich muss etwas anderes machen.«

»Ich sah dich gestern Abend. Was machst du genau?«

»Objektschutz. Nicht viel anders eigentlich. Aber trotzdem anders.«

»Ja.«

»Wirst du wieder arbeiten können?«

Die Mutter aller Fragen. Sie dürfen sich nicht zu sehr unter Druck setzen. Sie sollten nicht zu weit in die Zukunft schauen. Alles Worte netter Menschen, die einen darauf vorbereiten wollen, dass das bisherige Leben vorbei ist.

»Vielleicht«, sage ich tapfer.

»›Peut-être‹ verstehe ich gerade noch«, sagt sie lachend.

»Ich weiß es nicht. Und es macht mich fertig.«

Ich höre sie atmen.

»Kann ich mir vorstellen.«

Kannst du nicht, denke ich.

»Es ging alles so schnell.«

»Ich erinnere mich an nichts mehr.«

»Sie haben mich danach befragt, immer wieder. Ich sehe noch alles vor mir.«

»Dich trifft keine Schuld.«

»Es ist umgekehrt. Die Schuld trifft einen.«

Gut gesagt, Daniela. Schuldgefühle sind selten rational. Sie sind einfach da.

»Ich habe Ihnen nicht alles gesagt«, sagt sie plötzlich noch einmal eine Spur leiser.

»Ich verstehe nicht …«

Eine lange Pause folgt. Ich höre, wie sie mit etwas hantiert.

Zündet sie sich eine Zigarette an? Sie hat nie geraucht. Oder habe ich das vergessen? Sie inhaliert. Eher eine E-Zigarette. Oder einen Joint. Sie ist keine Polizistin mehr.

»Als ich dich fand.«

»Ja …«

»Es kann sein, dass ich es mir einbildete.«

»Was?«

»Es war nur ein kurzer Augenblick. Ein Atemzug.«

»Ja?«

»Egal. Es spielt keine Rolle.«

»Sag es mir.«

Wieder inhaliert sie.

»Da war so ein Duft. Ein Parfüm.«

»Dort, wo ich lag?«

»In der Luft. Als wäre jemand da gewesen, der dieses Parfüm benutzte.«

»Du hast es erkannt?«

»Es war ein Frauenparfüm.«

Mir wird langsam klar, was sie mir sagen will.

»Es könnte eine Frau gewesen sein«, sagt sie schließlich. »Ich kann mich getäuscht haben. Oder der Duft kam von dir.«

»Ich benutze kein Parfüm.«

»Ja, das weiß ich. Trotzdem, es kann doch irgendwie da in der Luft gehangen haben. Was weiß ich.«

»Oder es könnte eine Frau gewesen sein.«

»Po, was?«

Ich überlege, was ich gesagt haben könnte.

»Potrebbe, es könnte.«

»Ja. Es könnte eine Frau gewesen sein.«

»Danke.«

»Sag niemandem etwas davon. Ich habe es bei der Untersuchung nie erwähnt. Ich bin mir auch jetzt nicht sicher. Ich meine, man bildet sich ständig etwas ein.«

Ich höre einen Klingelton. Sie hat ein zweites Handy. Oder lebt sie mit einem Mann zusammen?

»Ich muss«, sagt sie. »Bleiben wir in Kontakt?«

»Ja, gerne. Und danke für alles.«

»Du spinnst.«

»Du weißt, was ich meine. Wir waren ein gutes Team.«

»Ja. Waren wir.«

»Ciao.«

Ich halte den Hörer noch lange an mein Ohr und starre ins Leere. Danielas Stimme zu hören, war schön. Was sie sagte, muss ich zuerst verdauen. Es könnte eine Frau gewesen sein. Polizistin brutal zusammengeschlagen.

45

Das Telefongespräch mit Daniela hat mich verwirrt. Ich freue mich, dass wir uns wieder unterhalten können, aber was sie mir sagte, war seltsam. Wieso erzählt sie es mir und nicht der Untersuchungskommission? Ein Mitteilungston reißt mich aus meinen Gedanken. Eine neue Nachricht von Mats.

– Sie ist immer noch traumatisiert, aber ich werde sie fragen.

Mats wieder einmal trocken und klar. Er meint die andere Frau, die vom Täter überfallen wurde. Und da ist auch noch eine neue Nachricht von Benny.

– Guten Tag Anna. Ich kann dir eine Kollegin empfehlen für einen Intensivkurs. Wenn du willst, können wir telefonieren.

Dazu seine Handynummer. Ich habe keine Lust auf ein Telefongespräch mit einem Unbekannten. Ob er sich auf ein Treffen einlässt? Und ob es was bringt? Ich schreibe ihm zurück. Ich versuche, Ordnung in meine Gedanken zu bringen. Ich schreibe Simona, denn ich finde es seltsam, nichts von ihr zu hören. Was ist mit Lars? Man kann sich doch nicht tagelang betrinken. Ich muss nochmals in seine Küche. Die Erinnerung an diese Frau muss deutlicher werden. Wie nannte sie sich gleich? Ich habe definitiv ein Problem mit dem Kurzzeitgedächtnis. Ich muss alles aufschreiben und ordnen. Ich muss eine verdammte Buchhalterin meiner selbst werden. Benny antwortet erneut.

– Habe um elf eine halbe Stunde Zeit.

Die Adresse, die Benny angibt, ist mir unbekannt, doch

als ich nachschaue, bemerke ich, dass es nur eine Viertelstunde entfernt ist mit dem Bus. Eine bekannte Sprachschule. Scheint alles seriös zu sein, wahrscheinlich verschwende ich Zeit und Energie, aber was soll's.

Ich schreibe Lars.

– Wie hat diese Jill genau ausgesehen? Ich möchte es wissen.

Ich korrigiere die Nachricht, frage, wie es Lars geht und all das nette Zeug. Ich bin nervös, fahrig, ignoriere Charlies Blicke. Das ist nicht gut. Ich habe noch eine Stunde Zeit. Ich gehe kurz mit Charlie raus und bleibe wütend stehen. Der Karton ist weg. Was soll der Scheiß? Soll ich eine Kamera kaufen? Mir fallen die Kopfhörer ein. Tatsächlich ist das Paket unten im Briefkasten. War es der Briefträger? Nein, ich habe immer eine Briefträgerin gesehen. Dann sehe ich den Karton, der auf einer Ablage in meiner Wohnung liegt. Nicht gut. Ich vergesse alles. Sogar das, was ich vor Kurzem getan habe.

»Es könnte eine Frau gewesen sein«, sagt Maria. Meint sie die Geschenke?

»Warum sollte mir eine Frau Pralinen schenken?«

»Warum nicht?«

Mir fallen Simonas Worte ein. Ilaria glaubte, von einer Frau gestalkt worden zu sein. Warum sollten Frauen nicht stalken? Aber mich? Es muss jemand sein, der in der Nähe wohnt.

– Ciao. Neuigkeiten?, fragt Mario.

Was soll ich ihm antworten? Wie gut kannte er Catalina? Wie gut kennt er Ilaria? Wochenlang pflegte ich nur Kontakte zu meinen Eltern und zu Ärzten und Therapeuten. Jetzt schreibe ich mit fünf, sechs, sieben Leuten. Wahrscheinlich ist es zu viel. Zusammen mit Maria und John habe ich ein ganzes Dorf in meinem Kopf.

Ich versuche mich zu entspannen, lege mich hin, und

danach mache ich mich ohne Charlie auf den Weg zur Sprachschule. Benny schreibt mir, dass er vor dem Gebäude wartet. Es ist eine sehr belebte Straße. Viel Verkehr und viele Passanten. Ich bin überrascht, denn es ist noch nicht Mittagspause. Die meisten Passanten tragen volle Tüten und Einkaufstaschen. Ich habe keine Ahnung, wo man hier so toll einkaufen kann. Vor dem Gebäude steht ein jüngerer Mann, in sein Handy vertieft, und ich sehe, dass er seine Haare zu einem Rossschwanz gebunden hat, was ich bei Männern albern finde. Ansonsten macht er einen brauchbaren Eindruck. Als ich vor ihm stehe, starrt er noch immer auf sein Handy. Ich sage Hallo, er schaut kurz auf, dann wieder auf sein Handy. Er reicht mir die Hand, ohne mich dabei anzuschauen. Vielleicht doch nicht so brauchbar, denke ich. Doch dann lacht er mich an. Ein herzliches, offenes Lachen.

»Ich habe leider wenig Zeit.«

»Macht nichts.«

»Du bist keine Italienerin.« Er sagt es verwundert.

»Es ist kompliziert.« Ich habe keine Lust ihm die ganze Geschichte zu erzählen.

»Ist okay. Sag ihr, dass wir ganz locker drauf sind.«

Er glaubt, dass ich für meine erfundene Italienerin bei ihm bin.

»Ich kann dir wie gesagt eine Deutschlehrerin empfehlen. Sie ist wirklich gut.«

»Danke. Mich würde deine Methode interessieren.«

»Meine Methode?«

»Auf der Anzeige steht, neue Methode.«

»Ach so, ja. Das klingt gut.«

»Es gibt gar keine neue Methode?«

Er zuckt mit den Schultern und lacht.

»Wie bringt man jemanden dazu, dran zu bleiben? Das ist das Geheimnis. Jeden Tag ein bisschen, mehr oder ganz viel.

Die Menge macht einen Unterschied, aber entscheidend ist, dass man täglich lernt.«

»Und wenn jemand wie ich sehr schnell lernen möchte?«

»Geh dorthin, wo man die Sprache spricht.«

»Ich bin da, wo man die Sprache spricht.«

»Du willst Deutsch lernen?«, fragt er ungläubig.

»Ich hatte einen Unfall. Seither habe ich Probleme.« Bitte jetzt keine Nachfragen.

»Ja, du sagtest ›accident‹.«

»Mist.«

»Kein Problem für mich.«

»Für mich schon.«

»Du sprichst sehr gut.«

Auch Komplimente können nerven, ich hoffe, er sieht es mir an.

»Wir können helfen, aber du musst die Zeit investieren.«

»Wir? Du bist nicht allein?«

»Seul? Du sprichst auch Französisch?«

»Ich bringe die Sprachen durcheinander.«

Er nickt und lacht. Kennt er das Phänomen?

»Ich bin dreisprachig aufgewachsen. Wir haben zu Hause teilweise ein Kauderwelsch gesprochen, das andere nicht verstanden haben.«

»Und wie bist du damit umgegangen?«

»Deutsch wurde zu meiner Hauptsprache, weil ich hier lebe. Aber wenn ich meine Eltern sehe, reden wir noch immer alles durcheinander.«

Es geht also, andere haben das auch, Leute ohne Dachschaden.

»Was seid ihr? Eine Gruppe von Sprachlehrern?«

Er nickt.

»Wir möchten eine App entwickeln. Was heißt möchten? Wir tun es. Es ist unser Projekt.«

»Interessant«, sage ich und meine es auch so.

»Eine App für Leute, die gescheitert sind.« Er lacht laut und steckt sich einen Kaugummi in den Mund. Ich mag Leute nicht, die rumkauen, während man mit ihnen spricht. Meine Augen konzentrieren sich auf den Mund. Es nervt mich.

»Gescheitert?«, frage ich nach.

»Es gibt Leute, die alles versucht haben. Sprachkurse, Apps, ins Ausland gehen, was weiß ich. Sie geben auf, nehmen einen neuen Anlauf, hören wieder auf, versuchen es erneut. Wir möchten eine App für hoffnungslose Fälle produzieren.«

»Könnte was für mich sein. Wie sieht diese App aus?«

»Unser Konzept?«

»Ja.«

»Aber kein Ideenklau.«

»Es interessiert mich.«

»Die meisten Apps beruhen heute darauf, dass die Leute einen Horror vor Grammatik haben. Sie gaukeln den Leuten vor, dass sie keine Grammatik lernen müssen. Dabei sind alle Kurse und alle Apps darauf ausgerichtet, dass man die Grammatik lernt. Sie ist die Basis jeder Sprache. Nur wenn man sie versteht, kann man eine Sprache beherrschen. Die Apps suggerieren, dass man eine Sprache wie ein Kind lernen kann. Man eignet sie sich an, ohne einen Gedanken an Grammatik zu verschwenden. Aber viele diese Apps sind ein Etikettenschwindel. Alle Kurse sind so aufgebaut, dass man Grammatik lernt. Unbewusst, nebenbei. Man lernt die Grammatik, aber man versteht sie nicht. Erwachsene sind keine Kinder. Sie brauchen Erklärungen.«

»Ihr wollt einen normalen Sprachkurs anbieten?«

Er lacht laut auf.

»Von der Methodik her schon, ja, aber modern verpackt. Grammatik und Umgangssprache. Und das Zielpublikum sind die hoffnungslosen Fälle. Ein Kurs, der alles mehrmals erklärt. Ein Kurs, der auf vielen Wiederholungen basiert. Im Prinzip beginnt man nach drei, vier Wochen wieder von vorn, aber mit einer etwas anderen Methodik. Du kannst es dir etwa so vorstellen, wie wenn du nach einem Monat mit einer anderen App startest. Wenn man einfache Gespräche führen kann, motiviert das ungemein. Dazu muss man aber endlos wiederholen und anwenden, was man gelernt hat. Es geht darum, durch wiederholte Erklärungen ein Gespür für die Grammatik einer Sprache zu erlangen. Aber im Endeffekt geht es nur um die Grammatik. Wörter lernen ist Fleißarbeit. Die Grammatik ist das Herz jeder Sprache.«

Ich nicke und Benny schaut auf seine digitale Uhr.

»Kann es sein, dass jemand deine Anzeige kopiert und eigene Kurse anbietet? Ich glaube, ich habe eine Anzeige gelesen, die sehr ähnlich klingt.«

»Keine Ahnung, aber kann schon sein. Im Moment inseriere ich nicht mehr, ich habe hier an der Sprachschule ein Pensum, das ausreicht. Den Rest der Zeit arbeite ich an der App.«

»Viel Glück damit.«

»Danke. Melde dich bei meiner Kollegin.«

»Mach ich«, sage ich. Was natürlich gelogen ist. Ich muss die andere Anzeige finden. Jene, die Catalina zu ihrem Mörder führte.

»Ich kann dir ihre Telefonnummer schicken.«

»Ja, okay.«

Im Bus ist alles normal. Doch als ich aussteige, habe ich ein seltsames Gefühl. Als würde ich beobachtet. Ich versuche mir nichts anmerken zu lassen. Gehe noch etwas langsamer als üblich. Ich versuche, in den Schaufenstern zu erkennen, ob mir jemand folgt. Aber es gibt fast keine Schaufenster in meiner Straße. Schließlich benutze ich einen Trick. Ich tue so, als hätte ich den Fuß vertreten. Ich ziehe einen Schuh aus und wieder an. Dabei drehe ich mich etwas. Jetzt sehe ich die Leute hinter mir. Ein älteres Ehepaar, ein Junge ganz in Schwarz mit Kopfhörern, eine Frau mit einer grünen Umhängetasche, die auf ihr Handy starrt, als folge sie einer vorgegebenen Route. Und ein Mann, der sich leicht verlegen umsieht. Kurzer Bart, gepflegt, Brille, sehr groß und schlaksig. Er greift zu seinem Handy. So macht man das heutzutage. Soll ich ihn ansprechen? Und mich lächerlich machen? Jetzt zücke auch ich mein Handy und knipse die Szenerie. Das ältere Ehepaar blickt irritiert zu mir, als es auf gleicher Höhe ist. Der Mann kommt nicht auf die gleiche Höhe. Er wechselt die Straßenseite. Was willst du von mir?, denke ich und betrete das Haus.

46

In der Wohnung setze ich mich hin. Charlie ist aufgeregt und springt an mir hoch. Ich streichle ihn, ohne dass ich ihn wirklich beachte. Dafür betrachte ich das Foto auf meinem Handy. Der Mann ist sicher 1,90 m groß. Alles an ihm wirkt gepflegt und teuer. Ich schätze ihn auf etwa dreißig. Ich kann mich nicht erinnern, ihn schon einmal gesehen zu haben. Aber was heißt das schon? Er sieht nicht aus wie jemand, der vor der Tür Pralinen hinterlegt. Wann hatte ich zum ersten Mal das Gefühl, dass mir jemand folgt? Im Bus. War er schon drin, als ich zustieg oder folgte er mir erst an der Bushaltestelle? Warum hatte ich dieses Scheißgefühl nicht schon zuvor? Doch halt, das stimmt nicht. Ich hatte es schon einige Male. Ich dachte, dass es mit meiner allgemeinen Verunsicherung zu tun hat. In den ersten Tagen nahm ich Geräusche und Bewegungen übertrieben stark wahr. Hypersensibilität oder wie man das nennt. Mein Gehirn hatte Mühe damit, Geräusche zu filtern. Es wurde von Woche zu Woche besser. Aber das Gefühl, dass mir jemand folgt oder mich jemand beobachtet, kam immer wieder. Ein treuer Begleiter, sozusagen. Ich versuchte es zu ignorieren, so gut es ging, da es keinen plausiblen Grund dafür gab. Bis zu dem Tag, als ich Pralinen vor der Wohnungstür fand. Wenn er in der Nähe wohnt, ist es durchaus möglich, dass er mich im Bus gesehen hat und mir danach gefolgt ist. Oder er wartet stundenlang vor dem Haus und folgt mir überallhin. Immerhin weiß ich jetzt, dass der Typ groß ist. Das macht es für ihn schwieriger, mir unauffällig zu folgen. Ich versuche mir sein Gesicht einzuprägen, allerdings ist es etwas abgewandt und auch nicht superscharf. Aber immerhin etwas. Steht der Typ tatsächlich auf mich? Eine andere Erklärung ist eher beunruhigender. Er ist ein Profi und beschattet mich. Wozu dann aber die Pralinen?

»Fuck«, sage ich laut. Charlie bellt begeistert. Assoziiert er das Wort mit Paula? Ich muss mich bei ihr melden. Auch bei Mario. Persönliche Kontakte fallen mir nach wie vor viel schwerer als früher. Nicht nur, weil sie mich ermüden. Es ist diese verdammte Verunsicherung. Dass ich etwas vergesse, dass ich etwas verpasse. Ich komme mir vor wie jemand im Frühstadium einer Demenz. Und dann höre ich den Ton und schrecke auf. Charlie rennt zur Tür und ich greife mein Handy, das ich einen Moment auf den Tisch gelegt habe.

— Sie ist bereit, mit dir zu sprechen.

Was für eine erfreuliche Mitteilung von Mats.

— Danke. Hast du ihr meine Nummer gegeben?

— Ja. Sprichst du alleine mit ihr?

Ich zögere. Früher hätte ich sofort Ja gesagt, aber jetzt? Es geht nicht, ich muss jemanden mitnehmen, der mich korrigiert. Mario. Nein, keinen Mann. Die Frau wurde von einem Mann überfallen. Ich denke an Paula.

— Ich nehme eine Frau mit.

Diesmal dauert es eine Weile, bis Mats antwortet.

— Es ist nichts Offizielles, trotzdem muss es diskret behandelt werden. Ich habe ihr gesagt, dass du Polizistin bist. Mehr nicht. Es darf nichts vorfallen.

Schon klar, denke ich. Anna außer Dienst soll keinen Mist bauen.

— Ich weiß.

— Diese Frau, kennst du sie gut?

Fuck, denke ich. Ich weiß, dass sie ständig »Fuck« sagt. Ich muss Mats anlügen.

— Ja, sie ist okay.

– Gut.

– Soll ich einen Bericht schreiben?

– Nein, nur mir eine Nachricht, wenn du etwas für wichtig hältst.

– Mach ich.

Dann schickt er mir ihre Handynummer. Ich gebe sie sofort ein und schreibe sie auch noch in meine Notizen. Auf dem Handy sehe ich, dass sie den gleichen Messengerdienst benutzt. Kein Profilfoto. Frauen, die so etwas erlebt haben, anonymisieren sich oft. Sie tragen unauffälligere Kleidung, schminken sich nicht mehr. Sie möchten sich für die Männer unsichtbar machen. Ich muss mir genau überlegen, was ich ihr schreiben soll. Charlie schnuppert noch immer an der Tür. Ich stehe auf, gehe zu ihm, drehe den Schlüssel und reiße die Tür auf. Lars schaut mich verdattert an. Charlie springt an ihm hoch.

»Nette Begrüßung«, sagt Lars.

»Tut mit leid«, sage ich.

»Ich wollte nur Charlie zu mir runterholen.«

»Ja, ist gut, sage ich.«

»Lust auf ein Bier?«

Ich drehe langsam den Kopf hin und her, doch dann denke ich an die Frau in der Küche.

»Ja, gerne«, sage ich. Lars ist nun vollends verwirrt, während Charlie winselt.

»Ein Bier, doch, das wäre jetzt cool.«

»On y va«, sagt Lars. Ich gehe die Leine holen, was idiotisch ist, Charlie benötigt im Treppenhaus keine Leine. Ich schließe die Wohnungstür ab und folge Lars und Charlie. In seiner Wohnung zeigt er zum Sofa. Ich schüttle den Kopf.

»Lieber in der Küche.«

Er schüttelt ebenfalls den Kopf, dreht sich aber Richtung Küche.

»Du jagst Phantome.«

Er öffnet den Kühlschrank und greift sich zwei Flaschen, dann zögert er.

»Mit oder ohne?«

»Mit ist okay.«

Ich setze mich auf denselben Stuhl, auf dem ich mich an die Frau erinnert hatte. Ich muss ihr Gesicht sehen, mich an jede Einzelheit erinnern.

»Meine Mutter will, dass ich Selfies mit Charlie für sie mache.«

»Dann mach doch welche.«

»Deshalb wollte ich ihn auch runterholen«, sagt er lachend. »Sie glaubt, dass sie auf Krücken mit Charlie rauskann. Was natürlich Quatsch ist. Vor allem muss sie zuerst lernen an Krücken zu gehen. Eine Nachbarin hat sich inzwischen bereit erklärt, mit Charlie Gassi zu gehen.«

»Wann wird deine Mutter wieder zu Hause sein?«

»Das dauert noch ein paar Tage.«

»Ich habe mich schon ein wenig an ihn gewöhnt.«

»Du hättest Zeit für einen Hund.«

»Danke.«

»So war das nicht gemeint.«

»Schon klar.«

Das Bier schmeckt mir nicht besonders. Es ist herb und bitter. Ich schaue mir das Etikett an.

»Ein Amberbier von einer kleinen, aber feinen Brauerei.«

»Ist nicht so mein Ding.«

Lars lacht.

»Andere sagen, es schmecke interessant oder es sei mal was anderes. Es schmeckt den meisten nicht besonders. Mir ehrlich gesagt auch nur, wenn ich etwas dazu esse. Aber ich habe aus lauter Begeisterung einen ganzen Kasten gekauft und erst die Hälfte getrunken.«

Charlie hat sich in eine Ecke auf den Fußboden gelegt. Wahrscheinlich nur, um uns zu beobachten.

»Erzähl mir von Jill, der Kurierin.«

»Ich habe dir schon alles gesagt.«

»Nein. Wo hattest du ihre Telefonnummer her?«

»Sie tauchte bei irgendeiner Party auf. Es waren viele Filmleute da. Und Werber. Das Übliche. Ich sah, wie sie dem Gastgeber eine Nylontasche übergab. Und er ihr einen Umschlag zusteckte. Halbwegs diskret. An solchen Orten nicht ungewöhnlich.«

»Was? Dass man Drogen bestellt?«

»Drogen sind in diesen Kreisen normal. Wie Alkohol. Nur die Beschaffung ist komplizierter. Früher gab es für alle Koks. Heute gibt es eine größere Auswahl. Viele Pillen. Als ich sah, wie sie zur Tür ging, folgte ich ihr. Ich hab sie direkt angesprochen, ob sie auch Einzelpersonen beliefert. Sie nickte und steckte mir eine Art Visitenkarte zu. Die führte zu einer Internetadresse, dort musste man seine Handynummer hinterlassen, und man wird aufgefordert, einen Messengerdienst zu installieren. Einen, der absolute Anonymität garantiert.«

»Klingt nach einer professionellen Organisation.«

Als ich die noch fast volle Bierflasche auf den Tisch stelle, greift er sie und kippt das Bier in den Ausguss. Danach reicht er mir eine andere Flasche.

»Probier diese.«

Ich nicke. Sie schmeckt mir viel besser. Ich hebe den Daumen.

»Hast du ihre Handynummer noch gespeichert?«

Lars schüttelt den Kopf.

»Ist jetzt schon eine Weile her. Sie hat mich blockiert, aber das sagte ich dir schon. Ich bestellte nur einmal etwas.«

»Aha«, sage ich.

»Was aha?«

»Sie hat dir gefallen, deshalb hast du sie angesprochen. Ist aber nichts daraus geworden.«

»Bravo Frau Psychologin.«

»Sie war also nur an jenem Abend hier, als ich auch hier war?«

»Ja. Sie war total kalt und machte voll auf Profi. Und der Stoff war sauteuer.«

»Männer«, sage ich lachend.

Er brummt etwas vor sich hin.

»Ich schau mir ein Fußballspiel an. Du kannst hier in der Küche zusammen mit Charlie Phantome jagen.«

»Jill ist kein Phantom.«

»Und sie ist nicht die Catalina, die ermordet wurde. Jill hatte nichts Südländisches an sich.«

»Aber ich glaube, sie will mir etwas sagen.«

»Tut mir leid, aber solchen Quark höre ich seit Jahrzehnten von meiner Mutter.«

»Ich mach mir nichts aus Esoterik. Es ist in meinem Kopf. Vieles ist irgendwie zersprungen. Es setzt sich nur langsam zusammen. Wie ein Puzzle. Da war auch noch ein Mann. Nicht nur Jill.«

»Es waren sechs oder sieben Leute in meiner Wohnung. Wie auch immer. Lass dir Zeit.«

Er geht winkend Richtung Wohnzimmer. Ich nehme erneut einen Schluck. Charlie sieht zu mir, unentschlossen, ob er Lars folgen soll. Ich schließe die Augen, versuche mir die Situation vorzustellen. Ich höre aus dem Wohnzimmer Geräusche. Minuten vergehen. Ich sehe nichts, ich erinnere mich an nichts. Nach etwa einer halben Stunde gebe ich auf. Ich trinke die Bierflasche aus und gehe ins Wohnzimmer. Charlie folgt mir und hüpft auf das Sofa.

»Ich gehe nach oben.«

»Okay. Morgen bleibe ich zu Hause, ich kümmere mich um Charlie.«

»Gut und sonst schreib mir.«

»Ja, danke.«

Mein Handy meldet eine Nachricht. Eine unbekannte Nummer. Ist es die junge Frau, die überfallen wurde? Ich winke Lars und Charlie zu. Dieser schaut Lars an. Lars bewegt seine Hand auf und ab. Charlie legt sich wieder hin und ich gehe nach oben.

47

Ich schlafe unruhig, wache auf, suche mit meiner rechten Hand nach Charlie. Knipse das Licht an. Erst jetzt erinnere ich mich daran, dass Charlie bei Lars ist. Ich lösche das Licht, drehe mich um. Es dauert nicht lange, bis ich wieder einschlafe. Dann schrecke ich auf. Ein Blick auf die Uhr. Es ist drei Uhr zwanzig. Ich hatte einen Albtraum. Einen Albtraum voller Frauen. Ich versuche mich zu erinnern. Daniela lacht. Ich weiß nicht, warum. Jill, ich sehe sie ganz deutlich. Doch es ist nicht die Jill, die ich in Lars' Küche gesehen habe. Es ist auch nicht Catalina. Es ist Ilaria. Hilfst du mir? Sie sagt es, ohne mich dabei anzuschauen. Sie sagt es zu allen. Riechst du es, fragt Daniela. Sie lacht noch immer. Hier. Sie hält mir ihre Hand hin, um daran zu schnuppern. Doch ihre Hand streichelt über Charlie. Er sieht aus wie ein kleiner Weihnachtsmann. Ich wache auf.

»Scheißalbtraum«, sage ich laut und schlage auf die Bettdecke. Schon wieder ein Weihnachtsmann, was soll das?

»Posttraumatische Belastungsstörungen führen oft zu Albträumen«, sagt John.

»Das weiß ich, verdammt noch mal.«

»Sie haben keine Bedeutung. Sie simulieren Angstmomente.«

»Wenn sie keine Bedeutung haben, weshalb träume ich dann von diesen Frauen und nicht von doofen Monstern oder schrecklichen Kreaturen?«

»Träume vermischen alles zu einem Brei. Sie sind wie schlechte Filme.«

»Schlechte Filme haben ein Happy End. Meistens.«

»Dann sind deine Träume Kunstwerke, Arthouse-Träume.«

»Die Kunst kann mich mal.«

»Denkst du, dass der Traum eine Bedeutung hat?«, fragt Maria.

Ich überlege. Es gibt etwas, das mich beunruhigt. Es ist Ilaria, die fragt ob ich ihr helfe. Was ist, wenn Simonas Besorgnis angebracht ist? Wenn sich Illaria tatsächlich in den Händen dieses Verrückten befindet? Zählt dann nicht jeder Tag? Müsste ich es nicht Mats sagen? Ich schrecke erneut auf. Diesmal weil ich höre, dass mein Handy eine Nachricht empfangen hat.

– Coole Sache, ich bin dabei. Bist du okay?

Eine typische Paula-Nachricht. Ein Gespräch mit einer Frau, die beinahe vergewaltigt worden war. Coole Sache.

»Sie findet es cool, dir zu helfen«, sagt Maria.

»Was macht sie um diese Zeit?«

»Sie lebt.«

»Danke. Ich bin also schon tot.«

»Du musst dich schonen, sie nicht.«

»Ich kann mich nicht schonen, wenn ich mich ständig mit euch unterhalten muss.«

»Kannst du schon«, sagt Maria.

Sie sind lästig. Sie sind unnütz. Sie sind eine Plage. Ich bin hellwach. Dann halt Deutsch für Anfänger. Doch die App langweilt mich nach wenigen Minuten. Ich muss mit Simona sprechen, aber das geht nicht mitten in der Nacht.

– Noch wach?

Was soll ich Paula antworten? Während ich überlege, fällt mir ein weiteres Detail aus meinem Albtraum ein. Ilaria war in Lars' Küche und sie trug ein blaues Kleid. Ein Sommerkleid. Ich erinnere mich nicht daran, sie in einem blauen Sommerkleid auf einem Foto gesehen zu haben. Ich muss mit Simona sprechen. Ich mache mir eine Notiz. Dann fällt mir ein, dass die Frau in Lars' Wohnzimmer ebenfalls ein geblümtes Kleid trug, aber jenes war nicht blau. Sprechen, sprechen, sprechen. Ich muss mit allen sprechen und ich kann es nicht. Und was soll ich jetzt tun? Weiterschlafen oder aufstehen? Ich werde am Nachmittag todmüde sein. Es ist vier Uhr. Zumindest zwei Stunden sollte ich noch schlafen. Besser drei. Warum will er, dass die Frauen unnütze Wörter lernen? Ich muss sie fragen, ob sie versucht, die Wörter zu vergessen. Geht das überhaupt? Etwas bewusst zu vergessen? Es aus dem Gedächtnis zu löschen? Oder benötigt man dazu einen heftigen Schlag auf den Kopf? Das Gegenteil von Lernen ist Vergessen. Kann man lernen, etwas zu vergessen? Ich finde einige Artikel und Beiträge.

»Rein theoretisch müsste der Mensch also, um etwas zu vergessen, dafür sorgen, dass die Synapsen und ihre Verbindungen der jeweiligen Erinnerungen abgeschwächt werden.« Klingt hochgestochen, aber vermutlich ist genau das in meinem Gehirn geschehen. Abgeschwächte oder zerstörte Synapsen. Interessant ist auch, dass unser Gehirn offenbar wie eine Festplatte funktioniert. Wenn wir etwas vergessen, löschen wir nichts, wir verlieren nur den Weg aus den Augen. Es ist nach wie vor im Gedächtnis vorhanden, aber wir können es nicht mehr finden. Das erinnert mich an einen Lehrer, der mir einen Trick beibrachte, wie man sich an etwas erinnern kann. Zum Beispiel einen Namen. Man weiß, dass man ihn kennt, aber er fällt einem nicht ein. Man geht das Alphabet durch. Langsam. Wenn es sein muss, mehrmals. Danach lenkt man sich ab. Und plötzlich ist der Name da. Diese Methode funktioniert verblüffend oft. Aber man benötigt Geduld und Zeit. Unter Stress dürfte es kaum funktionieren. Doch es bestätigt, dass wir die meisten Informationen nicht verlieren, nur den Zugang zu ihnen. Will man aktiv etwas vergessen, müsste man den Weg bis zur Information kappen. Aber wie kann man das anstellen? Man kann versuchen, die Information zu ersetzen. Wenn ein Ort schlechte Gefühle weckt, ersetzt man ihn durch einen anderen Ort. Klingt einfach, scheint mir aber unrealistisch. Die Erinnerung an eine Vergewaltigung kann man nicht löschen. Es ist mehr als eine Erinnerung. Es ist eine Katastrophe. Wenn man Glück hat, übernimmt das Gehirn diesen Part. Wie bei mir. Ähnlich wie bei einer Chemotherapie werden dabei auch gesunde Zellen und Erinnerungen gelöscht. Während ich darüber nachdenke, schlafe ich wieder ein.

Es ist sieben Uhr dreißig. Ich erinnere mich an meine Gedanken über das Löschen von Erinnerungen und Ereignissen. Wie ist es mit Albträumen? Die meisten prägen sich nicht ein, werden nicht zu einer Erinnerung. Was aber geschieht, wenn sich ein Albtraum einprägt? Ist das der Grund, weshalb es Leute gibt, die immer wieder den gleichen Albtraum durchleben? Wurde er ein Teil ihrer Erinnerung? Ich habe vor einigen Tagen schon einmal darüber nachgedacht. Auch über die Techniken, Albträume in normale Träume umzuwandeln. Geht das auch bei einem realen Ereignis? Kann man sich vorstellen, dass kurz vor der Vergewaltigung die Polizei kommt? Macht das die Erinnerung weniger brutal? Ich bezweifle es. Bei der jungen Frau war es der Essenskurier, der sie rettete. Doch das Trauma des Überfalls wird sie nicht loslassen. Kann sie sich je wieder sicher fühlen in ihren eigenen vier Wänden? Ich stehe auf und bemerke, dass etwas fehlt. Wie schnell man sich an einen Hund gewöhnt. Ist es seine Präsenz oder fühlt man sich tatsächlich besser, wenn da noch jemand in der Wohnung ist? Andererseits habe ich meine Freiheit zurück. Ich kann überall hingehen und muss keine Rücksicht auf Charlie nehmen. Die ewige Kehrseite der Medaille. Ich habe eine Nachricht von Lena erhalten, die Frau, die überfallen wurde. Ich weiß nicht, ob sie tatsächlich Lena heißt. Vermutlich benutzt sie eine Prepaid-Sim. Die Polizei kennt ihren richtigen Namen, doch ich kann gut verstehen, wenn sie anonym bleiben möchte. Sie schlägt als Treffpunkt ein Einkaufszentrum vor. Auch das passt. Heute um zwölf. Mittagspause. Vielleicht arbeitet sie in der Nähe. Ich schreibe Paula. Sie wird noch schlafen und wenn ich Pech habe, wacht sie erst um elf auf. Ich muss Lena spätestens um acht anrufen. Ich notiere mir alles. Ich zögere beim Wort »anrufen«, weil ich »to call« im Kopf habe. Ich muss mich zwingen, geduldig zu sein und zu hoffen, dass es mir einfällt. Und es sonst nachschlagen. Auch so ein Wort, das langsam an Bedeutung verliert. Etwas in einem Buch oder Lexikon nachschlagen. Kann man es auch online benutzen? Ich frühstücke, trinke zwei Kaffee, überfliege Neuigkeiten und übe eine Viertelstunde Deutsch. So dauert es ewig, bis ich alles wieder neu gespeichert habe. Um neun antwortet Paula. Sie hat Zeit. Ich bestätige Lena das Treffen. Ich sieze sie und verzichte auf jegliche Floskeln. Sie antwortet knapp.

– Dann bis später.

Wenig später ergänzt sie, wo genau wir uns treffen werden. Paula schreibt und fragt, was sie anziehen soll. Ich muss lachen und schreibe ihr.

– Normal.

Was immer das für sie bedeutet. Ich ergänze.

– Unauffällig.

– Ganz brav. Ich habe verstanden.

Dazu eine Lawine an Emojis. Ich lege mich wieder hin und stelle den Wecker. Ich muss frisch und wach sein und konzentriert. So wie früher. Verdammt lang her. Das ist auch ein Lied. Ich erinnere mich. An einen Song. Immerhin.

48

Das Einkaufszentrum ist weniger stark besucht, als ich befürchtet habe. Es befindet sich an der Peripherie, ist aber gut mit öffentlichen Verkehrsmitteln zu erreichen. Als ich in den Bus steige, schaue ich mir die wenigen Passagiere an. Es ist zwar bewölkt, aber eine Sonnenbrille zu tragen, ist nicht ungewöhnlich und sehr nützlich, wenn man andere Leute beobachten will. Er folgt mir nicht auf Schritt und Tritt. Er hat einen ganz normalen Job. Aber was weiß ich schon? Dazu kommt, dass ich psychisch in einer Verfassung bin, die Hirngespinste begünstigt. Vermutlich bin ich derzeit auch anfällig für Verschwörungstheorien, Chemtrails, flache Erde und all den Mist, an den Leute glauben, weil sie irgendetwas brauchen, das sie von den anderen abhebt. Leute, die glauben, dass sie den Durchblick haben, und sich in eine Sackgasse manövrieren. In Gedanken versunken, verpasse ich beinahe die Haltestelle. Paula steht vor dem großen Eingang. Sie trägt Jeans und eine blaue Lederjacke. Sie wirkt enttäuscht, als sie mich sieht.

»Wo ist Charlie?«

»Hast du nur wegen ihm zugesagt?«

»Nicht nur.«

»Charlie gehört mir nicht.«

»Ich weiß. Wo ist die Frau?«

»Sie kommt in einer Viertelstunde.«

»Was machen wir bis dahin?«

»Wir gehen rein.«

Der Treffpunkt ist im dritten Stock. Ich gehe zuerst in die falsche Richtung. Paula ist alles andere als begeistert. Ich bin mir sicher, dass uns Lena beobachtet. Sie hat den Treffpunkt auf dem Oberdeck in der Nähe des Ausgangs zu den Parkplätzen gewählt. Nur wenige Leute parken hier oben. Und es gibt auch nur wenige Geschäfte, dafür eine ganze Zeile mit Büros, die alle nicht angeschrieben sind. Vielleicht arbeitet sie in einem der Büros.

»Über was unterhalten wir uns?«, will Paula wissen.

»Es geht um den Überfall auf sie. Es ist heikel. Du musst mich korrigieren, wenn ich Wörter in einer Fremdsprache benutze.«

»Du hast ›corregere‹ gesagt.«

»Es geht schon los.«

»Sag ihr, was mit dir geschehen ist. Sie wird es verstehen.«

Vielleicht keine schlechte Idee. Es kann aber auch anbiedernd wirken. Schau, mir ist auch etwas Schlimmes widerfahren. Ich gehe jetzt in die richtige Richtung. Ich habe ihr geschrieben, was ich trage. Der Treffpunkt ist eine blaue Tür. Sie ist verschlossen. Ich schaue mich um, während Paula auf ihrem Telefon herumtippt. Ich sehe eine Frau, die auf mich zukommt. Sie ist kleiner als ich, sehr schlank, kurze braune Haare, und sie trägt zu meiner Überraschung einen kurzen Rock und elegante Pumps. Sie streckt mir ihre Hand hin.

»Lena.«

»Ich bin Anna und das ist Paula.«

Paula grinst breit und sagt etwas auf Spanisch. Ich bin nicht amused, aber Lena lächelt.

»Wir können uns da drüben hinsetzen.«

Sie zeigt in eine Ecke, in der ein weißer Tisch und vier Stühle stehen. Wie für uns gemacht.

»Früher kam ich hierher, wenn ich in Ruhe arbeiten wollte. Das WLAN war immer sehr gut und umsonst. Heute hat man das fast überall.«

Wie alt ist Lena? Ich ärgere mich darüber, dass ich Mats nicht gefragt habe. Oder habe ich es vergessen?

»Ich habe manchmal Probleme ...«

»Ich weiß. Er hat es mir gesagt.«

»Mats?«, frage ich und ich bemerke, dass ich verärgert klinge.

»Duzen wir uns?«, fragt Lena.

»Kein Problem«, sage ich.

»Phantastisch«, sagt Paula.

»Keine Aufnahmen.«

Ich nicke. Ich hatte mir eine eingeschüchterte junge Frau vorgestellt, doch Lena ist das genaue Gegenteil davon. Oder eine gute Schauspielerin. Ich zücke einen Zettel. Ich habe mir Fragen aufgeschrieben, um wenigstens am Anfang keinen Unsinn zu sagen.

»Er hat es wieder gemacht, oder?«, fragt sie leise.

»Darüber kann ich nicht sprechen, sorry.«

»Dann nicke mit dem Kopf.«

Ich zögere kurz, nicke dann aber langsam.

»Okay.«

»Ich werde dir zuerst einige persönliche Fragen stellen.«

»Muss wohl sein.«

»Wie viele Sprachen sprichst du?«

»Hä?«

Sie schaut mich verständnislos an. Kein guter Beginn.

»Deutsch, Englisch, Französisch«, zählt Paula auf.

»Wollt ihr mir einen Sprachkurs andrehen?«

»Es ist wichtig«, sage ich.

»Wichtig«, sagt Paula.

Was habe ich gesagt? Importante? Ich möchte die Übung am liebsten abbrechen. Es ist eine Katastrophe. Lena denkt nach. Gleich sagt sie, dass sie keine Lust mehr hat.

»Hat er dich angefasst?«, fragt sie stattdessen.

Ich brauche einige Sekunden, um zu verstehen, dass sie meinen Angreifer meint.

»Nein.«

»Mich auch nicht. Aber es fühlte sich so an. Die Leute sagen, ich hätte Glück gehabt. Was für ein beschissenes Glück. Ich krieg es nicht mehr aus meinem Kopf. Weißt du, wo ich jetzt wohne? Im sechsten Stock. Es gefällt mir nicht. Ich habe immer Parterrewohnungen geliebt, mit einem kleinen Sitzplatz. Aber das geht nicht mehr.«

»Es wird besser mit der Zeit.«

Wir schauen beide verblüfft zu Paula.

»Eine Freundin«, sagt sie. »Es ist über zehn Jahre her. Sie sagt, es ist besser geworden.«

»Gut für sie«, sagt Lena.

»Sprichst du Fremdsprachen?«, frage ich.

»Ganz passabel Englisch. Aber ich mag es nicht besonders.«

»Fuck. Ich auch nicht«, sagt Paula lachend. Lena lächelt nicht.

»Hast du in den vergangenen Jahren einen Sprachkurs besucht?«

Lena schüttelt den Kopf.

»Ich habe nie begriffen, was der Typ mit den Karten wollte.«

Paula schaut mich fragend an. Ich schaue auf meine Notizen.

»Glaubst du, dass du ein Zufallsopfer warst?«

Lena zieht ihre Nase hoch und sucht etwas in ihrer Tasche. Sie nimmt ein Taschentuch raus, benutzt es aber nicht. Sie blickt auf die weiße Betonwand.

»Nein.«

Ich lasse ihr Zeit. Paula bewegt sich auf ihrem Stuhl, was ein unangenehmes Geräusch verursacht. Zudem kommt eine Familie in unsere Richtung. Die Mutter bleibt stehen und zeigt zum Ausgang ins Parkhaus. Es dauert lange, bis sie endlich weg sind. Lena tupft sich mit dem Taschentuch die Nase.

»Ich kann nicht sagen, warum, aber ich glaube, dass er mich beobachtet hat. Dieses Gefühl, dass mich jemand beobachtet, war ab und zu da. Ihr kennt das.«

Paula nickt, ich nicke.

»Ich habe das damals nicht gesagt, weil ich mir nicht sicher war.«

»Gab es andere Dinge? Anonyme Anrufe, Geschenke?«

»Nein. So war es nicht. Nur das Gefühl, dass mich einer anstarrt. Aber da war nie jemand.«

»Wie lange hattest du dieses Gefühl, bevor es geschah?«

»Dieses Gefühl«, sagt Paula.

»Zwei, drei Wochen, vielleicht länger.«

Sie zögert einen Moment. Es ist etwas anderes, denke ich plötzlich. Sie will mir etwas sagen, aber sie muss sich überwinden. Ich muss vorsichtig sein. Geduldig.

»Seine Stimme. Beschreib sie mir.«

»Eine normale Stimme, eher etwas hoch für einen Mann. Ich kann sie mit niemandem in Verbindung bringen.«

»War irgendetwas an ihm auffällig?«

Lena atmet tief ein und aus.

»Was er machte, war verdammt auffällig. Er nicht. Und er trug eine Maske, einen schwarzen Sweater, schwarze Hosen. Alles war schwarz. Er war schlank, ich denke, sportlich, aber nicht sehr muskulös. Ich starrte die ganze Zeit auf das Messer. Ich dachte, gleich klingelt es. Was macht er dann? Rastet er aus? Ich brauche eine Pause.«

Lena steht auf und geht an uns vorbei.

»Zehn Minuten«, sagt sie. Ich nicke. Als sie weg ist, wende ich mich Paula zu.

»Was denkst du?«, frage ich sie.

»Sie will reden.«

»Wie meinst du das?«

»Ich weiß es nicht, aber sie möchte über etwas reden.«

»Ja, kann sein.«

»Er stand mit einem Messer in der Hand vor ihr?«

»Ja. Er kam durch die offene Balkontür in ihre Wohnung.«

»Er wusste, dass sie alleine war.«

»Ja, solche Typen spionieren ihre Opfer aus.«

»Es fällt ihr schwer über etwas zu reden. Es muss etwas Intimes sein.«

»Ich darf nicht zu direkt sein.«

»Nicht wie eine Freundin?«

»Nein.«

»Vielleicht braucht sie eine Freundin?«, sagt Paula.

»Sie kommt zurück.« Ich bin erleichtert, denn ich rechnete mit allem. Lena sieht verändert aus. Hat sie sich neu geschminkt? Sie setzt sich hin, schaut uns etwas verlegen an.

»Wird es einen Bericht darüber geben? Über dieses Gespräch?«

»Nicht, wenn ich es nicht will«, sage ich.

»Versprochen?«

»Versprochen.« Ich denke an Mats. Ihm könnte ich es sagen, er würde es für sich behalten. Vielleicht.

»Du bist keine Polizistin?«, fragt sie Paula.

»Fuck, nein.« Sie schaut mich an und verzieht ihr Gesicht. Lena lächelt kurz.

»Ich habe es für mich behalten, weil ich nicht stolz darauf bin. Überhaupt nicht. Es war scheiße, aber damals hatte ich große Probleme. Schulden. Ich hasse Schulden. Meine Mutter war eine Chaotin, sie hat die Rechnungen immer viel zu spät bezahlt. Es gab ständig Probleme. Ich hasse Geldprobleme. Ich verlor meinen Job, ich hatte ein neues Handy gekauft, andere Dinge. Ich wollte nicht werden wie meine Mutter. Keine Schulden. Niemanden anpumpen. Ich musste etwas tun.«

Ich habe keine Ahnung, worauf sie hinaus will, aber es wäre ein Fehler, jetzt nachzuhaken.

»Ich erinnerte mich an eine Freundin. Sie hat es ab und

zu gemacht. Easy money, sagte sie. Ich dachte, okay, drei, vier, fünf Mal. Sollte reichen. Ich suchte mir eine Agentur raus, rief an. Wir verabredeten uns. Sie war eine aus dem Ostblock, schön, kühl sehr businesslike. Sie erklärte mir, wie es abläuft. Was man verdienen konnte. Sie hatten auch ein Zimmer angemietet, für jene, die nicht ins Hotel wollten. Alles sehr professionell.«

»Eine Escort-Agentur«, sage ich.

»Ja. Sex auf Bestellung. Ich habe es mir ernsthaft überlegt. Heute muss ich kotzen, wenn ich daran denke.«

Catalina hat als Escort gearbeitet. Es gibt eine Verbindung zwischen ihr und Lena.

»Wann war das?«, frage ich.

»Wann war das?«, fragt Paula.

Lena schaut mich an.

»Kurz darauf hatte ich das Gefühl, dass mich einer verfolgt. Es war drei oder vier Wochen bevor … Ich habe es nie gemacht. Ich könnte es nie machen. Vielleicht bilde ich es mir ein. Schuldgefühle. Kann sein, oder? Wir haben doch ständig Schuldgefühle.«

»Ja«, sagt Paula.

Ja, denke ich. Sic ist jetzt aufgewühlt, ich muss vorsichtig sein, aber ich kann ihr einige Fragen nicht ersparen.

»Welche Escort-Agentur war es?«

»Sie existiert nicht mehr.«

»Wie hieß sie?«

Sie überlegt lange.

»Wahrscheinlich hat er da rumgelungert und mich gesehen. Da war sonst niemand.«

Sie will mir den Namen der Agentur nicht sagen. Als Polizistin müsste ich jetzt insistieren.

»Ich möchte nicht, dass das alles publik wird. Verstehst du das?«

»Ja, das verstehe ich.«

»Hat er andere Frauen vergewaltigt?«

Du verrätst mir dein Geheimnis und ich verrate dir meines. Lena ist eine gute Geschäftsfrau.

»Es ist gut, dass du das mit der Escort-Agentur erwähnt hast. Es könnte helfen, den Typen zu überführen.« Sie verzieht ihren Mund.

»Können wir über das reden, was er getan hat?«

»Ich habe das alles schon deinen Kolleginnen erzählt.«

»Es geht mir um ganz bestimmte Dinge.«

»Particolare?«

»Spezielle Dinge«, sagt Paula.

»Er hat dir die Karten hingeworfen?«

Lena nickt und schüttelt sogleich den Kopf.

»Es war nur eine.«

»Handgeschrieben?«

»Nein. Ausgedruckt und auf einen Karton geklebt. Sie war fester als eine Ansichtskarte.«

»Wie groß?«

»Etwa wie eine Ansichtskarte.«

»Wo hatte er sie her?«

»Er zog sie aus seiner Hosentasche. Die hintere Hosentasche.«

»Stand er direkt vor dir?«

»Etwa ein Meter Abstand. Aber er kam näher, als ich die Karte in die Hand nahm.«

»Und dann?«

»Er befahl mir, den Text vorzulesen.«

»Schrie er dich an?«

»Nein. Er war … eigentlich ruhig, aber sehr bestimmt. Ich fragte, was? Er wiederholte, lies den Text vor, das zweite Mal klang es bedrohlich. Ich begann zu lesen. Es machte keinen Sinn. Es war absurd. Ich las die Wörter. Ich verstand nicht, was sie bedeuteten, was er damit wollte. Aber ich sah … er stand plötzlich dicht vor mir, ich sah, dass er erregt war, sein … ich sah zu ihm hoch. Jetzt zischte seine Stimme. Lerne die Wörter auswendig. Jetzt.«

Sie atmet rasch und ihre Hand zittert. Ihr Blick ist auf einen imaginären Punkt am Boden gerichtet.

»Ich hatte solche Angst, ich verstand nicht, was er wollte, ich hätte fast geschrien. Plötzlich klingelte es. Er nahm mir die Karte aus der Hand und dann war er plötzlich weg.«

Ich lasse ihr Zeit, sich zu beruhigen. Paula sitzt schweigend neben mir.

»Eines der Wörter, ich bringe es nicht mehr aus dem Kopf. ›Probetante‹. Ich sehe es vor mir, ich höre, wie ich es sage. ›Probetante‹.«

»Was?«, ruft Paula. Ich drehe mich um zu Paula, ihr Mund ist offen.

»Was hast du?«, frage ich.

Paula wischt sich mit einer Hand über ihr linkes Auge.

»Nichts. Ich habe das Wort nicht verstanden.«

»Probetante«, sage ich. »Es hat keine Bedeutung.«

»Das stimmt nicht«, sagt Lena.

Natürlich, denke ich. Für Lena bedeutet das Wort Terror, Panik, Ausgeliefertsein.

»Ich kann nicht länger …«

»Ist okay«, sage ich. »Vielen Dank.«

Sie steht auf, nickt uns zu und geht. Ich stehe ebenfalls auf und sehe, dass Paula ungerührt dasitzt.

»Was ist los, Paula?«

»Probetante.«

»Es sind eigentlich zwei Wörter. ›Probe‹ und ›Tante‹. Beides sind falsche Freunde. Im Englischen und im Italienischen.«

»Fuck. Ich kenne das Wort«, sagt Paula laut. »Ich habe es gelesen. Ich kenne es.«

»Du hast das Wort ›Probetante‹ irgendwo gelesen?«

Sie nickt.

»Wo?«

»Ich muss nachdenken.«

So aufgewühlt habe ich Paula noch nie erlebt. Was hat das zu bedeuten? Ein Wort, das nur dieser Typ kennt und benutzt, und Paula hat es irgendwo gelesen?

49

Ich schlage vor, dass wir etwas essen gehen. Paula nickt und nennt den Namen eines Take-away. Wir gehen schweigend nebeneinander. Es ist nicht viel los. Wir kaufen zwei warme Wraps. Paula nimmt einen mit Gemüse, ich mit Hähnchen. Dazu bestellen wir je eine kleine Flasche Mineralwasser. Die Wraps schmecken sehr gut. Wir sitzen auf einer schmalen Mauer, neben uns sitzen Schüler, die Burger und Pizzastücke essen. Wir schweigen minutenlang, auch noch, als wir die Papierservietten entsorgt haben. Ich spüre, wie mein Rücken zu schmerzen beginnt und sich die Müdigkeit langsam ausbreitet.

»Ich muss mich bald hinlegen.«

Paula nickt und zeigt auf die Bushaltestelle in der Nähe.

»Fährt der Bus in deine Richtung?«

»Ja. Ich muss einmal umsteigen, aber das ist kein Problem.«

»Ich kenne dieses Wort.« Erneut benötige ich einen Moment, bis ich begreife, was sie meint.

»›Probetante‹? Was bedeutet es?«

»Keine Ahnung.«

»Woher kennst du es?«

Paula wendet sich ab und schaut in eine andere Richtung.

»Hat er dich auch überfallen?«

Sie schaut mich wieder an und schüttelt den Kopf.

»Nein.«

»Es ist wichtig, Paula.«

»Wichtig für wen?«

»Er hat eine Frau getötet und er wird es wieder tun.«

»Nein«, sagt Paula bestimmt.

»Du kennst ihn?«

»Ich habe dir gesagt, wie ich Deutsch gelernt habe.«

»Du warst mit einem Sprachlehrer zusammen.«

Ist das der Grund, weshalb sich Paula seltsam benimmt? Kennt sie den Mann? War er ihr Freund oder ihr Geliebter?

»Erzähl mir von ihm.«

»Er macht so etwas nicht.«

»Wie lange warst du mit ihm zusammen?«

»Ein Jahr. Etwas länger.«

»Beschreib ihn mir.«

»Er ist es nicht. Er ist kleiner, nicht so schlank, und seine Stimme ist tief.«

»Wann hast du ihn zuletzt gesehen?«

»Weiß nicht. Vor einem Jahr oder so.«

»Probetante«, sage ich.

»Wir hatten uns schon getrennt. Nein, er hatte sich von mir getrennt. Wegen einer anderen. Jünger, hübscher. Ich war noch einmal bei ihm. Wir hatten Sex.«

»Er hatte schon eine andere und er schlief trotzdem noch mit dir?«

»Einmal. Ein letztes Mal, sagte er. Der Sex war gut. Immer.«

Sie lächelt. Sie steht noch immer auf den Typen.

»Er erhielt danach einen Anruf und ging aus der Wohnung. Ich wusste, dass es die andere war. Es dauerte ewig. Ich ging umher, es war noch alles so wie vorher. Auch der Schreibtisch. Ein alter Schreibtisch, antik, ich habe ihn geliebt. Er ist wie aus einem alten Film. Schönes Holz. Ich strich mit meiner Hand über die Tischplatte. Da lag eine Karte.«

»Probetante«, sage ich.

»Ja. Auch noch andere Wörter, aber ›Probetante‹ ist mir aufgefallen. Es war eine andere Schrift, größer.«

»Waren die Wörter von Hand geschrieben?«

»Nein. Gedruckt.«

»Hast du ihn darauf angesprochen?«

Sie schüttelt den Kopf.

»Als er zurückkam, musste alles schnell gehen. Es war nicht schön. Er sagte, du musst gehen. Da wusste ich, dass es endgültig war. Es tat weh.«

Sie hält eine Hand auf ihre Brust.

»Ich muss mit ihm reden«, sage ich.

»Er war es nicht.«

»Du hättest einen Vorwand, ihn wieder zu sehen.«

»Wenn ich das will.«

»Habt ihr überhaupt keinen Kontakt mehr?«

»Er schreibt mir ab und zu. Aber was soll ich antworten?«

»Jetzt hast du einen Grund, ihm zu schreiben.«

»Die Karte lag auf seinem Schreibtisch, ich hätte sie nicht lesen dürfen.«

»Dann werde ich allein mit ihm sprechen.«

»Nein.«

»Was nein?«

»Ich spreche mit ihm.«

»Wann?«

»Jetzt oder später. Ich schreibe ihm.«

»Gut. Es ist wichtig, denk daran.«

»Ich weiß.«

»Wie heißt er?«

Sie schüttelt den Kopf und steht auf.

»Ich schreibe dir oder rufe dich an.«

Sie geht mit einem scheuen Winken. Ich gehe zur Bushaltestelle. Die Müdigkeit ist jetzt wie ein schwerer Mantel. Auch meine Gedanken werden langsamer. Ich bemerke es, als ich einige Sätze in mein Handy tippe. Im Bus schaue ich mich um. Es wird zur Routine. Als ich umsteige, glaube ich einen Moment lang, dass ich ihn sehe. Doch der Mann ist älter und in Begleitung einer asiatischen Schönheit. Ich gehe langsam nach Hause. Sehr langsam. Die Treppe wird zu einem Hindernis. Ich bin nicht außer Atem, aber meine Beine schmerzen. Als ich endlich in der Wohnung bin, lasse ich mich aufs Bett fallen und schlafe sofort ein.

Vier Stunden. Und ich fühle mich noch immer kaputt. Es wird nicht besser. Auf dem Bett kontrolliere ich mein Handy. Keine einzige neue Nachricht. Ich schließe die Augen. Soll ich nicht einfach aufhören? Ich könnte Mats alles, was ich weiß und vermute, mitteilen und mich vollständig zurückziehen. Für immer.

»Ist doch ganz nett als Frührentnerin«, sagt John.

»Ist es nicht.«

»Der Traum aller Arbeitsscheuen.«

»Und so wirst du auch angeschaut. Was fehlt ihr denn? Sie kann laufen, dann kann sie auch arbeiten.«

»Kannst du ja auch. Geschützte Werkstatt oder so.«

»Ganz toll.«

»Oder mach es wie die anderen. Escort. Klingt doch nach easy money.«

»Ich würde mich ekeln.«

»Vor den Männern?«

»Vor mir selbst.«

»Die Verlockung ist da, wenn man jung und hübsch ist.«

»Das gilt doch auch für Jungs. Über die männlichen Prostituierten am Bahnhof und in den Parks liest man nie etwas. Außer einer wird getötet.«

»Wie Catalina.«

»Es passt nicht zusammen. Lena ist keine Prostituierte, sie hat es sich nur überlegt.«

»Aber auffällig ist es schon.«

Es ist eine dieser seltsamen Übereinstimmungen, auf die man bei Ermittlungen manchmal trifft. Sich darauf zu versteifen, wäre genauso falsch, wie sie einfach abzutun. Man muss alle Fakten, Hinweise und Vermutungen immer wieder durchgehen, da neue Erkenntnisse ein neues Licht darauf werfen. Ich schreibe Paula eine Nachricht. Ich mache ihr noch einmal klar, wie wichtig es ist. Was, wenn dieser Typ tatsächlich Ilaria oder eine andere Frau in seiner Gewalt hat? Und was, wenn dieser Typ Paulas Ex ist? Würde sie es mir sagen? Ich bin mir ziemlich sicher, dass sie ihn immer noch liebt. Das Handy meldet sich. Paula hat geantwortet.

— Ich treffe ihn heute Abend. Kein Stress, bitte.

Immerhin. Aber wenn er es ist, wird er sie verführen. Ihr all den Schmus erzählen, dass er ständig an sie dachte, und sie wird dahinschmelzen. Fuck.

— Ich möchte ihm Fragen stellen.

— Schreib mir die Fragen.

Auch das noch. Es wird nicht funktionieren. Der Typ hat ein leichtes Spiel. Ich müsste Mats benachrichtigen, und er müsste sich den Typen vorknöpfen. Doch habe ich einen begründeten Verdacht? Ja und nein.

— Ich muss wissen, was er über die Wörter weiß und ob sie von ihm sind.

— Ich rede mit ihm. Ich.

Das ist eindeutig. Auf was habe ich mich da eingelassen? Ich bin eine verdammte Amateurin, ständig müde und wirr im Kopf. Erneut eine Nachricht.

— Morgen wird es stressig.

Auch das ist eindeutig. Lars will, dass ich mich morgen wieder um Charlie kümmere. Warum nicht? Hundesitterin kann ich. Immerhin etwas.

— Geht klar.

— Danke! Bestell dir was Gutes, ich lad dich ein.

— Pizza ist okay.

— Nimm die beste.

Ja klar. Und als Bestätigung, dass es noch schlimmer kommen kann, meldet sich auch noch meine Mutter. Sie hat zweifellos wieder gesehen, dass ich gerade online bin.

Es folgt ein völlig sinnloser Austausch von Nichts, der damit endet, dass sie mir nahelegt, wieder einmal vorbeizukommen. Darauf habe ich jetzt wirklich keinen Bock. Aber wenn ich ihr schreibe, dass ich voll beschäftigt bin, denkt sie, dass ich Tag und Nacht deprimiert im Bett liege. Ich schreibe, dass ich mich melde. Natürlich wird sie weiter auf meinen Online-Status starren und sich wundern. Und wenn ich die Sichtbarkeit ausschalte, wird sie sich fragen, warum. Es gibt keine Flucht mehr. Wir werden Tag und Nacht beobachtet und liefern allen ein Bewegungsprofil. Wie lange wird es dauern, bis sich Paula erneut meldet? Es ist halb sechs, ›heute Abend‹ ist ein dehnbarer Begriff. Bei Paula kann es auch bedeuten, dass sie sich um neun oder zehn treffen. Ich muss irgendwie die Zeit totschlagen. Ich öffne Apps, beginne Übungen und breche sie wieder ab. Ich schaue, ob Simona online ist. Oder Daniela. Sofort fällt mir meine Mutter ein und ich schließe den Messengerdienst. Ich überlege und komme zum Schluss, dass ich zwei oder drei Stunden schlafen könnte. Keine grandiose Idee nach vier Stunden Schlaf, aber ich kann es versuchen. Ich lege mich aufs Bett, setze auf meinem Handy den Alarm und schließe die Augen. Zuerst schwirrt alles Mögliche durch meinen Kopf. Und dann bin ich plötzlich weg. Und werde erst durch den Alarmton geweckt. Keine Mitteilungen. Ich stehe auf und gehe einkaufen. Was man halt so macht, wenn man nicht weiß, was man tun soll.

50

Ich versuche seit zwei Stunden, die Zeit totzuschlagen. Ich habe mir ein Sushi liefern lassen, es liegt mir auf dem Magen. Die Quittung werde ich Lars geben, er wollte es ja so. Einen Film habe ich nach zehn Minuten gestoppt, weil alles vor meinen Augen zu flimmern begann. Danach konnte ich auch nicht mehr viel auf meinem Handy machen. Ich habe versucht, das Gespräch mit Lena zusammenzufassen. Die einzige Neuigkeit ist der Link zu einer Escort-Agentur, die nicht mehr existiert. Eine Neuigkeit, die ich für mich behalten sollte. Ist er Lena gefolgt, als sie aus der Agentur ging, oder hatte er Zugriff auf die Daten der Agentur? Ich tendiere nach wie vor dazu, dass er in ihrer Nähe wohnte und ihr möglicherweise bis zur Escort-Agentur gefolgt ist. Wie soll ich das mit der Escort-Agentur Mats mitteilen, ohne dass er eine Stunde später bei Lena auf der Matte steht? Diese Episode ist ihr peinlich, sie mit mir zu teilen, kostete sie Überwindung. Sie Mats tellerfertig zu servieren, kommt einem Verrat gleich.

– Können wir sprechen?

Mein Puls beschleunigt sich, als ich Paulas Nachricht lese.

– Ja klar. Jetzt?

– Ich rufe dich an. Kein Video. Ich sehe schrecklich aus.

Ich starre auf mein Handy und es vergehen fünf Minuten. Ich starre weiter auf mein Handy und tigere in der Wohnung umher. Es vergehen weitere fünf Minuten. Endlich der Klingelton.

»Erzähl«, sage ich.

»Langsam«, sagt Paula.

»Ist etwas passiert?«, frage ich.
»Kannst du etwas bei einer Buße machen?«
»Was?«
»Er wurde geblitzt.«
»Soll ich sie bezahlen oder was?«
»Du hast doch Beziehungen.«
»Das ist jetzt ein schlechter Witz, oder?«
»Er hat geflucht, dass in dieser Stadt an jeder Ecke ein Grüner steht, der etwas verbieten will.«
Trotz des Ärgers muss ich über den Vergleich lachen.
»Er mag keine Grünen. Wählst du grün?«
»Nein«, sage ich. »Ich wähle so gut wie nie.«
»Er lebt wieder allein.«
»Hast du mit ihm geflirtet?«
»Nein«, sagt sie lachend.
»Das bedeutet Ja.«
»Demasiado poco.«
Ich erinnere mich an das Wort »demasiado«. Ich muss tatsächlich damit begonnen haben, Spanisch zu lernen.
»Zu wenig?«, frage ich.
»Ja.«
»Hast du mit ihm über die Karte gesprochen?«
»Ja. Sie ist nicht von ihm.«
Das kann jeder behaupten, denke ich.
»Wie hat er reagiert? War er wütend?«
»Angry?«
»Ja, wütend, arrabbiato.«
»Ich hasse Englisch.«
»Ich weiß.«
»Du benutzt oft englische Wörter. Ich habe fast alle vergessen.«
»Und? War er angry?«
Ich betone das Wort und spüre, wie ich die Geduld verliere.

»Nein. Er hat mich lange angeschaut und dann gefragt, warum ich frage.«

»Wem gehört die Karte?«

»Es ist seltsam.«

»Was ist seltsam?«

»Er ruft mich an.«

»Es ist seltsam, dass er dich anruft?«

»Nein. Er sagte, dass es seltsam ist. Weil er erst kürzlich an die Karte gedacht hat. Er sucht nach ihr und wenn er sie gefunden hat, ruft er mich an.«

»Ich muss nur den Namen wissen.«

»Er ruft mich an und ich rufe dich an.«

Und weg ist sie. Ich bin frustriert und ärgere mich darüber, dass ich frustriert bin. Dann sehe ich, dass ich eine Mail erhalten habe. Es ist Benny, der Sprachlehrer. Er fragt, ob ich interessiert sei, erste Versionen ihrer App zu testen. Warum nicht, denke ich. Zeit habe ich ja genug. Und wieder seine Telefonnummer. Will er mich daten? Dann kommt eine weitere Mail, wieder von Benny.

– Es geht vor allem darum, Wiederholungen so umzusetzen, damit einem nicht langweilig wird. Wie erwähnt, richtet sich die App an Leute, die Mühe haben, eine Sprache zu lernen. Du gehörst demnach nicht unbedingt zur Zielgruppe. Aber die App soll auch für alle anderen etwas bieten. Sonst erreichen wir zu wenige Leute. Würde mich freuen, von dir zu hören.

Okay, ich denke er möchte mich daten. So umständlich machen das nur Studenten und schüchterne Intellektuelle. Nicht unbedingt meine bevorzugte Spielwiese, aber man kann sich auch täuschen. Früher habe ich immer darauf geachtet, dass die Typen sportlich sind. Das ist mir auch jetzt noch wichtig. Aber es steht in den Sternen, wann und ob ich wieder Sport treiben kann. Apropos Sterne. Wenn mich einer beim ersten Date nach meinem Sternzeichen fragt, dann fliehe ich. Es ist mir rätselhaft, dass man noch an diesen Unfug glauben kann. Ich bin nüchtern. Ich glaube, was man beweisen kann. Polizistin halt. Unerklärliche Phänomene interessieren mich nicht wirklich. Wenn ich Schmerzen habe, gehe ich zum Arzt und nicht zu einem Quacksalber, der mir eine selbst gemixte stinkende Tinktur verkauft. Daniela hat den Tick, Zeugs zu schlucken, das für irgendetwas gut sein soll. Meine Mutter schwört auf eine Salbe eines Naturarztes, bei der niemand weiß, was genau drinsteckt. Nicht mein Ding. Ich beschließe, Benny erst morgen oder übermorgen zu antworten. Mal schauen, ob er checkt, dass ich allenfalls ein kleines bisschen interessiert bin, aber nicht mehr. Vielleicht bin ich ein wenig neidisch auf Paula, die ihre alte Liebe wieder getroffen hat. Auch etwas, dass ich nie tun würde. Kopf hoch und weitergehen, lautet meine Devise. Sich im Kreis drehen, ist nicht mein Ding. Ich hoffe nur, dass Paula in ihren wogenden Gefühlen keinen Unsinn macht. Ich habe plötzlich Lust auf ein Glas Wein. In der Küche steht eine Flasche, von der ich keine Ahnung mehr habe, wann ich sie gekauft habe oder wer sie mir allenfalls geschenkt hat. Vielleicht mein Vater. Er ist ein Weinkenner, der stundenlang über spezielle Hanglagen und Traubensorten reden kann. Ab und zu hat er mir Wein geschenkt. Meist waren es schwere Rotweine, die sich im Gaumen trocken oder ledrig anfühlten und die ich oft nicht leer trank, sondern in Saucen einkochte. Dieser hier ist allerdings leicht und angenehm. Er schmeckt fruchtig. Ich schaue mir das Etikett an. Ein Franzose. Nein, er schmeckt mehr wie eine Französin. Schon nach zwei Schlucken spüre ich den Alkohol. Ich setze mich auf das Sofa und der Wein drückt mich in die Polsterung. Ich versuche es noch einmal mit einem Text für Mats. Der Wein ist nicht hilfreich, die Wörter fühlen sich leer an, und ich kann keine vernünftigen Sätze formulieren. Ich versuche es mit knappen Sätzen und Aussagen. Das geht besser. Dann klingelt mein Handy. Als ich den Anruf entgegennehme, sehe ich, dass der Akku fast leer ist.

»Du glaubst es nicht«, legt Paula los.

»Was?«, frage ich.

»Er hat die Karte gefunden, aber nicht den Brief.«

»Was für ein Brief?«

»Der Mann hat ihm einen Brief geschrieben, aber ohne Absender.«

»Anonym.«

»Ja, so sagt man dazu.«

»Was stand in dem Brief?«

»Nicht viel.«

Ich atme tief durch, jetzt nur nicht ausfällig werden. Paula ist aufgeregt, aber sie meint es gut.

»Er hat den Brief weggeworfen. Es war eine Art Bewerbung. Oder so. Die Karte fand er lustig, mit den seltsamen Worten.«

»Was stand in dem Brief?«

»Es war wirr. Es stand etwas von revolutionär und neue Lernmethode. Er hat ihn nicht ganz gelesen.«

Was ist an einem Wort wie »Probetante« revolutionär, frage ich mich.

»Er ist sich nicht sicher«, sagt Paula unvermittelt.

»Was meinst du damit?«

»In dem Brief gab es eine Mailadresse. Er solle sich dort melden. Dann würde er ihm die Karte erklären. Er dachte, das ist ein Spinner, einer der glaubt, dass er die Eier des Kolumbus gefunden hat.«

»Das Ei des Kolumbus«, sage ich automatisch.

»Was?«, fragt Paula.

»It doesn't matter.«

»Was?«

»Egal. Erinnert er sich an die Mailadresse?«

»Ich sagte doch schon, dass er sich nicht sicher ist.«

»Aber er erinnert sich an etwas.«

»Ja.«

Ich warte. Es kommt nichts.

»Bist du noch da?«

»Ein Name. Er glaubt, dass er sich an einen Vornamen erinnert.«

»Bitte sag ihn mir.«

»Es ist verrückt.«

»Egal. Sag ihn mir.«

»Mario.«

Es ist, als würde etwas explodieren in meinem Kopf.

»Mario«, wiederhole ich.

»Er ist sich nicht sicher. Es könnte auch ein anderer Name sein.«

»Mario«, wiederhole ich.

»Was ist mit dir?«

»I'm fine.«

»Hast du getrunken?«

»Ein bisschen Wein.«

»Trink die ganze Flasche.«

Was für ein bescheuerter Vorschlag. Sie unterbricht die Verbindung, und ich verbinde mein Telefon mit dem Stromnetz. Mario. Kein Allerweltsname, aber auch nicht so selten, dass es kein Zufall sein könnte. Ich schaue auf das fast leere Glas. Vielleicht ist Paulas Vorschlag gar nicht so schlecht: Wein trinken, bis alles zu einem Brei wird oder verschwimmt wie ein Film nach zehn Minuten. Nichts mehr im Kopf. Kein Mario. Keine Polizistin brutal zusammengeschlagen.

51

Die Weinflasche ist nicht leer, zwei Gläser genügten, und ich schlief auf dem Sofa ein und wachte zehn Stunden später wieder auf. Ich hörte keine Benachrichtigungen, und ich erinnere mich auch nicht daran, dass ich zwischendurch einmal aufwachte. Paula erkundigte sich, ob alles okay sei, aber sie rief nicht an. Ich kann meinen Kopf nicht nach links drehen, ohne einen heftigen Schmerz zu verspüren. Es ist jedes Mal wie ein Stromschlag. Ich bin völlig verspannt. Zum Glück habe ich im Bad ein Wärmepflaster gefunden, das ich für Verstauchungen gekauft habe. Ich klebe es auf meinen Nacken. Auf der Verpackung lese ich, dass der Wirkstoff aus Chilischoten hergestellt wird. Die Wärme breitet sich nach wenigen Minuten aus und es beginnt leicht zu kribbeln. Die Schmerzen sind nach wie vor da, aber ich kann meinen Kopf jetzt wenigstens langsam bewegen. Ich trinke einen Kaffee. Duschen kann ich vergessen, bis die Schmerzen etwas nachlassen. Das Handy war die ganze Nacht am Strom. Ich suche in einer Schublade nach einer Powerbank und schließe sie ans Stromkabel an. Wenn ich schon keine Ausdauer mehr habe, soll wenigstens das Handy wachsam sein. Das Gespräch mit Paula kommt mir heute surreal vor. Ist Mario der Mann, den wir suchen? Er kannte Catalina und er kennt Ilaria. Er steht auf junge Frauen. Er ist interessiert in Sprachen und er arbeitet im Sprachencafé. Es ist höchste Zeit, erneut mit ihm zu sprechen.

— Hast du heute Mittag Zeit?

Es soll so aussehen, als wollte ich ihn zum Plaudern treffen. Damit er meine Sprachfehler korrigiert. Der Rest ergibt sich von selbst. Allerdings muss ich von jetzt an noch vorsichtiger sein. Wenn Mario der Täter ist, dann kann er auch für mich gefährlich werden. Ich schreibe Paula, dass ich eingeschlafen bin. Und dass sie mit niemandem über Mario sprechen soll. Schließlich schreibe ich Mats. Ich versuche es protokollartig, so wie er es mag. Lenas Bewerbung bei dem Escort-Service erwähne ich nicht. Spielt sie überhaupt noch eine Rolle? Ich sehe, dass er meine Nachricht sofort liest.

— Kann ich dir Charlie raufbringen?

Ich schlage mir an die Stirn, was nie eine gute Idee ist, sofort fühle ich einen leichten Schwindel. Lars' Nachricht trifft mich unvorbereitet. Ich schließe die Augen und atme langsam ein und aus. Als ich die Augen wieder öffne, sehe ich zwei Fragezeichen, die mir Mats geschickt hat, aber war da kein Benachrichtigungston? Und wie in aller Welt konnte ich Charlie vergessen?

— Ja, bring ihn rauf.

— Okay, bin spät dran.

Die Übergabe erfolgt hektisch. Lars ist unter Strom, während Charlie freudig mit dem Schwanz wedelt.

»Er hat sein Geschäft schon erledigt. Ich meines noch nicht.«

Er lacht, winkt mir zu und ist weg. Charlie schaut mich an und rennt dann schnurstracks Richtung Sofa, wo er es sich bequem macht. Ich setze mich neben ihn und streichle ihn, was er mit einem wohligen Knurren quittiert. Ich sehe die Quittung für das Sushi, eigentlich benötige ich einen Assistenten, der mir ständig ins Ohr flüstert, was ich gerade tun soll. Mats meldet sich erneut.

— Kann ich dich anrufen? Jetzt?

Tu es einfach, denke ich und behandle mich nicht wie eine Schwerkranke.

— Ja.

»Er hat die Karte zu einem Bewerbungsschreiben gelegt?«

Mats Stimme ist lauter als sonst, ich höre andere Stimmen im Hintergrund.

»Ja, es sieht so aus.«

»Hast du die Karte?«

»Nein.«

»Dann weißt du nicht, ob sie identisch ist mit derjenigen, die Catalina gezeigt wurde?«

Ich höre Mats, wie er predigt. Wir spekulieren nicht, wir halten uns an die Fakten. Und wenn wir spekulieren, dann in alle Richtungen, ohne das Wesentliche aus den Augen zu verlieren.

»Ich werde Fotos der Karte machen.«

Ein leeres Versprechen. Ich weiß nicht mal den Namen von Paulas Ex.

»Ja, tu das.«

»Wie läuft es bei euch?«

»Wir sind an etwas dran.«

»Es gibt vielleicht ein anderes Opfer«, sage ich.

»Ja«, sagt er. »Es gibt einen neuen Vermisstenfall.«

Ich denke sofort an Ilaria.

»Eine Italienerin?«

»Wie kommst du darauf?«

Er klingt verdutzt oder verwirrt.

»Es geht um Fremdsprachen«, sage ich.

»Ja, sieht so aus.«

»Er sucht sich die Frauen gezielt aus.«

»Ja. Sie arbeitet auch als Prostituierte.«

»Was?«

»Die andere vermisste Frau.«

»Heißt sie Ilaria?«

»Wie? Ich muss aufhören, wir haben gleich eine Lagebesprechung. Schick mir ein Foto der Karte.«

Ehe ich antworten kann, ist die Verbindung unterbrochen. Eine Prostituierte. Hat mir Simona das verheimlicht, wusste sie nichts davon oder meint Mats eine andere Frau als Ilaria? Weshalb hat er nicht einmal nach Mario gefragt? Verfolgen sie eine andere Spur? Trug Catalina die Karte bei sich, weil sie Kontakt zu Mario hatte, aber von einem anderen Mann getötet wurde? Es sieht so aus, als würde Mats eine andere Spur verfolgen. Nie den Fokus verlieren, aber sich auch nie an etwas festbeißen. Er verfolgt eine andere Spur, möchte aber den Hinweis mit der Karte nicht aus den Augen verlieren. Ich schreibe Paula, dass ich ein Foto der Karte brauche. Ich sehe, dass sie ihr Handy nicht eingeschaltet hat. Großartig. Charlie schaut mich betrübt an. Vermutlich spürt er, dass es mir schlecht geht. Ich kann es nicht einordnen, ich kenne es nicht, es ist kein gutes Gefühl.

»Wenn du aus einem bestimmten Grund betrübt bist, ist das keine Depression«, sagt Maria.

»Das ist Blödsinn«, sagt John.

»Ist es nicht«, sagt Maria. »Eine Depression benötigt keinen Grund und keinen Anlass. Sie ist wie ein ungebetener Gast, den man nicht mehr loswird.«

»Eine Depression ist eine ernsthafte Erkrankung. Melancholie ist etwas anderes.«

»Die kleine Schwester einer Depression«, beharrt Maria.

»Ich kenne das nicht«, sage ich. »Ich fühle mich müde, überfordert und unnütz.«

»Klarer Fall«, sagt Maria.

»Ach was«, sagt John. »Elendes Selbstmitleid.«

»Was soll ich tun?«, frage ich.

»Laut fluchen über all die Arschlöcher, die dir das Leben schwer machen«, schlägt John vor. Ich muss lachen. Vielleicht hat er recht. Mir wird klar, dass ich durch mein Verhalten alles nur noch schlimmer mache. Ich taktiere. Ich verschweige Dinge. Zuerst nur über meinen Zustand. Wenn meine Eltern wissen wollen, wie es mir geht. Und jetzt verschweige ich Dinge vor Mats, weil ich Lena schützen will, weil ich nicht möchte, dass Mats mich für verrückt hält. Ich muss aus diesem Teufelskreis raus.

»Bravo!«, sagt Maria. »Fick sie alle.«

Ich stehe lachend auf. Die Energie ist wieder da. Charlie spürt es sofort. Er springt vom Sofa und sucht nach einem Spielzeug. Während Charlie durch die Wohnung hetzt, überlege ich mir, was ich Mats schreiben soll. Doch die Antwort ist simpel. Alles. Was ich weiß, was ich vermute, was ich befürchte.

52

Natürlich liest Mats die Nachricht nicht gleich. Auch nicht nach zehn Minuten. Ich rufe Paula an, aber sie geht nicht ran. Immerhin hat Mario meine Frage gelesen, aber er antwortet nicht. Ich fühle mich plötzlich nicht gut. Auf Englisch würde ich sagen »dizzy«. Das bedeutet so viel wie »schwindlig« oder »benommen«. Auf Deutsch gibt es das schöne Wort »rammdösig«. Aber der Zustand ist nicht schön. Es ist eine Mischung aus leichtem Schwindel und Schwäche. Ich habe das ab und zu. Manchmal bekomme ich dazu Fieber oder das Fieber ist schon da. Ich fühle meine Stirn. Sie ist nicht heiß. Jetzt nur nicht krank werden. Denn allzu oft mündete dieser Zustand in eine Erkältung. Ich schlucke vorsichtshalber eine Tablette Paracetamol, auch weil mein Nacken nach wie vor schmerzt.

– Ja, am Mittag habe ich Zeit.

Marios Antwort ist völlig neutral. Er will nicht wissen, was ich von ihm will. Ist er so cool oder verrenne ich mich jetzt völlig? Ich schreibe ihm, dass ich Zeit habe, mich im Moment aber nicht so toll fühle. Ob ich den Termin um zehn noch bestätigen kann? Er schreibt, dass das kein Problem sei. Mats hat meinen Roman noch immer nicht gelesen. Mein Bericht wurde viel zu lang, ich müsste ihm noch eine Zusammenfassung schicken. Charlie liegt in seinem Körbchen und schläft. Ich gehe in die Küche und mache mir einen Kaffee. Früher machte ich das immer, wenn ich mich körperlich nicht gut fühlte, und es half oft. Was, wenn es tatsächlich zwei Täter gibt? Einer, der junge Frauen zwingt, idiotische Wörter zu lernen, und einer, der Prostituierte tötet? Warum aber ist er vorgegangen wie bei einer Vergewaltigung? Eindringen in die Privatsphäre, Einschüchterung mit einem Messer? Ich erkenne darin ganz klar eine sexuelle Komponente. Wie fast immer, wenn es um Machtspiele geht.

»Körperliche oder mentale Unterwerfung«, sagt John.

»Er will ihren Verstand und ihren Körper«, sagt Maria.

»Oder es ist ganz anders«, sage ich.

»Was?«, fragt John.

»Ich weiß es nicht. Aber man muss manchmal um die Ecke denken.«

»Outside the box«, sagt John.

»Ja genau. Habe ich das gesagt? Paula sagt, der Brief sei wirr gewesen. Mario macht keinen wirren Eindruck.«

»Du kennst ihn nicht richtig«, sagt Maria.

Das stimmt natürlich. Trotzdem passt es für mich nicht. Mario ist viel älter, er hat eine relativ tiefe Stimme und er ist fester gebaut.

»Tutto ha un lato oscuro«, sagt Maria.

»Das stimmt nicht. Nicht alles hat eine dunkle Seite, auch nicht alle Menschen.«

»Mach ihn zur Schnecke«, sagt John.

Ich gehe mit Charlie in den nächstgelegenen Park. Er freut sich über eine Hundetussi, anders kann ich das, was auf ihn zurennt, nicht beschreiben. Die Kopfhaare sind zusammengebunden, es sieht aus, als würde sie zwei Zöpfe tragen. Dazu trägt sie ein Geschirr, das mit unzähligen Klunkern versehen ist. Ob echt oder nur Nippes, kann ich nicht beurteilen. Ich schaue mich nach der Besitzerin um und suche nach einer Frau um die vierzig, die sich wie ein Teenager kleidet. Doch die Hundebesitzerin ist eine alte Frau in eleganter Kleidung. Charlie benimmt sich etwas ungestüm, die viel kleinere Tussi knurrt und bellt ihn an. Charlie zieht sich zurück und lehnt sich an mein Bein. Jetzt kommt die Tussi auf ihn zu und wackelt tatsächlich mit dem Hintern. Dabei schiebt sie die Hinterbeine seitlich nach vorne. Es sieht aus, als würde sie sich an ihn ranschmeißen. Die alte Dame schaut stoisch auf das Schauspiel, ehe sie dem Ganzen ein Ende bereitet, indem sie die Tussi anleint und von Charlie wegzieht. Mich hat sie die ganze Zeit keines Blickes gewürdigt. Als ich mich umdrehe, eilt eine andere Frau weg. Ich sehe nur noch ihre Tasche und das ist wie ein Flash. Ich bleibe verdattert stehen, weil mir plötzlich etwas einfällt, was Daniela gesagt hat.

Es könnte eine Frau gewesen sein.

Doch ich bringe die Gedanken nicht zusammen und stehe verloren herum, bis Charlie neben mir zu winseln beginnt. Wie in Trance gehe ich nach Hause. Ehe ich mich versehe, sind wir da. Ich lasse Charlie von der Leine und er hüpft die Treppe hoch. Ich gehe gemächlicher, mein Nacken schmerzt, wenn ich nach oben schaue. In der Wohnung trinke ich Wasser, gebe Charlie einige Leckerli und lege mich auf das Sofa. Nicht einschlafen, nur entspannen. Ich werde ohne Charlie rausgehen. Er liegt auf der Couch und träumt vielleicht von der Tussi oder einer Wurst. Manchmal zuckt er leicht, als würde er sich im Traum bewegen, und vielleicht tut er das auch. Ich möchte leise aus der Wohnung schleichen, doch das wäre gemein. Charlie würde in Panik nach mir suchen, wenn er aufwacht. Oder auch nicht. Ich gebe mir keine Mühe, leise zu sein, und schon bald hebt Charlie den Kopf. Ich zeige ihm mit der Hand, dass er liegen bleiben kann. Tatsächlich senkt sich sein Kopf, aber er beobachtet mich weiter. Ich beeile mich und gehe aus der Wohnung. Wie immer werfe ich vor der Tür einen kurzen Blick nach links und rechts, was schmerzhaft ist. Auch wenn in den nächsten Wochen nie etwas da liegen wird, werde ich das weiterhin tun. Weniger oft mit der Zeit, bis es aus meinem Alltag verschwindet. Während ich auf den Bus warte, beobachte ich die Leute. Es kommt eins zum anderen. Nach einer Weile ist der Alltag einer verängstigten Person voller Rituale und alles ist mit der bangen Frage verknüpft, ob da jemand ist? Ich will keine verängstigte Person werden, keine, die überall Gespenster sieht. Es ist kühl heute, die meisten Leute tragen warme Kleidung, aber wie immer gibt es diejenigen, die in T-Shirt und Shorts rumlaufen. Im Bus sind nur wenige Sitzreihen besetzt. Ich setze mich hin und denke an Lars und seine erste Panikattacke. Bis jetzt bin ich davon verschont geblieben, aber wenn ich es mir genau überlege, stimmt das nicht. Im Bett gab es immer wieder Momente, in denen ich nach Luft ringend aufgewacht bin und keine Luft kriegte. Nicht wirklich. Es ist nur das Gefühl, keine Luft zu kriegen, aus der dann die Panik wächst, zu ersticken. Es gelingt mir zum Glück gut, langsam ein- und auszuatmen und mich nie der Panik hinzugeben. Allerdings spürte ich am Fluss, dass es eine verdammte Gratwanderung ist. Die Angst war dort greifbar. Ich drehe mich zum Fenster, um mich abzulenken. Ich hätte tot sein können, aber ich lebe. Es kann gut sein, dass mich dieser Gedanke schützt. Ich habe das Schlimmste schon hinter mir. Oder auch nicht. Weg mit den Gedanken. Ich lache, denn ich wollte meinen Kopf schütteln, um die Gedanken zu vertreiben. Eine Frau schaut mich an, als ob sie befürchtet, dass ich eine irre Selbstmordattentäterin sein könnte. Ich lache erneut und stehe auf. Mein Kopf ist voll mit Fragen, die ich Mario stellen möchte. Aber ich habe keinen Plan, wie ich vorgehen soll. Erst mal aus dem Bus aussteigen, ohne hinzufallen. Die großen Dinge kommen nach den banalen Dingen.

53

Ein starker Wind kommt auf, es könnte ein Gewitter geben. Ein Donnerwetter. Man benutzt das Wort auch für das, was zwischen mir und Mario geschehen könnte. Ich habe keine Lust, mich auf eine Parkbank zu setzen und warte vor dem Gemeindezentrum auf ihn. Mario lächelt, als er auf mich zukommt. Wir begrüßen uns umständlich, weil ich nicht möchte, dass wir uns berühren. Er schaut mich verunsichert an.

»Geht es dir gut?«

»Geht so«, sage ich.

Ich rieche ein dezentes Aftershave und sein Bart sieht frisch gestutzt aus. Hat er sich für mich schön gemacht?

»Schmerzen?«

»Nicht mehr als üblich, steifer Nacken, bin falsch gelegen.«

»Kenne ich. Setzen wir uns?«

Ich schaue mich um. Der Wind bläst ziemlich stark und ich friere leicht. Er scheint es zu bemerken.

»Gehen wir rein«, sagt er. Ich nicke, auch wenn mir die Aussicht, von anderen umringt zu sein, nicht behagt. Zum Glück sind nur zwei Tische besetzt. Allerdings unterhalten sich drei Mütter ziemlich laut, während ihre Kinder im Raum verteilt Unfug machen. Mario zeigt nach hinten. Er zeigt auf einen Tisch, der in einer Nische steht, der Raum wird durch einen großen Schrank abgetrennt vom Rest.

»Hier sitzen wir, wenn wir unsere Ruhe haben wollen.«

»Meglio«, sage ich und ich weiß, dass ich es auf Italienisch sage.

»Besser«, sagt Mario. »Soll ich dich weiterhin korrigieren?«

»Ich weiß nicht, ob es überhaupt etwas bringt.«

»Du kennst die verschiedenen Phasen beim Sprachenlernen?«

»Was meinst du damit?«

»Zuerst lernt man schnell. Jedes Wort ist eine neue Welt. Die ersten Sätze sind wie ein Tag am Strand. Doch dann beginnt die Arbeit.«

»Bei mir ist es nicht Arbeit, sondern Mühsal.«

»Ja, die kommt später, wenn es zäh wird. Es gibt nur noch minimale Fortschritte. Bis etwas Magisches geschieht. Alles kommt zusammen.«

»It's falling into place.«

»Ja. So wird es auch bei dir sein. Der Tag wird kommen.«

»Weißt du, was mich an den Apps an meisten stört?«

»Was?«

»All der Motivationsscheiß. Vor allem, wenn man ihn nicht ausschalten kann.«

»Ich kann ihn ausschalten«.

»Gut.«

»Worüber sollen wir uns unterhalten?«

»Über dich?«

Er lacht. »Ich habe der Polizei schon alles gesagt, was ich weiß.«

»Warum machst du das hier?«

»Das Sprachencafé?«

»Du bist jeden Tag hier.«

»Nein. Drei bis vier Mal in der Woche.«

»Warum? Bezahlt man dich gut?«

»Kommt auf die Währung an.«

Ich schaue ihn fragend an.

»Ich habe geerbt, Geld ist nicht mehr entscheidend. Die Arbeit hier gibt mir etwas zurück.«

»Das sagen alle.«

»Es stimmt.«

»Weißt du, was man als Polizistin zuerst lernt?«

»Aufzupassen?«

»Dass man angelogen wird.«

»Du denkst, dass ich dich anlüge?«

»Alle tun es.«

»Auch du?«

»Ich habe dir gesagt, dass ich einen Unfall hatte.«

»Keine richtige Lüge.«

»Du unterscheidest zwischen richtiger und falscher Lüge?«

»Es gibt verschiedene Lügen.«

Genug abgetastet, es ist Zeit für einen ersten Angriff. Ich habe früher ab und zu Schach gespielt. Man gewinnt fast immer, wenn der Gegner in die Offensive geht. Wer abwartet, gewinnt. Aber das hier ist nicht Schach.

»Fremdgehen mit einer Geliebten ist eine größere Lüge als Fremdgehen mit einer Prostituierten?«

»Hooker.«

»Ich hätte Nutte sagen sollen.«

»Ja, solche Wörter vergisst man nicht.«

Er lächelt nicht mehr, er hat es begriffen. Es wird ernst.

»Ich war kein Kunde von Catalina.«

»Aber du wusstest, dass sie sich prostituierte?«

Mario schaut sich um, als wolle er sich vergewissern, dass niemand zuhört oder dass nicht eine bewaffnete Spezialeinheit darauf lauert, ihn auf der Flucht zu erschießen.

»Ich habe gesehen, wie sie ein Hotel betrat. Es war früher Nachmittag. Sie sah umwerfend aus.«

»Du bist ihr gefolgt?«

»Ich habe sie durch die Glaswände beobachtet. Sie ging an der Lobby vorbei und setzte sich in einen Sessel. Sie starrte auf ihr Handy, tippte darauf herum. Wartete. Schließlich stand sie auf, schaute noch einmal aufs Handy. Holte einen kleinen Spiegel aus der Tasche. Überprüfte ihr Gesicht und ging zum Lift.«

»Es war eindeutig für dich?«

»Ja. Und es weckte meine Neugier.«

Ich lächle. »Du hast im Netz nach ihr gesucht?«

»Ja.«

»Kennst du dich aus?«

»Ich bin kein Heiliger.«

»Du gehst zu Nutten?«

Er überlegt, schüttelt dann den Kopf.

»Sie reizen mich. Aber nur, weil sie jung sind.«

»So wie Catalina.«

»Sie war beides. Eine junge Frau, die Deutsch lernen wollte.«

»Und eine, die man für Geld ficken konnte.«

»Ja. Zu einfach für mich.«

»Mario, der große Verführer. Weiß deine Frau davon?«

»Dass ich schöne Frauen mag? Sie ist auch eine schöne Frau.«

»Du hast nicht mit Catalina geschlafen?«

Er schüttelt den Kopf.

»Auch nicht mit Ilaria?«

Er schaut mich völlig bedröppelt an. Als hätte ich ihm gerade mitten ins Gesicht geschlagen.

»Was ist mit Ilaria?«

»Sie meldet sich nicht mehr.«

Er atmet schneller.

»Ich habe mich in sie verliebt.«

»In Ilaria?«

»Ja. Es ist einfach so passiert.«

»Sie ist wie viele Jahre jünger als du? 30?«

»34.«

»Großartig. Hast du mit ihr geschlafen?«

»Nein.«

»Aber du hast ihr gesagt, dass du in sie verliebt bist?«
»Sie sagte, sie braucht Zeit.«
»Ich glaub das nicht. Was erzählst du mir für eine Kacke?«
»Cacca. Bitte nicht so laut.«
»Tell me the truth. Non mentirmi.«
»Englisch und Italienisch.«
»Was?«
»Lüg mich nicht an. Das war auf Italienisch.«
»Korrigier mich nicht. Sag mir die Wahrheit.«
»Was für eine Wahrheit?«
»Über dich und Catalina. Und über dich und Ilaria.«
»Ich hatte nichts mit Catalina.«
»Aber mit Ilaria.«
»Nein.«
»Du bist nur in sie verliebt?«
Er reibt sich die Augen und schaut an mir vorbei.
»Es war peinlich.«
»Was? Ihre Reaktion?«
»Ich dachte, dass da etwas war zwischen uns und dass sie das auch gespürt hat. Aber sie war völlig perplex, ein wenig schockiert sogar. Ich kam mir wie ein alter Trottel vor.«
»Und dann?«
»Nichts und dann. Sie ging weg und ich stand da wie ein Teenager, der seinen ersten Korb gekriegt hat. Und dann kamen all die anderen Gedanken. Dass sie das rumerzählen wird, im Gemeindezentrum, bei den anderen, die sie vom Sprachencafé kennt.«
»Du hast deine Frau vergessen.«
»Ja, die auch.«
»Was hast du gemacht?«
»Ich wollte mit Ilaria reden, ihr sagen, dass es okay ist, dass ich mich verrannt habe. Aber da hatte sie mich schon blockiert. Ihr macht das heute ständig. Passt mir nicht, blockieren. Nervt mich, blockieren.«

»Stalkt mich, blockieren.«

»Ich habe sie nicht gestalkt.«

»Aber du hättest keine Ruhe gelassen.«

»Doch. Vielleicht. Ich weiß es nicht.«

»Könnte es sein, dass sie wegen dir in die Berge gefahren ist?«

»Um Abstand zu kriegen? Nein. Ich glaube, ich bedeute ihr gar nichts. Alles nur Einbildung. Projektion. Ich werde alt und deppert.«

Ich schmunzle, er schaut mich mürrisch an.

»War Ilaria die erste junge Frau, in du dich verliebt hast? Ich meine kürzlich?«

»Die Einzige, bei der es heftig war. Verdammt ich hätte für sie alles aufgegeben. Ich würde es auch jetzt noch tun.«

»Du bist noch immer verliebt?«

»Das kann man nicht einfach abschalten.«

Doch, denke ich, das kann man. Und ich weiß nicht, weshalb ich das denke.

»Es gibt noch etwas«, sage ich.

»Nein. Es gibt nur Ilaria.«

»Etwas anderes. Ein Brief. Schreibst du noch Briefe?«

Er schaut mich verständnislos an. Dann nickt er.

»Ab und zu. Warum?«

»Sagt dir das Wort ›Probetante‹ etwas?«

Ich beobachte ihn genau.

»Was ist das?«

»Ein Wort, dass es nicht gibt.«

»Das ist ein Widerspruch in sich.«

»Ja, das ist es. ›Probe‹ und ›tante‹. Einmal auf Englisch, einmal auf Italienisch.«

Er schaut mich an, als wolle er in meinem Gesicht lesen, ob ich den Verstand verloren habe. Dann schweift sein Blick ab. Er scheint nachzudenken. Es dauert eine Weile. Schließlich ballt er die linke Faust.

»Falsche Freunde.«

»Esatto.«

»Jeder, der Fremdsprachen lernt, weiß, was falsche Freunde sind.«

»Aber wer kennt das zusammengesetzte Wort ›Probetante‹?«

»Ich habe es noch nie gehört oder gelesen. Stammt es aus einem Lehrbuch?«

Er lügt nicht. Er war es nicht. Nur ein verliebter alter Trottel.

»Was ist mit Ilaria? Ist sie in Gefahr?«

»Ich weiß es nicht.«

»Du sagst mir nicht die ganze Wahrheit.«

»Ich weiß es nicht. Mehr kann ich nicht sagen. Non è possibile la contattare.«

»Auch nicht für die Polizei?«

»Wir wissen nicht, wo sie sich aufhält.«

»Sie ist oft in den Bergen unterwegs. Alleine.«

»Ich weiß.«

»Hat es mit Catalina zu tun? Ist ihr Mörder auch hinter Ilaria her?«

»Wer könnte deine Identität benutzen?«

»Meine was?«

»Jemand, der sich als Mario ausgibt.«

»Das ist verrückt.«

»Vielleicht.«

»Wer sollte das sein? Was kann ich dagegen tun?«

»Weißt du, ob Ilaria eine bevorzugte Route hatte, wenn sie in die Berge ging? Oder einen Ort, den sie öfter aufsuchte?«

»Sie hat mal etwas erwähnt, aber es fällt mir jetzt nicht ein.«

»Denk nach und schreib mir, wenn es dir einfällt.«

Ich habe genug und ich will weg. Mario löchert mich weiter mit Fragen, die ich nicht beantworten kann oder will. Ich schaue auf meinem Handy nach. Paula hat mir noch immer kein Foto geschickt und Mats hat noch nicht geantwortet. Nur meine Mutter schreibt mir ständig. Soll ich meine Mutter blockieren? Ich verabschiede mich von Mario. Er sieht ziemlich erledigt aus. Seltsamerweise tut er mir fast ein wenig leid.

54

Charlie leckt mich zum ersten Mal richtig im Gesicht ab. Ich mag es nicht, aber ich habe gelesen, dass es eine Art Liebesbezeugung ist. Muss ich Charlie jetzt jedes Mal abweisen wie einen aufdringlichen Verehrer? Ich liege auf dem Sofa. Ich möchte schlafen, aber gleichzeitig bin ich zu aufgeregt. Simona hat mir geschrieben. Sie hat Neuigkeiten von Ilaria. Ich werde nie verstehen, warum die Leute immer alles ankündigen, anstatt gleich zur Sache zu kommen. Ich muss dir dringend etwas sagen. Dann schreib es mir doch einfach. Aber offenbar geht das nicht. Über die wirklich wichtigen Dinge muss man sprechen. Ich schreibe ihr, dass sie mich anrufen kann.

Sie antwortet umgehend.

– Ora non posso.

– Hat sich Ilaria bei dir gemeldet?

– No, ma l'ho consigliato un app. Gratuito. Lei è registrato.

– Was für eine App?

Ich verstehe nur Bahnhof. Simona hat ihr eine App empfohlen, auf der sich Ilaria registriert hat?

– Un app per cercare un tandem.

– Ein Sprachtandem?

– Sì. Sie zeigt den Standort, wenn man sie öffnet. Ilaria era online qualche giorno fa. Ich weiß wo sie war. Un momento.

Und dann kommt nichts mehr, sie ist offline. Sie ist bei der Arbeit. Es kann eine Weile dauern. Ich ärgere mich. Warum schickt sie mir nicht zuerst den Standort? Ich gehe in die Küche und trinke ein Glas Mineralwasser. Eine App, die

Sprachtandems vermittelt. So etwas habe ich auch mal benutzt, aber dann wieder gelöscht. Es schien mir eher wie eine Dating-App zu funktionieren. Mein Handy meldet eine Nachricht. Ich haste viel zu schnell ins Wohnzimmer und rutsche beinahe aus. Es gelingt mir gerade noch, mich an der Sofalehne festzuhalten, sonst wäre ich umgefallen. Charlie springt auf den Fußboden und bellt mich an. Ich atme viel zu schnell und mir wird schwindlig. Ich ziehe mich quasi aufs Sofa und lege mich hin. Es dauert einige Minuten, bis ich mich besser fühle. Es ist eine Nachricht von Paula. Sie entschuldigt sich, dass sie nichts von sich hören ließ.

— Hast du ein Foto der Karte?

— Nein.

— Warum nicht?

— Es geht nicht.

— Warum geht es nicht?

— Warum, warum, ist doch egal.

— Bist du wieder mit ihm zusammen?

Keine Antwort. Die beiden sind sich wieder nähergekommen. Oder er spielt mit ihr.

— Sei vorsichtig.

— Du spinnst.

— Vielleicht.

— Er ist fucking okay.

Sie ist wieder mit ihm zusammen. Ich weiß weder seinen Namen noch, wo er wohnt. Ich bin eine großartige Ermittlerin. Ich sollte Leute verkuppeln. Oder mich gegen Honorar von Hunden ablecken lassen. Charlie beobachtet mich. Er bemerkt, dass ich aufgeregt bin. Oder glaubt er, dass es mir nicht gut geht? Ich rede mit ihm. Dass er sich keine Sorgen machen soll und anderen Unsinn. Dann kommt die Nachricht. Der Name einer Ortschaft. Ich schaue online nach. Es ist nicht wirklich in den Bergen. Eher ein großes Waldgebiet mit zwei Erhebungen, die aber nicht höher als 1800 Meter sind. Okay, genug, um als Berg durchzugehen. Am Wochenende war sie dort. Aber wo ist sie jetzt? Das Gebiet ist riesig, und es ist durchaus möglich, dass es an einigen Orten ein Funkloch gibt. Ich gehe meine Notizen durch und lese den Chatverlauf mit Simona nochmals. Und plötzlich ist da wieder Daniela.

»Es könnte eine Frau gewesen sein.«

Warum hat sich das in meinen Kopf gefressen? Der Angreifer auf Lena war eindeutig ein Mann. Der Mörder von Catalina ist ein Mann. Oder etwa doch nicht? Ein verrücktes Paar? Wie oft kommt so etwas vor? Frauen, die wegsehen, gab und gibt es immer wieder. Doch da ist noch etwas. Ilaria glaubte, dass sie von einer Frau gestalkt wurde. Ich suche die Notiz. Eine Frau um die dreißig, die eine grüne Tasche trug. Wo zum Teufel habe ich schon einmal von einer Frau mit einer grünen Handtasche gehört? Ich erinnere mich nicht. Aber da ist etwas. Es lässt mir keine Ruhe.

»Was denkst du über Mario?«, fragt Maria.

»Was soll das? Ich muss nachdenken.«

»Über Mario?«

»Nein. Nicht über Mario. Über eine Frau mit einer grünen Handtasche.«

»Du solltest über anderes nachdenken.«

»Lass mich mit Mario in Ruhe.«

»Es gibt noch einen anderen.«

»Was? Noch ein Mario?«

»Jemand schenkt dir Pralinen.«

»Ein Spinner. Ich habe keine Zeit für so etwas.«

»Gefällt er dir?«

»Ich habe nur ein schlechtes Foto von ihm.«

»Du hast es lange betrachtet.«

»Ja, weil ich mir den Typen einprägen wollte, damit ich ihn wiedererkenne. Moment.«

»Was hast du?«, fragt Maria.

»Lass mich in Ruhe, ich muss nachdenken.«

»Über den Mann?«

Nein, nicht über den Mann. Ich rufe das Foto auf, das ich vor dem Haus gemacht habe. Ein älteres Ehepaar, der Mann und da ist noch jemand. Für einen Moment glaube ich, dass mein Herz stillsteht. Eine Frau mit einer grünen Tasche. Ich zoome sie heran. Ungefähr mitte dreißig. Sie trägt eine Sonnenbrille, einen grünen Schal und diese verdammt auffällige grüne Tasche. Habe ich mich völlig geirrt? Ist nicht der groß gewachsene Mann mir gefolgt, sondern die Frau mit der grünen Tasche? Aber ergibt das irgendeinen Sinn? Ist sie in mich verknallt? Stalkt sie mich, wie sie Ilaria gestalkt hat? Aber warum? Ich setze mich auf das Sofa. Charlie hüpft neben mich. Ich streichle ihn, er leckt mir über die Hand. Ich muss meine Gedanken ordnen. Der Täter. Es ist ein Mann. Ich bin mir sicher. Das ist nicht diskriminierend, denn es ist fast immer ein Mann.

»›Fast immer‹ ist bedeutungslos«, sagt John. »Du willst es nicht wahrhaben, dass eine Frau dahinterstecken könnte.«

»Es ergibt keinen Sinn. Lena wurde von einem Mann überfallen.«

»Vielleicht ist sie eine Copycat.«

»Oder die Person auf dem Foto ist ein Mann.«

Ich schaue mir ihr Gesicht an. Die Sonnenbrille ist gut gewählt, sie verdeckt nicht nur die Augen. Ich betrachte ihren Körper. Sie ist schlank, sie trägt eine Bluse, weit geschnitten, ich erkenne keinen Busen. Ich zoome zu ihrem Hals. Sie trägt einen dünnen grünen Schal, vielleicht aus Seide. Dient er nur der Tarnung? Um den Adamsapfel zu verdecken? Ich schaue mir die Kinnpartie genauer an. Egal wie gut sich ein Mann rasiert, die Haut ist nie so glatt wie bei einer Frau. Aber man kann alles überschminken und diese Frau sieht tatsächlich stark geschminkt aus. Aber könnte es ein Mann sein? Je mehr ich drüber nachdenke und je öfter ich das

Foto betrachte, umso wahrscheinlicher wird es. Aber ich kann mich täuschen. Man sieht oft das, was man sehen will. Männer, die sich als Frauen verkleiden, sehen als Frau älter aus, als sie tatsächlich sind. Diese Frau würde ich auf Mitte dreißig schätzen. Dann wäre es ein Mann Mitte zwanzig oder jünger. Das könnte passen. Das Foto entstand, nachdem ich aus dem Bus gestiegen bin. Nachdem ich mich mit Benny getroffen habe. Benny, der einen Flyer verteilte, auf dem mit einer neuen Sprachlernmethode geworben wurde. Benny, der mit anderen an einer Sprachlernapp tüftelt. Hatten die anderen ebenfalls Zugriff auf diesen Mailaccount? Wusste der Täter, dass ich mich mit Benny traf? Hat er uns beobachtet und ist er mir gefolgt? Als Frau verkleidet? So wie er Ilaria gefolgt ist? Everything is falling into place. Alles fügt sich zusammen. Ich bin dem Täter ganz nah. Und er mir. Ich eile instinktiv zur Tür und verriegele das Schloss ein weiteres Mal. Vier Umdrehungen sind möglich. Ich bin jetzt bei Stufe drei.

55

Ich tippe Bennys Telefonnummer in mein Handy. Wenn ich ihm schreibe, wird er garantiert denken, dass ich interessiert an ihm bin. Er ist nicht bei dem Messengerdienst registriert, den ich primär benutze. Aber ich habe auch alle anderen installiert. In einem steht, dass er ihn vor langer Zeit besucht hat. Ein weiterer scheint mir vielversprechender. Doch ich zögere. Was ist, wenn er mit seinen Kollegen nicht nur die Mailadresse teilt, sondern auch sein Handy? Eine Art Arbeitskommune? Ich kann es mir nicht vorstellen, aber ich muss auf Nummer sicher gehen.

– Können wir reden? Ich bin Anna, ich benötige eine Auskunft.

Nein, das ist Quatsch. Der andere Typ wüsste sofort Bescheid. Es geht nicht anders, ich muss die Interessierte spielen.

– Ich bin es, Anna. Ich kann die App gerne testen, weiß aber nicht, ob ich eine große Hilfe bin.

Zu meiner Überraschung wird die Nachricht sofort gelesen. Was bedeuten kann, dass die Nummer tatsächlich geteilt wird.

– Hallo Anna, wir sind noch nicht so weit, aber in ein bis zwei Monaten könnte es so weit sein.

– Bist du es Benny?

– Ja, das ist mein Account.

– Okay, dachte, das ist eure Firmennummer.

– Nein, ganz privat. :)

Gut, denke ich, aber dreh jetzt nicht durch, Benny. Bist sicher ein toller Typ, aber nichts für mich.

— Mit wie vielen Leuten arbeitest du an der App?

— Die Kerngruppe sind nur drei Leute, aber es gibt zusätzlich sechs oder sieben, die Input liefern und zwei Programmierer. Interessiert? Wir arbeiten allerdings alle umsonst. Wir haben keinen tollen Investor gefunden. Noch nicht. :)

— Es geht um etwas anderes. Das muss unter uns bleiben.

— Klingt geheimnisvoll.

— Wer hat alles Zugriff auf den Mailaccount, über den ich dich kontaktiert habe?

— Eigentlich wollte ich das Passwort längst ändern, weil ein shared account nichts bringt. Wir wollten zuerst als Gruppe auftreten und jeder sollte die Interessenten selbst kontaktieren. Dadurch hätten wir für alle Sprachen und Levels nur ein Inserat schalten müssen.

— Klingt kompliziert.

— Ja, in der Praxis war es ein Albtraum, manchmal reagierten drei auf eine Nachricht und dann wieder niemand. Wir stellten uns das ganz anders vor. Aber es scheint, dass es immer jemanden braucht, der den Überblick behält.

— Ich benötige die Namen aller, die Zugriff haben.

— Ernsthaft? Das geht nicht. Datenschutz und so kennst du?

— Es ist wichtig.

— Wie wichtig?

— Vielleicht lebenswichtig.

— Ernsthaft?

— Ja. Ernsthaft.

— Wir sollten uns treffen. Ich habe Zeit.

— Gleicher Ort?

— Ich bin in einer Bibliothek.

— Kann man da reden?

— Es gibt ein Café in der Nähe.

— Okay. Hunde erlaubt?

— Ernsthaft??

– Ja.

– Denke schon.

Wahrscheinlich bin ich jetzt gerade bei ihm durchgefallen. Charlie ist mein Retter. Ich schaue mir die Adresse an, die mir Benny mitteilt. Nicht allzu weit weg. Ich kann in einer halben Stunde da sein. Während ich mich im Bad passabel, aber nicht allzu hübsch mache, hat sich Mats endlich gemeldet.

– Danke dir, Anna. Wir kümmern uns darum, aber ich benötige mehr Details zu der Frau, die vermisst wird, und dem Mann, der als Täter infrage kommt.

Ich schreibe ihm hastig zurück, dass ich mich darum kümmere und Details nachliefere. Und ärgere mich danach, dass ich Mats' Worte wiederholt habe. Ich schreibe Paula noch einmal, dass ich ein Foto der Karte brauche und auch den Namen ihres Ex.

– Es geht vielleicht um das Leben einer anderen jungen Frau. Und um Catalina. Wir sind da etwas auf der Spur.

Was soll ich sonst noch schreiben? Ich müsste Mats Paulas Handynummer mitteilen, damit er sie kontaktieren kann. Und sie einschüchtern. Darum geht es letztlich auch. Die Leute durch Einschüchterung zum Reden zu bringen. Aber nicht wie im Fernsehen mit einem Faustschlag oder durch Androhung von Gewalt. Es geht nur um Präsenz und das Aufzeigen der möglichen Konsequenzen. Niemand gerät gerne ins Visier der Polizei oder der Staatsanwaltschaft. Doch zuerst brauche ich Fakten. Ich hoffe, dass Benny kein Theater macht wegen Datenschutz und Persönlichkeitsrecht. Einige Junge sind da ziemlich seltsam drauf. Sie reden dauernd vom Überwachungsstaat, weil es Radarkästen und Videokameras auf den Straßen und im öffentlichen Raum gibt. Gleichzeitig präsentieren sich viele im Netz so freizügig, dass man ihnen täglich bei fast allem zuschauen kann. Aber was soll's, man muss nicht alles verstehen. Ich gehe mit Charlie zur Bushaltestelle. Er scheint alles andere als begeistert zu sein. Er ist offenbar doch nicht so der öv-Typ. Im Bus wähle ich einen Sitzplatz ganz hinten. Kurz nach der Haltestelle bleibt der Bus stehen. Ich höre eine Autohupe und sehe aus dem Fenster. Passanten bleiben stehen und schauen nach vorne. Nur kein Unfall, denke ich, sonst komme ich nicht pünktlich ins Café. Ich versuche vergeblich, durch die trübe Scheibe etwas zu erkennen. Dann sehe ich einen Mann, und für einen Moment bleibt mein Herz stehen. Die nächsten Sekunden dehnen sich zu einer Ewigkeit. Seine Haare, seine Nase, seinen Gang, ich kenne diesen Mann, und mein Körper reagiert heftig auf ihn. Oder ist es meine Psyche? Ist das eine Panikattacke? Mein Puls geht schneller, mein Herz schlägt wie nach einem schnellen Lauf. Aber da ist keine Panik, es ist etwas anderes. Freude. Der Bus fährt wieder an und der Mann verschwindet aus meinem Blickfeld. Ich drehe meinen Kopf und spüre einen leichten Schwindel und einen heftigen Schmerz. Wer war das? Ich kenne ihn, aber ich erinnere mich nicht an ihn. Freude. Wann habe ich zuletzt eine solche Freude gespürt? Was ist los mit mir? Ich hatte soeben eine Freudenattacke. Großartig.

Die restliche Busfahrt vergeht wie im Flug. Charlie wedelt freudig, als er wieder richtigen Boden unter seinen Pfoten hat. Das Café befindet sich in einer Seitenstraße. Die Tische draußen sind alle besetzt. Drinnen sieht es anders aus. Drei Leute auf drei Tische verteilt. Zwei sitzen an Laptops, Benny starrt auf sein riesiges Handy. Oder ist es ein Tablet? Er steht kurz auf, als er mich bemerkt. Ich rücke die Stühle so zurecht, dass Charlie unter dem Tisch liegen kann. Benny würdigt den Hund keines Blickes. Die Bedienung stellt ihm sofort einen Wassernapf hin. Sie duzt mich, was ich irritiert mit einem Lächeln quittiere. Charlie trinkt ein wenig und legt sich danach hin. Ich sehe, dass Benny einen

Fruchtsaft trinkt. Auf einer Karte wird eine süßsaure Versuchung angepriesen. Ich bestelle ein Glas, obwohl mich der angeschriebene Preis schockiert.

»Ist lecker«, sagt Benny. Ich habe meine Zweifel. »Ich bin oft hier. Man kann ganz entspannt arbeiten.«

Ich schaue mich nach den anderen Tischen um.

»Sieht ganz so aus.«

Wir machen ein wenig Small Talk, was mir überhaupt nicht zusagt. Benny versucht krampfhaft, eine lockere Atmosphäre zu schaffen. Mich stört, dass er mir dauernd in die Augen schaut. Ganz anders als bei unserem ersten Treffen. Bei einem Blinddate wäre jetzt der richtige Zeitpunkt, um abzuhauen.

»Sagt dir das Wort ›Probetante‹ etwas?«

Er verzieht seinen Mund und überlegt. »Ich bin nicht gut im Lösen von Rätseln.«

»Das ist kein Rätsel. Dieses Wort taucht im Zusammenhang mit einigen Verbrechen auf.« Ich versuche, es so leise wie möglich zu sagen, aber in der andächtigen Stille dürften es auch die beiden anderen und die Bedienung gehört haben. Benny schaut verlegen zum Fenster, als die Bedienung meine süßsaure Versuchung auf den Tisch stellt. Ich probiere einen Schluck. Die Versuchung schmeckt in erster Linie sauer.

»Können wir draußen weiterreden?«, fragt er beinahe verzweifelt.

»Ist alles besetzt.«

Er kramt aus einer Stoffbrieftasche eine Kreditkarte hervor und winkt der Bedienung. Dann trinkt er sein Glas leer. Was wohl bedeutet, dass ich das ebenfalls tun sollte. Zum Glück wird die teure Versuchung in einem kleinen Glas serviert, aber es ist trotzdem eine Qual, es zu leeren. Benny erledigt die Bezahlung und ich bedanke mich artig. Er steht auf und geht um den Tisch herum. Ich verschiebe den Stuhl neben mir und sage Charlie, dass wir rausgehen. Wieder ignoriert Benny ihn komplett. Draußen zeigt Benny auf die gegenüberliegende Straßenseite. Wir setzen uns auf eine Steinmauer.

»Die Leute kennen mich«, sagt er entschuldigend. »Du sagtest ›some crime‹.«

»Was?«

»Im Zusammenhang mit some crime.«

»Ja, wie ich schon beim ersten Mal sagte, bringe ich die Sprachen durcheinander. Ist einer in eurer Gruppe, der seltsame Ideen hat?«

»Was meinst du mit ›seltsam‹?«

»Dass man zum Beispiel sinnlose Wörter lernen soll.«

Ich sehe ihm an, dass ich einen Treffer gelandet habe.

»Das könnte Dave sein. Aber er gehört nicht wirklich dazu.«

»Erzähl mir von ihm.«

»Da gibt es eigentlich nichts zu erzählen. Ich weiß nicht mal, durch wen er dazugekommen ist.«

»Aber er war am Anfang dabei?«

Charlie schnuppert an Bennys Hose, dieser zieht sein Bein zurück. Soweit das geht an einer Mauer. Ich ziehe Charlie sanft an mir vorbei auf die andere Seite.

»Nicht wirklich. Er erzählte etwas von speziellen Spielmodis. Sinnlose Wörter und Bestrafung.«

»Bestrafung?«

»Ja. Wir gingen nicht darauf ein. Alle bekannten Methoden beruhen auf Belohnung und nicht auf Bestrafung.«

»Hat er das genauer erläutert mit der Bestrafung?«

»Nein. Wir fanden es cranky.«

»Jetzt fängst du auch damit an.«

»Scheint ansteckend zu sein.«

»Es war kein Thema mehr?«

»Er war nur einmal an einem Meeting. Danach nicht mehr.

Er sagte noch, dass er etwas organisieren könne. Da ging es um ein gemeinsames Wochenende. Er sagte, er könne ein Haus in den Bergen organisieren.«

»Fuck«, rutscht es mir raus.

»Was meinst du damit?«

»Hat er gesagt, wo sich dieses Haus befindet?«

»Daran erinnere ich mich nicht. Wir wollten lieber etwas in Stadtnähe, deshalb war es kein Thema mehr.«

»Wie sieht er aus?«

»Boah. Normal. Ehrlich gesagt habe ich kein Bild vor Augen. Nichts, das sich mir einprägte.«

»Hast du seine Handynummer?«

»Ich denke schon.«

»Gibst du sie mir?«

»Nein. Das ist gegen meine Prinzipien.«

»Ich kann dir jemanden vorbeischicken, der andere Prinzipien hat.«

»Du drohst mir?«

»Es geht um ein Verbrechen. Wir müssen mit diesem Dave reden.«

»Ich muss das mit den anderen besprechen.«

»Tu das, aber beeilt euch.«

Dann fällt es mir ein. Ich ärgere mich, dass ich es beinahe vergessen habe.

»Eine Frau um die dreißig mit einer auffallenden grünen Handtasche. Sagt dir das was?«

Er lacht. »Noch so ein Rätsel? Ich schaue mir nicht so genau an, was für Handtaschen die Frauen tragen. Bin kein guter Polizist. Soll ich dich über die App auf dem Laufenden halten?«

»Kannst du.«

Die Verabschiedung geht schnell und kühl über die Bühne, er wird mich vermutlich in Gedanken löschen. Charlie ist froh, dass er sich bewegen kann, und ich bin froh, dass ich

Benny los bin. Dave. Ich habe einen Namen. Ob es der richtige ist, steht auf einem anderen Zettel. Hat sich dieser Dave als Mario ausgegeben? Wenn, dann müsste er Mario kennen. Ich mache mit Charlie einen kurzen Spaziergang und danach steigen wir in den Bus. Wieder checke ich alle Passagiere. Keine Frau mit einer grünen Tasche. Könnte dieser Dave sich als Frau verkleiden? Benny beschreibt ihn wie einen Unsichtbaren. Es gibt solche Menschen. Sie fallen überhaupt nicht auf und niemand erinnert sich an sie. Auf dem Weg vom Bus nach Hause bleibe ich öfter stehen als notwendig. Charlie schaut mich an, als wäre er besorgt. Ich schaue mich um. Keine grüne Handtasche. Im Haus muss ich mich am Geländer raufziehen. Die Müdigkeit überfällt mich wie ein Grippevirus. Ich will mich nur noch hinlegen. Als ich die Tür öffne, bleibt Charlie draußen stehen. Ich befinde mich schon halb im Wohnzimmer und rufe ihn. Als er reinkommt, hat er etwas im Maul. Ich reiße es ihm weg, gehe zur Tür und schließe sie mit vier Umdrehungen. Charlie steht dicht neben mir und versucht die Packung mit den Zähnen zu fassen. Ich schaue sie mir an. Es sind Hundekekse.

56

Ich wache nach einer Stunde auf und fühle mich einen Moment lang wie damals im Krankenhaus. Ich spüre diese Schwere, mein Kopf ist im Kissen vergraben, meine Arme liegen regungslos neben meinem Körper, meine Beine spüre ich nicht. Doch ich kann meine Finger bewegen, auch meine Beine, es ist alles gut, nur mein Kopf liegt wie ein schwerer, mit Wasser vollgesogener Ball auf dem Kissen. Ich erinnere mich an einen Traum. Ich habe Italienisch gesprochen. Wer eine Sprache lernt, kennt das. Plötzlich ertappt man sich dabei, wie man in der Fremdsprache denkt oder träumt. Die Sprache wird zu einem Teil des Bewusstseins. Das hat nichts mit Lernen im Schlaf zu tun. Im Schlaf sortiert das Gehirn, was es neu gelernt hat. Und was es für wichtig hält. Ich stelle mir vor, dass Träume ein Teil dieses Sortiervorgangs sind. Vielleicht hatte ich deshalb im Krankenhaus zuerst keine Träume. Bis auf die Albträume. Es war das Einzige, was mein Gehirn einsortieren musste. Irgendwo ganz hinten, damit es mich nicht mehr störte. Ich weiß nicht mehr, was ich auf Italienisch gesagt und mit wem ich gesprochen habe. Aber jetzt sehe ich wieder den Mann vor mir, den ich aus dem Bus heraus beobachtete. Ich bin mir sicher, dass ich ihn von irgendwoher kenne. Und irgendwo kann auch ganz hinten sein, da wo mein Gehirn den Horror ablegt. Aber wieso habe ich keine schlechten Gefühle, wenn ich an ihn denke? Charlie macht sich bemerkbar. Er scharrt mit seinen Pfoten an meiner Decke. Ich wende den Kopf. Es geht schmerzlos. Ich hebe ihn leicht an. Kein Schwindel. Ich setze mich auf. Charlie schlägt mit einer Pfote an meinen Arm und gibt dazu Geräusche von sich, die wie eine Mischung aus Begeisterung und Gähnen klingen. Tatsächlich gähnt er kurz und springt dann vom Bett. Ich setze mich auf die Bettkante. Nach wie vor groggy, aber schmerzlos. Ich stehe auf und gehe langsam ins Wohnzimmer. Auf dem Tisch steht die Packung mit Hundekeksen.

»Was bedeutet das, Charlie?«

Charlie wedelt mit dem Schwanz.

»Du kriegst keine Kekse von fremden Leuten.«

Der Mann beobachtet mich und er gibt mir das auch zu verstehen. Er hat mich mit Charlie gesehen. Aber wer ist dieser verdammte »er«? Dieser Dave, der sich als Frau verkleidet? Irgendein durchgeknallter Stalker? Beobachtet er das Haus stundenlang? Wartet er, bis ich es verlasse? Mein Handy unterbricht meine Gedanken. Benny ist eingefallen, dass Dave einen Ort erwähnt hat. Ich schaue sofort nach. Er ist in der Nähe vom Standort, den Ilaria auf der App hinterlassen hat.

Hält er Ilaria in einem Haus gefangen? Mit dem Zug ist es eine zweistündige Reise. Es ist idiotisch, mit dem Zug hinzureisen, ich muss flexibel sein. Ich müsste mich einfach darauf verlassen können, dass Mats alles unternimmt, um diesen Dave und das Haus zu finden. Aber ich bezweifle, dass meine Hinweise oberste Priorität haben. Und ehrlich gesagt zweifle ich auch ein wenig daran, ob dieser Dave tatsächlich ein irrer Frauenmörder ist. Was, wenn sich mein Gehirn nur eine hübsche Geschichte zusammensetzt? Ehemalige Polizistin verdächtigt harmlosen Sprachlehrer des Mordes. Der exklusive Report. Sie spricht ständig mit ihrem Hund, sagt eine Nachbarin. Sie war mir schon immer unheimlich. Ich bin mir bewusst, dass ich mich lächerlich machen kann. Deshalb möchte ich mehr erfahren, ehe ich den ganzen Polizeiapparat in Bewegung setze. Doch das bedeutet, dass ich jemanden organisieren muss, der mich hinfahren kann.

– Hast du ein Auto?

– Nein.

Paula ist kurz angebunden. Sie ist wütend auf mich. Wenn sie wieder mit ihrem Ex zusammen ist, bin ich jetzt ein Feind. Ich versuche es bei Mario, auch wenn es wahrscheinlich keine gute Idee ist. Aber wen soll ich sonst fragen? Meine Eltern? Ich gehe ins Bad und spritze mir Wasser ins Gesicht. Es ist fünf Uhr. Nicht gerade die ideale Zeit für einen Ausflug in die Berge. Aber ich kann nicht bis morgen warten. Ich muss etwas unternehmen. Aber was mache ich, wenn ich dort bin? Selbst wenn es nur ein Dorf ist, gibt es in der Gegend Hunderte Häuser, die infrage kommen. Schwachsinnige Idee, Anna. Mario antwortet.

– Ja. Soll ich dich abholen oder irgendwo hinbringen?

– Hinbringen.

– Jetzt?

– Ja.

– Wohin?

– In die Berge.

– Hat es mit Ilaria zu tun?

– Ja.

– In einer Stunde?

Ich schaue auf die Uhr.

– Um 18 Uhr?, frage ich.

– Ja. Geht das?

Ich drehe mich um und schaue Charlie an. Ich kann ihn nicht hierlassen. Ich muss mit Lars reden.

– Ja, muss aber noch was abklären.

– Gib mir Bescheid.

Ich schreibe Lars und frage, ob ich Charlie runterbringen kann. Ich habe keine Ahnung, ob er zu Hause ist. Chaos pur. Es ist, als würde mein Kopf alles rund um mich herum in ein

Irrenhaus verwandeln. Ich schreibe Mats von dem Ort und von Dave, lösche aber den Teil mit Dave wieder, weil ich eigentlich nichts über ihn weiß. Schließlich lösche ich den ganzen Entwurf.

— Ich brauche seine Handynummer. Dringend.

Ich sende Benny auch noch eine Bitte hinterher. Aber jetzt ist genug. Wenn er nicht reagiert, gebe ich Mats Bennys Nummer. Ich lasse mich auf das Sofa fallen. Ich spüre sofort, dass das keine gute Idee ist. Charlie hüpft neben mich. Ich schließe die Augen, ich muss klar denken. Was bringt es, wenn ich mit Mario in die Berge fahre? Ausgerechnet mit Mario. Ilaria hat ihn blockiert. Möglicherweise fühlte sie sich von ihm belästigt. Vielleicht war er der Grund dafür, weshalb sie sich mit diesem Dave getroffen hat.

— Du schuldest mir was. :)

Der alberne Benny, checkt er nicht, worum es geht? Er schreibt mir die Handynummer. Immerhin habe ich jetzt etwas Handfestes für Mats. Er kann herausfinden, auf wen die Nummer registriert ist. Ich bedanke mich bei Benny und schreibe Mats. Vielleicht hält er mich für hysterisch, aber was soll's. Wenn sich das alles in Luft auflöst, kann ich mich gleich zur Ruhe setzen. Es ist egal. Lars schreibt, dass er in 15 Minuten zu Hause sei. Immerhin. Ich schreibe Mario, dass 18 Uhr okay ist. Dann packe ich das Nötigste in eine Reisetasche. Dazu gehören Schmerzmittel und andere Tabletten. Ich habe eine Liste möglicher Symptome und dazugehörige Tabletten. Ich versuche, so wenig wie möglich zu nehmen. Im Krankenhaus und während der Reha waren es fünf bis zehn Tabletten täglich. Troppo.

Autofahren gehört zu den Tätigkeiten, die nach einem Schädel-Hirn-Trauma nur bedingt möglich sind. Es bedarf eingehender Untersuchungen und Abklärungen. Aber auch schon auf dem Beifahrersitz mitzufahren, kann problematisch sein. Ich bin bis jetzt nur von meinem Vater gefahren worden. Und das waren kurze Strecken. Im Bus habe ich keine Probleme. Anfangs war es der Lärm, aber ich habe mich daran gewöhnt. Aber was ist, wenn mir in Marios Auto schlecht oder schwindlig wird? Mein ganzes Leben ist zu einem großen Fragezeichen geworden. Ich trinke ein halbes Glas Mineralwasser. Nicht zu viel, ich möchte nicht, wie in nordischen Krimis üblich, im Wald Pipi machen. Ich packe auch noch einen Pullover und eine Windjacke ein. Die nächste Nachricht ist von Lars, er ist zu Hause angekommen.

»Kommst du mit zu Lars?«, frage ich Charlie. Er erhebt und schüttelt sich. Es dauert eine Weile, bis Lars die Tür öffnet. Charlie freut sich, während ich Lars skeptisch mustere. Er sieht nicht gut aus.

»Komm doch rein«, sagt er, doch ich winke ab.

»Keine Zeit.«

»Ich bin ziemlich fertig.«

»Ja, das sehe ich.«

»Es ging alles gut bei den Aufnahmen. Ich fühlte mich bestens. Ich stieg, ohne darüber nachzudenken, in den Bus.«

»Du hattest im Bus eine Attacke?«

Er nickt. »Es war schlimm. Ich klammerte mich an meinen Sitz. Ich bekam keine Luft. Zum Glück hielt der Bus wenig später an. Ich rannte raus, aber es wurde nicht besser. Ich keuchte und schnappte nach Luft und nahm meine Umgebung nicht mehr wahr. Ich weiß nicht, wie lange es dauerte. Für mich eine Ewigkeit. Horror, einfach nur Horror.«

»Und jetzt?«

»Geht so. Ich bin müde. Ich muss was trinken.«

»Keine gute Idee.«

»Es beruhigt.«

»Trinkst du auch, bevor du arbeiten gehst?«

»Nein, ich kann nicht mit einer Fahne antraben.«

»Aber du schluckst etwas?«

»Schon wieder ein Verhör?«

»Du musst damit aufhören.«

»Nächste Woche habe ich keine Termine. Da kann ich mich entspannen.«

»Wie geht es deiner Mutter?«

»Ganz gut. Charlie kann bald wieder zu ihr. Ist alles organisiert. Sie vermisst ihn.«

»Kann ich verstehen.«

»Ja, er ist ein toller Hund.«

»Ich muss.«

»Klar. Danke.«

Lars versucht vor der Panik zu fliehen, sie zu betäuben. Ich denke nicht, dass das funktioniert. Aber es ist sein Leben.

— Wohin geht die Reise?

Ich schreibe Mario den Ort.

— Es ist ziemlich weit weg.

— Ja.

— Wir sind erst um halb acht da.

— Ich weiß. Ich bleibe vielleicht.

— Ist Ilaria dort?

— Vielleicht.

— Soll ich dich abholen? Ich wäre soweit.

Ich schreibe ihm meine Adresse. Es ist verrückt und es bringt vermutlich nichts. Aber ich spüre das Kribbeln, die Energie, die Entschlossenheit. Egal wie lange es anhält, ich möchte es genießen. Ich möchte Ilaria retten. Und mich.

57

Ich sitze hinten, was sich seltsam anfühlt. Wie in einem Taxi. Mario konzentriert sich auf die Straße, aber unser Schweigen füllt den Fond wie ein Kettenraucher und nimmt mir die Luft zum Atmen.

»Du weißt, dass in diesen Filmen dem Opfer immer erst ganz am Schluss aufgeht, zu wem sie ins Auto gestiegen sind?«, fragt John. Mir ist nicht nach Lachen zumute. Was weiß ich schon über Mario? Ich halte ihn für harmlos, aber als Polizistin musst du dich nur einmal irren und dann bist du tot. Aber ich war ja schon so gut wie tot. Warum sollte mir das zweimal passieren?

»Du kennst die Geschichte von den Schützengräben«, sagt John. Natürlich weiß er, dass ich sie kenne. Im ersten Weltkrieg legten sich Soldaten in Löcher, in denen eine Artilleriegranate explodiert war, in der Annahme, dass es unwahrscheinlich ist, dass dies am selben Ort noch einmal geschieht. Doch die Wahrscheinlichkeit kümmert sich nicht darum. Sie ist jedes Mal genau gleich hoch oder tief.

»Geht es dir gut?« Ich zucke zusammen. Marios Stimme reißt mich aus meinen Gedanken. Ich muss mit ihm reden, nur so bringe ich John zum Schweigen.

»Ja, alles okay.«

»Glaubst du, dass ihr etwas zugestoßen ist?«

»Was?«

»Ilaria.«

»Ich weiß es nicht.«

»Du willst es mir nicht sagen.«

Ich schweige. Was soll ich einem Mann sagen, der in das

Opfer verliebt ist? Dass sie möglicherweise in den Fängen eines Irren gelandet ist?

»Ich kenne diese Gegend«, sagt Mario.

»Es ist ein beliebtes Ausflugsziel.«

»Wir hatten hier mal ein Haus gemietet.«

»Du und deine Frau?«

»Nein. Die Leute vom Gemeindezentrum. Teamevent nennt sich das. Völliger Unsinn, aber alle organisieren so was.«

»Weiß deine Frau, dass du mit mir unterwegs bist?«

»Sie ist bei ihrem Freund.«

»Ihr habt euch getrennt?«

»Nein. Es ist kompliziert.«

Er will nicht darüber reden. Aber worüber sollen wir sonst reden? Die Fahrt dauert ewig.

»Autostrada.«

»Was?«

»Sag das deutsche Wort.«

»Autobahn.«

»Gut. Semaforo.«

»Feu.«

»Du hast ›feu‹ gesagt.«

»Das ist Französisch.«

»Deutsch?«

Es fällt mir nicht ein. Traffic light. Semaforo. Feu.

»Ich weiß es nicht.«

»Ampel oder Verkehrsampel oder Rotlicht. Aber das hat noch eine andere Bedeutung«, sagt er lachend. Red light, Rotlichtviertel.

»Wie nennt man es auf Italienisch?«, frage ich.

»Quartiere a luci rosse. Es gibt sie überall.«

»Du kennst dich aus?«

»Ist nichts für mich«, sagt Mario. »Ich liebe schöne Frauen, aber ich bin ein Romantiker.«

Auch das noch, denke ich. Sind nicht die Romantiker die Schlimmsten? Überbordende Gefühle, Fixierung und Idealisierung?

»Warum hat sie dich geblockt?«

»Was?«

»Ilaria. Es gibt immer einen Grund, wenn eine Frau einen Mann blockt.«

»Nicht immer«, sagt Mario. »Wenn du tausend Kontakte hast, blockierst du ständig jemanden.«

»Wenn einem jemand auf die Nerven geht oder wenn jemand zu aufdringlich wird.«

»Oder wenn man Gefühle für jemanden hat, die einem momentan nicht in den Kram passen.«

»Sie hat dich blockiert, weil sie dich liebt?«

»Glaub mir, es kam aus dem Nichts.«

»Was? Die Liebe oder dass sie dich blockierte?«

Er lacht. »Vielleicht beides. Es kann passieren. Weshalb sollte sich eine junge Frau nicht in mich verlieben?«

»Du hältst dich für unwiderstehlich.«

»Überhaupt nicht. Willst du die ganze Geschichte hören?«

»Warum nicht?«

»Wir sind uns im Gemeindezentrum begegnet. Ich habe sie angesprochen. Sie hat mir gefallen. Wir plauderten ein wenig. Sie sah irgendwie traurig aus. Verloren. Obwohl sie immer ein Lächeln auf den Lippen hatte.«

»Rührend.«

»Du bist nicht romantisch.«

»Du bist kitschig.«

»Soppy?«

Verdammt noch mal, ich hab »kitschig« gesagt. Ich bin mir sicher.

»Rührselig«, sage ich.

»Wenn du ein Wort in einer anderen Sprache sagst, hörst du dann nicht, wie du es sagst?«

»Ich weiß, was ich sagen will, und ich denke in Deutsch, aber manchmal sage ich es nicht auf Deutsch.«

»Es geschieht nur, wenn du drauflosredest.«

»Was?«

»Ich glaube, wenn du den Satz zuerst in Gedanken formst, machst du keine Fehler.«

»Aber es hört mir niemand mehr zu, weil alle weggehen, wenn ich für jeden Satz so lange benötige.«

Mario flucht, als uns ein Motorrad überholt.

»Du musst entspannter damit umgehen«, sagt er.

»Danke, Herr Doktor. So entspannt, wie du mit dem Motorradfahrer umgegangen bist?«

»Nobody is perfect. Wie auch immer. Ilaria war nett, aber irgendwie gehemmt. Und dann sah ich sie über eine Woche nicht mehr.«

»Hat sie dich da schon geblockt?«

»Da hatte sie noch nicht mal meine Nummer. Ich habe sie zufällig gefunden. Auf einer App.«

»Was für eine App?«

»Eine App, die Sprachtandems verbindet.«

Die App, von der mir Simona berichtet hat und die ich wahrscheinlich auch benutzt habe. Es ist seltsam. Ich erinnere mich daran, sie gelöscht zu haben, aber sonst erinnere ich mich an nichts. Es ist wie ein Puzzle aus Teilen, die alle gleich aussehen.

»Warum bist du auf einer App aktiv für Sprachtandems?«

»Mich fasziniert das. Du hast ›attivo‹ gesagt.«

»Dich faszinieren die jungen Frauen, die dort aktiv sind.«

»Die meisten interessieren sich nicht für Männer in meinem Alter.«

»Außer die, die denken, der Opa ist ungefährlich.«

»Sie war da, ich habe sie sofort erkannt und sie angeschrieben. Wir chatteten zwei oder drei Stunden.«

»In welcher Sprache?«

»Italienisch.«

»Nicht der Sinn und Zweck dieser App.«

»Das ging so weiter. Etwa eine Woche lang.«

»Über was habt ihr gechattet?«

»Alles Mögliche.«

»Private Dinge?«

»Nicht wirklich. Sie war sehr zurückhaltend. Wir sprachen über das, was mir mögen, essen, Musik, die Berge.«

»Stundenlang?«

»Anfangs schon. Aber dann war sie nur noch sporadisch online. Ich fragte sie, ob wir uns treffen können. Sie schrieb, warum nicht, wir tauschten unsere Nummern. Ich schrieb ihr, wann ich Zeit habe und wo wir uns treffen könnten.«

»Wo?«

»In einem italienischen Restaurant, edel, teuer, aber sensationell gut.«

»Der ältere spendable Herr.«

»Dich werde ich garantiert nicht einladen.«

»Kein Problem.«

»Sie antwortete nicht. Am nächsten Morgen öffnete ich die App. Ilaria war weg. Entweder hatte sie ihr Profil gelöscht oder sie hatte mich blockiert.«

»Ihr Profil ist noch aktiv.«

»Dann also blockiert. Du kennst die App?«

»Eine Italienerin hat mich darauf aufmerksam gemacht.«

»Es ist ein interessantes Konzept. Vor allem für Leute, die in ihrem eigenen Land lernen.«

Mario beschleunigt auf der Autobahn. Es drückt mich in den Sitz. Ich liebe dieses Gefühl. Ich schließe die Augen. Es ist wie Fliegen. Ich nicke ein. Ich träume von ihm. Nicht von Mario. Es ist der Mann, den ich aus dem Bus heraus gesehen habe. Als ich die Augen öffne, sind wir noch immer auf der Autobahn, aber die Landschaft hat sich verändert.

Sanfte Hügel und dahinter einige größere Erhebungen. Die Berge.

»Es ist nicht mehr weit«, sagt Mario.

»Wie lange habe ich geschlafen?«

»Eine Weile. Dein Schnarchen ist sexy.«

»Hör auf damit.«

Ich denke an den anderen Mann. Er hatte südländische Züge. Er könnte durchaus Italiener sein. Ein Tandem für Anna. Warum erinnere ich mich nicht? Weil ich mir alles einbilde? Bin ich wie Mario, der sich beim Chatten eine Liebe einredet?

»Was ist das für ein Geräusch«, frage ich. Es hört sich wie ein melodisches Summen an.

»Die Klimaanlage singt«, sagt Mario lachend. »Meistens genügt es, wenn ich sie aus- und wieder einschalte.« Tatsächlich verstummt das Summen wenig später.

»Was machst du, wenn wir ankommen?«, fragt Mario.

»Polizeiarbeit. Ich gehe von Tür zu Tür und frage, ob jemand Ilaria gesehen hat.«

»Die meisten Häuser sind unter der Woche leer. Es ist ein beliebtes Langlaufgebiet, im Winter ist es hier voll. Wenn Schnee liegt.«

»And the hikers and climbers?«

»Das war Englisch.«

»Wenn ich müde bin, kann das passieren.«

»Faszinierend.«

»Nervtötend. Beantworte meine Frage.«

»Viele sind nur einen Tag hier. Ich denke, es gibt Häuser, die die meiste Zeit leer stehen.« Ideal, um eine junge Frau gefangen zu halten, denke ich. Wahrscheinlich denkt Mario das Gleiche, denn er beschleunigt erneut.

»Kann ich dir dabei helfen?«, fragt er und schaut kurz in den Rückspiegel.

»Sorg dafür, dass ich heil ankomme.«

»Es gibt fast keinen Verkehr.«

»Trotzdem.«

Er geht runter vom Gas.

»Wie viele Häuser gibt es hier?«

»Keine Ahnung. Das Dorfzentrum ist klein, aber überall in den Hügeln gibt es Häuser.«

Ein hoffnungsloses Unterfangen. Ich fühle mich hilflos und nutzlos.

»Wenn sie hier war, hat sie jemand gesehen. Ihr Gesicht vergisst man nicht so schnell.«

»Nicht alle verknallen sich so schnell wie du.«

»Glaubst du an Zufälle?«, fragt er. »Zufall und Schicksal. Wir können ihnen nicht entfliehen.«

»Ich denke, es ist wie mit den Gesichtern.«

»Mit welchen Gesichtern?«, fragt Mario.

»Unser Gehirn sieht überall Gesichter. In den Wolken, in Alltagsgegenständen, in der Natur. Ich denke, es ist ähnlich beim Zufall und Schicksal. Unser Gehirn liefert eine Erklärung für etwas, das sich nicht erklären lässt.«

»Und warum macht unser Gehirn das?«

»Wenn es das nicht tun würde, was würde geschehen?«

»Wir würden uns den Kopf zerbrechen.«

»Es ist reiner Selbstschutz, das Gehirn will seine Ruhe haben.«

»Das glaubst du doch selbst nicht«, sagt Mario lachend.

»Klingt es nicht plausibel?«

Wir lachen beide. Es tut gut. Ich fühle mich trotz allem wohl in Marios Gegenwart. Ist es Ilaria auch so ergangen? Aber sie ist jünger als ich. Ich denke, dass mir Mario nicht die ganze Wahrheit sagt. Wahrscheinlich hat sie ihn blockiert, als er begann über seine Gefühle zu sprechen.

»Warum hat dich Ilaria nicht gefragt, ob du ihr Tandem sein möchtest?«

»Wir haben darüber gechattet. Sie schrieb mir, dass wir es

probieren könnten. Aber als ich später nachhakte, ging sie nicht mehr darauf ein.«

»Sie überlegte sich, nach Italien zurückzukehren.« Ich war mir nicht mehr sicher, ob Simona es so formuliert hatte.

»Ja, ich weiß. Denkst du, dass ihr etwas zugestoßen ist?«

»Es könnte sein, dass sie falsche Freunde gefunden hat.«

»Wie meinst du das?«

Er bremst ab, da vor uns ein Traktor gemütlich über die Landstraße fährt.

»Locker bleiben, gleich sind wir im Dorf, du musst ihn nicht überholen.«

Tatsächlich erscheint wenig später die Ortstafel. Ich betrachte die Häuser. Irgendwas zwischen putzig und modern. In der Nähe des Dorfplatzes befindet sich ein Parkplatz. Mario biegt auf den Platz und parkt.

»Allora Signora, siamo qui.«

Ich öffne die Wagentür und steige aus. Ich muss mich am Wagen festhalten. Meine Beine finden zuerst keinen Stand, es ist, als wären beide eingeschlafen. Zudem spüre ich ein Pochen unter meiner Schädeldecke.

»Alles in Ordnung?«, fragt Mario besorgt. Nein, denke ich. Nichts ist in Ordnung. Polizistin brutal zusammengeschlagen.

58

Nachdem ich am Dorfbrunnen Wasser getrunken habe, fühle ich mich etwas besser und mache mich an die Arbeit. Früher war das für mich eine Routinearbeit. Klingeln, warten, freundlich erklären, wer man ist und was man will. Ruhig bleiben, sich nicht provozieren lassen, keine Emotionen zeigen. Jetzt bin ich das Gegenteil von professionell. Ich bin ungeduldig, wirsch und emotional. Ich zeige den Leuten Ilarias Foto auf meinem Handy. Einige reagieren wie nach einem Faustschlag, ihr Kopf geht nach hinten, andere starren so genau auf das Foto, dass ich danach das Display abwische. Und es gibt jene, die die Tür gleich wieder zumachen. Ich klingle erneut und es öffnet niemand mehr. Früher habe ich mir den Namen und die Uhrzeit notiert und bin zur nächsten Tür gegangen. Jetzt klingle ich erneut und klopfe dazu auch noch an die Tür. Das alles, weil ich mich nicht gut fühle. Ich habe Kopfschmerzen und manchmal das Gefühl, dass ich das Gleichgewicht verliere. Ich will ein Resultat, ich will, dass jemand sagt, ja, die Frau habe ich gesehen. Sie war in Begleitung eines Mannes. Aber natürlich sagt das niemand. Keiner hat Ilaria gesehen. Aber es ist wie bei einer Lotterie, tausend Nieten und dann der große Jubel. Es gibt immer jemanden, der etwas gesehen oder bemerkt hat. Man darf nicht aufgeben, man muss dranbleiben. Aber jetzt benötige ich eine Pause. Mario wartet draußen, er hat bei einigen Einfamilienhäusern geklingelt.

»Nichts«, sagt er. »Einige Leute erzählen Geschichten. Über Einbrecher und seltsame Gestalten in der Nacht. Ist das immer so?«

»Ja, das gehört dazu. Manche reden auch schlecht über die Nachbarn.«

»Ich könnte das nicht. Ich meine beruflich.«

»Es geht einzig um das Resultat. Man tut es aus einem professionellen Grund, es ist Teil der Ermittlungen.«

»Man hört die Kinder, man riecht, was sie kochen. Man dringt in ihre Privatsphäre ein.«

»Man muss das ausblenden.«

»Muss man wohl. Du hast ›nascondere‹ gesagt. Verstecken, verheimlichen?«

»Nein, ich habe etwas anderes gemeint.«

Ich suche auf dem Handy nach dem Wort, finde es aber nicht. Doch dann fällt es mir ein. »Ausblenden. Man muss es ausblenden.«

»Ja, ein gutes Wort«, sagt Mario. »Es gibt im Deutschen Wörter, die sind perfekt.«

»Wenn man sie nicht vergisst.«

»Du hast sie nicht vergessen. Sie konkurrieren miteinander.«

»Wie meinst du das?«

»Ich denke, es ist wie jemand, der sich vordrängelt. Du willst ›ausblenden‹ sagen und ›nascondere‹ drängelt sich vor.«

»Aber warum geschieht das?«

Mario zuckt mit den Schultern. Wie all die Experten, mit denen ich schon zu tun hatte.

»Wir gehen immer davon aus, dass unser Gehirn so funktioniert wie alle anderen Gehirne. Aber das ist nicht so. Wenn man eine Sprache lernt, sollte man sich etwas Zeit geben, um herauszufinden, wie man am effektivsten lernt. Es gibt Leute, die brauchen Bilder, andere merken sich besser, was sie hören, wieder andere büffeln mit altmodischen Büchern am besten, weil sie eine klare Struktur bevorzugen.«

»Ich denke, ich werde meine Muttersprache nie mehr perfekt beherrschen.«

»Willst du Lehrerin werden?«

»Nein.«

»Es gibt Berufe, in denen perfektes Deutsch in Wort und Schrift verlangt wird. Oder Englisch. Für alle anderen ist etwas anderes wichtig.« Ich weiß, worauf er hinauswill.

»Verstanden werden. Aber genau das ist ja der Haken. Man versteht mich nicht, wenn ich ständig Wörter aus anderen Sprachen benutze.«

»Viele verstehen dich trotzdem. Und für die anderen musst du flexibler werden.«

»Wie meinst du das, flexibler?«

»›Ausblenden‹ ist ein tolles Wort. Aber wenn du siehst, dass du nicht verstanden wirst, musst du es anders formulieren, statt krampfhaft nach dem Wort zu suchen. Versuch es.«

»Was? Jetzt?«

»Ja. Man muss es ausblenden. Sag etwas anderes.«

»Man sollte nicht daran denken.«

»Sehr gut. Man kann fast alles auf verschiedene Arten formulieren. Vielleicht weniger präzise, aber man versteht dich. Keep it simple.«

Wahrscheinlich hat er recht. Man benötigt nicht so viele Wörter, um sich verständlich zu machen. Aber eine einfache Sprache bedeutet, dass man wie ein kleines Kind spricht. Und von den anderen auch so behandelt wird.

»Machen wir weiter?«, fragt Mario.

»Es wird bald dunkel. Danach wird es schwierig.«

»Warum? Wenn es dunkel wird, sind die Leute doch eher zu Hause?«

»Aber sie öffnen die Tür nicht mehr.«

Mario nickt. »Aber man sieht, wo Licht brennt. Wir sollten uns auf die Häuser außerhalb des Zentrums konzentrieren.«

»Ja. Gehen wir zum Wagen«, sage ich.

»Keinen Hunger?«, fragt Mario und zeigt auf das kleine Lebensmittelgeschäft. »Sie haben Brote und Snacks. Ich hätte Lust auf eine Tüte Chips.«

»Chips?«

»Ja, Chips. In England war ich süchtig nach Chips.«

Ich finde im Laden einen Fertigsalat und nehme dazu ein Brötchen und Mineralwasser. Mario kauft Chips, Schinken und ein Brötchen. Dazu ein alkoholfreies Bier. Es erinnert mich an Lars. Wir essen neben dem Wagen. Außer uns bewegt sich niemand im Freien. Das Dorf wirkt ausgestorben, aber ich habe die Leute gesehen. Sie nisten sich ein. Und wahrscheinlich beobachten sie uns. Ich sehe die Schilder zweier Restaurants, das eine scheint seit einer Ewigkeit geschlossen zu sein, das andere ist eine Allerweltspizzeria. Es gibt auch noch ein Café, das mit Apfelstrudel und Crêpes wirbt. Abends ist hier im Sommer nichts los, die Ausflügler sind schon weg und die Einheimischen bleiben zu Hause. Ich studiere mit Mario auf seinem Handy die Gegend und wo er entlangfahren soll. Von Haus zu Haus zu fahren, ist ein enormer zeitlicher Aufwand. Ich müsste mich nach einem Zimmer umschauen. Es gibt im Zentrum zwei Hotels, es dürfte kein Problem sein, deshalb warte ich zu. Ich setze mich wieder auf den Rücksitz. Als Mario losfährt, singt die Klimaanlage erneut. Er bringt sie zum Schweigen. Mario fährt danach langsam eine Straße entlang, die bergauf führt. Weiter vorne sieht man Abfalltonnen am Straßenrand. Auf dem Land sind es oft die Briefkästen, die darauf hinweisen, dass sich am Ende eines schmalen Weges ein Haus befindet. Will man hier überall nachfragen, benötigt man einen ganzen Tag oder länger.

»È come cercare un ago in un pagliaio«, sagt Mario. »Kennst du das Sprichwort?«

»Klar, die Nadel im Heuhaufen suchen.«

»Mich hat das immer fasziniert. Es gibt Wendungen, die

findet man in vielen Sprachen, weil sie aus dem bäuerlichen Alltag stammen.«

»Es gibt auch tonnenweise klug klingende Kalendersprüche wie ›Träume nicht dein Leben, lebe deinen Traum‹«, sage ich.

»Die Sprüche erinnern uns daran, dass es neben unserem Alltag noch ein anderes Leben gibt.«

»Das Leben beginnt nach dem Happy End«, sage ich. Habe ich das irgendwo gelesen oder ist es mir spontan eingefallen? Mario lacht.

»Du bist definitiv keine Romantikerin.«

»Da drüben«, sage ich. Ich zeige auf Kinder, die in einem Garten spielen. Ich sehe eine Frau, die Kräuter gießt. Mario hält vor dem Gartentor an. Sofort kommen zwei Kinder angerannt. Die Frau schaut hoch. Als sie sieht, dass wir aussteigen, kommt sie ebenfalls auf uns zu.

»Suchen Sie etwas?«, fragt sie und ich höre das Misstrauen in ihrer Stimme. Ich erkläre mich, ohne Mario vorzustellen. Die Frau schaut fast nur auf ihn.

»Er ist mein Fahrer«, sage ich. Mario räuspert sich, bleibt aber ansonsten ruhig. Ich zeige ihr das Foto von Ilaria. Sie schaut es sich lange an. Die Kinder möchten es auch sehen und stehen dicht neben ihrer Mutter.

»Nein«, sagt die Frau. »Wer ist das?«, fragt das Mädchen. »Bei einigen der Häuser weiß man nicht genau, wem sie gehören«, sagt die Frau. »Heute wird ja alles im Internet vermietet. Eigentlich ganz gut, früher standen Häuser monatelang leer, heute kann man sie auch mal für ein paar Tage oder eine Woche vermieten. Aber wenn das so weitergeht mit dem Wetter, wird es schwierig im Winter. Oft ist es bis Ende Dezember grün. Dafür gibt es Stürme, die so regelmäßig und heftig sind, wie früher alle Schaltjahre einmal.«

»Kennen Sie ein Haus, in dem ein junger Mann wohnt?«

»Alleine? Das kommt selten vor. Es gibt unten im Dorf

viele Zimmer, die man mieten kann. Die Häuser hier sind was für Familien oder größere Gruppen.«

Ich bedanke mich. Als wir wegfahren, steht die Frau immer noch beim Gartenzaun.

»Ich bin also dein Fahrer?«, sagt Mario lachend.

»Was sollte ich sonst sagen?«

Wir fahren an Häusern vorbei, die leer aussehen und vor denen kein Auto parkt. Wir nähern uns einem Wald. Ich schaue auf dem Handy nach, ob es sich lohnt, weiterzufahren. Der Akku ist schon fast leer. Ich schließe eine Powerbank an, als Mario abrupt auf die Bremse tritt.

»Fuck«, sagt er.

»Was ist? Hast du ein Tier angefahren?«

»Nein. Siehst du den Wagen?« Er zeigt auf einen auffälligen grünen Kleinwagen.

»Ja. Was ist mit dem?«

»Das ist verrückt«, sagt er.

»Was ist verrückt?«, frage ich.

»Das ist Sandras Wagen.«

Ich brauche einen Moment, bis mir klar wird, welche Sandra er meint. Sandra aus dem Gemeindezentrum. Sandra, die das Sprachencafé Deutsch moderiert. Ich sehe Daniela vor mir. Es könnte eine Frau gewesen sein. Ich schließe einen Moment die Augen und atme tief durch.

59

Everything is falling into place, denke ich, aber tut es das tatsächlich? Sandra kann nicht die Frau mit der grünen Handtasche sein, sie ist korpulenter und größer. Aber was macht sie hier?

»Gehört ihr das Haus?«, frage ich Mario.

»Keine Ahnung.«

»Du hast gesagt, dass ihr euch hier für einen Teamevent getroffen habt.«

»Nicht in diesem Haus.«

»War es Sandras Idee?«

»Ja, sie sagte, dass es schön und ruhig ist und geräumig. Das stimmte auch.«

»Das kann doch alles kein Zufall sein.«

»Die Welt ist kleiner, als man denkt.«

»Ich bin Polizistin, ich suche Zusammenhänge, keine Zufälle.«

»Warum sollte Sandra Ilaria entführen? Das ergibt keinen Sinn.«

»Ich muss mit ihr reden.«

»Soll ich mitkommen?«

Ich überlege kurz. »Du kennst sie besser als ich.«

»So gut nun auch wieder nicht.«

»Egal. Komm mit. Ich will sehen, wie sie reagiert, wenn sie uns sieht.«

Er zögert und versucht es mir auszureden.

»Sandra hat nichts mit alldem zu tun.«

»Woher willst du das wissen?«

»Ich bitte dich. Es passt einfach nicht.«

»Ist sie verheiratet?«

»Nein.«

»Hat sie einen Freund?«

»Keine Ahnung.«

»Vielleicht ist er es?«

Mario ringt weiter mit einer Entscheidung. Ich überlege, ob es so sein könnte. Dass ihr Freund der Mann ist, den wir suchen. Er weiß, wo sie arbeitet, er war sicherlich schon da. Er weiß, dass es dort junge Frauen gibt, die Deutsch lernen wollen und müssen. Er könnte sowohl Catalina als auch Ilaria kennengelernt haben.

»Gut«, sagt Mario endlich. »Reden wir mit ihr.«

Er parkt den Wagen vor dem Grundstück. Ich sehe, dass sich jemand einem Fenster nähert und nach draußen blickt. Es ist Sandra. Wir steigen aus und Mario zieht das Gartentor auf. Die Haustür geht auf. Sandra geht die fünf Stufen runter und kommt uns entgegen. Sie schaut ungläubig und überrascht aus.

»Seid ihr zusammen?«, fragt sie.

Ich kann mein Lachen nicht unterdrücken. Mario ist die Situation sichtlich peinlich.

»Nein, wir suchen jemanden«, sage ich.

»Hier in den Bergen?«

»Ich habe dir von Ilaria erzählt.«

Sie überlegt kurz und nickt. »Aber wieso hier?«

»Ist das dein Haus?« Sie schüttelt den Kopf.

»Ich schaue nur nach dem Rechten, die Häuser werden vermietet.«

»Du hast einen zweiten Job?«, fragt Mario. »Warum hast du mir nie davon erzählt?«

»Ich helfe nur. Es ist kein Job.«

»Wem hilfst du?«, frage ich.

»Du kennst ihn nicht.«

»Ist es dein Freund?«

»Was? Nein. Was soll das alles? Ich verstehe es nicht.«

»Wir suchen einen jungen Mann, er heißt Dave«, sage ich aufs Geratewohl.

»Ihr sucht David? Aber warum?«

Für einen Moment glaube ich, in Ohnmacht zu fallen, aber es ist nur die Überraschung, die mich trifft wie ein heftiger Windstoß.

»Wer ist David?«, frage ich.

»Ihr sucht nach ihm und wisst nicht, wer er ist?«

»Ich habe ihn gesehen, er war mit dir im Gemeindezentrum«, sagt Mario. »Wir haben uns kurz unterhalten. Du hast mich ihm als Mario, das Sprachgenie, vorgestellt.«

»Kann schon sein. Es war ein Scherz.«

Ich schaue Mario an, weshalb sagt er mir nicht, wer dieser David ist? Er scheint zu begreifen.

»Ihr Bruder«, sagt er.

»Nein, mein Halbbruder. Mein Vater hat noch einmal geheiratet.«

»Wie sieht David aus?«, frage ich.

»Warum willst du das wissen?« Sie schaut hilfesuchend zu Mario.

»Ilaria könnte in Gefahr sein«, sagt er, und ich schaue ihn wütend an.

»In Gefahr? Hier? Was ist los? Was hat das mit David zu tun?«

»Wahrscheinlich nichts«, sage ich beschwichtigend. »Wie alt ist er?«

Sie schaut mich so an, als ob sie gleich in Tränen ausbrechen würde. Doch erneut überrascht mich ihre Reaktion.

»Er ist manchmal … er ist seltsam.«

»Inwiefern?«, fragt Mario.

»Kommt rein.«

Sie dreht sich um, und Mario und ich schauen uns ratlos an. Was ist, wenn David da drin ist? Sandra kann uns auf dem Silbertablett servieren. Im Haus fand man die Leiche einer ehemaligen Polizistin und ihres vermutlichen Liebhabers. Ich muss verdammt noch mal auf der Hut sein. Sandra führt uns ins Wohnzimmer. Es ist ein geräumiges Haus, das nicht mit Möbeln vollgestellt ist. Es fehlen auch die typischen schweren Möbel aus Massivholz. Es ist modern eingerichtet, für jüngere Leute. Sandra zeigt auf ein Sofa. Mario setzt sich, ich bleibe stehen. Sandra schaut mich irritiert an.

»Ich bekomme Schmerzen, wenn ich zu lange sitze.« Mario hebt die Augenbrauen. Es ist nur halb gelogen. Die andere Hälfte ist, dass ich nicht neben Mario sitzen möchte und dass ich es als Polizistin gewohnt bin, zu stehen. Um Distanz zu wahren. Um den Fluchtweg frei zu haben.

»Möchtet ihr etwas trinken?« Mario nickt, ich sage, nein, danke. Es wird zur Farce.

»Lass es«, sagt Mario abwinkend. »Ist schon gut.«

Sandra schenkt sich ein Glas Rotwein ein und setzt sich auf einen Holzstuhl beim Esstisch.

»Ich erreiche ihn nicht. Er antwortet nicht. Manchmal tagelang. Ein Ja oder Nein würde genügen, aber er liest nur meine Nachrichten, ohne zu antworten. Anrufe nimmt er sowieso nie entgegen. Er war schon immer so, aber in letzter Zeit ist es schlimmer geworden.«

»Erzähl mir von ihm«, sage ich. Sandra zögert, habe ich wieder Wörter vertauscht?

»Wir hatten lange keinen Kontakt. Mein Vater war für mich gestorben, als er meine Mutter verließ. Als mein Vater dann tatsächlich starb, lernte ich David erst richtig kennen. Es war ein seltsames Gefühl. Als ich klein war, hätte ich gerne eine Schwester oder einen Bruder gehabt.«

»Wie alt ist er jetzt?«

»Er wird nächstes Jahr 24. Er ist noch so jung.«

»Studiert er?«, frage ich.

»Nein. Er redet mit mir nicht groß über solche Dinge. Er ist verschlossen. Er hatte es nicht leicht.«

»Als Kind?«, fragt Mario, und Sandra nickt und starrt dabei in das Glas.

»Er hatte eine Lernschwäche. Wahrscheinlich auch ADHS. Er hatte Mühe, sich zu konzentrieren, er hatte immer tausend Dinge im Kopf. So hat er es mir erzählt. Er nimmt erst seit einigen Jahren Medikamente. Unser Vater war gegen Medikamente. Er hat immer von dem Teufelszeug gesprochen. Als meine Mutter krank wurde, schickte er sie zu Naturärzten. Bis sie zusammenbrach. Als sie sich in Spitalpflege begab, verließ er sie. Die Ärzte sagten, sie wäre gestorben ohne Operation und Bestrahlung. Mein Vater war stur und streng.«

»Was ist mit Davids Mutter?«, fragt Mario.

»David hat keinen Kontakt mehr zu ihr. Er redet nicht darüber.«

»Hatte er Schwierigkeiten in der Schule?«, frage ich.

»Ja, ›difficolta‹, das heißt ›Schwierigkeiten‹, oder?« Ich nicke und tausche einen Blick mit Mario. Dieser nickt mir aufmunternd zu. »Er hatte Mühe, sich Dinge einzuprägen, sie auswendig zu lernen. Aber er war nicht dumm, im Gegenteil. Mein Vater schickte ihn zu Nachhilfelehrern. Er kam vom rechten Weg ab.«

»Was meinst du damit?«

»Er traf auf falsche Freunde. Leute, die ihn ausnutzten, ihn manipulierten. Er begann, Drogen zu nehmen. Er sagte, dass sie ihm halfen, im Kopf klar zu werden. Wenigstens vorübergehend. Er lebte eine Weile auf der Straße. Eines Tages stand er vor meiner Tür. Ein Häufchen Elend. Wir hatten uns davor ab und zu getroffen, aber wir wurden nie richtig warm. Aber ich konnte ihn nicht einfach abweisen. Er machte schließlich einen Entzug. Und dann hatte er die Idee mit den Häusern.«

»Was für eine Idee?«, fragte Mario.

»Er war als Kind einige Male hier in den Ferien. Keine Ahnung bei wem. Hier stehen viele Häuser die meiste Zeit leer. Er bot den Besitzern an, sich um die Häuser zu kümmern und sie auf den Online-Portalen zur Miete anzubieten. Viele der Besitzer sind ältere Leute, die den Anschluss ein wenig verpasst haben und nicht mehr jedes Wochenende in die Berge fahren. Er bot Ihnen Hilfe an. Er machte es wie ein Agent, verdiente bei jeder Buchung mit. Die Leute bekamen plötzlich regelmäßig Geld für ihre sonst leer stehenden Häuser, ohne dass sie sich darum kümmern mussten. Das sprach sich herum. Mittlerweile verwaltet er ein Dutzend Häuser. Auch dieses hier.«

»Keine schlechte Geschäftsidee«, sagt Mario. »Man stellt eine Verbindung her zwischen den neuen Möglichkeiten und alten Gewohnheiten. Junge Idee trifft alte Menschen.«

»Diese Menschen brauchen jemanden, dem sie vertrauen«, sagt Sandra. »Wenigstens am Anfang. Wenn sie Geld sehen, läuft es dann von alleine. So hat es mir David erklärt.«

»Hast du eine Liste der Häuser?«, frage ich.

»Warum fragst du danach?«

»Es gibt eine junge Frau, die seit einigen Tagen nicht mehr erreichbar ist. Wir wissen, dass sie sich hier oben aufgehalten hat. Und wir wissen, dass sie einen jungen Mann kennengelernt hat, der sie hierherlockte.« Ich atme einmal tief durch. Fast nichts von dem, was ich behaupte, ist wahr oder bewiesen.

»Redest du von dieser Ilaria? Was hat das mit David zu tun?« An ihrer Stimme erkenne ich, dass sie die Antwort bereits ahnt.

»Ja, ich befürchte, dass er eine junge Frau entführt hat.« Jetzt ist es raus. Und erneut reagiert Sandra nicht so, wie ich es erwartet habe.

»Ich bin mir nicht sicher, ob er auf junge Frauen steht.«

»Du denkst, dass er schwul ist?«, fragt Mario.

»Ich helfe ihm ab und zu bei der Reinigung. Einmal habe ich den Tag verwechselt. Da sah ich ihn von Weitem am Fenster. Er trug ein Kleid und er war grell geschminkt. Es machte mir nichts aus. Ich fand es einfach schade, dass er mit mir nie darüber geredet hat.«

»Ab und zu Frauenkleider zu tragen, bedeutet nicht automatisch, dass ein Mann schwul ist«, sagt Mario. Ich greife zu meinem Handy und rufe das Foto auf, das ich gemacht habe. Ich bin mir sicher, dass David der Mann ist, den wir suchen. Ich gehe auf Sandra zu und halte ihr mein Handy hin.

»Könnte er das sein? Die Frau mit der grünen Tasche?«

Sandra betrachtet das Foto aufmerksam. Dann schüttelt sie den Kopf.

»Nein. Das ist nicht David.« Ich bin so überrascht, dass ich beinahe mein Handy fallen lasse, als ich es umdrehe und darauf starre.

»Trägt er Halstücher?«, frage ich auf gut Glück.

»Ja, er hat manchmal Ausschläge. Er trägt ab und zu Halstücher. Aber das ist er nicht. Sein Gesicht, es ist anders. Schlanker, ausgeprägter.« Ich erinnere mich an die beiden jungen Männer, die neben uns saßen, als ich mit ihr sprach. War einer der beiden David? Und wer ist die Frau auf dem Foto? Ein Phantom, ein Hirngespinst? Jetzt sehe ich, dass Sandra Tränen in den Augen hat.

»Er ist manchmal aufbrausend, er hat viel Wut in sich, aber auch Ideen, er möchte etwas Großes erreichen. Warum wollen die Leute das? Sie werden nicht glücklich damit.«

»Ich benötige eine Liste der Häuser. Jetzt.«

»Nein, warte.«

»Worauf?«

Sandra steht auf und geht zum Fenster. Sie zeigt nach links oben.

»Es gibt ein Haus weiter oben, in der Nähe der Skistation. Ich war nur einmal dort. David sagte, dass er dort übernachten dürfe, so oft er wolle. Der Besitzer ist ein alter Mann. Er will nicht, dass es vermietet wird. David soll sich nur ein wenig darum kümmern, etwas Leben reinbringen. David will nicht, dass ich mich um das Haus kümmere. Für die anderen gibt er mir die Schlüssel, für jenes nicht.«

»Ich brauch die Adresse. Bitte.«

Sie greift zu ihrem Handy und hält es mir hin. Mario versucht einen Blick darauf zu erhaschen, ich drehe mich weg und tippe die Adresse ein. Danach rufe ich Mats an. Er meldet sich nicht. Ich schreibe ihm.

»Wo ist hier die nächste Polizeiwache?«

»Weiter unten«, sagt Sandra und nennt einen Ort, der mir nichts sagt. Ich stehe auf und gehe zur Tür, nach draußen. Ich wähle die Notrufnummer. Während ich die Nummer wähle, sehe ich, wie sich Sandra und Mario unterhalten. Es meldet sich ein Polizist mit einer etwas trägen Stimme. Er hört aufmerksam zu und stellt mir Fragen. Die richtigen Fragen. Ich spüre, dass er mich ernst nimmt. Ich erzähle von Mats und gebe ihm seine Nummer.

»Wir kümmern uns darum.«

»Wann?«, frage ich.

»Noch heute Nacht.«

»Gut. Sehr gut. Es eilt.«

Ich gehe ins Haus zurück und spüre die Erschöpfung. Ich frage Sandra, ob ich mich kurz hinlegen kann.

»Ist die Polizei schon unterwegs?«, fragt Mario.

»Ich denke schon«, sage ich, doch ich habe meine Zweifel. Es dürfte eine Weile dauern, bis sie eintrifft. Sandra führt mich in ein Zimmer. Ich lege mich hin, das Handy neben mich. Ich will nicht schlafen, aber ich spüre, dass ich kaum dagegen ankämpfen kann. Mats hat meine Nachricht noch immer nicht gelesen. Ich bin isoliert in den Bergen, eine unbewaffnete müde Polizistin außer Dienst. Großartig.

60

Ich schrecke auf und sehe Sandras geöffneten Mund. Verdammt, ich bin eingeschlafen, aber was ist mit Sandra los? Sie schreit mich an.

»Er ist weg, er ist weg.«

»Wer ist weg? David?«

»Nein, Mario.«

»Was ist geschehen?«

Ich richte mich auf und fühle mich elend. Groggy wie nach einer Nacht mit viel zu viel Alkohol.

»Ich muss schnell ins Bad«, sage ich, stehe auf und gehe an der verzweifelt gestikulierenden Sandra vorbei.

»Beeil dich, beeil dich«, ruft sie mir nach. Als ich im Bad bin, steht sie hinter mir an der Tür. Ich spritze mir kaltes Wasser ins Gesicht.

»Er wollte, dass ich ihm die Adresse gebe von dem Haus. Ich sagte, die Polizei wird gleich hier sein. Er stand auf und ging in die Küche. Als er zurückkam, hielt er ein Messer in der Hand.«

Ich drehe mich um, das nasse Gesicht auf Sandra gerichtet.

»Er hat dich mit einem Messer bedroht?«

»Nicht direkt, er fuchtelte damit herum, er schrie mich an, sag mir die Adresse.«

»Und? Hast du sie ihm gegeben?«

»Ja, aber von einem anderen Haus. Es ist fast einen Kilometer entfernt.«

»Gut«, sage ich.

»Er wird David töten«, wimmert Sandra. »Wir müssen ihn aufhalten.«

»Zuerst muss er das Haus finden, das ist schwierig, wenn es dunkel ist. Wir müssen vor ihm da sein. Kannst du mich hinfahren?«

»Ja klar.«

»Hast du versucht, David anzurufen?«

»Es ist sinnlos, er geht nicht ran.«

»Gut. Wir müssen uns beeilen, ohne in Hektik zu verfallen. Schaffst du das?«

»Ich denke schon.«

Ich sehe, wie ihre Hand zittert, als sie sich den Autoschlüssel aus der Hosentasche klaubt.

»Hast du eine Waffe?«, fragt sie mich.

»Nein.«

»Ich habe Pfefferspray im Wagen.«

»Gut, gib ihn mir.«

»Ich hab zwei.«

»Los, komm.«

Ich steige vorne ein. Der Kleinwagen bietet nicht viel Platz. Sandra startet den Motor, dreht sich und manövriert den Wagen geschickt auf die Straße. Keine Anzeichen von Panik. Es gibt Menschen, die im Stress ruhig bleiben, ich gehöre auch dazu. Wenigstens in meinem früheren Leben als Polizistin. Jetzt versuche ich, ruhig zu atmen und nachzudenken. Mir fällt ein, dass John und Maria verstummt sind. Wie lange schon? Ist es der Stress, der sie ruhigstellt? Was aber ist mit Mario los? Dreht er durch? Er will seine geliebte Ilaria aus den Fängen des Entführers befreien. Warum müssen Männer immer die Helden spielen? Was, wenn David bewaffnet ist? Mario riskiert nicht nur sein Leben, auch Ilaria ist in Gefahr. Wenn sie denn tatsächlich im Haus ist und noch lebt. Ich hasse all diese Filme, in denen Väter, Ehemänner und Liebhaber und neuerdings auch unzählige Heldinnen rotsehen und zur Waffe greifen. Diese Selbstjustizscheiße. Sandra fährt zügig, aber nicht wirklich schnell. Die

Straße wird schmaler und windet sich durch Serpentinen in die Höhe. Wir fahren durch einen Wald, es ist düster. Ich sehe vor uns keinen Wagen.

»Gibt es noch einen anderen Weg?«

»Path? Nein. Es gibt keinen anderen path.«

Entweder ist Mario schon da oder er hat sich komplett verfahren.

»Ist das andere Haus auf der Talseite?«, frage ich.

»Ja, aber es steht auf einer Anhöhe, eine steile sehr schmale Straße führt hinauf. Mit seinem Wagen muss er vorsichtig fahren.«

»Und das Haus, in dem sich David befindet?«

»Es ist nicht mehr weit.«

Ich hätte längst die Orientierung verloren. Es gibt keine Hinweisschilder und keine Straßenlaternen. Man sieht nur, was man im Licht der Scheinwerfer erkennen kann.

Ich betrachte das Pfefferspray. Die Dinger liegen oft Jahre unbenutzt herum, es ist fraglich, ob sie eine echte Hilfe sind. Ich wähle noch einmal die Notfallnummer. Diesmal meldet sich eine andere Stimme. Ein jüngerer Mann, aber er weiß Bescheid und sagt, dass die Einsatzkräfte unterwegs seien. Ich frage, was das bedeutet. Wann treffen sie ein?, schreie ich ins Telefon. Der Mann bleibt ruhig und sagt, dass sie schon fast dort sein müssten. Ich schaue nach hinten und spüre einen heftigen Schmerz. Ich sehe nichts. Keine Scheinwerfer.

»Was hast du?«, fragt Sandra besorgt, als sie kurz in den Rückspiegel blickt.

»Ich habe einen steifen Nacken. Nicht weiter schlimm. Ich muss was schlucken.« Ich klaube aus der Tasche eine Paracetamol-Tablette und versuche, im Mund so viel Speichel wie möglich zu produzieren. Es gelingt mir, die Tablette runterzuschlucken.

»Da vorne kommt die Abzweigung«, sagt Sandra.

Ich sehe nichts, kein Haus, keine Abzweigung. Sandra

geht vom Gas, biegt rechts ab und steuert den Wagen langsam nach links, er holpert über eine Naturstraße. Plötzlich bremst sie ab und schaltet das Licht aus.

»Was machst du?«

»Mario kennt die Zufahrt nicht. Er ist vermutlich auf der Straße weitergefahren. Er wird umkehren. Er darf nicht sehen, dass wir hier sind. Und wenn er trotzdem kommt, können wir ihn hier blockieren.«

Ich bin mir nicht sicher, ob das eine gute Idee ist. Wenn Mario mit einem Messer bewaffnet aus seinem Wagen steigt, müssten wir ihn mit dem Spray kampfunfähig machen. Ich könnte den Spray ausprobieren. Mir fällt absurderweise ein, dass beide Formen üblich sind, der oder das Spray. Sandra schaut mich fragend an. Sie versteht nicht alles, was ich sage, denke ich. Keep it simple.

»Fahr weiter«, sage ich.

»Was willst du mit ihm machen?«

»Reden.« Das stimmt nicht, ich würde ihn am liebsten umhauen und zu einem Bündel verschnüren.

»Nein«, sagt Sandra bestimmt. »Wir warten, bis die Polizei hier ist.«

»Ich bin auch die Polizei.«

»Nicht wirklich.« Wieder ein Stich ins Herz.

»Ich steige aus.«

»Was? Warum?«, fragt Sandra entsetzt.

»Die Polizei kennt die Zufahrt auch nicht. Sie werden ebenfalls auf der Hauptstraße weiterfahren.«

»Und wenn dich Mario sieht?«

»Er wird mir schon nichts tun. Sein Feind ist David, nicht ich. Was ist mit David? Besitzt er Schusswaffen?«

»Ich weiß es nicht. Ich weiß es wirklich nicht.«

Ich steige aus dem Wagen, während Sandra sich am Lenkrad festklammert. Es ist vermutlich ihre Art, mit dem Stress umzugehen. Neben dem Weg drücke ich einmal kurz auf die kleine Spraydose. Sie funktioniert. Ein Problem mit den Dingern ist, dass, wer sich damit verteidigt, oft auch was abbekommt, vor allem in Innenräumen. Diejenigen, die als Tierabwehrsprays gekennzeichnet sind, haben eine kürzere Reichweite und weniger Reizstoff. Die anderen sind Waffen, die man auch bei größerem Abstand einsetzen kann. Ich lausche. Eine fast unheimliche Stille umgibt mich. Sie erinnert mich an eine andere Stille, die ich erlebt habe, wenn ich zu Autounfällen gerufen wurde. Du siehst die demolierten Autos und hörst kein Geräusch, kein Wehklagen. Es ist die Stille des Todes. Doch hier ist es anders, die Stille ist nur vordergründig. Ich höre leise Geräusche, den Wind in den Bäumen, Tierstimmen, je genauer ich lausche, desto mehr höre ich. Dann höre ich, wie Sandra die Autotür öffnet und aussteigt.

»Nachts ist es hier unheimlich. David sagt, dass es unheimlich schön ist.«

»Warum sieht man von hier die Lichter im Haus nicht?«

»Die Besitzer haben Bäume und Hecken gepflanzt. Mit den Jahren ist daraus ein undurchdringliches Gestrüpp geworden.«

»Wie weit ist es von hier?«

»Vielleicht 500 Meter. Viele Kurven. Wenn Schnee liegt, ist es hoffnungslos.«

»Wie würde David reagieren, wenn er dich sieht?«

»Ich weiß es nicht«, sagt sie sehr leise. »Ich dachte, dass wir uns näherkommen, wenn ich ihm helfe, aber es gibt immer diese Wand zwischen uns. Nein, ich glaube, es ist die Wand zwischen David und all den anderen. Er kann unglaublich nett sein, aber dahinter gibt es eine Kälte, die mich zum Frösteln bringt. Ich hätte mehr mit ihm reden sollen.«

»Dich trifft keine Schuld.«

»Was ist das?«, fragt Sandra und schaut Richtung Straße. Ich drehe mich erschrocken um, Scheinwerfer nähern sich. Sandra bemerkt sie ebenfalls.

»Ist das Mario?«, fragt sie verängstigt.

»Nein«, sage ich. »Schau, es sind mindestens zwei Wagen.«

Ich gehe in Richtung Abzweigung, Sandra bleibt zwei, drei Meter hinter mir. Ich bin mir nicht sicher, ob ich recht habe. Was, wenn Mario mit jemand anderem kommt? Jemand, der sich hier oben auskennt? Doch dann sehe ich erleichtert ein Blaulicht. Der erste Wagen fährt langsam vorbei. Ich strecke meine Arme in die Höhe und winke am Straßenrand. Die Ambulanz nähert sich und wird langsamer. Der andere Wagen steht jetzt weiter vorne am Waldrand. Die Ambulanz bleibt wenige Meter von mir entfernt stehen, während sich aus der Richtung des anderen Wagens zwei bewaffnete Polizisten nähern.

»Polizei. Haben Sie uns angerufen?«

In diesem Moment höre und sehe ich ein Auto, das weiter oben auf der Straße unterwegs ist. Man hört quietschende Reifen, aber dann ist es plötzlich still. Ich bleibe mit erhobenen Armen stehen.

»Bleiben Sie stehen«, sagt einer der Männer zu mir, als ich einen Schritt nach vorne mache.

»Ich bin Polizistin«, sage ich.

»Bleiben sie stehen, rühren Sie sich nicht.«

Was ist mit Sandra? Ich drehe den Kopf in ihre Richtung. Wieder durchzuckt mich ein Schmerz wie ein elektrischer Schlag. Ich sehe ihren Wagen nicht mehr. Ist sie zum Haus gefahren, will sie David warnen?

»Schnell, Sie müssen die Frau retten«, schreie ich. »Da hinten, der Weg führt zu einem Haus. Beeilen Sie sich.«

Ich drehe mich um und zeige auf den dunklen Weg.

»Stehen bleiben«, ruft der Polizist.

Dann wird alles schwarz.

61

Es sind die Geräusche und es ist der Geruch. Ich weiß sofort, dass ich im Krankenhaus liege. Ich wage es nicht, die Augen zu öffnen. Zuerst atmen, die Hände bewegen. Die Beine und dann den Kopf. Es ist anders. Keine Schmerzen, keine Schläuche, kein Sauerstoff. Ich liege nicht auf der Intensivstation. Ein ganz normales Zimmer. Ich öffne die Augen. Ich bin nicht alleine. Am Fenster steht eine Frau. Die Sonne scheint, ich sehe nur ihre Silhouette. Ich richte mich auf, es strengt mich an, aber es tut nicht weh. Die Frau kommt auf mich zu. Sie trägt eine Uniform.

»Wie geht es Ilaria, der jungen Frau?«, frage ich. Die Erinnerung ist da, es ist alles anders, besser.

»Wie fühlen Sie sich?«

»Ich bin okay. Wie spät ist es?«

»Kurz nach drei.«

»Das kann nicht sein. Es ist hell draußen.«

»Furi?«

»Fuori, draußen.« Ich zeige zum Fenster.

»Es ist Nachmittag.«

»Aber …«.

»Sie haben geschlafen. Sie hatten einen Schwächeanfall, Kreislauf oder so. Nichts Gefährliches.«

Ich habe über zwanzig Stunden geschlafen. Oder vielleicht noch länger. Ist das wie in diesen Filmen, in denen die Hauptfigur alles nur geträumt hat?

»Was ist geschehen?«

»Mats wird gleich hier sein.«

Kein Traum. Es ist alles real. Mats wird gleich zu mir

kommen, und ich weiß nicht, ob das eine gute Nachricht ist. Wird er mir schonend beibringen, dass Ilaria und David beide tot sind? Und was ist mit Mario? Die Tür geht auf und ein Pfleger kommt ins Zimmer. Er fragt mich routiniert nach meinem Befinden und fühlt meinen Puls.

»Sie sollten heute noch hierbleiben.«

»Was? Noch eine Nacht? Nein. Ich fühle mich gut. Ich kann mich auch zu Hause ausruhen.«

Der Pfleger blickt zur Polizistin, diese scheint ratlos zu sein.

»Möchten Sie etwas essen?«

Ich habe einen schalen Geschmack im Mund, aber ich bin nicht hungrig.

»Einen Kaffee bitte, Espresso wenn's geht. Und ein Glas Mineralwasser. Sprinkled.«

Der Pfleger runzelt die Stirn und nickt gleichzeitig. Die Polizistin starrt auf ihr Handy.

»Mats ist da.«

»Zwei Espressi«, sage ich zum Pfleger.

»Ich warte draußen«, sagt die Polizistin. Sie wird sich mit Mats austauschen. Wie viel kann man ihr zumuten? Spricht sie seltsam? Ich überlege, ob ich aufstehen soll, aber im Spitalhemd sieht man schrecklich aus. Dann besser unter der Decke bleiben. Es vergehen mehrere Minuten. Ich höre Schritte im Korridor, Stimmen, aber nicht jene von Mats. Als die Tür aufgeht, lächle ich, aber es ist nur der Pfleger. Er bringt mir eine Tasse Kaffee und eine kleine Plastikflasche Mineralwasser. Den zweiten Espresso hat er vergessen. Ich bedanke mich artig und trinke den Kaffee in einem Zug. Er ist lauwarm und alles andere als ein Espresso. Dann kommt Mats. Er lächelt, kommt an mein Bett und drückt meine Hand. Er nimmt einen Stuhl, stellt ihn neben das Bett und setzt sich.

»Die Ärzte sind optimistisch. Du kannst das Krankenhaus

verlassen, wann immer du möchtest.« Ich lache und fühle eine unendliche Erleichterung.

»Du hattest recht. Dieser David hatte die junge Frau eingesperrt.«

»Was ist mit Ilaria?«

»Sie ist okay. Verängstigt und traumatisiert, denke ich, aber du weißt schon, den Umständen entsprechend …«

»Und David?«

»Er wurde verhaftet. Wir haben ihn bereits verhört. Du hast alles richtig gemacht.«

»Habe ich nicht. Ich bin keine Polizistin mehr, Mats. Es geht nicht mehr.«

»Wenn die Ärzte sagen, dass man sich schonen soll, hat das schon seine Gründe.«

»Es ist mehr als das. Ich bin jemand anderer. Ich muss mich damit abfinden. Es ist zu viel, das weg ist, zu viel, das anders ist.«

»Du weißt, dass die Tür bei uns offen bleibt.«

»Das ist ein schöner Gedanke, aber ich denke nicht, dass es ein Zurück gibt.«

»Du hast wie eine gute Polizistin gehandelt.«

»Danke. Was ist mit Sandra und Mario?«

»Die Schwester des Täters?«

»Sie ist seine Halbschwester.«

»Ihr geht es gut.«

»Und Mario?«

»Es gab einen Unfall. Er ist nicht ansprechbar, aber er wird durchkommen. Was hat er dort oben gemacht?«

»Er hat mich mit dem Auto dorthin gefahren und er kennt Ilaria. Ich denke, er wollte den Helden spielen und sie befreien.«

Mats scheint erleichtert zu sein. Hat er sich das so zusammengereimt?

»So etwas geht meistens schief.«

»Hat David alles gestanden?«

Mats hebt die Augenbrauen und atmet laut aus.

»Ehrlich gesagt habe ich den Durchblick noch nicht. Seine Aussagen sind widersprüchlich und auch ein wenig wirr. Er bestreitet, dass er die Frauen gegen ihren Willen einsperrte.«

»Was? Damit kommt er hoffentlich nicht durch. Was sagt Ilaria?«

»Wir stehen erst am Anfang. Ich möchte, dass du dir die Videos der Vernehmungen ansiehst. Er ist durchaus kooperativ, aber ich weiß nicht, ob er uns etwas vorspielt.«

»Ich will raus hier«, sage ich.

»Du musst nichts überstürzen.«

»Ich will aber.«

»Ich muss weg, aber Kerstin kann dich fahren.«

»Kann ich durch den Hintereingang rein?«

Mats lacht. »Gegenüber in der Zwanzig.«

Das gegenüberliegende Gebäude besteht nur aus einigen Büros und Konferenzräumen und wird vor allem für Kurse und Besprechungen genutzt. Ich werde dort kaum ehemalige Kollegen antreffen. Mats denkt an alles.

»Wir sehen uns später.«

Er steht auf, klopft mir leicht auf die Schulter und geht. Kurz und schmerzlos. Kaum ist er draußen, steht Kerstin wieder im Zimmer.

»Ich dusche und ziehe mich an«, sage ich.

»Ja, kein Problem.« Sie geht zum Fenster und schaut raus.

Es dauert dann doch beinahe eine Stunde, weil der zuständige Oberarzt anderweitig beschäftigt ist. Ich schaue mir auf dem Handy an, was ich alles verschlafen habe. Die Nachrichten über den Polizeieinsatz in den Bergen sind nicht sehr detailliert. Es wird über häusliche Gewalt spekuliert, offenbar hat es zwei Verletzte gegeben. Ilaria und Mario. Ich verstehe nicht, was in Mario gefahren ist. Er hätte doch realisieren müssen, dass seine Aktion völlig hirnrissig war.

»Was it love or something worse?«, sagt John. Sie sind also noch da. Wir sind nach dem Zusammenbruch wieder vereint.

»Ich habe von Anfang an gesagt, dass es eine Liebesgeschichte ist«, sagt Maria.

»Mario ist vielleicht verliebt, aber Ilaria ist es nicht.«

Mir fällt Simona ein. Ich greife zum Handy. Sie hat versucht mich anzurufen. Ich schreibe ihr, dass Ilaria in Sicherheit ist. Paula hat sich nicht gemeldet. Maria hat doch recht, es ist eine Liebesgeschichte. Paula und ihr Ex haben sich wieder gefunden.

»Es ist mehr«, sagt Maria. »Viel mehr.«

Wo sind meine Kopfhörer? Ich warte auf Kerstin. Als sie kommt, lächelt sie aufmunternd. So wie man das mit Kranken und Versehrten macht. Natürlich tue ich ihr unrecht, aber es ist das, was ich empfinde. Kerstin fährt mich schweigend an meinen ehemaligen Arbeitsort. Auch das ist eine Konfrontation, die ich bis jetzt gescheut hatte. Es ist ein seltsames Gefühl. Ich habe etwas zur Klärung des Falles beitragen können. Eigentlich sogar eine ganze Menge. Aber ich war nie direkt involviert. Was bin ich jetzt? Eine Zeugin? Wird mich Mats befragen und protokollieren? Er sagte, er wolle, dass ich mir das Verhör mit David anschaue. Aber wozu? Ich kenne David nicht, wie soll ich Mats helfen? Wahrscheinlich meint er es nur gut. Es ist ein Dankeschön, mehr nicht. Kerstin weist mir den Weg. Wir gehen in den zweiten Stock. Dort gibt es kleine Konferenzräume, die mit modernster Technik ausgestattet sind. Sie telefoniert mit jemandem. Ist es Mats? Ich setze mich. Es stehen mehrere Getränke da, eine Schüssel mit Früchten und in Plastik verpackte Kuchenstücke.

»Mats kommt gleich«, sagt Kerstin. Ich nicke, bedanke mich bei ihr und schenke mir Mineralwasser ein. Es ist eine meiner Lieblingsmarken und schön gekühlt. Ich trinke ein

Glas leer und fülle nach. Mats kommt rein, mit dem Handy am Ohr. Schließlich setzt er sich. Zwischen uns stehen zwei weitere Stühle. Professionelle Distanz.

»Wir werden ihn jetzt dann gleich erneut befragen. Es war schwierig am Anfang. Er hüpfte von einem zum anderen und vieles war schwer verständlich. Er ist stark ichbezogen. Er hat das Bedürfnis, sich zu erklären, aber auf eine komplizierte Art und Weise. Erst als wir sehr strukturiert vorgingen, wurde es besser. Eins nach dem anderen. Das, was du siehst, ist ein Zusammenschnitt. Es gab längere Pausen, in denen er abwesend wirkte und nichts sagte.«

»Bestreitet er die Taten?«

»Ja, vor allem den Mord.«

»Das ist nicht ungewöhnlich.«

»Ja, aber schau es dir an. Wenn du willst. Du kannst jederzeit abbrechen. Ich möchte gerne wissen, was du davon hältst.«

»Warum?«

»Weil wir uns nicht einig sind in der Beurteilung.«

»Gut. Kann ich mich zwischendurch irgendwo hinlegen?«

»Ja, das können wir organisieren. Ein Klappbett ist okay?«

»Ja, perfekt.«

Mats steht auf und reicht mir eine Fernbedienung. Er erklärt mir die wichtigsten Tasten. Zudem zeigt er mir einen Knopf, den ich drücken kann, wenn ich etwas von Kerstin möchte. Egal was, sagt Mats. Ich starte das Video und stoppe es sogleich wieder. David sieht anders aus, als ich ihn mir vorstellte. Ein junger etwas bleicher Mann mit einem Halstuch. Im Verhörraum trägt er kein Halstuch und sein Gesicht ist gebräunt. Es ist ein schönes Gesicht mit ausgeprägten Wangenknochen und einer schmalen Nase. Ich erkenne rote Pusteln auf seinem Hals, ein ziemlich großflächiger Ausschlag. Nichts, was man anderen zeigen möchte.

»Alles okay?«, fragt Mats.

»Ja, danke.« Er klopft auf den Tisch, steht auf und geht. Ich trinke einen Schluck Wasser und schaue mir das Video an.

62

Neben David und Mats ist auch Ronja anwesend. Sie gehört zu Mats' Team, aber ich hatte kaum mit ihr zu tun, weil sie mit einem anderen Fall beschäftigt war und eng mit der Abteilung für Wirtschaftsdelikte zusammenarbeitete. Sie ist es, die als Erste etwas sagt.

»Ilaria Pace sagte aus, dass Sie sie betäubt oder unter Drogen gesetzt hätten und sie danach in einem abgeschlossenen Kellerraum aufgewacht sei.«

»Das stimmt so nicht.« Davids Stimme ist ruhig, aber seine Augen wandern unstet im Raum umher, dazu bewegt er seinen Kopf permanent.

»Schildern Sie uns, was sich zugetragen hat«, sagt Ronja.

»Sie war freiwillig im Haus, ich habe sie zu nichts gezwungen. Sie kam, weil sie Deutsch lernen wollte.«

»Sie wollte im Keller eingeschlossen werden?«

»Es war Teil des Rollenspiels.«

»Was für ein Rollenspiel?«

»Um das zu verstehen, müssen Sie den ganzen Background kennen.«

»Erzählen Sie uns den Background«, sagt Mats. Er versucht, neutral zu bleiben, aber ich spüre eine gewisse Ungeduld in seiner Stimme. Davids Blick wandert weiter umher, dann endlich scheint er einen Punkt gefunden zu haben, auf dem er verharren kann.

»Lernen ist ein komplexer Prozess. Nicht jeder Mensch lernt gleich gut und gleich schnell. Doch die Lehrbücher sind für alle gleich. Auch die Methoden sind sehr ähnlich. Sie beruhen auf Motivation, Entspannung und Wiederholung. Das war früher anders. Lernen war früher oft mit Angst und Einschüchterung verbunden. Anstatt Belohnung gab es Strafe. Was heute verpönt ist. Die meisten sagen, zurecht. Was aber ist mit den Menschen, die nur auf diese Methode des Lernens ansprechen? Es gibt einen Lernprozess, der ungleich wirkungsvoller ist. Der sich in den Geist einbrennt, ohne dass man Dinge endlos wiederholen muss. Ich spreche von einem Trauma.« David macht eine Pause. Hat er gesagt, dass ein Trauma ein Lernprozess ist? Ich gehe eine Minute zurück. Tatsächlich benutzt er das Wort.

»Es gibt Ereignisse, die wir nie mehr vergessen. Die uns verfolgen. Sie sind fest verankert in unserer Erinnerung. Weil sie mit starken Emotionen verbunden sind. Angst, Panik, Todesangst. Warum nutzt man diesen Mechanismus nicht, um sich Dinge einzuprägen, die wir lernen wollen? Hilft die Angst vor einem Elektroschlag unserem Gehirn, schneller zu lernen? Oder die Angst, bei einem Versagen eine Nacht in einem Keller verbringen zu müssen? Diese Dinge beschäftigen mich.«

»Warum beschäftigen Sie sich damit?«, fragt Mats.

»Ich hatte als Kind eine Lernschwäche. Nicht das Verstehen viel mir schwer, aber das Einprägen, das Auswendiglernen. Mein Vater schickte mich zu Nachhilfelehrern und Therapeuten. Die meisten waren nett und geduldig. Aber sie konnten mir nicht helfen. Doch dann schickte er mich zu einer älteren Frau. Sie war weder geduldig noch nett. Sie beschimpfte mich, sie drohte mir. Sie sperrte mich ein. Es war eine Art Zwinger, wie für Hunde. Es war eisig kalt und es stank. Sie zwang mich, zu lernen. Wenn ich an die Wärme wollte, musste ich lernen. Es war … aber es half.«

Was für eine Geschichte, denke ich. Ob sie stimmt? Oder hat er sie erfunden, um seine perversen Phantasien zu rechtfertigen? Ich wundere mich, dass weder Ronja noch Mats die Geschichte infrage stellen.

»Sie haben Ilaria Pace angeboten, auf diese Art und Weise Deutsch zu lernen?«

»Sie sagte, dass ihr Wortschatz zu klein ist, dass sie Schwierigkeiten damit hat, viele Wörter in kurzer Zeit zu lernen. Ich sagte ihr, dass ich ihr dabei helfen kann.«

»Sie haben sie betäubt und in den Keller gesperrt«, sagt Ronja.

»Es war ein Experiment. Eine experimentelle Anordnung.«

Ich drücke die Pausentaste. David ist verrückt oder er spielt den Verrückten. Er scheint sich der Tragweite seines Handelns nicht bewusst zu sein. Er kann doch nicht ernsthaft glauben, dass Ilaria in dieses irre Rollenspiel eingewilligt hat?

Nachdem ich das restliche Wasser getrunken habe, schaue ich weiter. Mats und Ronja versuchen, ihm zu entlocken, was er alles mit Ilaria gemacht hat. Er redet nur von seinem Projekt, seinem Experiment, seiner Idee. Er scheint keinerlei Empathie für sein Opfer zu empfinden. Aus seiner Sicht war sie wie eine Studentin, die sich für einen Medikamententest zur Verfügung gestellt hat.

»Erzählen Sie uns von der Karte und den Wörtern«, fordert ihn Mats auf. David schüttelt den Kopf.

»Probetante«, sagt Mats. David lacht.

»kindhose, helltablette, gifttier, tempolatte, fastdick, mistfirma, wandtresor, probetante. Warum diese Wörter?«

»Wenn sie sich diese Wörter einprägen können, dann können sie alle Wörter lernen.«

»Es nützt niemanden etwas, solche Wörter zu lernen«, sagt Ronja.

»Darum geht es nicht«, sagt David. »Wenn sie sich diese Wörter dank meiner Methode rasch einprägen, dann geht das auch mit Tausenden von anderen Worten. Sehr viel schneller als mit herkömmlichen Methoden. Ist es das bisschen Angst nicht wert?«

Er erhält keine Antwort, was ihn offensichtlich nervös macht. Mats blättert in einem Mäppchen, das vor ihm liegt. Es soll dem anderen suggerieren, wie viel man gegen ihn in der Hand hat.

»Es gibt eine junge Frau, die sich an das Wort ›Probetante‹ erinnert. Sie haben sie in ihrer Wohnung überfallen.«

»Das stimmt nicht.«

»Woher sollte sie sonst dieses Wort kennen?«

»Ich habe es als Mailadresse benutzt.«

»Wann? Und wozu?«

»Als ich Zettel verteilte. Es haben sich ab und zu Interessierte bei mir gemeldet. Wahrscheinlich auch sie.«

»Sie erinnert sich auch noch an andere Wörter. Sie haben sie gezwungen, diese Wörter auswendig zu lernen. Wörter, die keine Bedeutung haben.«

»Ich zwinge niemanden. Es sind Rollenspiele. Unser Gehirn sträubt sich dagegen, sinnlose Wörter zu lernen. Dabei tun wir es ständig. Wir lernen Wörter, die wir nie benutzen. Sinnlose Wörter. Es geht bei den Übungen zuerst nur darum, das Lernen zu optimieren. Danach kann man alles schnell und effizient lernen. Begreifen Sie das nicht?«

»Indem sie den Frauen Angst machen und sie terrorisieren«, sagt Ronja.

»Ich nenne es Gedächtnishilfe. Es ist nichts anderes als eine Prüfungssituation. Eine Prüfung ist immer auch mit Stress und Angst verbunden. Die schwerste aller Prüfungen ist die Todesangst. Sie gibt uns ungeahnte Kräfte, sie lässt uns über uns hinauswachsen. Wenn wir diese Kräfte nutzen können, um zu lernen, würden wir fünf oder zehnmal schneller lernen. Wenn wir lernen, setzen wir uns oft bewusst unter Stress. Indem wir erst im letzten Moment lernen. Wir benötigen die Angst vor dem Versagen, um effizient lernen tu können. Ich denke, dass es noch effizienter ist, wenn wir unter einer Form von Terror lernen müssen.«

Er hat sich aus seiner eigenen Schwäche eine Philosophie gebaut. Selbst wenn das stimmen sollte, wäre es ein Rückschritt in düstere Zeiten. Ist es nicht besser, weniger effizient und dafür in Freiheit zu lernen?

Jemand klopft an die Tür. Es ist nicht Kerstin, sondern ein Mann in einem Blaumann, vermutlich von der Gebäudeverwaltung. Er bringt das Klappbett. Ich deute auf eine Ecke, er nickt und stellt es auf. Ich bedanke mich, und als er die Tür hinter sich zugezogen hat, lege ich mich darauf. Es tut gut, aber ich darf nicht einschlafen. Niemand würde mich wecken. Sie würden mich zwanzig Stunden schlafen lassen.

Ich schließe die Augen. Ich benötige eine Pause. Mats hat gesagt, dass Zeit keine Rolle spiele. Ich stelle den Wecker auf dem Handy auf eine halbe Stunde ein. Simona hat mir geantwortet, sie will mehr erfahren. Ich vertröste sie auf später und lege mich hin.

63

Ich benötige nach dem Aufwachen einige Minuten, bis ich mich bereit dazu fühle, mir das weitere Verhör anzutun. Es ist anders, als ich es mir vorgestellt habe. Alles ist anders. David wirkt in seiner Art nicht unsympathisch. Er hat etwas Linkisches, doch wenn er über sein Projekt spricht, spüre ich den Enthusiasmus und den Fanatismus in seiner Stimme. Traumatisches Lernen. Wie kommt man nur auf eine solche Idee? Indem man selbst Traumatisches erlebt hat? Die strenge Lehrerin, die ihn eingeschüchtert und vermutlich traumatisiert hat. Die aber gleichzeitig für Lernerfolge sorgte. Doch wiegt das alles auf? Es sind ethische Fragen, wie bei Tierversuchen. Der Wissenschaftler, der Erkenntnis über alles andere stellt. Doch ist das alles? Lena war sich sicher, dass ihr Peiniger sexuell erregt gewesen war. Bis jetzt wurde die sexuelle Komponente im Verhör völlig ausgeklammert. Das deutet darauf hin, dass Ilaria nicht vergewaltigt wurde. Ich setze mich wieder an den Konferenztisch und drücke die Fernbedienung.

David trinkt aus einem Pappbecher. Offenbar ist es die Fortsetzung nach einer Pause. Mats erwähnte, dass es ein Zusammenschnitt sei. Es ist bei einem Verhör üblich, immer und immer wieder die gleichen Fragen zu stellen. Man möchte damit zermürben, aber auch Widersprüche herausfordern. Manche Delinquenten haben sich eine perfekte Geschichte ausgedacht. Man muss diese Geschichte in ihre Einzelteile zerlegen. Mats nennt ein Datum.

»Es ist der Tag, an dem die Leiche von Catalina Ortiz aufgefunden wurde.«

David sagt nichts, aber er stellt den Pappbecher sorgfältig auf den Tisch.

»Die Kriminaltechniker untersuchen jeden Zentimeter in dem Haus«, sagt Ronja.

»Ich bestreite nicht, dass sie da war.«

David verliert nichts von seiner Souveränität.

»Wie haben Sie Catalina Ortiz kennengelernt?«, fragt Ronja.

»Ich hatte Zettel im Gemeindezentrum angepinnt. Sie schrieb mir. Wir trafen uns und ich erzählte ihr von meiner Lernmethode. Ich sagte ihr, dass es wie ein Rollenspiel sei. Sie lachte und sagte, dass sie Rollenspiele mache, aber nicht umsonst.«

»Wussten Sie, dass sie als Prostituierte arbeitete?«

»Sie hat kein Geheimnis daraus gemacht. Sie sagte, dass sie besser Deutsch sprechen müsse. Für Rollenspiele mit ihren Klienten.«

»Was für Rollenspiele?«

»Dominante und devote. Sie sagte, dass gut betuchte Männer darauf stehen. Dass sie damit viel Geld verdienen kann.«

»Sie haben sie für ein sexuelles Rollenspiel bezahlt?«, fragt Ronja.

»Nein, kein Sex. Es ging nur ums Lernen.«

»Wir haben bei ihr keinerlei Korrespondenz und keine Nachrichten auf dem Handy gefunden.«

David lacht.

»Sie war clever. Sie benutzte einen sicheren Messenger, und die anderen Nachrichten hat sie alle sofort wieder gelöscht. Sie benutzte drei verschiedene Handys. Drei Nummern. Eines nur für Spanien. Eines nur für Klienten. Wir tauschten Nachrichten nur über einen sicheren Messenger aus. Ich mache das auch so. Es ist umständlich, aber es ist wichtig, um nicht ausspioniert zu werden.«

»Sie war im Haus in den Bergen?«

»Ja. Aber es funktionierte überhaupt nicht. Sie lachte die ganze Zeit, erzählte Unsinn, war nicht bei der Sache. Ich habe die Übung abgebrochen.«

»Nachdem Sie sie bezahlt hatten?«

»Ja. Ich sagte ihr, dass ich keine Lust habe. Sie wollte aber unbedingt wissen, was ich alles mit ihr machen wollte. Sie lachte die ganze Zeit nur. Es war reine Zeitverschwendung.«

»Gab es Streit, weil Sie Ihr Geld zurückhaben wollten?«, fragt Ronja.

»Nein. Das Geld war mir egal.«

»Haben Sie sie betäubt und danach ermordet?«, fragt Mats.

»Ich habe sie nicht einmal geküsst«, sagt David mit einem verächtlichen Grinsen.

»Aber Sie haben Ilaria Pace geküsst?«, fragt Ronja.

David schweigt und zu meiner großen Überraschung errötet er. Wie ein verdammter Teenager. Hat er sich in Ilaria verliebt?

»Sie sollten sich um den anderen Mann kümmern«, sagt David unvermittelt.

»Welchen anderen Mann?«, fragt Ronja.

»Ein Typ, der sich in sie verliebt hat. Sie hat ihn ausgenutzt, hat ihn abgezockt.«

»Was hat Catalina Ortiz über diesen Mann erzählt?«, fragt Mats.

»Sie hat ihn benutzt. Sie hat gesungen, als Kind wollte sie Sängerin werden. Sie hat in Spanien bei einer Talentshow mitgemacht. Man sagte ihr, dass sie talentiert ist.«

David lacht, es klingt verächtlich.

»Sie glauben alle, dass Talent genügt. Und jemand, der sie fördert. So wie dieser Typ. Er hat etwas Geld geerbt, er möchte es in etwas Sinnvolles investieren. Investiere es in mich, hat sie ihm gesagt und ihm die große Liebe vorgespielt. Die alte Leier. Sie hat ihn ausgenommen. Geschichten erzählt von einem Produzenten und dass sie Geld braucht für ein Video. Der Typ hat ihr Geld gegeben, immer wieder. Aber dann wurde er plötzlich knausrig und sehr ernst. Sie lachte die ganze Zeit, als sie über ihn sprach. Er wollte mit ihr ein neues Leben beginnen. Der Typ war total in sie verknallt.«

»Hat sie einen Namen genannt?«, fragt Ronja.

»Nein.«

»War er einer ihrer Kunden?«

»Nein. Sie hat ihn im Gemeindezentrum kennengelernt. Sie sagte, dass sie Männer glücklich machen kann mit ihrer Art und ihrem Gesang. Ich fand ihre Stimme okay, aber nicht mehr. Sie sagte, sie kann mit ihrer Stimme sogar Autos zum Singen bringen. Das Auto des Typen habe mitgesungen. Echt jetzt. Gibt es tatsächlich Männer, die diesen Scheiß glauben?«

Wieder das verächtliche Lachen. Ich stoppe das Video. Mario hat mich die ganze Zeit angelogen. Er hatte sich nicht in Ilaria verliebt. Es war Catalina. Er wollte mit ihr ein neues Leben beginnen. Es ist alles anders. Ich lehne mich zurück und versuche, das Puzzle neu zu ordnen. Mario griff nicht zum Messer, um Ilaria zu befreien. Er wollte David töten. Und es wie Notwehr aussehen lassen. Sein Tod hätte wahrscheinlich dazu geführt, dass die Akte Catalina Ortiz geschlossen würde. Mario wollte nicht Ilaria retten, er wollte sich selbst retten. Es geht immer nur um uns selbst. Ich muss mit Mats reden und drücke auf den Knopf. Gleichzeitig lasse ich das Video der Vernehmung weiterlaufen. Kerstin schaut rein, ich sage ihr, dass sie Mats holen soll. Bevor ich wieder einschlafe. Das sage ich nicht, aber ich denke, ihr mitleidiger Blick bestätigt, dass sie es mir ansieht.

64

Mario sagt, dass es ein Unfall war. Wie ich es sagte, als ich ihn zum ersten Mal getroffen habe. Doch es war kein Unfall, weder bei mir noch bei Mario. Ein Unfall ist etwas, das jedem passieren kann. Ein Mord ist kein Unfall, eine Gewalttat ist kein Unfall. Zuerst hat er alles abgestritten, dann redete er von einem Unfall. Mats hat mir keine Details über die Vernehmung berichtet, aber es war wohl so, wie es David geschildert hat. Mario hatte sich in Catalina verliebt und sich ein neues Leben mit ihr ausgemalt. Sie träumte von einer Karriere als Sängerin und von einem Sugardaddy, der ihr Leben finanzierte. Zwei Realitäten, die letztlich gewaltsam aufeinandertrafen. Vielleicht gab es einen Streit, eine Rangelei, ein unbedachter Schlag. Es braucht nicht viel, um ein Leben zu zerstören. Man muss nicht einmal jemanden töten. Ich habe Mats gesagt, dass er mich nicht weiter auf dem Laufenden halten soll. Das alles geht mich nichts mehr an. Anna ist keine Polizistin mehr.

Eine Woche ist vergangen seit den Ereignissen in den Bergen. Eine Woche, die ich hauptsächlich schlafend oder liegend verbracht habe. Jedes Mal nach dem Aufwachen dachte ich, dass es jetzt besser wird, zwei, drei Stunden später lag ich dann doch wieder völlig erledigt auf dem Bett. Es gibt keine Diagnose. Erschöpfung, einfach nur Erschöpfung. Ich habe meinem Kopf und meinem Körper zu viel zugemutet. In meinem Kopf kreisen die Gedanken, aber ich kann sie oft nicht fassen. Ich sprach mit Paula, mit Simona und ich spreche täglich mit Lars. Er hat sich an einen Therapeuten gewendet, nachdem er drei Tage lang die Wohnung nicht verlassen hatte. Lars redet viel und er erwartet nicht, dass ich ständig antworte. Ganz im Gegensatz zu meinen Eltern. Mein Vater möchte mich zur Kur irgendwohin schicken. Meine Mutter möchte sich bei mir einquartieren. Ich möchte meine Ruhe haben. Aber nicht immer. Mats hat keine Zeit mehr für mich. Er denkt, dass David noch andere Delikte begangen hat. Es interessiert mich nicht mehr. Ich möchte meine Geschichte aufschreiben. Vielleicht, weil ich Angst habe, sie zu vergessen. Mich zu vergessen. Es geht so schnell.

Wahrscheinlich werde ich nie erfahren, was damals genau geschehen ist in der Lagerhalle. Ob es ein Mann oder eine Frau war. Ob David tatsächlich in Frauenkleidern Ilaria gestalkt hat. Und ob er es war, den ich fotografiert habe. Die Frau mit der grünen Tasche. Ein verrückter Zufall oder steckt mehr dahinter? Man kann sich in solche Dinge verrennen. Man glaubt, etwas zu sehen, was andere nicht sehen. Man ist auserwählt, es zu sehen. So entstehen Sekten und Verschwörungstheorien. Mats sagte mir, dass es bei jeder Ermittlung ungeklärte Fragen gibt. Man muss sich auf das Wesentliche konzentrieren. Auch im Leben, denke ich. Das, was mich umgibt, das, was mir nahe ist. Und das, was ich beinahe verloren habe. Drei Tage und doch viel mehr.

Ich habe Maria gefragt, ob man eine Liebe vergessen kann. Weil sie mich mit ihrem romantischen Gesülze nervte.

»Man kann alles vergessen«, sagt Maria.

Leider ist es tatsächlich so. Verbindung gekappt. »Oblivion«, »das Vergessen«. »La dimenticanza«. Ich weiß nicht, ob es »das Vergessen« auch auf Französisch gibt. Es ist anders, als wenn man nach einem Wort sucht oder nach einer Erinnerung. Das Vergessen bedeutet, dass es nicht mehr zu einem gehört. Dass es fremd wird. Und doch gibt es etwas in unserem Körper, das auf Vergessenes reagiert. So wie ich, damals im Bus. Eine Freudenattacke.

»Ihr könnt euch noch einmal kennenlernen.«

Sie sind wieder da, John und Maria. Wenn ich alleine bin, wachen sie auf. Wie zwei falsche Freunde kommen sie mir vor. Sie begleiten mich, sie nerven mich und sie geben mir Hinweise. Im Krankenhaus gab es Tage tiefster Depression. An einem dieser Tage habe ich auf meinem Handy mehrere Apps gelöscht. Unter anderem eine App, mit der man mit Muttersprachlern chatten kann. Eine virtuelle Sprachtandem-App. Die App, die Simona und Mario erwähnten. Ich konnte in jenen Tagen kaum sprechen, und meine Koordination war gestört, wenn ich aufs Handy starrte, verschwamm alles, und meine Finger tippten nicht das, was ich antippen wollte. Ich dachte, dass mein bisheriges Leben vorbei ist, endgültig. Und in gewisser Weise ist es das auch.

Doch dann habe ich ihn gesehen. Ich wusste sofort, dass ich ihn kenne, aber das war die einzige Erinnerung. Als ich die App neu installierte, war alles noch da. Mein Profil und mein Passwort waren gespeichert. Alles wurde wieder geladen. Mein Profil, sein Profil und 64 ungelesene Nachrichten. Es begann alles, kurz bevor ich mit Daniela nachts auf Streife war. Wir chatteten und wir verstanden uns gut. Er heißt Nicola und er spricht Italienisch und Spanisch. Nicola. Es könnte eine Frau gewesen sein. Immer wieder. Früher war Nicola ein reiner Männername in Italien, vom Nikolaus abstammend. Daher wohl auch meine seltsamen Träume, in denen der Weihnachtsmann auftauchte. Everything is falling into place. Nur ganz anders, als wir es uns vorstellen. Ein Mann, der Nicola heißt, ist für uns verwirrend. So wie Andrea, die in Italien alles Männer sind. An jenem Nachmittag, als mein Leben aus den Fugen geriet, habe ich mich mit Nicola getroffen. In der Nähe meiner Wohnung, aber trotzdem anonym. Alles lief über die App, kein Austausch von Telefonnummern. Und nur Stunden später war alles gelöscht. 64 ungelesene Nachrichten zeugen davon, dass er mich nie losgelassen hat. Oder war es umgekehrt? Habe ich ihn nicht losgelassen? Manchmal schrieb er mir zwei oder drei Wochen nicht, aber er hörte nie ganz damit auf. Und dann hat er mich zufällig gesehen. Aber sich nicht getraut, mich anzusprechen. Pralinen, Amaretti und Hundekekse.

Vor zwei Tagen habe ich ihm geschrieben. Dass ich im Krankenhaus lag, dass ich weit weg war aus meinem früheren Leben und jetzt wieder zurück bin. Mit Lücken im Kopf. Er hat mir gestern geantwortet. Er möchte mich sehen.

»Das ist doch eine schöne Geschichte«, sagt Maria.

»Warum zum Teufel hat er dich nicht angesprochen?«, fragt John.

»Er ist schüchtern und rücksichtsvoll«, sagt Maria.

»Er ist einer dieser Weicheier, wie man sie heute überall findet. Ständig darauf bedacht, ja nichts falsch zu machen.«

»Du meinst einen Gentleman?«, fragt Maria.

»Den gibt es nur auf Englisch«, sagt John. »Vergiss den Typen.«

Ich weiß noch nicht, ob ich Nicola sehen möchte, aber ich möchte wieder mit ihm chatten, ich hatte ganz offensichtlich Spaß mit ihm. Es ist irreal, Dinge zu lesen, die man geschrieben hat und an die man sich nicht mehr erinnert. Es sind Gefühle da, aber ähnlich durcheinandergewirbelt wie all die Wörter in meinem Kopf. Vielleicht muss ich aufhören mit der Idee, mein Deutsch vollständig zurückzuholen. Aufhören mit der Idee, mich vollständig zurückzuholen. Mich akzeptieren als eine Versehrte, so wie wir alle auf irgendeine Art versehrt sind, oder gezeichnet, gezeichnet vom Leben. Vielleicht sollte ich mich damit abfinden, dass mich nicht alle verstehen werden. Missverständnisse gibt es immer, auch zwischen Menschen, die ihre Sprache perfekt beherrschen. Ich muss versuchen, mit Fehlern zu leben. Sie als etwas Normales anzunehmen. Gestern Nacht bin ich mit einer lustigen Idee im Kopf aufgewacht. Wenn ich jetzt Spanisch lerne, kann ich danach perfekt Spanisch sprechen, ohne dass ich Ausdrücke durch deutsche, englische oder französische Wörter ersetze? Wird mein Gehirn die neue Sprache an einem anderen Ort speichern, abgetrennt von allen anderen? Wenn das so wäre, dann könnte ich später nach Spanien ziehen und mit allen ganz normal kommunizieren. Nicola kann mir dabei helfen. Und Paula. Eine Wiedergeburt auf Spanisch. Ich suche noch immer nach einem Ausweg, nach einem fehlerlosen Leben. Doch gibt es das überhaupt?

»Nicola lebt hier, nicht in Spanien«, sagt Maria.

»Hör jetzt auf mit Nicola. Es kommt, wie es kommt. Und jetzt muss ich mich frisch machen.«

In einer Stunde habe ich einen Termin. Doch dieses Mal muss ich nicht zu einem Spezialisten oder einer Spezialistin. Es ist eher ein Date. Ein bisschen nervös bin ich schon. Meine Mutter will, dass ich ihr ein Selfie schicke. Sie reagierte begeistert, als ich ihr davon erzählte, und sie sagte mir, dass sie, wann immer ich möchte, auf ihn aufpassen wird. Bis jetzt habe ich ihn nur auf Fotos gesehen. Er heißt Bazo und ich habe keine Ahnung, was der Name bedeutet. Immerhin ist er selten. Ein Bazo nur für mich. Er ist etwas kleiner als Charlie und auch etwas jünger. Im Tierheim sagen sie, dass er ein problemloser und lieber Kerl ist. Genauso jemanden brauche ich jetzt. Ich werde viel Zeit mit ihm verbringen und aufhören, an all das zu denken was war und was sein könnte. Damit kann ich leben. Ich muss nicht mehr rennen. Ich kann zwischendurch stehen bleiben und alles markieren. Mein Blick fällt auf den Zeitungsartikel, den ich schon so oft gelesen habe. Ich setze mich hin. Heute ist es anders. Die Wörter und Sätze scheinen eine andere Bedeutung zu haben. Etwas in mir regt sich. Ich habe Tränen in den Augen. Eine Träne fällt auf die Schlagzeile. Ich weiß jetzt, was sie bedeutet. Anna brutal zusammengeschlagen.

ATLANTIS

Roger Graf
Ticket für die Ewigkeit
Ein Fall für Philip Maloney

Kriminalroman

Konkurrenz in unmittelbarer Nachbarschaft
und ein verschwundener Journalist

Philip Maloney hat eine neue Nachbarin, auch sie ist Detektivin, spezialisiert auf vermisste Personen. Während seine Geldreserven gerade noch für zwei Monate reichen und er sich nicht mal das Inserat leisten kann, mit dem er neue Klienten anwerben könnte, hat sie gleich zwei Fälle auf dem Schreibtisch: eine junge Frau, die seltsame Postkarten erhält und vermutet, dass diese von ihrem Vater stammen, den sie nie kennengelernt hat, und einen Journalisten, der vor vier Wochen mit seiner Freundin vor dem Kino verabredet war, dort aber nie aufgetaucht und seitdem spurlos verschwunden ist. Philip Maloney behauptet zwar noch, nicht darauf angewiesen zu sein, Klienten von der Konkurrenz vermittelt zu bekommen, geht der Sache aber trotzdem nach, hangelt sich von Leiche zu Leiche und löst seinen bisher verquersten Fall.

ATLANTIS

Roger Graf

Zürich bei Nacht

Ein Fall für Marco Biondi

Kriminalroman

»Roger Graf ist ein Meister des kriminalistischen Plots.«
Neue Zürcher Zeitung

Marco Biondi hat einige Jahre als Journalist gearbeitet – und sich desillusioniert abgewandt. Heute schreibt er stattdessen schlechte Drehbücher für noch schlechtere Serien – und versucht sich als Privatdetektiv. Regelmäßig bietet er seine Dienste in Zeitungsinseraten an und wundert sich doch, dass es tatsächlich noch Leute gibt, die das Kleingedruckte lesen. Referenzen hat er keine. Umso erstaunlicher, dass eine gewisse Katharina Boxler ihn tatsächlich engagiert: Biondi soll ihren verschwundenen Bruder ausfindig machen, der, dem Alkohol verfallen, auf der Straße lebt. Bei seinen Recherchen wird Biondi mit seiner eigenen Vergangenheit konfrontiert, den bewegten Jahren in der autonomen Szene Zürichs. Und er begegnet alten Freunden aus einer Zeit, in der alles möglich schien. Auch Mord?